www.tredition.de

AF202176

Für Suzan,
die sich an Nia erinnert hat.

DANI AQUITAINE

Ainias Rache

Band 2
Ein Themiskyra-Roman

Aufgepasst:

Ein Glossar mit Begriffserklärungen befindet sich
am Ende des Buches.

Weitere Bände dieser Reihe:

Ainias Geheimnis (Band 1)
Ainias Schweigen (Band 3)
Ainias Heimkehr (Band 4)

Weitere Themiskyra-Romane:

Themiskyra – DIE BEGEGNUNG (Band 1)
Themiskyra – DAS VERSPRECHEN (Band 2)
Themiskyra – DIE SUCHE (Band 3)
Finger weg! Pollys Aufzeichnungen

© 2019 Dani Aquitaine

Umschlaggestaltung: Dani Aquitaine

Verwendetes Bildmaterial:
Amazone: © Coka, Fotolia
Faltenwurf: © inarik, Fotolia
Goldbogen: © vik_y, Fotolia
Schwert: © Paul Fleet, 123rf.com
Floraler Hintergrund: © mohaafterdark, DeviantArt

Verwendete Schriften:
Liberation Serif unter der SIL Open Font License
La Portenia de la Boca by Diego Giaccone, Angel Koziupa & digitized by
Alejandro Paul

Verlag und Druck: tredition GmbH, Hamburg

ISBN
Paperback: 978-3-7469-5949-8
Hardcover: 978-3-7469-5950-4
e-Book: 978-3-7469-5951-1

Ich lief den gesamten Weg. Zwar hatte ich in den letzten zwei Nächten kaum geschlafen, in den Wochen zuvor mein Training arg vernachlässigt und, zugegeben, Padmini hatte recht, ich war faul. Aber wenn mein Ziel Kassian, beziehungsweise ein märchenhaftes Happy End an seiner Seite war, dann überwand ich jegliche Trägheit. Außerdem hatte ich keine Zeit. Kassian wollte heute abreisen.

Und ich war heute aus Themiskyra verbannt worden. Weil ich ziemlich viel Mist gebaut hatte, zum Beispiel einen großen Diamanten zu klauen (was zwei Gangsterbanden auf den Plan rief), eine Tasche voll Geld mitgehen zu lassen (die eigentlich Atalante gehörte), einen Steuerfahnder zu verärgern (der daraufhin ganz Themiskyra auf den Kopf stellte, um fehlende Zahlungen aufzudecken), und, ach ja, eine Beziehung zu einem unglaublich attraktiven, humorvollen, ideen- und steinreichen 'Shim zu führen. Leider hatte ich Kassian bei unserer letzten Begegnung ziemlich vor den Kopf gestoßen und ihn, zu seiner eigenen Sicherheit, in Gegenwart all meiner Schwestern gebeten, mich zu vergessen und Themiskyra zu verlassen.

Schnapsidee. Und weil die unbeugsame Atalante mir mein geliebtes Aspa Xanthos weggenommen hatte, da ich entsprechend irgendwelchen öden, alten Regeln nur behalten hatte dürfen, was ich am Leib trug und was ich selbst hergestellt hatte, rannte ich nun zu Fuß durch den verregneten Wald, mein Bündel und meine Pfeile auf dem Rücken, mein Schwert an meiner Seite, meinen Bogen in der Hand.

Es waren nur ein paar Kilometer durch den Wald und über die Felder bis nach Goldvelt und dann noch mal ein kleines Stück bis zu Kassians Villa, aber ich kam nicht rasch genug voran, denn die Wege waren rutschig vom ständigen Regen; ich schlitterte über Steine, wurde vom Matsch festgesaugt und das dampfige Grün klebte mir die langen, dunklen Locken an der Haut fest …

Dann, endlich, sah ich das hohe Tor des Jugendstilanwesens zwischen Büschen und Bäumen auftauchen. Mit letzter Kraft drückte ich den Klingelknopf auf dem Messingschild mit den geschwungenen Lettern *Devinter*.

„Bitte sei da, sei da, sei noch da, bitte, Artemis, lass ihn noch da sein …"

Paradox, in dieser Angelegenheit zur Göttin zu beten, die ihren Anhängerinnen Jungfräulichkeit abverlangte, und mich sicherlich schon lange ad acta gelegt hatte. Ich hatte, wohlgemerkt, meine Jungfräulichkeit jedoch noch nicht ad acta gelegt – zum einen, weil ich mich einer geschickten Verzögerungstaktik bedient hatte, zum anderen, weil uns immer etwas dazwischengekommen war, zum Beispiel Melissas Partysucht oder die Entführung durch einen Gangsterboss. Übrigens just dem, dem ich den Diamanten entwendet hatte.

Melissa war eine alte Freundin von Kassian, die ihm nach Goldvelt gefolgt war, als er auf der Flucht vor Paparazzi hierherkam, um nach einer gescheiterten Beziehung mit einem Filmsternchen an seinem Herzensprojekt weiterzuarbeiten. Nein, nicht an mir, sondern an einem Fon, das fast keinen Strom brauchte, und dessen Prototyp er mich hatte testen lassen, bevor er mir von Atalantes Wächterinnen abgenommen worden war. Sonst wäre ja alles kein Problem gewesen. Ich hätte ihm schreiben oder ihn anrufen können, oder in der Karten-App seinen Standort per Satellitenortung finden können. Aber so war ich abgeschnitten von meinem Liebsten und musste mich auf antiquierte Kommunikationsmethoden berufen. Meinen Finger. Auf der Klingel. Wieder. Und wieder.

„Ja, bitte?", ertönte schließlich die distinguierte Stimme des Butlers durch die Gegensprechanlage.

„Herr Humboldt!", rief ich erleichtert. „Ich bin's. Ainia!" Ich winkte in die Kamera, die über der Torangel angebracht war.

„Frau von Themiskyra", stellte er fest. Ich trug keinen Nachnamen und hatte mir noch kein Epor erworben, da ich noch keinen Feind getötet hatte. Für den Butler, der das natürlich nicht wissen konnte, war meine Herkunft einfach mein Name.

„Ja!", bestätigte ich und drückte gegen die schmiedeeisernen

Torflügel. Nichts tat sich. Kein Summen, kein Nachgeben.

„Ich bedaure, Herr Devinter ist bereits abgereist."

„Nein", flüsterte ich. „Bitte nicht." Warum nur hatte ich immer solches Pech? Ich hatte doch extra Padmini losgeschickt, um ihm auszurichten, dass ich ihn liebte! Ich musste sichergehen.

„Bevor er abgereist ist, war da ein schwarzhaariges Mädchen in meinem Alter zu Pferde hier?"

„In der Tat, sie tauchte etwa gegen 10 Uhr auf."

Das hieß, Kassian war wirklich sauer auf mich. Sonst hätte er doch sicherlich gewartet!

„Wohin ist er gereist?", wollte ich wissen.

„Darüber Auskunft zu erteilen bin ich nicht befugt. Ich danke für Ihr Verständnis und wünsche Ihnen noch einen angenehmen Tag." Damit war das Gespräch beendet; Herr Humboldt reagierte auch auf meine weiteren Klingelversuche nicht mehr.

„Angenehmen Tag, du mich auch", schnaubte ich. Ich sah aus wie einer Kuh durch den Hintern gezogen. Nass und schlammig und unendlich erschöpft. Ich stolperte ein paar Schritte rückwärts und ließ mich auf einen der großen Findlinge fallen, die die Toreinfahrt links und rechts begrenzten, rutschte vom nassen Stein ab und rappelte mich fluchend wieder auf.

Ich erwog meine Optionen: Erstens: Einbrechen und dem Butler unter Androhung von Gewalt die gewünschten Auskünfte entlocken. Nachteil: Das würde Kassian nicht gutheißen. Zweitens: Abwarten, bis Kassian zufällig selbst wieder hier auftauchte. Nachteil: Konnte Jahre dauern, wenn es blöd lief. Und natürlich würde es blöd laufen. Drittens: Kassian auf gut Glück suchen. Nachteil: Erfolg fragwürdig. Viertens –

Jemand näherte sich. Ich hörte ein feines Brausen auf dem Kiesweg und ließ mich instinktiv wieder hinter den Findling rutschen. Wenige Sekunden später tauchte ein sehr eng und sehr bunt gekleideter Mann auf einem Fahrrad auf. Auf dem Kopf trug er einen futuristisch anmutenden Helm, auf dem Rücken einen neongelben Rucksack. Immer noch angemessen verzweifelt, aber auch mit gewisser Neugierde sah ich zu, wie er vor dem Tor, also nur etwa zwei Meter von mir entfernt, abstieg. Ob Humboldt den Kerl auch so fies abkanzelte wie mich? Oder war er nur zu mir gemein, weil Kassian ihn diesbezüglich instruiert hatte? Oh Artemis, hoffentlich nicht …

Der 'Shim kramte im Rucksack herum, bis er ein braunes Päckchen herausholte. Es war mit einem groben Hanfstrick verschnürt und … ich traute meinen Augen kaum. Atalantes großes Siegel prangte mitten auf der Vorderseite, verklebte zuverlässig die Schnur mit dem Packpapier.

Viertens. Ich handelte instinktiv. Sicher würde Kassian das auch nicht gut finden, aber ich setzte den Kurier mit zwei Handkantenschlägen und einem Kick außer Gefecht, und ehe er auch nur begriff, was ihm widerfuhr, hatte ich ihm schon das Päckchen entrissen und war im Wald verschwunden.

Einen halben Kilometer weiter kauerte ich mich hinter einen dicken Baumstamm zwischen feuchte Farne und zerbrach eilig das Siegel, bevor ich das Päckchen aufriss. Ich hatte keine Zeit gehabt, groß darüber nachzudenken, aber mir war sofort klar gewesen, was darin sein musste: genau. Mein Fon! Was sonst sollte die Unbeugsame an Kassian schicken, dem sie ja nur einmal kurz begegnet war.

Glücklich fuhr ich das holographische Display aus, wischte hinüber auf die Telefon-App, und rief meinen einzigen Kontakt auf, den ich hatte – neben Pawlow's Parlor natürlich, meinem favorisierten, aber mittlerweile für mich unbezahlbaren Schönheitssalon. Mein Finger schwebte über dem *Anruf*-Button, der direkt unter dem Foto von Kassian angezeigt wurde.

Sein markantes Gesicht war zu einem breiten Lächeln verzogen, sonnengesträhnte Haare fielen ihm in die strahlend blauen Augen, die mich aufzufordern schienen:

Jetzt drück schon! Aber ich wusste nicht, was ich sagen sollte. *Entschuldige, sorry, ich habe mich geirrt, vergiss mich doch nicht?* Nein, ich konnte nicht so mit der Tür ins Haus fallen, der 'Shim würde ja denken, ich sei total verrückt. Vielleicht war es besser, ihm eine Nachricht zu schreiben. Die ganze Sache schriftlich zu erklären, mit bedachten Worten … Nur wie? Denn dann musste ich natürlich auch den Diamantenraub und die Tasche voller Geld und das Gemetzel vor den

Toren Themiskyras erklären, dessen Zeuge Kassian mehr oder weniger geworden war. Und natürlich meine wahre Identität preisgeben. Ich hatte es immer noch nicht übers Herz gebracht, ihm anzuvertrauen, dass ich eine Amazone war, weil ich befürchtete, dass ihn meine Herkunft abstoßen würde. Vielleicht hatte Padmini ihm irgendetwas darüber erzählt und er war deswegen so überstürzt abgereist …?

Ich fing an, einen Text an Kassian zu verfassen, aber als ich die ersten paar Sätze las, löschte ich sie wieder. Völlig verworren.

Noch mal.

Zu armselig.

Wieder von vorne. Jetzt klang es, als sei ich stolz auf meine Taten, aber das stimmte nicht. Ich wollte niemals, niemals, niemals wieder etwas stehlen. Diese Lektion hatte ich nun wirklich gelernt. Erneut löschte ich alles. Ich biss auf meiner Unterlippe herum und war mittlerweile geistig so gehemmt, dass ich keinen ganzen Satz mehr zustande brachte.

Oh Artemis. Ich war einfach zu müde für diese Aufgabe. Unkonzentriert wischte ich einen Bildschirm weiter auf meine Galerie. Schon besser. Kassianbilder heiterten mich immer wieder auf. Vielleicht konnten sie mich auch inspirieren. Kassian im unvergnüglichen Vergnügungspark, das Riesenrad im Hintergrund, Kassian im *Pearl*, dem angesagtesten Club in Urba, Kassian und ich auf zwei Schaukeln im Park, ein Bild, das Melissa von uns aufgenommen hatte. In der Bar, in der Fußgängerzone, auf dem Balkon der Jugendstilvilla mit einem großen Eisbecher … Ein alarmierendes Piepsen riss mich wieder aus der Nostalgie.

Akkuwarnung, stand da. *5 % Akkuladung verbleibend.*

Verdammt. Schnell schloss ich das Galerieprogramm. Wann hatte ich das Ding zuletzt an mein Solarladegerät gehängt? Vor zwei Wochen? Es lud sich auch über die Solarfolie, die den gesamten Korpus des Geräts bedeckte, aber in den letzten beiden Tagen war es, ob es nun in Atalantes Schublade oder der Asservatenkammer gelegen hatte, sicherlich nicht an die Sonne gekommen. Und hier im grünen Zwielicht des Waldes war auch nicht viel Energie zu holen.

Was nun? Ich konnte jetzt Kassian anrufen, versuchen, ihm

in Windeseile zu erklären, was los war, und hoffen, dass der Strom dafür reichte. Zu riskant. Ich hatte eine bessere Idee. Ich öffnete die Einstellungen, stellte die Ortungsfunktion an und ließ mir die Karte anzeigen. Wenn ich die Möglichkeit hätte, persönlich mit ihm zu reden, würde ich alles klären können. Dann hätte ich auch alle Zeit der Welt. Und den positiven Überraschungseffekt. Und Missverständnisse hätten keine Chance im Gegensatz zu dem dämlichen Hin- und Hergeschreibe unter Verwendung der elenden kleinen gelben Schmunzel- und Heul- und Tränenlachgesichter.

Da war er. Kassians blauer Pfeil. Ich zoomte hin, betete, dass der Akku noch reichte …

Piep! 4 % Akkuladung verbleibend.

In Urba. Im Norden der Stadt. Ich zoomte weiter.

Piep! 3 % Akkuladung verbleibend. Nur Notrufe möglich.

Das Display wurde mit einem Ruck dunkler und schlechter aufgelöst. Das Fon würde sich jetzt immer weiter herunterfahren, bis nur noch die Kernfunktionen verblieben. Dazu gehörte, dass immer genug Ladung für einen Notruf vorhanden blieb. Kassian hatte seine Schwester bei einem Überfall verloren, der sie vielleicht nicht das Leben gekostet hätte, wenn der Akku ihres Fons nicht während des Gesprächs mit der Polizei schlapp gemacht hätte. Damit so etwas nie wieder passieren konnte, hatte er seitdem all seinen Elan, sein Geld und seine Ideen in eine Firma gesteckt, die ein Fon entwickelte, das auf solche Notfälle vorbereitet war. Ich hielt den Prototyp in Händen.

Seemarkt, las ich. Das war das Viertel von Urba, in dem sich Kassian gerade aufhielt. Entschlossen stellte ich die Ortung ab und fuhr das Display ein. Das musste für den Moment genügen. Unterwegs würde ich das Gerät, sooft es ging, ins Tageslicht halten und hoffen, dass ich somit genug Strom sammelte, um Kassian zu finden.

Mit diesem Entschluss joggte ich los. Mit dem Thunderbird hatten wir Urba immer in eineinhalb bis zwei Stunden erreicht, je nach Verkehrslage. Zu Fuß müsste ich für diese Strecke an die zwei Tage ununterbrochen laufen, was natürlich utopisch war, zumal ich jetzt schon vor Erschöpfung dauernd strauchelte. Ich rannte also erst mal zur Landstraße und hielt meinen Daumen raus. Das hatte ich schon öfter bei anderen gesehen.

Die Leute waren sehr unhöflich. Einige hupten, drei machten mir unangemessene, zweideutige Angebote, auf die ich hier nicht näher eingehen möchte, der Großteil ignorierte mich einfach, aber alle, alle, alle bespritzten mich mit Schlamm und Regenwasser aus der Gosse. Damit wurde natürlich meine Chance auch mit jedem Vorbeifahrenden geringer, überhaupt noch eine Mitfahrgelegenheit zu finden – wobei ich glaube, dass es vor allem das Schwert war, das meine potenziellen Chauffeure abschreckte.

Irgendwann hatte ich die Autobahn erreicht und schleppte mich mehr, als dass ich lief, den Grünstreifen jenseits der Leitplanke entlang. Ein riesiges Schild verhieß 170 km bis nach Urba – und das, obwohl es schon später Nachmittag und ich den halben Tag unterwegs war. Ich bin bekanntermaßen keine Heulsuse, aber in diesem Moment musste ich schon schlucken. Ein paar Kilometer weiter kam ich an einer weitläufigen Koppel vorbei, auf der eine Pferdeherde graste. Es wäre so einfach gewesen. Von klein auf an die Tiere gewöhnt, hätte ich nicht mal einen Sattel gebraucht. Ich hätte nur hinüberlaufen, mich mit einem der Aspahet befreunden und losgaloppieren müssen …

Der Gott Pan erschien auf meiner Schulter. Er war ein kleiner frecher Kerl, halb Mensch, halb Widder, mit Ziegenbart und Hörnern, der stets versuchte, mich vom rechten Wege abzubringen. Jeder Mensch, der halbwegs bei Verstand ist, ignoriert einfach am besten, was er ihm einflüstert. Ich jedoch war nicht immer so schlau gewesen, denn Pan wusste stets, wie er mich mit süßen Worten und treffenden Argumenten verleiten konnte. Zum Stehlen. Zum Lieben. Zum Lügen.

Aber ach. Ich wollte nicht mehr stehlen. Ich wollte ein neues Leben anfangen. Also ließ ich die Weide und Pan links liegen. Und ein bisschen schien Artemis oder das Universum oder was auch immer meine Entscheidung gutzuheißen, denn es hörte endlich auf zu regnen, und ein Stückchen weiter gelangte ich an eine Raststätte mit Lkw-Parkplatz. Der unverschämte 'Shim an der Kasse des kleinen, nach altem Fett stinkenden Bistros weigerte sich, mir den Toilettenschlüssel auszuhändigen, also lauerte ich missmutig vor der Klotür herum, bis jemand mal musste. Als dann eine rundliche Truckerin mit hellblonder Kakadufrisur wieder aus der Toilette herauskam, schlüpfte ich hinein und behauptete, den Schlüssel gleich zurückzubringen. Es war ein grässlicher Ort, aber ich konnte mir den Schlamm von der Haut waschen und meine Haare neu verzopfen. Danach prüfte ich meinen Fon-Akku. Immer noch nur Notruf-Status. Trüber Tag, trübe Aussichten. Anschließend verließ ich die übel riechende Räumlichkeit, pfefferte den Schlüssel pfeifend ins nächstbeste Gebüsch, ohne abgeschlossen zu haben, und stapfte weiter.

Durst, Durst, Durst, sang ich bei jedem Atemzug; bei jedem Magenknurren wechselte die Strophe auf *Hunger, Hunger, Hunger.* Dann dachte ich an Kassian, dachte *Liebe, Liebe, Liebe,* und dann schließlich: *Will.*

Vor mir parkte ein langer Lastwagen, auf dem *Parson's Cargo* stand. Will Parson war ein junger 'Shim, der Kassian und mich nach der erwähnten Entführung von Urba nach Goldvelt zurückgebracht hatte. Kassian hatte ihm zwar ein fürstliches Gehalt gezahlt, das ich ihm nun nicht bieten konnte, aber vielleicht hatte er uns nett genug gefunden, um mich diesmal kostenlos mitzunehmen.

Ich klopfte an die Fahrertür, bis mir die Knöchel wehtaten und ein weißhaariger Schopf im Fenster auftauchte.

Nicht Will, diagnostizierte ich. *Mist.*

„Was?", knurrte der Mann, den ich offensichtlich geweckt hatte. Er trug eine leicht speckige, dunkle Lederjacke mit Firmenlogo und eine feine Brille mit Metallgestell, die viel eher zu einem Gelehrten gepasst hätte, als zu einem Lastwagenfahrer.

„Ich suche eine Mitfahrgelegenheit", erklärte ich und versuchte dabei, mein Schwert hinter mir zu verstecken.

„Und? Steht da Taxi?" Er wies auf die Lkw-Plane.

„Nein, aber ich bin eine Freundin von Will", behauptete ich. *Und ein Taxi könnte ich mir sowieso nicht leisten,* ergänzte ich in Gedanken.

Er musterte mich eingehend von Kopf bis Fuß. „Ich habe dich aber noch nie gesehen."

„Wir kennen uns noch nicht so lang", gab ich zu.

Der 'Shim gähnte und warf einen Blick auf sein Armaturen-
brett, während er sich die Brust kratzte. „Wo musst du denn
hin?"

„Urba."

„Ah, was soll's. Ich hätte sowieso in einer halben Stunde
weiterfahren müssen. Steig ein."

Jetzt konnte ich mein Schwert nicht mehr verbergen. Der
Mann wirkte leicht irritiert, doch er streckte mir die Hand
entgegen, sobald ich neben ihm Platz genommen hatte. „Eric
Parson."

Ich ergriff sie. „Oh. Dann sind Sie sein ... Vater?"

„Ganz genau." Er ließ den Motor an und rangierte das riesige, bebende Gefährt vom Parkplatz.

„Und du?"

„Ai ...", begann ich. Besann mich. Zeit für einen Namens-
wechsel. „Nia. Nur Nia."

„Einianurnia."

Ich seufzte. „Ganz genau."

Er lachte und zündete sich die erste von etwa dreißig Zigaretten an, die er im Laufe der Fahrt konsumieren würde.

Vor mir auf der Ablage wackelte eine halbvolle Tüte Chips
bei jedem Holpern knisternd auf und ab. Eine Wasserflasche
rollte verheißungsvoll gluckernd im Fußraum hin und her.
Mein Mund wurde bei dem Geräusch so trocken, dass ich
Mühe hatte zu fragen: „Entschuldigen Sie, aber darf ich vielleicht einen kleinen Schluck –"

Er wedelte mit der Hand. „Nur zu."

Ich stürzte mich darauf, schüttete den gesamten Liter in
mich hinein. „Und die Chips –"

Diesmal grunzte er lediglich, was mir aber Aufforderung
genug war.

„Was ist dran?", erkundigte ich mich, während ich knusper-
te. Mir war das Telefongespräch eingefallen, das Will mit
seinem Vater geführt hatte, als wir mit ihm im Lkw unterwegs
gewesen waren.

„Woran?"

„An dem Gerede vom Ende der Welt."

Er schnaufte. „Ziemlich viel, wenn du mich fragst. Wir zahlen derzeit für einen Liter Sprit dreimal so viel wie vor einem

Jahr. Irgendwann wird uns das ganze System um die Ohren fliegen, soviel ist sicher. Aber du bist ja gut ausgerüstet. Schwert, Bogen, du bist vorbereitet, was?"

Ich verstand nicht, was mein Schwert mit dem Benzinpreis zu tun hatte, also schwieg ich.

„Was transportieren Sie?"

Er nickte in Richtung der Tüte in meinen Händen. „Heute Konrads Chips. Und anderes Knabbergebäck."

„Von Goldvelt nach Urba?"

„Nein, von Tvorni nach Citey."

„Citey?", echote ich entsetzt und sah mich nach einem Straßenschild um. Hatte ich mich nicht klar ausgedrückt, als ich eingestiegen war? Oder war das schon wieder eine Entführung? Ich hatte doch überhaupt nichts mehr von Wert …

„Keine Sorge, ich fahre dich nach Urba, wie ausgemacht."

„Aber das liegt doch überhaupt nicht auf der Strecke!"

„Du bist nicht wie die anderen Mädchen von Will. Du tust ihm sicher gut. Ich will nicht, dass du vor die Hunde gehst, nur weil du hier zu Fuß durch die Gegend stromerst und dich niemand mitnimmt."

Für einen Moment war ich sprachlos. „Das ist … wahnsinnig nett. Aber Sie haben mich missverstanden, wir sind kein Paar."

„Das ist auch gar nicht nötig." Er lächelte mir knapp zu. „Es ist kein großer Umweg und du hast mich so früh geweckt, dass er mich nicht unnötig Zeit kostet. Entspann dich."

Ich wollte noch widersprechen, aber dann klappte ich den Mund und die Augen zu und ließ mich vom sanften, tiefen Brummen und Rütteln des Lastwagens in einen intensiven zwei-Stunden-Schlaf schaukeln.

„Wohin musst du genau?", riss mich Eric Parsons Stimme irgendwann aus einem Traum von einem Wal mit Kakadufrisur, in dessen Bauch ich gestrandet war, nass und schlammig …

Ich setzte mich auf, rieb mir Realität in die Augen, versuchte nachzudenken. „Ähm, ich muss erst noch einmal nachsehen." Konnte gut sein, dass Kassian schon wieder woanders war, und ich wollte den Trucker nicht noch länger aufhalten.

Ich spähte nach draußen, erkannte hinter einer nebligen Regenwand graue Vorstädte. „Lassen Sie mich einfach irgendwo aussteigen, wo es gerade passt."

„Damit du *hier* herumstromerst und vor die Hunde gehst? Sicher nicht. Ich lasse dich an der ersten Metro-Station heraus. Von da aus kommst du halbwegs sicher überallhin – zumindest zu dieser Uhrzeit."

„Okay. Danke." Dass ich nicht mal das Geld für ein U-Bahn-Ticket hatte, erwähnte ich nicht. Ich hatte Angst, dass er mir dann die nötigen Taler dafür zustecken würde, und mich überforderte seine Nettigkeit jetzt schon. Und dass ich, wohlbewaffnet, wie ich war, mich vor den Gefahren der Stadt schon lang nicht mehr fürchtete, ersparte ich ihm auch.

Meine Kleidung hatte gerade angefangen, ein kleines bisschen zu trocknen. Doch bereits der kurze Weg von der Straße zum Metroabgang durchnässte mich wieder. Unten stellte ich fest, dass mein Fon immer noch kaum Strom und außerdem keinen Empfang hatte. Also stapfte ich wieder die Treppen hinauf, setzte mich in einen überdachten Hauseingang und wartete auf genügend Netz und Sonnenenergie für die Karten-App.

Pling! Ein Taler landete vor meinen Füßen. Ich blickte auf und sah gerade noch eine ältere Dame mit feinem, aprikosenfarbenem Sommermantel und passendem Schirmchen davonstöckeln.

Halt!, wollte ich rufen, ihr nachlaufen und das Geld zurückgeben. *Ich bin doch keine Bettlerin! Ich sitze nur zufällig hier und bin schmutzig!* Stattdessen steckte ich den Taler mit rotem Kopf ein.

Piep! 3 % Akkuladung verbleibend. Nur Notrufe möglich.

Immerhin. Das sollte für einen kurzen Karten-Check reichen. Ich rief das Programm auf und fahndete nach Kassians Pfeil. Er zeigte immer noch, oder wieder, auf denselben Punkt. Ich zoomte mich weiter in das Viertel hinein. Wiener Allee 8. Unweit der Metro-Station *Seemarkt*. Schnell versuchte ich, mir alles gut einzuprägen, dann steckte ich das Fon weg und eilte zur U-Bahn hinunter. Nur um dort festzustellen, dass ein Ticket für diese Strecke an die vier Taler kostete. Und ich hatte genau einen.

Nur ... wer wird merken, ob du ein Ticket hast oder nicht?, flüsterte mir Pan ins linke Ohr. *Warum solltest ausgerechnet du kontrolliert werden? Genau heute? Genau jetzt?*

Ich stand schon am Bahnsteig, da sah ich das schwarze Plakat, direkt gegenüber, riesig groß und mit fetter weißer Schrift: *Schwarzfahren ist Diebstahl! Wer ohne gültiges Ticket Metro fährt, fährt auf Kosten anderer.* Darunter irgendein bürokratischer Kauderwelsch bezüglich erhöhtem Beförderungsentgelt von 60 Talern, das Vlad Westermann, Steuerfahnder meiner persönlichen Missgunst, sicherlich hätte in Begeisterungsstürme ausbrechen lassen. Ich biss auf meiner Unterlippe herum, bis die Metro einfuhr. Und dann ... ließ ich sie einfach vorbeisausen. Und – *plopp!* – Pan löste sich in Luft auf. Mit hängendem Kopf, aber reinem Herzen schleppte ich mich die Treppe erneut nach oben und machte mich zu Fuß auf den Weg. Ich hatte es schon so weit geschafft, da sollte das letzte Stückchen auch kein Problem mehr darstellen.

Leider hatte ich nur eine vage Vorstellung von der Stadt, da ich mich immer nur auf Kassian konzentriert und verlassen hatte, wenn wir früher in Urba unterwegs gewesen waren, und mein Fon-Akku schwächelte, sodass ich die Karte nur alle Kilometer aufrufen konnte.

Happy End, Happy End, skandierte mein Gehirn im Schritttempo, aber ich war nicht mehr zu besonders viel Euphorie fähig, während ich Richtung Nordwesten durch eine Wohngegend, ein Büroviertel und eine Einkaufsmeile mit diversen Fressbuden trabte, deren widerstreitende Düfte mich vor Hunger fast taumeln ließen. Ich kaufte mir für meinen Taler eine halbe Tüte fettiger Pommes, die ich aus Rache an dem geizigen Imbissbesitzer komplett mit Gratis-Ketchup auffüllte. Die Folge war, dass ich beinahe einen Zuckerschock erlitt und wie die einzige Überlebende einer Zombieapokalypse aussah, weil ich gemeint hatte, während des Laufens essen zu können.

In ebendiesem Zustand griff mich Duke auf: Verzweifelt, albern, und über und über voll mit roter Sauce.

„Hey." Er fuhr mit einem mattschwarzen Angeberauto langsam neben mir her und hatte das Fenster der Beifahrerseite heruntergefahren. Das hatte ich mit einem Blick aus dem Augenwinkel in Erfahrung gebracht; gemeinhin war ich augenblicklich der Auffassung, dass er mich nicht sehen konnte, wenn ich ihn nicht sah ... und ganz ehrlich: Ich wollte nicht, dass mich irgendjemand in dieser Verfassung sah.

„Hey", murmelte ich nur, ohne aufzusehen, musste aber über meine Logik leise kichern.

„Geht's dir gut?"

„Klar, warum?"

„Weil du, wie soll ich sagen, aussiehst wie die einzige Überlebende einer Zombieapo–"

„Jajaja", unterbrach ich ihn. Da kam mir eine phantastische Idee und ich blickte doch zu Duke hinüber. „Kannst du mich mitnehmen?"

„Sicher. Wo musst du hin?"

„Zu Kassian. Ich muss ihm sagen, dass ich ihn liebe." Wieder entfuhr mir ein Kichern. Aber vielleicht war es auch ein Schluchzen.

„So? In diesem ... Aufzug?"

Ich sah an mir herab. Betrachtete mein Oberteil, meinen Umhang, meine Hände, den Schlamm, die Nässe, das Ketchup. Schnupperte ganz vorsichtig und möglichst unauffällig an mir.

„Nein", gab ich zögernd zu. „Wahrscheinlich nicht."

Er reichte mir eine Packung Papiertaschentücher durchs Fenster. „Mach dich sauber und steig ein." Auf meinen zweifelnden Blick hin ergänzte er entschuldigend: „Ist nicht mein Auto. Sonst dürftest du es natürlich einsauen."

Hätte mich auch gewundert, wenn er sich so ein Auto hätte leisten können. Duke Ibro arbeitete im Kriminalamt Urba und untersuchte den Fall eines Antiquitätengeschäfts, das vor ein paar Wochen in die Luft gegangen war. Nicht meine Schuld! Allerdings war ich dafür verantwortlich gewesen, dass zuvor der besagte Riesendiamant und eine Tasche voller Taler aus dem Verkaufsraum verschwunden waren. Leider hatte ich bei der Aktion mein Fon dort vergessen, und als ich zurückkehrte, um es zu suchen, hatte Duke es schon gefunden und bei der Übergabe erfolglos versucht, mich auszuhorchen. Seither war er immer wieder in meiner Nähe aufgetaucht, hatte sich bemüht, Informationen aus mir herauszubekommen. Es stellte sich heraus, dass er ein Bekannter von Melissa war, da sein

Vater bei Melissas Vater als Sicherheitschef gearbeitet hatte. Es stellte sich außerdem heraus, dass er neben dem explodierten Laden auch an dem Fall Kawaji Ryu dran war. Ryu war einer der Köpfe des organisierten Verbrechens in Urba und rein zufällig der Herr, dem ich den Edelstein entwendet hatte. Duke war es auch, der Kassian und mich befreit hatte, nachdem wir von Ryu entführt worden waren. Und ihn hatte ich angerufen, als wir von ein paar maskierten Ninjas überfallen worden waren. Es lässt sich also durchaus sagen, dass er mir schon ein paar Mal echt aus der Patsche geholfen hatte. Und es lässt sich sagen, dass er ein gut aussehender 'Shim war, groß und schlank und gut gebaut, dunkle Mandelaugen in einem scharf geschnittenen Gesicht, dunkle, halblange Haare, dunkle Kleidung, dunkle Aura. Nicht, dass es mich interessierte. Aber es lässt sich sagen.

„Stimmt was nicht?", fragte er und gab Gas.

Ich konzentrierte mich schnell wieder auf die Straße vor uns, die Pfützen, in denen das orange Licht der Straßenlaternen in konzentrischen Kreisen tanzte, und die Menschen, die weghüpften, wenn Duke durch ebendiese Pfützen fuhr, und sich das Regenwasser in Fontänen über den Bürgersteig ergoss. Ein Polizist sollte so etwas nicht machen, fand ich. Aber ich wollte seinen Fahrstil nicht kritisieren.

„Fahr einfach weiter."

Kapitel 2

Offenbar verdienten die Kriminalbeamten doch ganz ordentlich, dachte ich mir, als ich zwanzig Minuten später in Dukes Wohnung trat. Ich zog mir die Stiefel von den Füßen, legte Schwertgurt und Bogen ab, und ließ mein durchnässtes Kleiderbündel auf den Boden fallen, bevor ich neugierig durch die Räumlichkeiten spazierte.

Die Decke der im obersten Stockwerk gelegenen Wohnung war bestimmt vier Meter hoch. Dunkelgraues Parkett zog sich durch die Zimmer, ein paar riesige, abstrakte Gemälde verzierten die ansonsten leeren Wände. Hier und da standen ein paar schlichte, funktionale Möbel herum, wohnlich wurde es eigentlich nur durch einen dicken weißen Teppich im Wohnzimmer, die warme Beleuchtung und das von Orchideen und Grünpflanzen überquellende Fensterbrett vor der riesigen Scheibe, an die ich nun trat. Es war inzwischen ganz dunkel geworden, doch das Lichtermeer der Stadt funkelte zwischen den Regentropfen hindurch. Definitiv viel, viel besser als Themiskyra. Einen Moment lang dachte ich an Padmini, die heute Nacht alleine in ihrem Zimmer würde schlafen müssen. Wahrscheinlich würde sie bald eine neue Zimmergenossin zugeteilt bekommen. Einen Moment lang vermisste ich sie. Einen Moment lang spießte mir das Heimweh ins Herz. Dann sah ich meine Spiegelung und verzog angewidert das Gesicht.

„Du hattest etwas von einer Dusche gesagt?", erkundigte ich mich bei Duke, der aus seiner Lederjacke geschlüpft war und mir Wasser in ein feines, dünnwandiges Glas einschenkte. Ich riss es ihm fast aus der Hand und stürzte den Inhalt hinunter. „Mehr."

Er füllte mir solange nach, bis mein Durst gelöscht war, dann folgte ich ihm mit gluckerndem Wasserbauch ins Bad.

„Dort im Regal sind Handtücher. Nimm, was du brauchst. Und hier sind die Waschmaschine und der Trockner für deine Kleidung. Soll ich dir erklären, wie sie funktionieren?"

Ich winkte ab. Den Monat zuvor hatte ich in Themiskyras Wäscherei meinen Dienst versehen und jeden Tag viele Stunden Waschkörbe geschleppt, Maschinen befüllt, Kleidung und Tischwäsche gewrungen, aufgehängt, gemangelt, bis meine Hände rot und rissig waren. Wenn's ums Waschen ging, bedurfte ich sicherlich keiner Hilfe.

„Dann viel … Erfolg!" Damit überließ er mich mir selbst. Ich sperrte ab und drehte mich im Kreis, während ich mich umsah und auszog. Schwarzer Marmorboden, weiße Kacheln, alles schlicht, edel und großzügig, wie der Rest der Wohnung.

Ich duschte. Oh, Artemis, wie ich duschte. Lang und heiß. Danach säuberte ich meine Lederhose und den Wildlederumhang mit einem Schwamm und kondensiertem Wasser aus dem Trockner und hängte beides über einen Kleiderständer in Heizungsnähe. Die restliche Kleidung warf ich in die Waschmaschine, setzte mich in flauschige Frotteehandtücher gehüllt auf den Badteppich und sah der Trommel beim Drehen zu, während ich mich kämmte, bis es irgendwann vorsichtig an der Tür klopfte.

„Ainia? Geht's dir gut oder bist du ertrunken?"

„Ich heiße jetzt Nia."

„Okay. Kommst du irgendwann wieder raus?"

„Ich warte auf die Wäsche."

„Das dauert doch Stunden."

Wirklich? Lahme Maschinen hatten die hier im Märchenland. Jetzt verstand ich auch die rückwärts zählende Anzeige auf dem Display. Ich hatte doch keine Zeit! Und lediglich in Handtüchern würde ich das Bad sicherlich nicht wieder verlassen. Duke deutete mein Zögern richtig und ließ verlauten: „Ich hänge dir ein paar Sachen an die Türklinke."

Wenig später kam ich zurück ins Wohnzimmer, bekleidet mit einer Hose und einem langärmeligen Oberteil ähnlich meinem Taekwondo-Anzug aus Themiskyra, aber in Schwarz und aus unvergleichlich weichem Material. Es floss um mich herum und wenn mich der Zeitdruck nicht hibbelig gemacht hätte, hätte ich mich sofort darin auf dem Flauschteppich zusammengerollt und ein paar Stündchen geschlummert. Stattdessen nahm ich Duke gegenüber auf der Couch Platz, der auf einem Sessel saß, einen schwarz glänzenden Laptop auf den

Beinen, den er nun zuklappte.

„Kassian hat mich angerufen", sagte er unvermittelt und ich war froh, dass ich saß, sonst wäre ich aus den nicht vorhandenen Latschen gekippt.

„Was? Wann??? Warum hast du nicht –"

„Am Freitag. Nicht heute. Er faselte irgendeine wilde Geschichte von einem Gemetzel vor einem alten Kraftwerk, und dass du gefangen gehalten würdest von einer Hexe." Er schüttelte den Kopf. „Er war außer sich."

Angst schloss sich wie eine kalte Faust um meinen Magen. Wenn die Polizei sich Themiskyra nun auch noch vornahm, würden sie es zerstören. Die Amazonen würden an die Öffentlichkeit gezerrt werden und die anderen Gemeinschaften sich von unserer Siedlung abwenden, um sich selbst zu schützen, auch wenn Atalante nichts falsch gemacht hatte. Die Frauen von Themiskyra würden sich in alle Winde zerstreuen, um irgendwie, irgendwo neu anzufangen. Eine Katastrophe.

Ich wusste nicht, warum ich überhaupt noch Solidarität für Themiskyra empfand, es hätte mir egal sein können, aber ich fühlte mich entsetzlich schuldig.

„Zuerst dachte ich, er hätte was eingeworfen und sei auf irgendeinem abgefahrenen Trip. Ich konnte ihn nicht ernst nehmen. Aber ich musste natürlich hinfahren und der Sache nachgehen, zumal es dort nachweislich einen größeren Notarzteinsatz gegeben hatte und Kassian meinte, dass auch Kawaji Ryu und seine, wie er sie nannte, Ninjas dort gewesen seien."

Ich schluckte. „Und dann?"

„Keine Spur von Ryu. Klar."

„Klar", brachte ich hervor.

„Stattdessen jede Menge Reifenspuren, blutgetränkter Boden und ohne Ende Patronenhülsen."

Atalantes Aufräumtrupp hatte offenbar ganze Arbeit geleistet.

„Außerdem ein Haufen Steuerfahnder."

Ich knabberte an meinen Fingernägeln herum.

Duke beobachtete mich ganz genau, schien meine Reaktion abschätzen zu wollen. „Und eine kleine Stadt voller Frauen."

„Was hast du gemacht?", fragte ich bang.

„Nichts."

„Nichts?"

„Ist dir das nicht lieber so?"

„Doch, doch, natürlich ...", gab ich verwirrt zurück. Nur, seit wann kümmerte es die Polizei, was mir lieb war und was nicht?

„Ich habe natürlich Blutproben und Patronenhülsen ins Labor geschickt und die Verletzten befragt; immerhin hat dort eine Auseinandersetzung zwischen zwei rivalisierenden Gruppierungen des organisierten Verbrechens stattgefunden, aber die Angelegenheit hatte offensichtlich nichts mit den Bewohnern des alten Heizkraftwerks zu tun. Und Kassian mag dich zwar vermisst haben, aber du weißt sicherlich, dass Personen mindestens 24 Stunden lang weg sein müssen, bevor sie als vermisst gemeldet werden dürfen."

Das wusste ich nicht. „Inzwischen sind aber mehr als 24 Stunden vergangen."

„Inzwischen bist du aber wieder da. Und Kassian hat sich nicht mehr bei mir gemeldet."

Vielleicht vermisste er mich auch nicht mehr. Autsch.

„Ich hatte ihm gesagt, dass er erst mal untertauchen solle, bis die Sache geklärt ist. Falls das wirklich Ryus Leute waren, werden sie nicht scharf auf Zeugen sein, und ich hielt es für sicherer für ihn, vorerst von der Bildfläche zu verschwinden. Und die Amazonenstadt und dein Name tauchen nirgendwo in den Akten auf."

„Okay. Danke", sagte ich verwirrt. War jetzt alles gut? Moment mal – „Wieso denkst du, das sei eine Amazonenstadt?"

„Ein Haufen gut bewaffneter Frauen und kein Mann in Sicht? Das liegt wohl auf der Hand."

Es freute mich irgendwie, dass er uns erkannt hatte und nicht wie die anderen dachte, dass wir grobschlächtige Ungeheuer in Tierprint-Bikinis waren. Und es machte mir Angst. Er wusste zu viel. Die alte Ainia hätte vermutlich wieder die Messer gewetzt und versucht, Duke um die Ecke zu bringen, so wie sie es auch mit Kassian vorgehabt hatte, bevor sie sich verliebt hatte. Aber der neuen Nia konnte sein Mitwissen egal sein. Ich zwang mich dazu, meine Sorgen ziehen zu lassen. Meine Schwestern waren soweit in Sicherheit. Duke hatte mir schon wieder geholfen. Nur – warum?

„Erzählst du mir jetzt endlich, was du mit dem Antiquitätengeschäft zu tun hattest, das in Rauch und Asche aufgegangen ist?"

„Aha, deswegen."

„Was?"

Ich hatte schon wieder laut gedacht. Nun, ich war nicht bescheuert. „Ich habe rein gar nichts mit diesem Laden zu tun."

Er legte den Laptop auf einem Beistelltischchen ab und setzte sich neben mich. „War nur ein Spaß. Der Fall ist geklärt."

„Wirklich?"

„Ja, wie vermutet. Gasleck."

„Ach so."

„Ja."

Wieso löste sich gerade alles in Wohlgefallen auf? Und warum fühlte sich das nicht gut, sondern gefährlich an? Wahrscheinlich wegen Dukes Nähe. Die machte mich manchmal ganz … zum aus der Haut fahren. Ich stand auf. „Ich sehe mal nach der Waschmaschine."

„Musst du nicht. Die schickt mir eine Nachricht auf mein Fon, wenn sie fertig ist."

„Praktisch", meinte ich zweifelnd und setzte mich langsam wieder hin. „Wie schaffst du es eigentlich immer, mich zu finden?" Ich verschränkte die Arme, während ich ihn mit frisch erwachtem Misstrauen musterte. „In dieser Stadt wohnen doch bestimmt ein paar hunderttausend Leute – und du tauchst immer auf, wenn ich in Schwierigkeiten stecke? Unwahrscheinlich."

Er lachte auf. „Ich frage mich eher, was du an meinen Tatorten zu suchen hast. Oder auf meinem Nachhauseweg von der Arbeit, über und über bekleckert mit Ketchup."

„Hm."

„Und das eine Mal nach dem Überfall hast du mich selbst angerufen."

„Hm."

„Nicht zufrieden? Was möchtest du denn hören? *Ich habe dich verfolgt, weil ich dir verfallen bin?*"

„Na, das sicher nicht", sagte ich und schüttelte mich.

„Grrrrooooooaaaaaaaaarrrh", sagte mein Magen und verkrampfte sich.

„Hast du Hunger?"

„Da fragst du noch? Nach diesem infernalischen Knurren?"

Er lächelte mir knapp zu und stand auf, um im Kühlschrank der offenen Küche nach etwas Essbarem zu fahnden. Es handelte sich um ein immenses Gerät, zweitürig, mit Eiswürfelbereiter und Minibarfach. Aber sein Inhalt war mehr als dürftig. Ich spähte an Duke vorbei und sah ein Netz Zitronen, eine Plastik-Box mit dem Aufdruck eines asiatischen Restaurants und eine Flasche Bier. Er öffnete den anderen Türflügel, hinter dem sich der Gefrierschrank verbarg.

„Eiswürfel", murmelte er, „Crushed Ice, Eiswürfel, Eiswürfel … Eiswürfel mit Minzblättern."

Ich sackte enttäuscht auf der Couch zusammen.

Er kickte die Tür wieder zu und wandte sich zu mir um. „Ich kann dir Sushi von vorvorgestern anbieten. Oder ein Bier mit Zitronenschnitz an Minzeiswürfel."

„Nein, danke." Ich musste einen klaren Kopf bewahren, wenn ich mit Kassian alles klären wollte. „Was bist du, ein Vampir? Wie kann jemand einen so leeren Kühlschrank haben?"

Duke zuckte mit den Schultern. „Ich esse meist unterwegs." Er wedelte mit einem gefalteten Papier, das er hinter dem Toaster hervorgezogen hatte. „Wir bestellen einfach etwas. Was möchtest du?"

Ich hatte ihm den Wisch schon aus den Händen gerissen und überflog die Seiten. „Alles. Einmal alles, bitte!"

Wir bestellten nicht alles. Aber eine hübsche, kleine Auswahl. Meeresfrüchte, gebackenes Huhn, gebratene Nudeln, gebrutzeltes Gemüse mit Tofu, zum Abschluss Sesameis, verschiedene Nüsse und exotische Früchte. Zeitgleich mit der Lieferung war die Wäsche fertig gewesen; ich hatte gleich den Trockner angeworfen, der sich nun mit einem Piepsen meldete, als ich mich gerade satt und zufrieden auf der Couch zurückgelehnt hatte.

Duke war kein Vampir. Ich hatte ihn essen sehen, wenn auch nur einen Bruchteil der Menge, die ich vertilgt hatte. Die meiste Zeit über hatte er mich verhalten amüsiert beim Reinspachteln beobachtet. Das war mir gleich, in seiner Gegenwart musste ich keine gute Figur machen oder befürchten, dass mich irgendwelche Käseblätter ablichteten, wenn ich mir gerade den Magen vollschlug.

Jetzt rappelte ich mich mit einiger Mühe wieder auf und schleppte mich ins Bad. Bedauernd ließ ich den bequemen schwarzen Anzug zurück, nachdem ich mich wieder mit meinen eigenen, jetzt duftenden, warmen Gewändern bekleidet und mir einen langen, dicken Zopf geflochten hatte. Im Gang zog ich mich fertig an. Stiefel. Schwertgurt. Umhang. Köcher. Ich straffte meine Haltung. Der Spiegel des Garderobenschranks zeigte wieder eine Amazone, nicht das debile Ketchupmonster. Gut so.

Duke trat in den Flur, lehnte sich groß und dunkel mit verschränkten Armen an den Türrahmen und sah mir dabei zu, wie ich mein Bündel verschnürte.

„Willst du wirklich jetzt noch los? Es ist schon spät."

„Soll ich etwa hierbleiben?" Das war undenkbar und rhetorisch gemeint, aber Duke zuckte mit den Schultern.

„Es gibt genug Platz. Außerdem regnet es immer noch. Weißt du überhaupt, wo du genau hinmusst?"

Ich Idiotin! Statt die Zeit und die Gelegenheit zu nutzen, hatte ich ganz vergessen, mein Fon hier an der Steckdose zu laden. Aber der Akku würde noch reichen für eine kurze Ortung von Kassian. Und es war besser, wenn Duke gar nicht erst erfuhr, dass es sich bei dem geheimnisvollen Objekt, das er vor ein paar Wochen aus dem verwüsteten Antiquitätengeschäft geborgen hatte, um ein Fon handelte.

„Ja, ich denke schon." Ich hänge mir mein Bündel zum Köcher über die Schulter.

„Soll ich dich fahren?"

Was, bei Artemis, war los? Warum wollten denn alle so nett zu mir sein? Will Parsons Vater, die Dame in Apricot, jetzt Duke … Na ja, das war's eigentlich schon. Der Tankwart und der Pommesmann waren gemein gewesen. Der Stallbursche in Themiskyra auch ein bisschen, als ich mich von Xanthos verabschiedet hatte. Atalante auch. Jacintha sowieso. Wahrscheinlich war mir einfach ein normaler Durchschnitt an Fiesheiten und Freundlichkeiten zuteil geworden.

„Nein. Danke."

„Wie kann ich dich erreichen?"

Ich schnaubte. „Gar nicht."

„Kommst du zurecht?"

„Sicher. Und wenn nicht, tauchst du sicherlich wieder zur rechten Zeit auf." Ich gestattete mir ein winziges Lächeln, und auch Duke hob einen Mundwinkel, den er aber rasch wieder senkte, als er auf mich zutrat. Er hielt mich sanft an den Oberarmen fest und sah mich eindringlich an. „Pass auf dich auf. Es passieren ... Dinge. Wahrscheinlich wird es bald zu Veränderungen kommen, die –"

„Der Benzinpreis schießt in die Höhe und das Geld verreckt. Ja ja, ich weiß."

Er ließ mich überrascht los. Wahrscheinlich wirkte ich nicht wie der Typ Frau, der sich über wirtschaftliche Themen Gedanken machte. Na ja, machte ich mir ja auch nicht, es heulten mir nur in letzter Zeit alle die Ohren darüber voll, dass die Welt unterging. Panikmache. Was juckten mich Benzin und Geld, ich hatte ohnehin keines von beiden.

„Und wenn etwas sein sollte –", setzte er erneut an.

„– habe ich deine Fonnummer."

„Gut."

„Gut. Dann ... danke für die Dusche und die Waschgelegenheit. Und das Essen."

„Brauchst du einen Schirm?"

Ich schnaubte erneut. Zog meine Kapuze über. Packte meinen Bogen. Duke öffnete mir die Wohnungstür. In dem Moment, als ich an ihm vorüberging, hielt er mich noch einmal kurz fest und drückte mich an sich. Ich konnte seinen Herzschlag hören und sein Aftershave riechen und alles fühlte sich plötzlich furchtbar persönlich an. Er gab mir einen schnellen Kuss auf die Stirn, bevor er mich auf den Gang schob. „Versuch zu überleben, Ainia."

„Nia", knurrte ich.

„Genau."

Als ich auf den Aufzug wartete, wandte ich mich noch einmal zur Tür um, doch sie war schon wieder geschlossen. Immer noch ein bisschen verwirrt trat ich in die Liftkabine. Ich kam nicht hinter Dukes Beweggründe. Mit ihm fühlte sich alles seltsam an. Nichts passte so richtig. Wenn er mir den Hof gemacht hätte, hätte ich damit umgehen und seine Avancen abweisen können. Kein Problem. Aber so ... wusste ich nie, was ich genau zu tun und zu sagen hatte. Am einfachsten war es da, sich hinter einer gewissen Pampigkeit zu verstecken, die ich aber gar nicht empfand. Und die mich nicht weiterbrachte.

Himmel, Artemis, Duke Ibro war gerade mein geringstes Problem. Ich hatte meinen Liebsten zu finden und ein Happy End einzuheimsen. Unten im Foyer des Hauses überprüfte ich kurz Kassians Standort, dann eilte ich hinaus in den Regen.

Glücklicherweise waren die schlimmsten Wolkenbrüche vorbei. Während der eineinhalb Stunden, in denen ich zu Kassians blauem Pfeilchen marschierte, ließ der Regen immer mehr nach, bis der Himmel schließlich an einigen Stellen aufbrach und weißes, kaltes Mondlicht auf die Erde schickte.

Etwa auf halbem Wege stieß ich auf ein Fahrrad. Es stand unversperrt an einem Zaun und sah durchaus verkehrstüchtig aus. Und es rief mich. In Nullkommanichts würde ich in Seemarkt und bei Kassian sein, wenn ich es mir einfach schnappen und in die Pedale treten würde. Drei Dinge hielten mich davon ab. Erstens: Ich wollte dem Rufen widerstehen. Ich hatte mit meinen Diebstählen so viel Mist gebaut – ich hatte nicht vor, da wieder hineinzugeraten. Zweitens: Pan hatte sich schon wieder auf meiner Schulter materialisiert und ich hatte beschlossen, den lästigen kleinen Gott und seine Einflüsterungen mit Missachtung zu strafen. Drittens: Ich konnte nicht Fahrrad fahren. Pedale sind hochgradig unheroisch. Also ignorierte ich das Rufen des Dings und ging daran vorbei. Um nicht zu viel darüber nachzudenken und am Ende doch noch schwach zu werden, dachte ich an Kassian. Unsere erste Begegnung, als er mich im Elektroladen dabei erwischte, wie ich für Polly einen GemPlayer mitgehen lassen wollte. Unsere zweite Begegnung, als ich ihn töten wollte und mich stattdessen in ihn verliebte. Nun, vielleicht nicht gleich an diesem Abend, aber bei jedem Treffen ein bisschen mehr. Ich dachte an seine leuchtenden Augen, wenn er mich anlächelte, ich dachte an seine Komplimente, seine Großzügigkeit, wie wir zusammen lachten, feierten, Spaß hatten. Mit jedem Schritt wuchsen meine Vorfreude und meine Verliebtheit.

Endlich bog ich in die Wiener Allee ein. Überall Villen, Parks, verschnörkelte Straßenlaternen, breite Einfahrten, hohe Hecken. Ich begann zu laufen, sah nach einigen Schritten schon den Thunderbird vor der Nummer 8 parken. Mein Herz schlug schneller, als ich vor einem großzügigen Anwesen zum Stehen kam, das von einer etwa zwei Meter hohen, weißen Mauer umgrenzt wurde. Ein paar der Fenster waren noch beleuchtet. Ich trat schon vor das Tor, streckte den Finger nach dem Klingelknopf aus, da besann ich mich eines Besseren. Was, wenn auch hier ein Herr Humboldt mich von meinem zukünftigen Glück zu trennen suchte? Nein, das würde ich nicht noch einmal zulassen. Ich versteckte meinen Bogen, den Pfeilköcher und mein Bündel in der Hecke des Nachbargrundstücks und schwang mich an der am weitesten von der nächsten Straßenlaterne entfernten Stelle über die Gartenmauer. Zu spät dachte ich an mögliche Anti-Einbruchssysteme wie beispielsweise Selbstschussanlagen, Dobermänner oder Sicherheitspersonal, und verharrte in der Hocke, in der ich auf dem Rasen gelandet war, während ich rasch die Umgebung kontrollierte. Keine auf mich zuhechelnden Ungetüme. Keine sich automatisch ausfahrenden Waffen. Keine Security.

Ich huschte durch den von einigen kleinen Lampen erleuchteten Garten, von Schatteninsel zu Schatteninsel, vorbei an ein paar gepflegten Blumenbeeten und einem kleinen Schuppen zur Rückseite des Hauses. Die Kellertür ... war verschlossen. *Mist.* Aber bei der Küchentür hatte ich Glück. Sie war gekippt, und es kostete mich nur eine geschickte Handbewegung mit meinem Schwert, um das Schloss zu entriegeln. Die Küche lag im Dunkeln vor mir, durch den Gang jedoch fiel ein Streifen Licht auf die Terrakottafliesen. Das Personal hatte sich offenbar schon zurückgezogen, die Arbeitsflächen waren sauber, die Spülmaschine gurgelte vor sich hin.

Lautlos schlich ich hinaus auf den Flur. Eine Glasschirmlampe auf einer Konsole vor einem Spiegel verströmte schummriges Licht. In einer Schale dort lag Kassians Schlüsselbund; seinen Schlüsselanhänger hätte ich jederzeit wiedererkannt: Eine kleine Platine, wie er mir einmal erklärt hatte, die mich fasziniert hatte, da sie wie eine Miniaturstadt von oben aussah, mit Häusern, Straßen, Parks, Stadion ...

Als sich plötzlich von hinten eine Hand auf meine Schulter legte, wäre mir vor Schreck fast das eben noch so vorfreudig trommelnde Herz stehen geblieben. Augenblicklich im Kampfmodus wirbelte ich herum, Arme in Abwehrstellung, Füße kickbereit. Ich weiß nicht, wen ich erwartete, einen Butler, eine Haushälterin, einen Sicherheitsbeauftragten; es hätte ohnehin sicherlich keinen guten Eindruck gemacht, einen von diesen Leuten auf die Matte zu schicken. Ganz sicher *nicht* erwartet hatte ich jedenfalls …

„Chiara?"

Sie trug einen Strohhut mit Schweißerbrille auf dem Kopf, einen Fünf-Liter-Wasserkanister in der Hand und war mindestens so überrascht über mich, wie ich über sie.

„Was machst du hier?", fragten wir gleichzeitig leise, mussten dann lächeln und umarmten uns ein bisschen verlegen.

„Was willst du mit dem Wasser?", setzte ich erneut an.

„Es stehen schlimme Zeiten bevor. Wir müssen uns wappnen", teilte sie mir, gemessen am Inhalt ihrer Worte, recht heiter mit. „Wenn das Trinkwasser erst einmal verseucht ist, werden wir alt aussehen."

„Und deswegen beklaust du Kassian?" Anders konnte ich mir ihr Herumschleichen im fremden Haus nicht erklären.

Sie sah mich nur völlig verständnislos an. „Warum?"

„Ja, warum?", fragte ich. Dann zuckte ich mit den Schultern. War ja auch egal, das bisschen Wasser konnte er sich sicherlich leisten. „Hast du deine Tabletten genommen?"

„Nein", flüsterte sie. „Ich habe sie gebunkert. Sie gehen bestimmt bald aus. Wusstest du, dass Erdöl auch in Arzneimitteln ist?"

„Ähm." Sie war definitiv in keiner guten Verfassung, aber ich konnte mich nicht die ganze Nacht mit Chiara aufhalten. „Du hast sicherlich recht, aber jetzt solltest du wirklich schlafen gehen. Findest du den Weg?"

„Klar." Sie setzte ihre Schweißerbrille auf. „Pass gut auf dich auf. Wenn es hart auf hart kommt, treffen wir uns im Bunker an der Herzogbrücke. Für dich ist sicher noch Platz." Sie nickte mir knapp zu und schleifte dann ihren Wasserkanister weiter den Gang entlang. Überfordert sah ich ihr nach. Armes Mädel. Aber als Apokalypsenprophetin machte sie sich ganz gut. Sie würde nur noch ein bisschen an ihrem Aufzug arbeiten müssen; der Strohhut sah etwas zu sehr nach Erdbeerernte aus ...

Ich spitzte die Ohren. Plötzlich hörte ich gedämpfte Bässe, sehr leise, aber leicht als eins der Lieder von Kassians Lieblingsband identifizierbar. Ein Lächeln breitete sich in meinem Gesicht aus, als ich der Musik den Gang entlang und über eine breite Freitreppe hinauf ins erste Stockwerk folgte. Ich würde ihn zuerst umarmen. Ihm sagen, dass ich seine Zuneigung erwiderte ... *ach, was soll's,* ich würde ihm sagen, dass ich ihn *liebte.* Das hatte ihm Padmini ja ohnehin schon wörtlich ausgerichtet. Und dann würde ich Stück für Stück das ganze Chaos auflösen, in das ich hineingeraten war, beziehungsweise, ehrlicher, das ich verursacht hatte. Und dann würde bestimmt alles gut werden. Kassian war nicht nachtragend. Und er hatte mir so oft versichert, wie einzigartig und schön und toll er mich fand, das musste doch meinen kleinen Fauxpas aufwiegen?

Vielleicht würde er mich einfach hier einziehen lassen, es war bestimmt genug Platz vorhanden, wenn ich mich so umsah: Viele Türen mit goldenen Klinken gingen links und rechts ab, der Parkettboden war mit fein geknüpften Perserteppichen ausgelegt, an der Decke hingen kleine Kristalllüster ... Aber das Wichtigste war Xanthos. Meinen Fuchswallach von der Paiti auszulösen würde mein Hauptprojekt sein, sobald ich Kassian wieder in meine Arme geschlossen hatte. Er würde mir sicher das Geld dafür geben; er hatte mir ja immer jeden Wunsch von den Augen abgelesen.

So träumte ich vor mich hin, während ich den Bässen den Gang entlang nachging, bis ich endlich vor der Tür stand, hinter der die Musik spielte, hinter der Kassian war, hinter der ich finden würde, wonach ich mein ganzes Leben, bewusst und unbewusst, gesucht hatte. Ich klopfte nicht an. Keine Verzögerungen mehr. Kein Aufschub. Keine Ausreden und keine Ausflüchte mehr. Tacheles.

Ich riss die Tür auf – und erstarrte.

Kapitel 3

Das Bild, das sich mir bot, würde sich für lange, lange Zeit in mein Gedächtnis einbrennen. Es war nicht Kassians Zimmer. Das war mir sofort klar. Die Wände waren rosa, hellrosa, zartrosa und altrosa gestrichen, der Teppich hatte Form und Farbe eines flauschigen Schönwetterwölkchens, an den hohen Spiegelschranktüren hingen Poster, die irgendeinem bauchmuskelstarken Hollywoodstar huldigten, und auf der Couch tummelten sich Armeen von Teddybären und Plüschenten.

Sie waren nicht die Einzigen, die sich da tummelten. Fassungslos sah ich Kassian, das Hemd bis zum Bauchnabel aufgeknöpft, auf seinem Schoß Melissa, nur noch mit pinkfarbenem BH und Jeans bekleidet, ihre Hände in seinen Haaren, seine Hände an ihrem Hintern, ihre Zungen … bah.

Das Schlimmste für mich war in diesem Moment die körperliche Nähe der beiden. Nicht Kassians Verrat, nicht der Verlust meiner Träume. Nein, es war die Tatsache, dass die beiden sich in dieser kurzen Zeit so viel näher gekommen waren als Kassian und ich während der Wochen, in denen wir zusammen waren. Was natürlich meine Schuld gewesen war. Mit einem Mal schien es mir, als sei meine indirekte Weigerung, mit Kassian ins Bett zu gehen, der Grund für die Szene, in die ich eben hineingeplatzt war, und nicht Kleinigkeiten wie ein Diamantenraub und ein Blutbad vor meinem Zuhause. Ich hasste mich dafür, dass ich Kassians sanftem Drängen nicht nachgegeben hatte, aus religiösen Gründen, die nun schlagartig gar nicht mehr für mich galten, weil ich aus Themiskyra herausgeworfen worden war.

Und die beiden hatten mein Eintreten nicht einmal bemerkt! Die Musik, die mich hierher geführt hatte, dröhnte laut, übertönte sogar den entsetzten Laut auf meinen Lippen. Mein erster Impuls war Flucht. Abhauen, leugnen, was ich da gesehen hatte, und nie wieder darüber nachdenken. Aber das ging nicht. Meine Füße waren wie festgenagelt, mein Blick klebte an dem leidenschaftlichen Schauspiel fest, das sich mir bot. Also blieb mir nur mein zweiter Impuls: Zorn.

Ich zog mein Schwert, aber so wütend ich auch war, ich wusste, dass Mord nicht das Mittel der Wahl war – und ich hatte es schon einmal nicht über mich gebracht, Kassian die Klinge in den Leib zu stoßen. Stattdessen griff ich mir mit der anderen Hand eine rosa Porzellandose vom Regal neben mir und schleuderte sie auf die beiden zu. Ich hatte schlecht gezielt; sie zerschellte an der Wand hinter dem Sofa.

Die beiden fuhren auseinander. Während Melissa ehrlich erschrocken aussah, wirkte Kassian einfach nur völlig überrascht.

„Ainia", brachte er hervor und stand auf, nur um gleich wieder zurück auf die Couch zu fallen, um einer fliegenden Schneekugel auszuweichen.

„Du hast gesagt, es ist vorbei! Du hast gesagt, sie kommt nie wieder!", kreischte Melissa entsetzt und duckte sich unter einem gläsernen Briefbeschwerer weg.

Schon hatte ich den nächsten Gegenstand in der Hand, ich sah gar nicht mehr hin, was ich packte und warf. Eine Spieluhr sauste durch die Luft, eine Schneekugel mit dem Eiffelturm, ein Glasschälchen mit Murmeln, ein Glaseinhorn, zwei Glaspinguine, eine Keksdose, ein Sparschwein, eine Sonnenbrille, Kassians Fon … Ich war zu geladen, zu aufgewühlt, zu zittrig, um zu treffen. Das meiste landete an der Wand, dem Wölkchenteppich oder schlug zwischen den Plüschenten auf.

„Wie! Kannst! Du! Mir! Das! Antun!" Mit jedem Ding, das durch die Luft segelte, stieß ich ein Wort aus. „Ich habe alles verloren. Themiskyra! Padmini! Xanthos! Meine *Sachen*! Deinetwegen." Das Letzte flüsterte ich nur noch, aber ich glaube nicht, dass er mir überhaupt zuhörte.

Die Höhe war jedoch, was dann geschah. Kassian war es endlich gelungen, sich aus dem weichen Plüschtierwust der Couch aufzurappeln, aber nicht, um sich vor mir auf die Knie zu werfen und um Verzeihung zu bitten. Nicht, dass ich ihm verziehen hätte. Ich war außer mir. Aber es wäre eine Geste gewesen.

Er jedoch schob die schluchzende Melissa hinter sich, warf erst einen schnellen Blick auf mein Schwert, das ich immer noch nutzlos in der Hand hielt, und sah mir dann fest in die Augen.

„Du hast hier nichts verloren. Geh oder ich rufe augenblicklich die Polizei", fuhr er mich mit harter, rauer Stimme an.

Mir blieb die Luft weg. Mein Kassian war verschwunden. Da war nur noch ein Fremder in seiner Hülle, der mich mit bösen, kaltblauen Augen anfunkelte. Sein weicher, zum Lächeln, zum Küssen gemachter Mund war nichts als ein fester Strich, seine einst so liebevollen Hände zu Fäusten geballt.

Alle Kraft floss aus mir heraus, als seine Worte mein Herz zerstachen. Ich schaffte es nicht, weiterzuwerfen, obwohl ich schon etwas in der Hand hatte, und stolperte rückwärts gegen das Regal. Wieder klirrte es, Dinge zerbarsten auf dem Boden um mich herum. Wie in Trance sah ich nach unten zu den Scherben, bemerkte, dass ich Kassians Geldbeutel in der Hand hielt. Ich kannte ihn; feines, schwarzes Lammleder umgab goldene Kreditkarten und große Talerscheine, die er oft genug gezückt hatte, um mir Geschenke zu kaufen oder in Serges Restaurant zu zahlen. Ich wollte das unliebsame Ding schon fallen lassen, da flüsterte Pan auf meiner Schulter nur ein Wort: *Xanthos!*

Kassian war wohl so darauf bedacht, vor Melissa den Helden zu spielen, dass er nicht einmal bemerkte, dass ich sein Portemonnaie in die Innentasche meines Umhangs gleiten ließ. Dort ertasteten meine bebenden Finger auch das Fon. Das mir nun nicht mehr das Geringste bedeutete. Ich hätte es zerschmettern sollen, aber es war das Herzensprojekt des 'Shims, den ich geliebt hatte. Deshalb zog ich es heraus und legte es einfach ohne hinzuschauen in das ansonsten leere Regal.

Kassian kam einen energischen Schritt auf mich zu, bevor ihn ein rascher Blick auf mein Schwert stoppen ließ. „Ainia, es ist mein Ernst –"

„Ich heiße Nia. Und ich bin schon weg", brachte ich ausdruckslos hervor und steckte meine Waffe weg, bevor ich mich umdrehte und aus dem Zimmer, dem Flur, dem Haus stürmte. Aufblitzende Scheinwerfer vor dem vergitterten Tor ließen mich zögern.

Instinktiv kletterte ich wie zuvor verborgen im Schatten über die Mauer und erkannte, dass ein dunkler Kombi mit dem

Logo einer Sicherheitsfirma auf der Motorhaube vorgefahren war. Eilig zerrte ich Bogen, Köcher und Bündel aus der Hecke und rannte los. Ich hatte nicht die Kraft für eine weitere Konfrontation.

Er hatte die Security gerufen. Weil er mich fürchtete. Weil ich eine Amazone war. Es war genau das eingetreten, wovor ich immerzu gebangt hatte, weswegen ich Kassian auch niemals die Wahrheit über meine Identität, meine Herkunft, mein Sein offenbart hatte. Er hasste mich. Und er liebte Melissa. Klar. Die beiden waren als Kinder zusammen aufgewachsen. Sie gehörten einer Welt an, einer schönen, reichen, sorglosen Welt. Jetzt erst wurde mir klar, dass es Melissas Haus gewesen sein musste, in das ich eingebrochen war. Ihr Kinderzimmer. Duke hatte Kassian gesagt, er solle untertauchen. Und genau das hatte er gemacht. Gemeinsam mit seiner Jugendliebe. Meine Wut verpuffte, übrig blieb fassungslose Traurigkeit.

Er hasst mich. Er liebt Melissa. Er hasst mich. Er liebt Melissa, wiederholte mein Gehirn in Endlosschleife bei jedem Schritt, den ich lief, und doch begriff ich es nicht. Kopflos stürmte ich durch die menschenleere Nacht, wusste nicht, wohin mich meine Füße trugen ... doch irgendwann trugen sie mich nicht mehr. Ich hatte an diesem Tag so viele Schritte gemacht, viele, viele tausend. Und das war mir gelungen, weil ich ein Ziel gehabt hatte und ein Herz voller Liebe. Jetzt war alles kalt und leer und ich konnte nicht mehr. Meine Beine wurden langsamer, langsamer, langsamer, bis ich stehenblieb, wie ein abgelaufenes Aufziehspielzeug. Ich hob das Gesicht in den Himmel, doch er war sternlos, auch mond- und sogar wolkenlos, verlassen, wie mein Herz. Er spendete mir keinen Trost. Ich fühlte mich so endlos elend und allein. Ich wusste nicht wohin und ich wusste nicht, wie es weitergehen sollte, und vor allem wusste ich nicht, warum! Warum hatte Kassian mir das angetan! Er wusste doch, dass ich ihn liebte! Ich hatte es ihm durch Padmini ausrichten lassen. Und es konnte doch nicht sein, dass sich Gefühle so schnell änderten! Vorgestern hatte er mir noch seine Liebe gestanden. Warumwarumwarum? Plötzlich fiel mir Duke ein. Er würde mir keine Antwort geben können auf meine Fragen. Aber er konnte mir zumindest Obdach gewähren. Und vielleicht eine Schulter zum

Ausweinen.

Ich lief zur nächsten, etwas breiteren Straße und fand nach ein paar hundert Metern tatsächlich eine Telefonzelle. Mein Fon hatte ich nicht mehr, Dukes Nummer hatte ich nicht mehr, da ich sie nur im Adressbuch des Fons gespeichert hatte, meinen Taler hatte ich auch nicht mehr. Mir blieb nur eine Möglichkeit.

Ich wählte die 333.

„Polizeinotruf Urba", meldete sich eine Frauenstimme. „Wie kann ich Ihnen helfen?"

„Es ist kein Notfall", beeilte ich mich zu sagen. „Aber ich müsste dringend einen Ihrer Kommissare sprechen und ich habe seine Nummer nicht."

Sie schien mir anzuhören, dass ich auch ohne Notfall ziemlich durch den Wind war, denn sie war überraschend verständnisvoll. „Wie lautet denn sein Name?"

„Ibro. Duke Ibro. Er arbeitet bei der Kriminalpolizei."

„Einen Moment bitte."

Ich wartete zwei Minuten, dann meldete sich die Dame wieder. „Leider konnte ich niemanden mit diesem Namen in unserem Personalverzeichnis finden. Sind Sie sicher, dass er in Urba und nicht in einer anderen Stadt tätig ist?"

Ich war verwirrt. „Eigentlich schon."

„Könnte es sein, dass er undercover mit Ihnen in Kontakt getreten ist? Hat er vielleicht einen Decknamen benutzt?"

Ich überlegte. Auf der Visitenkarte, die Duke mir bei unserer ersten Begegnung gegeben hatte, hatte ziemlich sicher sein Name über dem Polizeiwappen gestanden. Aber vielleicht gehörte das zur Tarnung?

„Hören Sie bitte? Ich bekomme gerade einen weiteren Anruf rein. Es tut mir leid, dass ich Ihnen nicht weiterhelfen konnte."

„Okay. Danke", erwiderte ich stimmlos und hängte ein.

Ich blieb stehen, wo ich war. Meine Hand verharrte am Telefonhörer, mein Kopf war leer, mein Herz tat weh. Das Einzige, was sich bewegte, war eine klitzekleine Träne, die mir über die Backe lief.

Xanthos, hörte ich Pan schließlich durch den Nebel meiner Betrübnis wispern. *Denk an Xanthos.*

Ich wischte mir die klitzekleine Träne ab und suchte erfolglos nach einem Taschentuch in meinem Bündel. Ich hatte keines bei meiner Verurteilung am Leib getragen und ich hatte natürlich auch nie eines gefertigt. Wäre ja auch sterbenslangweilig gewesen. Taschentücher nähen. Wie hochgradig unheroisch!

Aber hier in der Telefonzelle Wurzeln schlagen und Trübsal blasen ist heldenhaft oder was?, schnauzte mich Pan an. *Da drüben ist eine Bank. Hol dir die Kohle und lös dein Aspa aus! Du hast alles für den 'Shim geopfert. Dass du dir dein Pferd zurückholst, ist wohl das Mindeste.*

Wieder versteckte ich meine Waffen und mein Bündel in einem Gebüsch hinter einer Parkbank und zog meine Kapuze tief ins Gesicht, bevor ich mechanisch über die Straße und direkt in die Urba United Bank marschierte. Ich zog irgendeine von Kassians Karten hervor. Steckte sie in den Automaten. Drückte auf *Auszahlung*. Gab *1000 Taler* ein. Gab *17046307* ein. Kassians PIN. Mein Geburtsdatum. Der siebzehnte Tag im Fliedermond des Jahres 6307. Er hatte mir so vertraut. Und ich missbrauchte sein Vertrauen nun auf so niederträchtige Weise. Beinahe brach ich den Vorgang ab.

Du hast ihm so vertraut, drehte mir Pan die Worte im Kopf um. *Und er hat dein Vertrauen auf so niederträchtige Weise missbraucht.*

OK drückte ich. Es ratterte. Und dann spuckte mir der Automat zehn 100 Taler-Scheine aus.

Noch einmal, wies mich Pan an. *Atalante will bestimmt mehr. Xanthos ist bester Abstammung, sie wird dir schon aus Zorn über deine Vergehen preislich nicht entgegenkommen.*

Ich holte mir noch mal 1000 Taler. Und noch einmal. Und noch zweimal. Dann gab mir der Automat nichts mehr. Aber da war es schon zu spät. Ich war wieder voll drauf. Wie ferngesteuert lief ich zur nächsten Bank. Holte mir, was ich kriegen konnte. Dann … andere Karte. Selbe PIN. Weitere 5000 Taler. Nächste Karte. Nächste Bank. Weiter, immer weiter, bis sich ein Sonnenstrahl zwischen den Hochhäusern am Horizont hindurch stahl. Das Tageslicht ließ mich halbwegs zur Besinnung kommen. Mit einiger Mühe fand ich den Weg zurück zu meiner versteckten Habe. Ich checkte beim nächstbesten Hotel ein und verkroch mich.

Der *Gasthof zum blauen Tapir* war eine heruntergekommene Absteige. Die Teppiche waren fleckig, die Laken und Handtücher fadenscheinig und viele Badkacheln gesprungen. Das alles bemerkte ich aber erst, als ich gegen 12 Uhr aufwachte. Nachts war mein Elend so groß gewesen, dass ich nicht die Muße gehabt hatte, mich umzusehen, aber jetzt, als sich die Mittagssonne durch die ungeputzten Fenster kämpfte, war die Armseligkeit des Zimmers nicht mehr zu übersehen.

Wenn Pan nicht gewesen wäre, ich hätte das Bett überhaupt nicht verlassen. Aber er hatte mich solange getriezt, bis mein Zorn auf Kassian mein Selbstmitleid überwunden hatte. Ich duschte lang und heiß, zog mich an, packte 1000 Taler in kleinen Scheinen in meine Hosentasche und checkte aus.

Der Plan war schnell entworfen gewesen und basierte größtenteils auf Wiederholungen mit Variationen. Ich verstaute Bogen, Köcher, Schwert und mein Bündel nebst Umhang in einem Schließfach am Bahnhof. In einem edlen Zweithaarstudio legte ich mir eine kastanienbraune Perücke mit kinnlangen, glatten Haaren und eine mit wallenden blondgesträhnten Locken zu. In einem Kaufhaus erwarb ich ein schickes grafitgraues Kostüm mit Nadelstreifen und eine Seidenbluse, einen dazu passenden, kurzen Sommermantel, außerdem Unterwäsche, Seidenstrümpfe und schwarze Pumps mit gemäßigtem 4,5 cm-Absatz sowie eine große, moderne Ledertasche. Makeup holte ich mir nebenan in der Drogerie, und in einer Parfümerie sprühte ich großzügig den teuersten Duft, den ich finden konnte, in meine Einkaufstüte mit der Kleidung. Im Sandwichladen am Bahnhof, der wie immer von Schülern und Studenten überlaufen war, suchte ich die Toilette auf und verwandelte mich. Meine Amazonenkleidung und die leeren Tüten wanderten zu den anderen Sachen in den abschließbaren Spind. Schließlich kaufte ich mir noch eine schicke Sonnenbrille, eine immense Geldbörse aus der aktuellen Roch Cyrille-Kollektion und einen Ring, der nur silbern war, aber hinreichend edel und spießig für meine Zwecke aussah.

Die Concordia Bank befand sich in einem Viertel mit Edelboutiquen und Altbauten, in denen jedoch nur Büros lagen – die Mietpreise konnte sich offenbar keine Privatperson mehr leisten. Ich kannte den Weg, denn ich war vor wenigen Wochen mit Kassian hier gewesen, um ihm als Gedächtnisstütze zu helfen, seine PIN zu ändern.

Selten dämlich von ihm, dachte ich. Kurz wurde mein Herz eiskalt, bevor die Aufregung über den bevorstehenden Coup es wieder erwärmte. Ich blieb stehen, um in einem Schaufenster den Sitz der rotbraunen Perücke und meinen Gesamteindruck zu überprüfen. Ich erkannte mich selbst fast nicht wieder.

Los!, sagte Pan, den ich im Spiegelbild auf meiner rechten Schulter herumhüpfen sah.

Ich atmete tief durch, schenkte mir selbst ein strahlendes, selbstsicheres Lächeln und stöckelte weiter.

„Guten Tag. Mein Name ist Chantalle Debussy. Ich bin hier, um für meinen Mandanten Wertsachen in seinem Schließfach zu deponieren", teilte ich der Bankdame am Schalter mit, zeigte auf meine Tasche und schob mir die Sonnenbrille in die falschen Haare. Ich demonstrierte Transparenz. Ich hatte nichts zu verbergen.

„Wie lautet denn der Name Ihres Klienten?" Die Dame, deren Namensschild sie als Frau Harriet Davis auswies, lächelte geschäftsmäßig und begann, auf dem Touchpad ihres Computers herumzuwischen.

„Kassian Devinter.

Sie sah neugierig auf. „Oh, *der* Kassian Devinter?"

Jetzt war ich es, die sich zu einem sachlich-wissenden Lächeln zwang, das mir eine Antwort ersparte.

Sie schob mir ein handliches Gerät mit Ziffernblock hin. „Bitte geben Sie die PIN ein."

17046307. Einen Moment lang war ich richtig nervös. Wenn Kassian schon bemerkt hatte, dass etwas nicht stimmte, hatte er sicherlich bereits seine Bank informiert und die Geheimzahl ändern lassen. Die Sekunden, die vergingen, während Harriet Davis auf ihren Bildschirm starrte, schienen sich ins Unendliche zu ziehen. Als sie dann unvermittelt fragte: „Sie haben den Schlüssel dabei, nehme ich an?", erschrak ich richtig.

Schnell bemühte ich mich um Fassung. „Natürlich."

„Dann folgen Sie mir bitte."

Frau Davis brachte mich über eine breite Treppe in den ersten Stock des Bankhauses und dort in einen sanft beleuchteten

Raum mit einem großen lederbezogenen Schreibtisch und einigen bequemen Stühlen rundum.

„Wenn Sie hier bitte warten würden."

Das tat ich und versuchte indes, nicht zu hyperventilieren. Die Gefahr war noch nicht vorüber. Vielleicht stürmte in der nächsten Minute eine ganze Polizeimannschaft das Zimmer. Ich verzog mich in den toten Winkel des Raums hinter der Tür. Warum bei Artemis hatte ich mein Schwert nicht dabei?

Warum wohl, du Schaf, höhnte Pan. *Weil das deine Chancen, ein fremdes Bankfach leerzuräumen, drastisch verringern würde.*

„Okay. Okayokayokay." Ich tätschelte meine Wangen, schnaufte durch und setzte mein professionelles Lächeln gerade im rechten Moment auf, als Harriet Davis mit einer großen Metallkassette in den Armen zurückkehrte. Ich kramte in meiner Tasche nach meinem neuen Portemonnaie, das genau einen Gegenstand enthielt: Den kleinen, unscheinbaren Schlüssel, der sich bis vor Kurzem noch in Kassians Geldbeutel befunden hatte.

Die Bankerin stellte die Kassette auf dem Tisch ab und sah mir noch dabei zu, wie ich den Schlüssel ins Schloss steckte, bevor sie sich mit den Worten zurückzog: „Ich lasse Sie alleine. Wenn Sie Hilfe benötigen oder Fragen haben, drücken Sie einfach den Knopf dort neben der Tür. Es wird sich dann sofort jemand um Sie kümmern."

Ich wartete ab, bis Frau Davis den Raum verlassen hatte, dann drehte ich eilig den Schlüssel herum und öffnete die Kassette.

Der Anblick von so viel Geld beruhigte mich ungemein. Und machte mich gleichzeitig total kribbelig. Ich nahm mir nicht die Zeit, die Bündel zu zählen, die ich in meine Ledertasche schaufelte, doch ich sah, dass es 1000 Taler-Scheine waren, die von den Banderolen zusammengehalten wurden. Ganz unten im Fach fand ich noch ein kleines, blaues Samtkästchen, das ich einpackte, ohne hineinzusehen.

Binnen fünf Minuten war meine Mission beendet.

Abflug, ordnete Pan an.

Mit einem zufriedenen Lächeln stöckelte ich aus der Bank, das sich in den nächsten Minuten zu einem breiten Grinsen auswuchs. Im Lift eines Bürohauses einen Block weiter tauschte ich meine Perücken und nahm mir dann ein Taxi zu einem 5-Sterne-Hotel in der Innenstadt. Dort machte ich es mir in der Sonnenkönig-Suite gemütlich und zählte auf dem extrabreiten Himmelbett das Geld, während ich einen riesigen Erdbeer-Joghurt-Eisbecher löffelte, den ich mir aufs Zimmer hatte kommen lassen. Dann zählte ich noch einmal. Und noch einmal. Mir wurde flau. Ich war Multimillionärin.

„Oh Göttin, ich bin reich, ich bin reich, ich bin reich." Ich musste es immerzu wiederholen, weil ich es sonst nicht glauben konnte.

Dann entdeckte ich am Boden meiner Tasche das kleine blaue Kästchen und öffnete es neugierig. In hellblauer Seide steckte ein goldener Ring mit einem immensen, tiefblauen Saphir. Nicht so immens wie der Diamant, den ich in Moreaus Laden hatte mitgehen lassen, aber dennoch wunderschön. Mein Multimillionärs-Glücksgefühl verpuffte. Das hier, das war kein schnöder Mammon. Das war etwas Persönliches. Ein Erbstück.

Schlechtes Gewissen ziepte an meiner Kopfhaut und ich wünschte inständig, den Ring einfach in der Bank zurückgelassen zu haben. Sollte ich ihn an Kassian schicken? Nein, das wäre zu gefährlich. Ich, beziehungsweise meine Taten durften nicht zurückverfolgbar sein. Ich verstaute das Kästchen wieder in meiner Tasche und versuchte, seine Existenz bei Edel-Nachos mit Käsesauce und einer Telenovela im Fernsehen zu verdrängen.

Anschließend verfasste ich einen Brief an Atalante, den ich an eine Postfachadresse in Goldvelt schickte, die die Unbeugsame mir nach der Verurteilung mitgeteilt hatte. Das war nicht üblich, aber sie wollte mir wohl eine Brücke bauen, damit ich mit meiner Mutter in Verbindung bleiben konnte. Nun, Jacintha interessierte mich nicht die Bohne, aber auf Xanthos konnte ich nicht verzichten. Ich warf den Brief in den hoteleigenen Briefkasten und ließ mich im Anschluss von einem Taxi zum Shoppen und dann zum Schließfach an den Bahnhof fahren, damit ich meine Waffen holen konnte.

Ich war ununterbrochen unterwegs an diesem Abend. Aber innezuhalten hätte bedeutet, mich mit meiner Wut, meinen

Gewissensbisse und meinem wehen Herzen auseinandersetzen zu müssen. Und dafür fehlte mir einfach die Kraft.

Ich kannte mich mit Börsenkursen nicht aus, aber das alarmierte Gesicht der Dame in den Nachrichten machte mir klar, dass ich mich Atalante zumindest in einer Sache anschließen musste. Das Bargeld musste weg und in bleibende Werte umgetauscht werden. Bekleidet mit verschiedenen Perücken und Outfits spazierte ich in den folgenden Tagen in diverse Banken und kaufte für den Großteil meiner Taler Gold. Statt meiner vielen Bündel hatte ich nun einige Goldtafeln, deren winzige Plättchen ich bei Bedarf wie bei einer Tafel Schokolade abbrechen und als Zahlungsmittel verwenden konnte. Zumindest theoretisch – noch bezahlte ich alles in Talern, auch wenn mir der Hotelmanager irgendwann mitteilte, dass sie leider aufgrund der massiven Inflation die Zimmerpreise würden anheben müssen. Ich zuckte nur mit den Schultern. Was kümmerte mich Geld, solange ich es hatte? Wenn ich Xanthos zurückhatte, würde ich mir einen kleinen Landsitz kaufen, wo er und ich ein schönes Leben würden führen können. Mein Vermögen würde sicherlich noch für ein paar Bedienstete reichen, für Stallpersonal und einen Koch vielleicht, und jemanden, der die Wäsche machte und Staub wischte. Oh, wenn Atalante mir nur endlich ihre Antwort schicken würde …

Bis es soweit war, versuchte ich, mich an die Zeiten mit Kassian zu erinnern, ohne im Schmerz zu versinken, versuchte, mich zu amüsieren, versuchte zu feiern wie damals. Ich schlug mir die Nächte in Bars und Clubs um die Ohren, aber es machte keinen Spaß. Entweder tauchten lästige 'Shimet auf und verdarben mir die krampfhaft gute Laune, oder es tauchte gar niemand auf und ich fühlte mich endlos einsam. Nach und nach gewann ich immer mehr den Eindruck, dass die anderen Leute das Feiern auch nur überstanden, weil sie ihre Gehirne mit Alkohol und Drogen so in Watte packten, dass sie ihre eigene Armseligkeit nicht mehr gar so deutlich spüren konnten. Ich selbst hielt mich fern von dem Zeug. Ich hatte bislang nur einmal auf einer von Melissas Partys Alkohol getrunken und es hatte mir nicht gefallen.

Doch dann traf die Antwort der Paiti ein und riss mit einem Satz mein mühsam errichtetes Hoffnungsgebäude ein.

Ainia,

wir halten Dich für außerstande, für Xanthos aufzukommen und Dich in geeigneter Weise und entsprechend seiner Bedürfnisse um ihn zu kümmern. Er ist in Themiskyra besser aufgehoben. Das wirst Du sicherlich verstehen.

Artemis schütze Dich.

Atalante.

Diese Antwort … war nicht akzeptabel. Das konnte Atalante nicht machen. Immer wieder las ich fassungslos die Zeilen, doch sie blieben gleich. Sie nahm mir wirklich mein Pferd. Xanthos verstand mich, besser als jedes andere Lebewesen auf der Welt, und war doch mehr als ein guter Freund für mich. Er fühlte, was ich dachte, er gehorchte, ohne dass ich ihm Anweisungen geben musste, er war eine Verlängerung, eine Verbesserung, eine Ausprägung meiner selbst. Eine Amazone ihres Pferdes zu berauben, war das Schlimmste, was ihr angetan werden konnte.

„Ich breche ein. Ich stehle ihn von der Weide. Ich zünde den ganzen verdammten Laden an!", tobte ich und wusste doch, dass es nur hohle Phrasen waren. Ich hatte keine reelle Chance, es mit Themiskyra aufzunehmen. „Besser aufgehoben, so ein unsäglicher Unsinn. Sie will sich rächen, die fiese Schabracke."

Ich war drauf und dran, wieder mit Dingen um mich zu werfen, doch dann kippte ich einfach einen klitzekleinen Wodka aus der Minibar. Pan hatte mir dazu geraten, um meine Nerven zu beruhigen. Es funktionierte nicht, also ließ ich noch einen klitzekleinen Rum und einen klitzekleinen Gin folgen und rief mir dann ein Taxi.

„Da", sagte ich und zeigte auf das Neonschild des Clubs. Meine Zunge war schon ein bisschen langsam. „Da will ich hin."

„Das ist das *Pearl*", widersprach mir der Taxifahrer. „Überallhin, nur nicht zum *Pearl*, haben Sie gesagt."

„Egal." Im *Pearl* hatten Kassians Leute und ich öfter gefeiert, und ich hatte eigentlich vermeiden wollen, dass mir der Ort alte Wunden aufriss. Doch es war unwahrscheinlich, dass ich Kassian unter der Woche dort antreffen würde, noch dazu, wo er sich ja hoffentlich noch an die von Duke auferlegte Ausgangssperre auf Melissas Couch hielt. Bah. Tatsache war, dass der Laden Stil und ich keine Lust mehr hatte, noch länger auf dem Rücksitz des Taxis die Zeit totzuschlagen, wo ich zu viel Gelegenheit hatte, über Xanthos, Atalante und meine brodelnde Wut nachzudenken.

„120 Taler", verlangte der Mann am Steuer.

„Wie bitte?", fragte ich ungläubig. „Für eine zwanzigminütige Fahrt? Gestern habe ich dafür nur 70 Taler bezahlt!"

„Haben Sie seit gestern mal auf die Preistafeln an den Tankstellen gesehen?" Er schnaubte und wandte sich zu mir um. „Die Ölpreise sind explodiert. Ich sage Ihnen, uns stehen wahrlich schlimme –"

Eilig hob ich die Hand, um sein Lamento zu unterbrechen. Ich konnte das Apokalypsengewäsch nicht mehr hören. Ich hatte echt andere Sorgen. „Schon gut. Hier haben Sie 150. Kaufen Sie sich Wassercontainer oder Bohneneintopf in der Dose oder was auch immer." Damit sprang ich aus dem Wagen und stöckelte die Stufen zum Eingang des Clubs hinunter.

Heute trug ich ein bodenlanges dunkelrotes Kleid, das meine Augenfarbe zum Leuchten brachte und genau an den richtigen Stellen eng und weit war, ein passendes Handtäschchen mit ein paar kleinen, feinen Wurfmessern darin, die ich nachmittags bei meinem bevorzugten Waffenhändler erworben hatte, weinrote Lederpumps und meine blonde Lockenperücke. Das wäre wahrscheinlich nicht nötig gewesen, aber nach dem Bankfachraub wollte ich möglichst undercover bleiben. An der Bar bestellte ich mir nach kurzer Lektüre einer langen Drink-Karte einen Picky Peachick, und bekam zu meiner Überraschung zwei davon vor die Nase gestellt.

„Doppeldecker-Night", erklärte mir der Barmann. „Zwei zum Preis von einem."

War mir recht. Ich leerte den ersten Longdrink in einem Zug und nahm den zweiten mit auf die Tanzfläche. Nur nicht alleine herumsitzen, das hatte ich gelernt. Da stellten sich in Nullkommanichts irgendwelche lästigen Anhängsel ein, die nicht so schnell wieder loszuwerden waren. Immer in Bewegung bleiben. So leerte ich den zweiten Peachick und als das Tanzen mich langweilte, verzog ich mich in den unbelebten hinteren Bereich der Halle und kletterte in einem unbemerkten Moment die schmale Leiter auf den durch ein Geländer abgesicherten Metallsteg hinauf, der sich über den ganzen Raum spannte und an dem auch die Scheinwerfer befestigt waren. Hier oben konnte ich kurz verschnaufen und in Ruhe die Leute beobachten.

Irgendetwas war heute anders. Es war wochentags, aber immer mehr Menschen strömten herein und feierten, als hätte ihre Fußballmannschaft einen Titel davongetragen. Die Stimmung war ausgelassener als normal, aber auch wilder, aggressiver. So als wollten es alle noch einmal krachen lassen. Nicht nur ich. So als hätten alle eben ihre Heimat, ihre Liebe und ihr Pferd verloren und wollten das nicht wahrhaben. Ich schluckte. Hätte ich bloß noch zwei Peachicks mit hoch genommen.

Dann war Mitternacht und irgendjemand hatte Geburtstag, denn das unsägliche Lied wurde gespielt, das immer kam, wenn jemand Geburtstag hatte und Freunde, die das dem DJ mitteilten. Peinliche Angelegenheit. Gut, dass ich keine Freunde hatte. Ich schenkte dem kleinen feiernden Grüppchen am anderen Ende der Halle keine besondere Aufmerksamkeit, bis sich ein tanzendes Paar daraus löste.

Ich glaubte, meinen Augen nicht zu trauen. Langsam ging ich den Steg entlang und hielt mich dabei gut am Gitter fest, da sich mein Augenmerk ganz dem Geburtstagskind und seinem Tanzpartner widmete. Sie waren eine Einheit, alles passte perfekt zusammen. Ich hatte das alles schon einmal gesehen, auf Melissas Cocktailparty in Kassians Villa in Goldvelt. Die Erinnerung von damals legte sich über das Bild, das ich jetzt sah, füllte es mit Details, die ich in Wirklichkeit aus der Entfernung gar nicht erkennen konnte: Wie unbeschwert er sie herumwirbelte, ihr Lächeln, sein Strahlen, die Liebe in seinem Blick. Ich dämliche Närrin hätte es schon viel früher merken können. Und dass sie jetzt in aller Öffentlichkeit so viel Spaß hatten und sich nicht mehr um ihr albernes kleines Zeugenschutzprogramm kümmerten, sondern hemmungslos feierten, ohne ein bisschen Schuldbewusstsein, war wirklich die Höhe. Und bedeutete Kassian sein Geld wirklich so wenig? Oder hatte er das Verschwinden seines Vermögens noch gar nicht bemerkt? Hatte ihn die Bank noch nicht in Kenntnis gesetzt, weil gerade viele Leute in der Angst um ihr Vermögen viel Geld abhoben und meine Tat gar nicht aufgefallen war? Dass es Kassian vielleicht ging wie mir, dass er womöglich auch nur hier war, um sich abzulenken, darauf kam ich zuerst gar nicht. Nach entsetzlich langen sechs Minuten war das Stück endlich zu Ende, sie küssten sich, bah, Melissa blieb auf der Tanzfläche und Kassian setzte sich zu ein paar anderen Leuten an den Rand. Irgendwie sah er ... unglücklich aus. Aber wollte ich nicht, dass er unglücklich war? War er mir eben nicht noch zu glücklich für meinen Geschmack vorgekommen? Er unterhielt sich nicht, ließ nur seinen Blick durch die Menge schweifen. Dann blickte er nach oben. Ich hielt die Luft an. Hatte er mich gesehen? Ich war nicht sicher. Wollte ich überhaupt, dass er mich gesehen hatte?

Ja. Ja, das wollte ich! Ich wollte mit ihm reden. Ich wollte alles klären. Ich wollte, dass er mich wieder liebte und ich wollte ihn wieder lieben dürfen. Ich wollte eine zweite Chance. Und ich wollte ihm eine gewähren, obwohl er sie wirklich nicht verdient hatte. Oh Göttin, ich vermisste ihn so sehr.

Dann stand er auf, ging über die Tanzfläche. In meine Richtung? Anscheinend hatte er mich tatsächlich gesehen. Ich lief über den Steg zurück zur Treppe, fiel beim eiligen, unvorsichtigen Abstieg fast von der Leiter, dann war ich unten, gleich bei der Tür, die zum Wintergarten führte, wo die Gäste ein bisschen Luft schnappen oder rauchen oder abseits der lauten Musik reden konnten.

Kassian kam auf mich zu. Jetzt wirkte er nicht mehr traurig. Er sah gut aus, schien selbstbewusst wie immer. Ich straffte meine Haltung, zauberte ein Lächeln in mein Gesicht, holte Luft, um ihm nur gleich alles zu erklären, was schiefgelaufen war, was ich fühlte und wie sehr er mir fehlte –

da ging er einfach an mir vorbei. Er hatte mich keines Blickes gewürdigt, zog nun sein Fon aus der Hosentasche und begann zu telefonieren, sobald er den Durchgang zum Wintergarten passiert hatte.

„Bruce? Was sind das für Arbeitszeiten bei euch in der Bank?", hörte ich ihn noch sagen.

Die Enttäuschung, die mich durchfuhr, verdrehte für einen Moment lang die Schwerkraft, ich musste mich an der Leiter hinter mir festhalten, um nicht das Gleichgewicht zu verlieren. Er hatte mich nicht erkannt. Er wollte nicht mit mir reden. Nur mit seinem dummen Banker, am Telefon.

Das war der Moment, in dem mir alles zu viel wurde. Ich musste weg. Ich lief durch den Club, drängte mich an den lauten, schwitzenden Menschen vorbei, in Richtung Ausgang, während meine Gedanken sich selbst fraßen. Das ganze Geld bedeutete mir nichts. Ich hatte gelernt, dass es mich kein bisschen glücklicher machte, und ich hatte es wirklich versucht, Spaß mit Geld zu haben. Und abgesehen vom Geld hatte ich nichts. Keine Padmini, keine Mutter, kein Zuhause, keinen Xanthos und auch sonst niemanden, der mich liebte. Mein Leben war unglaublich sinnlos und es tat weh, bei jedem Atemzug. Tränen verschleierten meinen Blick, ich stolperte, verlor einen Pumps und kickte den anderen einfach weg. Dann endlich die Tür, nur raus hier, und die dämlichen Türsteher sahen mich an, als hätten sie noch nie ein weinendes Mädchen ohne Schuhe gesehen. Ich eilte die Treppe zur Straße hoch, doch oben angekommen wusste ich nicht, wo ich überhaupt hin sollte. Ich drehte mich um die eigene Achse, wollte eine Richtung finden, in die es mich zog, aber das Einzige, was ich spürte, war die unendliche Einsamkeit, die mich nirgendwohin zog, außer in die Leere in meinem Inneren.

„Ainia." Duke war da und hielt mich fest, hinderte mich am Weiterdrehen, am Durchdrehen, zwang mich, ihn anzusehen.

„Nia", hauchte ich.

„Nia", wiederholte er.

„Er liebt mich nicht. Er hasst mich. Er hat Angst vor mir. Er liebt sie. Er telefoniert mit seinem Banker", stieß ich zusammenhanglos hervor.

Duke runzelte die Stirn, versuchte meinen Worten einen Sinn zu entlocken, und nahm mich schließlich in den Arm. „Beruhig dich erst mal. Alles wird gut."

Ich kämpfte mich aus der Umarmung frei und schluchzte: „Nein, nichts wird gut. Hast du nicht zugehört? Xanthos ist weg, Ich kann nicht nach Hause. Ich bin ein schlechter Mensch. Du hast mich erkannt!", fiel mir auf. Trotz Perücke. Im Gegensatz zu Kassian.

„Natürlich."

„Was machst du hier?", schniefte ich.

„Melissa feiert Geburtstag und –"

Ich stieß ihn von mir. Natürlich. Melissa rief und alle, alle kamen. Ich hasste sie.

„– ich hatte die Hoffnung, dass du auch dort auftauchen würdest", fuhr er fort.

„Warum?", fragte ich. Da fiel mir ein, dass Duke natürlich nicht wissen konnte, was zwischen ihr, Kassian und mir vorgefallen war.

„Ich hatte mir Sorgen gemacht. Zurecht, wie es aussieht."

Ich schwieg einen Moment, dann stieß ich aus: „Duke, ich kann nicht mehr leben."

„Doch. Das ist ganz einfach. Versuch erst mal tief durchzuatmen …"

„Nein, Kassian liebt mich nicht und Atalante gibt mir mein Pferd nicht." Erneut traten mir Tränen in die Augen.

„Hast du was getrunken?"

Ich winkte ab. „Kaum. Aber ich muss jetzt weiter. Du willst auf die Geburtstagsfeier und ich will …" … *mich mit meinen Wurfmessern selbst richten. Oder mich in mein Hotelzimmer zurückziehen und so viele klitzekleine Schnäpse trinken, bis ich nie wieder denken muss.*

Er umfasste mein Gesicht sanft mit den Händen und sagte eindringlich: „Um die Feier geht's mir nicht. Es geht mir um dich." Dann küsste er mich. Es war ein kurzer, fester Kuss auf den Mund. Ich hatte gar nicht die Zeit, ihn zu erwidern, oder gar darüber nachzudenken, ob ich ihn erwidern wollte, da war er schon wieder vorbei. Duke zog mich an seine Brust und diesmal ließ ich auch das ohne Widerstand geschehen. Seine Nähe, seine Zuneigung strudelten in die Leere meines Herzens, vertrieben die Einsamkeit, und brachten noch mehr Tränen. Ich versuchte nicht mehr, sie aufzuhalten, sondern legte meine Wange an das Leder seiner Motorradjacke und weinte einfach. Das war natürlich total daneben. Aber ich war keine Amazone mehr, also durfte ich mich auch in Gegenwart eines

'Shims gehenlassen und seine tolle Bikerjacke vollrotzen.

Irgendwann schien Duke das auch aufzufallen.

„Lass uns abhauen", sagte er und löste sich sacht von mir. „Wo sind deine Schuhe?"

„Keine", brachte ich hervor.

„Okay."

Wer jetzt denkt, er hätte mich getragen, den muss ich enttäuschen. Ich war am Boden zerstört, aber ich würde mich im Leben nicht von einem Mann durch die Gegend tragen lassen. Wir nahmen einfach ein Taxi.

Kapitel 4

In Dukes Penthouse zurückzukehren, war ein bisschen wie heimzukommen, obwohl ich nur einmal dort gewesen war. Aber verglichen mit dem einsamen Hotelzimmer war selbst Dukes schlichte, stylische Wohnung ein Hort der Gemütlichkeit. Ich zog mir die Perücke vom Kopf und steuerte langsam durch die Räume.

Dann fand ich mich im Bad wieder. Vor dem Spiegel. Mit einer Schere. Meine geliebte Urgroßmutter hatte immer zu mir gesagt: „Wenn du dir die Haare schneidest, schneidest du dir die Freiheit ab. Lass wachsen, was wachsen soll. Die Natur hat das schon richtig eingerichtet."

Mein Leben lang hatte ich mich danach gerichtet; niemals hatte eine Schere meine Haare berührt. Aber mein altes Leben war jetzt vorbei. Und meine Bisabuela war sicherlich ohnehin so enttäuscht von mir und meinen Taten, dass sie sich auch in Elysion für immer von mir abwenden würde.

„Was tust du?" Duke war mir gefolgt. Ich sah ihn verschwommen hinter mir im Türrahmen, mein Fokus war auf die Strähne in meiner linken und die Schere in meiner rechten Hand gerichtet. Ich hielt die Luft an … und schnitt. Wieder schossen mir Tränen in die Augen. Jetzt war alles verschwommen, aber ich schnippelte einfach weiter. Strähne um Strähne sank auf die Fliesen, bis ich bis zu den Waden in Haaren stand und ein lockiger Schopf von etwa zehn Zentimetern Länge mein Gesicht wie ein dunkler Halo umgab.

„Sieht gut aus", meinte Duke schließlich.

Ich musste lachen. Und weinen. Ich schlüpfte an Duke vorbei durch die Tür und ging den Gang entlang. Ich kannte das große Wohnzimmer mit der offenen Küche und das Bad, und schloss daraus, dass die Tür am Ende des Flurs zum Schlafzimmer führen musste. Das lange Weinen hatte mich erschöpft und beruhigt, hatte meinen Schmerz, meinen Körper und meine Seele betäubt. Jetzt ließ ich mir das Kleid von den Schultern gleiten, hakte den BH auf und ließ ihn auf den Boden fallen. Ich kroch unter die seidige, anthrazitfarbene Decke des breiten Bettes und rollte mich zusammen.

Zeit verging. Mehr, als ich erwartet hätte. Dann gab die Matratze neben mir nach und eine warme Hand streichelte mir vorsichtig die kurzen Locken aus dem Gesicht, bevor sie mir die Decke sorgsam über die Schultern zog. Plötzlich überkam mich Angst, er würde einfach wieder gehen. Ich drehte mich schnell zu ihm um und schlang meine Arme um seinen nackten Oberkörper. Meine Wange lag auf seiner Brust, ich konnte seinen Herzschlag spüren. Ganz nah drängte ich mich an ihn. Er hielt mich fest, streichelte meinen Hals, meine Arme, meine Hüfte und gab mir einen Kuss auf den Haaransatz. Und dabei blieb es.

„Was willst du, Duke Ibro?"

„Ich will hinter das Geheimnis des Mädchens aus der Amazonenstadt kommen."

„Bist du in mich verliebt?"

Er zögerte. „Vielleicht. Ein bisschen."

Okay. Damit konnte ich leben. Jetzt wusste ich zumindest, woran ich war.

„Und du?"

„Ich weiß es nicht", antwortete ich wahrheitsgemäß. „Aber ich weiß, dass ich will, dass du mich nie wieder loslässt."

Ich hörte ihn leise lachen.

„Du weißt, dass ich zu alt für dich bin."

„Pff."

„Wie alt bist du?"

„Siebzehn. Du?"

„Siebenundzwanzig."

Ich stutzte kurz, denn ich war davon ausgegangen, dass er dreißig Jahre alt war, aber vielleicht hatte ich mir das Datum auf seinem Polizeiausweis falsch gemerkt.

„Was wirst du jetzt tun?", erkundigte ich mich.

„Ich werde dir einen Kuss geben", er küsste mich, wieder nur kurz, aber diesmal sanfter, „dich zudecken", erneut steckte er die Decke um mich fest, „und dich festhalten. Vielleicht nicht für immer. Aber zumindest heute Nacht."

Ich kuschelte mich an ihn, machte mich dabei ganz klein,

fühlte seine Wärme und ließ mich vom Wissen in den Schlaf lullen, dass ich, egal, was kommen würde, in dieser *einen* Nacht nicht einsam sein würde.

Der nächste Morgen hätte komisch werden können. Ich befand mich im Bett eines mehr oder weniger fremden Manns, immer noch verheult, immer noch Kanya. Aber ich fühlte mich … okay. Benebelt, unwirklich, in einem Bodensatz von elementarer Traurigkeit schwimmend, aber nicht mehr einsam. Ich lag auf der Seite, Duke hinter mir, sein Arm war um mich geschlungen, sein Atem streichelte gleichmäßig meinen ungewohnt freien Nacken.

Gleich neben dem Bett befand sich ein Panoramafenster, das, ähnlich dem im Wohnzimmer, die gesamte Wand einnahm und mir einen weiten Blick über ganz Urba gewährte. Darauf hatte ich nicht geachtet, als ich mich nachts zuvor entblättert und der Stadt meinerseits einen Blick auf meine Nacktheit gewährt hatte. Allerdings waren wir hier so weit oben; ein Beobachter hätte schon ein Fernglas benötigt, um irgendetwas zu erspähen. Und obgleich mich die Aussicht faszinierte, lockte mich die Stadt nicht mehr so, wie sie es bis gestern stets getan hatte. Ich war zufrieden, einfach hier zu liegen und sie mir aus der Ferne anzusehen. Es reizte mich nicht, mich ins Getümmel zu stürzen. Viel lieber machte ich mich ganz klein unter der Decke, schmiegte mich an Duke … und weckte ihn offenbar damit auf. Ich hörte es daran, wie sein Atem sich veränderte. Sein Arm ließ mich los, um sich zu strecken, und Duke machte Anstalten, sich wegzudrehen. Doch ich klammerte mich an ihn.

„Du bist wach", stellte er fest. „Guten Morgen."

„Was ist mit der Stadt passiert?", fragte ich, obwohl ich nicht erwarten konnte, dass er mich verstehen würde.

Er stützte sich auf den Unterarm und warf an meiner Schulter vorbei einen Blick nach draußen. „Nichts Neues."

„Sie ruft mich nicht mehr."

„Dann bleib hier." Er gab mir einen Kuss in den Nacken, wollte aufstehen, aber ich wandte mich zu ihm um und hielt ihn fest.

„Du willst das Geheimnis des Mädchens aus der Amazonenstadt wissen", knüpfte ich an unser Gespräch von der vorigen Nacht an. „Ich würde dir gern die ganze Wahrheit sagen."

„Aber?", fragte er gespannt und zugleich angespannt.

„Ich habe Angst davor." Das stimmte nicht. Duke hätte ich ohne zu zögern von Themiskyra erzählt. Er schien völlig vorbehaltlos zu sein, was die kleine Stadt voller wehrhafter Frauen anging. Ich hatte jedoch Angst davor, ihm von dem Diamanten und der Tasche voller Geld zu erzählen, davon, dass ich eine Diebin war, und schon wieder nicht hatte widerstehen können und Kassian beklaut hatte. Immerhin war er Polizist. Ich wusste, dass er versuchen würde, mich zu einem offiziellen Geständnis zu bewegen, und dazu wäre ich nie im Leben bereit gewesen.

„Verstehe ich."

„Vor den Folgen. Ich habe Angst, alles kaputt zu machen."

„Dann ... lassen wir einfach alles so, wie es ist."

Ich sah überrascht zu ihm auf. Das war ja einfach gewesen. „Wirklich?"

„Ja. Und jetzt gibt es Frühstück."

Er stand auf. Ich sah, dass er die Hose des dunklen Kampfanzugs trug, den ich bei meinem ersten Besuch anhatte. Jetzt nahm er im Vorübergehen das Oberteil von der Kommode, warf es mir zu und verschwand in der Küche.

Dann bleib hier, hatte er gesagt. Ich war so unglaublich dankbar für diese Worte. Wenn er mich vor die Tür gesetzt hätte – ich hätte nicht gewusst, was ich hätte tun sollen. Vermutlich wäre es auf diverse unsinnige Verzweiflungstaten hinausgelaufen, die ich alle früher oder später bereut hätte, wenn sie mich nicht direkt ins Gefängnis gebracht hätten. Ich konnte fast lächeln, als ich mich, mit dem wunderbar weichen Hemd bekleidet, an den Frühstückstisch setzte, der mit aufgebackenem Brot, Butter, Obst und Säften, Lachs und Käse beladen war.

„Was ist mit deinem Kühlschrank passiert?", erkundigte ich mich.

Er zog eine Grimasse. „Ich hatte die fixe Idee, dass du letztes Mal vielleicht geblieben wärst, wenn es mehr zu essen gegeben hätte. Seitdem achte ich immer darauf, dass genug im

Kühlschrank ist."

„Sehr gut." Wir aßen schweigend, aber es war nicht unangenehm. Ich versuchte, nicht an Kassian zu denken. Stattdessen konzentrierte ich mich auf jeden Bissen, den ich nahm, auf das, was ich roch und schmeckte, auf Dukes dunkle Augen, die mich mal nachdenklich, mal amüsiert musterten.

Ich hoffte, seine Einladung war wirklich ernst gemeint, denn wenn nicht, würde er vermutlich genau jetzt einen Rückzieher machen: „Wir müssen noch meine Sachen aus dem Hotel holen."

Er warf einen Blick auf sein Fon. „Ich muss erst mal zur Arbeit, aber wir können uns abends darum kümmern."

Mein Herz klopfte schneller. Ich war erleichtert über seine Antwort, aber ich wollte nicht, dass er wegging. Die Aussicht, hier ohne ihn zu bleiben, erfüllte mich mit irrationaler Panik. Mit Mühe kämpfte ich sie nieder und rang mir ein „Danke" ab, gefolgt von einem raschen: „Wann kommst du wieder?"

„Ich beeile mich. Muss sehen, wie lange der Job dauert."

Offenbar gab es bei der Kriminalpolizei nicht so geregelte Arbeitszeiten wie anderswo. Mir fiel mein Anruf bei der 333 ein und ich war drauf und dran, mich zu erkundigen, wieso er nicht im Mitarbeiterverzeichnis gelistet war, doch dann schluckte ich die Frage einfach hinunter. Ich wollte nicht an diese Nacht denken, geschweige denn, darüber sprechen, über die Demütigung, die ich erfahren hatte, und meinen üblen Rückfall unter Pans Einfluss. Und wenn *ich* anfing zu fragen, würde *er* anfangen zu fragen. Nein, es war okay, wie es war. Keine Details. Aber auch keine Einsamkeit.

Während Duke unterwegs war, rief er mich zweimal an und fragte, ob alles in Ordnung sei. Ich bejahte. Wahrscheinlich hatte er Angst, ich würde aus dem Fenster hüpfen oder in erneut aufflammendem Wahn seine Wohnung verwüsten. Aber ich saß einfach nur ganz brav in meinem improvisierten Minikleid vor dem Fernseher und sah mir alberne Serien und langweilige Nachrichten an, indes ich Dukes Lebensmittelvorräte dezimierte. Als er abends endlich die Tür aufschloss, sprang ich auf und rannte ihm entgegen wie ein Schoßhündchen. Ich kannte mich selbst nicht wieder. Es war, als würde mein Körper oder meine Seele – oder alle beide – reagieren und sich die lebensnotwendige Nähe holen, bevor mein stolzer Amazonengeist, oder was davon übriggeblieben war, sie davon abhalten konnte. Ich fiel ihm um den Hals. Zuerst schien ihn mein Ansturm zu überfordern, doch dann gab er nach und umarmte mich fest.

„Hast du mich vermisst?", fragte er belustigt.

„Nein", murmelte ich in seine Brust. „Hauptsache, du gehst nie wieder weg."

Er schälte mich behutsam von sich ab. „Hast du Hunger?"

Ich schielte auf die Berge von leeren Chips- und Eisverpackungen auf der Couch. „Nein."

„Aber ich. Wir gehen etwas essen und holen dann deine Sachen."

Ich hatte keine Lust auf Restaurants oder Lokale, aber ich fügte mich. Keinesfalls wollte ich alleine zurückbleiben, und obwohl mich die Dinge nicht mehr riefen und ich gelernt hatte, dass Geld mein Leben nicht glücklicher machen konnte, war ich nicht so naiv zu glauben, dass ich darauf verzichten konnte. Auf frische Unterwäsche. Und Gold.

Also nutzte ich die Zeit, während Duke im Restaurant um die Ecke die Rechnung bezahlte, im Hotel meine Siebensachen zusammenzupacken. Dann beglich ich die horrende Rechnung für meine Sonnenkönig-Suite mit meinem letzten Bargeld und checkte aus.

Die nächste Zeit war die seltsamste in meinem Leben, vor allem, weil ich später nicht nachvollziehen konnte, was eigentlich mit mir geschehen war. Es war, als hätte eine andere Nia sie für mich verlebt. Und ich weiß bis heute nicht so genau, wie lange sie eigentlich genau angedauert hatte.

Ich war zwar nicht mehr fixiert auf die Dinge, die mich riefen, dafür aber auf Duke. Wenn er nicht da war, schlug ich die Zeit vor dem Fenster, dem Fernseher, dem Computer, den Duke mir gekauft hatte, oder Zeitschriften tot; sobald er durch die Tür trat, klebte ich an ihm, genoss seine Nähe. Wenn er nicht da war, litt ich; sobald er mich in den Arm nahm, lebte ich auf.

Tatsache war, so krank das nun klingt: auf gewisse Art und

Weise tat er mir gut. Ich klaute nicht mehr, ich verfiel nicht mehr in den Kaufrausch, ich log nicht mehr. Ich verschwieg nur. Duke war der starke, ruhende Pol, um den ich kreiste, der mir Schutz und Zuneigung im rechten Maße bot, ohne aufdringlich zu werden.

Ich weiß nicht, was Duke von mir dachte. Vielleicht war er enttäuscht, weil er eine Amazone erwartet hatte, als er mir anbot hierzubleiben, und nun eine Klette bei sich wohnen hatte. Vielleicht gefiel es ihm, wie sehr ich ihn brauchte.

Und nicht nur in mir hatte sich alles verändert, auch um mich herum wandelte sich einiges. Langsam, stetig, unaufhaltsam. Ich sah oft fern und mit wachsendem Interesse auch die Nachrichten an. In dieser Zeit dachte ich viel an Atalante, die als Erste gemerkt hatte, dass etwas nicht stimmte. Ich dachte an den Gangsterboss Kawaji Ryu, dem ich den Diamanten entwendet hatte und der ebenfalls prognostiziert hatte, dass sich etwas zusammenbraute. Wenn ich in den Nachrichten von den massiv steigenden Rohölpreisen hörte, dachte ich an Will und seinen Vater, die jeden Tag mehr Taler für Benzin berappen mussten, um ihr Fuhrunternehmen am Laufen zu halten. Offenbar hatten sie alle mit ihrer Schwarzseherei recht gehabt – uns ging langsam, aber sicher das Erdöl aus. Und das bisschen, das blieb, wurde einfach unbezahlbar. Reihenweise gingen Firmen pleite oder entließen in großem Stil Mitarbeiter, die nach und nach zu einer unzufriedenen und zunehmend unkontrollierbaren Meute anwuchsen.

Ich machte mir keine Sorgen. Ich hatte Duke. Duke kümmerte sich um mich und ich hatte meine Goldplättchen. Aber die anderen Menschen taten mir leid, soweit ich es eben zuließ, auf eine gewisse, distanzierte Art.

„Sie überlegen, den Strom abzustellen. Immer nach 22 Uhr", erzählte mir Duke eines Abends beim Essen.

„Ja, habe ich in den Nachrichten gesehen. Was soll das bringen?"

„Es spart Strom", erklärte er mir schlicht.

„Ich verstehe nicht, was der Strom mit dem Öl zu tun hat. Wieso haben sie keine Solaranlagen?" Wie wir sie beispielsweise in Themiskyra für die Stromerzeugung nutzten. Die Amazonen waren schon lang unabhängig von Stromnetzen und anderen Leitungen der übrigen Welt. „Keine Wind- oder Wasserkraftwerke?"

„Oh, es gibt ein paar, aber die hätten sich nicht genug rentiert, behauptet die Politik. Und jetzt ist es zu spät. Ich denke, dass sich einige Konzerne schwarz ärgern, nicht rechtzeitig in erneuerbare Energien investiert zu haben."

Ich setzte mich neben ihn, ergriff seine Hand. „Machst du dir Sorgen?"

„Vielleicht. Ein bisschen." Meine Miene schien ihm nicht zu gefallen. Er strich mir ein paar Sorgenfalten von der Stirn und bemühte sich um ein Lächeln. „Nein. Es wird alles gut."

Ich lächelte zurück. Das wollte ich hören. „Gut."

Aber die Sorglosigkeit war schlagartig vorbei, als Duke eines Abends verletzt nach Hause kam. Er schlug die Tür so heftig zu, dass die Bilder an den Wänden tanzten. Ich war von der Couch aufgesprungen, sobald ich das Klicken des Türschlosses gehört hatte, und nun rannte ich noch schneller in den Gang. Zuerst dachte ich, er sei zornig, aber dann bemerkte ich sein blasses Gesicht und das Blut, das über seine Hand lief, und wusste, er hatte die Tür nicht aus Wut zugeworfen, sondern aus Schmerz.

Der Schreck zerrte die alte Nia ans Licht. „Was ist passiert? Ist das eine Schussverletzung?" Ich reagierte schnell und effektiv, wie ich es in Themiskyra gelernt hatte. Half ihm vorsichtig aus der Jacke und dem Hemd, drückte ihn auf einen Küchenstuhl und drehte das Licht auf, damit ich sehen konnte, was ich tat.

„Es gab Unruhen im Südend", brachte er gepresst hervor. „Eine Demonstration lief aus dem Ruder, dann kam es zu Plünderungen und die Bullen hatten nichts Besseres zu tun, als Wasserwerfer und Tränengas einzusetzen."

„Die Bullen?", echote ich, weil ich die Formulierung und vor allem seinen Tonfall seltsam fand. „Deine Kollegen."

Er reagierte nicht auf meinen Einwand, sondern biss auf seiner Unterlippe herum, während ich die Wunde an seinem Oberarm inspizierte. Sah aus wie ein Streifschuss.

„Du musst ins Krankenhaus."

„Die haben keine Zeit für mich. Alle überfüllt. Bis ich …

dran bin, verblute ich."

Theatralisch. Typisch 'Shim! Immerhin war es nur eine Fleischwunde. Aber okay. Ich konnte gut Wunden zufügen und ich konnte sie auch ziemlich gut wieder flicken. Also holte ich mir aus dem Kühlschrank, den Küchenschubladen und dem Badschränkchen diverse Hilfsmittel, dann warnte ich ihn vor: „Ich will das echt nicht tun, aber du musst da jetzt durch." Ich drückte ihm eine Flasche seines besten japanischen Whiskeys in die Hand. „Trink." Und dann zückte ich die Flasche seines schlechtesten Wodkas.

„Nein, Ainia, warte ..."

„Nia", verbesserte ich.

„Nia, Moment –"

„Trink."

Er nahm einen Schluck und ich schüttete ihm den Wodka über den Arm.

Das Timing war nicht besonders. Daran musste ich noch arbeiten. Denn Duke erstickte halb beim Trinken, als ihm der brennende Schmerz des Alkohols in der offenen Wunde fast die Sinne raubte, und ich stank wie eine Destille, weil ich mit bestem japanischem Whiskey vollgeprustet wurde.

„Niaaaaa!"

„Ja. Sorry. Hab das lang nicht gemacht." Ich verband die Wunde ganz fest mit einem sauberen Küchenhandtuch und war eigentlich recht zufrieden mit meiner Arbeit, doch Duke schien um sein Bewusstsein zu ringen.

Ich strich ihm die Haare aus dem schweißnassen Gesicht. „Was ist los? War der Wodka zu stark? Oder der Whiskey? Hätte ich die Wunde lieber ausbrennen sollen?"

„Bein", flüsterte er.

Bein. Mist. Im halbblinden Aktionismus hatte ich offenbar die wesentlich größere Wunde übersehen. Duke war nicht einfach nur theatralisch gewesen; Blut rann unablässig sein Bein entlang und tropfte auf den Boden, wo sich schon eine Lache ausgebreitet hatte, deren Größe mir Sorge bereitete. Jetzt kam ich doch ins Schwitzen. Ich wollte loslaufen, ein weiteres Handtuch und mehr Schnaps holen, da hielt er mit überraschend festem Griff meinen Arm fest. „Unterstes Fach. Verbandkasten. Desinfektionsmittel."

„Sag das doch gleich."

Unter der Spüle fand ich ein komplettes Verbandszeug mit sterilen Kompressen, Pinzette, Mullbinden, Tupfern und Schere sowie Nähzeug. Ich half Duke zur Couch hinüber und schnitt ihn mit der Küchenschere aus seiner Hose.

Okay, das war eine andere Liga. Ich fand zwei tiefe Schusswunden vor, bei beiden steckten die Projektile noch tief in der Muskulatur des Oberschenkels.

„Hast du was zur Betäubung da?", erkundigte ich mich, denn im Verbandskasten hatte ich nichts dergleichen gefunden. Er schüttelte lethargisch den Kopf, also holte ich den Whiskey vom Küchentresen und hielt ihn ihm hin. „Dann trink."

Es dauerte eine Weile, bis ich die immensen Patronen mithilfe der Pinzette aus seinem Fleisch geborgen hatte.

Dann nähte ich alles, so gut es ging, zusammen. So etwas hatte ich zwar theoretisch gelernt, aber noch nie gemacht, und da ich mich in Themiskyra gerne um die Arbeit in den Produktionsstätten gedrückt hatte, waren meine Nähkünste generell nicht so besonders. Als ich fertig war, betrachtete ich jedoch mit einigem Stolz meine Arbeit und wischte mir indes die Hände an einem blutbefleckten Küchenhandtuch ab. Die Nähte verliefen halbwegs gerade und ich hatte mich um kleine Stiche bemüht. Gerade wandte ich mich zu Duke um, um meinen Triumph mit ihm zu teilen – da bemerkte ich, dass er bewusstlos geworden war. Oder seinen Whiskeyrausch ausschlief.

Ich beendete meine Arbeit, desinfizierte sicherheitshalber noch mal die Naht, legte eine Kompresse auf und verband alles. Anschließend packte ich meine Werkzeuge in einen Topf und ließ alles ein paar Minuten kochen, während ich das Blut aufwischte und die Handtücher in die Waschmaschine packte. Als ich zu Duke zurückkehrte, war er immer noch weggetreten. Ich kniete mich neben die Couch und tupfte ihm sanft mit einem feuchten Tuch den Schweiß von der Stirn, da schlug er die Augen auf.

Nach einem kurzen Moment der Orientierungslosigkeit schlang sich sein gesunder Arm um mich und Duke zog mich an sich, bevor er mir einen Kuss gab. Keinen schnellen, halbherzigen. Einen richtigen, hungrigen und dankbaren Kuss. Ich erwiderte ihn, obwohl ich immer noch nicht wusste, ob ich in Duke Ibro verliebt war, aber es fühlte sich gut an.

Ich hätte es nicht über mich gebracht, fern von ihm alleine im Schlafzimmer zu liegen. Stattdessen blieb ich die ganze Nacht auf dem Teppich bei ihm sitzen, den Rücken an die Couch gelehnt, und sah mit leisem Ton fern, während ich mich an seine Hand klammerte. Sie brachten Berichte über die Demonstrationen, die Massen von Arbeitslosen auf die Straße brachten, über Politiker, die sich unfähig zeigten, in Taten oder auch nur Worten zu reagieren, und sich kommentarlos von silbernen Angeberschlitten aus dem Bild fahren ließen, genau wie reiche Lobbyisten, die mit ihresgleichen begonnen hatten, ihre Wohnviertel gegen den Mob abzuriegeln. Sie zeigten die Abbaugebiete des Rohöls und irgendwelche Kreisdiagramme, die belegen sollten, wie viel oder wenig noch vorhanden war, und bestürzend aufwärts strebende Liniendiagramme, die zeigten, wie sich die Preise im kommenden Jahr entwickeln würden. Und ich sah eine unheimlich faszinierende, aber auch abstoßende Sendung über Bräute und ihre Hochzeitskleider, die sie zusammen mit all ihren weiblichen Familienmitgliedern und Freunden aussuchten. Im Morgengrauen nickte ich ein, und als ich wieder erwachte und nach Dukes Hand griff, die mir im Schlaf entglitten war, bemerkte ich, dass sie glühte. Genau wie seine Stirn. Nicht gut. Vorsichtig schlug ich die Decke zurück und schob den Armverband so zur Seite, dass ich einen Blick auf die Verletzung werfen konnte. Die Haut um die nässende Wunde war rot und heiß. Im Anschluss kontrollierte ich auch Dukes Bein, doch zumindest das schien in Ordnung zu sein.

Ich durchforstete die Schränke nach Arzneimitteln, aber ich fand nur Schmerztabletten im Schnapsschrank. Die halfen auch gegen Entzündungen, aber wenn Duke sich eine Infektion eingefangen hatte, brauchten wir etwas Besseres. *Vielleicht sollte ich das Herumdoktern auch einfach lassen und einen Arzt anrufen. Vielleicht hat Duke eine Visitenkarte in seinem Geldbeutel oder eine Nummer in seinem Fon ...* Ich durchsuchte gerade seine Jacke danach, da hörte ich Dukes Stimme:

„Nia?"

„Ja!" Ich lief zu ihm.

„Was suchst du?" Er rappelte sich mit gerunzelter Stirn auf, aber ich drückte ihn auf die Couch zurück.

„Du hast Fieber. Ich fürchte, die Wunde hat sich entzündet. Wir brauchen Antibiotikum."

Er fluchte in einer mir unverständlichen Sprache. „Habe ich nicht da."

„Oder einen Arzt."

„Habe ich auch nicht da."

„Dann suche ich einen im Internet …" Ich wollte aufspringen, um meinen Laptop aus dem Schlafzimmer zu holen, aber Duke hielt mich auf. „Das hat keinen Sinn. Die haben alle keine Zeit für mich, weil sie wegen der Unruhen überlastet sind. Du musst zur Apotheke gehen und mir die Tabletten kaufen."

„Raus?", fragte ich befangen. Albern, ja. Aber ich war seit vielen Monaten nicht draußen gewesen. Und das hatte ich als sehr angenehm empfunden.

„Sie werden es dir nicht einfach so geben, weil du eigentlich ein Rezept dafür brauchst." Er hievte sich auf, angelte sich Block und Stift vom Beistelltischchen und schrieb eine Adresse darauf. „Aber wenn du zu dieser Apotheke gehst und sagst, dass du von mir kommst, werden sie dir aushändigen, was du brauchst."

„Raus?", wiederholte ich. Ich hatte mich während seiner Rede nicht von der Stelle gerührt.

Verständnislos sah er mich an, dann wurde sein Blick milder, liebevoller. „Ich gehe selbst. Mach dir keine Sorgen." Er stand leicht wankend auf, und ich kämpfte mit mir. Es war das Mindeste, was ich für ihn tun konnte. Als ich sah, welche Mühe er hatte, sein Hemd anzuziehen, gab ich mir einen innerlichen Stoß.

„Nein, ich gehe. Natürlich." Mein Mut wurde von Duke mit einem weiteren der neuen Küsse belohnt.

„Bist du sicher?"

„Ja."

Kuss.

„Wird allerdings teuer werden." Duke setzte sich wieder vorsichtig aufs Sofa.

„Ich habe leider kein Bargeld mehr." Vom Gold wollte ich immer noch nichts erzählen.

„Aber ich. Geh ins Schlafzimmer. Schau im Schrank ganz links in die unterste Schublade."

Ich tat, wie mir geheißen, und fand im besagten Fach einen durchsichtigen Zip-Beutel voller Geldbündel, ein Kästchen aus Plexiglas, gefüllt mit Edelsteinen, und zwei Tafeln Gold vor. Ich war also nicht die Einzige in diesem Haushalt, die sich auf den Ernstfall vorbereitet hatte. Mit Argwohn betrachtete ich die Menge an Wertgegenständen. Mit Argwohn mir selbst gegenüber, wohlgemerkt. Ich wartete, ob sie mich riefen, die Edelsteine, das Gold, die Taler. Doch sie schwiegen; nur der Drang, die Aktion rasch hinter mich zu bringen, um schnell zu Duke zurückzukehren, zerrte an mir.

Mit frisch erwachtem Selbstvertrauen trat ich unten auf die Straße. Doch die Welt da draußen war kalt und rau und fast bereute ich schaudernd, dass ich die Aufgabe auf mich genommen hatte. Aber Dukes Zustand bereitete mir Sorge; und da ich zu Fuß unterwegs war, würde es auch eine Weile dauern, bis ich zurück sein würde, also galt es keine Zeit zu verlieren. Ich begann zu joggen, bald spürte ich die Kälte nicht mehr. Den Weg hatte ich mir zuvor im Internet angesehen und eingeprägt.

Die Apotheke lag in einem düsteren Viertel; vielleicht war aber auch nur der Tag düster oder meine Mission. Hohe, fensterarme Häuser standen eng beieinander, deren Erdgeschosse vor allem Spielhallen, Wettbüros und Kneipen mit vergilbten Gardinen und asiatischen Schriftzeichen beherbergten. An einer Ecke, an der sich neben Müllcontainern viele prall gefüllte Abfallsäcke häuften, bog ich in eine schmale Seitenstraße ab. Schon von Weitem leuchtete mir das Apothekenzeichen entgegen.

In dem winzigen Ladengeschäft voll mit Porzellangefäßen, Gläsern mit obskuren Inhalten und Tausenden von Schubladen angekommen trug ich mein Anliegen einer hutzeligen Apothekerin ostasiatischen Ursprungs vor, und auch, wer mich schickte.

Sie hob den Zeigefinger, hieß mich warten, und verschwand

in einem Hinterzimmer. Ich hörte sie mit einer anderen Person sprechen, aber ich verstand nicht, was sie sagte. Schließlich kehrte sie mit einem Päckchen Tabletten zurück, das sie vor mir auf den Tresen legte.

„Viertausend."

Ich kippte fast aus den Stiefeln. „Wie bitte?"

„Viertausend Taler."

„Viertausend Taler für ...", ich sah mir die Schachtel genauer an, „sieben Tabletten?"

Sie nickte wortlos.

„Ich gebe Ihnen siebenhundert."

„Ich handle nicht." Damit steckte sie die Tabletten in ihre weiße Kittelschürze und wandte sich ab.

„Tausend. Für zwei Päckchen davon."

„Zweitausend."

„Okay."

Als ich den Laden verließ, meinte ich, ein gutes Geschäft gemacht zu haben, aber mit jedem Schritt verdichtete sich das Gefühl, über den Tisch gezogen worden zu sein. Ich meine, so viel Geld für ein paar Pillen? Die vor der Inflation vielleicht gerade mal zwanzig Taler gekostet hätten? Ich war kurz davor, umzudrehen und in Neuverhandlungen mit der alten Frau zu treten, aber ich wusste, dass Duke mich und vor allem das Medikament brauchte, und beeilte mich, nach Hause zu laufen.

Er schien nicht der Meinung zu sein, dass ich zu viel bezahlt hätte. „Wunderbar", lobte er mich. „Danke."

„Zweitausend! Für 14 Tabletten!", rief ich ihm aus der Küche zu und brachte ihm ein mit Wasser gefülltes Glas.

„Ich hätte höhere Preise erwartet."

Mit einem halb schrägen, halb stolzen Grinsen setzte ich mich neben ihn auf die Couch. „Ich habe gehandelt."

„Dann schicke ich dich wohl jetzt jeden Tag zum Einkaufen. Danke." Er küsste mich, nahm eine Tablette und spülte sie mit Wasser hinunter. „Wir müssen Wasser kaufen. Das Trinkwasser ist nicht mehr sicher, sagen sie in den Nachrichten."

„Nicht mehr *sicher*?"

„Wegen der Stromausfälle arbeiten die Kläranlagen nicht mehr zuverlässig." Er sank zurück an die Rückenlehne. Ich strich ihm ein paar lange, schwarze Haarsträhnen aus dem blassen Gesicht. Er glühte immer noch, aber ich hoffte, dass das Antibiotikum ihm bald helfen würde. Er hielt meine Hand fest und sah mich ernst an. „Wir sollten von hier abhauen."

„Nein." Ich war entsetzt. Hier, das war mein Hort von Sicherheit. Ich wollte nicht schon wieder weg, ich war heilfroh, dass ich den heutigen Aufenthalt da draußen so gut überstanden hatte. Ohne Raubzug und ohne Exzesse und ohne Herzschmerz. Es war gut gelaufen, aber ich wollte mein Glück nicht überstrapazieren. „Warum?"

„Nia, das Einzige, worauf du dich noch verlassen kannst, ist, dass hier alles den Bach runtergeht."

Das war mir nicht recht. Ich schüttelte den Kopf. Ich wollte, dass alles so blieb. Nur noch kurz. Nur noch ein paar Jahre. Ich machte mich so klein es ging, rutschte ganz nah an Duke heran, legte meinen Arm um seine Brust und meinen Kopf auf seine Schulter. Seine Nähe, seine Wärme umgab mich wie ein Schutzschild gegen alles Übel der Welt.

Duke redete mir weiter zu. „Wir packen unsere Sachen und fliegen weit weg. Auf eine Südseeinsel. Oder in die Heimat meiner Vorfahren. Oder in deine."

Mein Herz begann fest zu klopfen. Ich hasste das Fliegen, denn ich hasste hohe Höhen und tiefe Tiefen. Aber San Calides, die Hügel und Berge meiner Heimat, die Weite des Melidá und das endlos scheinende Grün des Ufers wiederzusehen … wäre ein Traum. Ich sah auf. „Wirklich?"

Er lächelte müde. „Gib mir zwei, drei Tage, bis ich wieder fit bin. Dann checke ich die Flüge und die aktuellen Preise und sehe, was wir uns leisten können."

Ich öffnete den Mund – und schloss ihn wieder. Wenn wir die Flugpreise wussten, konnte ich immer noch eröffnen, dass ich ein paar Goldtafeln beisteuern konnte.

Vier Tage später kehrte Duke mit guten Neuigkeiten vom Flughafen zurück. „Wir fliegen morgen früh um sieben. Der Flug geht nach San Calides, danach reisen wir mit einem Geländewagen weiter." Triumphierend hob er zwei Flugtickets in die Höhe. Er humpelte noch, aber das Fieber war verschwunden und die Wunden verheilten gut.

„Nach San Calides", wiederholte ich voll leuchtender Vorfreude. Ich konnte immer noch nicht so richtig glauben, dass wir nach Hause zurückflogen. Dann wäre Themiskyra nur ein kurzer Abschnitt meines Lebens gewesen. Überschaubar. Verzeihlich. Für immer vorbei. Trotz aller Flugangst konnte ich es kaum erwarten abzuheben.

Duke beobachtete mich lächelnd. „Lass uns packen, und anschließend darfst du alle Vorräte aufessen."

„Schon geschehen. Das Packen. Nicht das Essen." Auf seinen zweifelnden Blick hin erwiderte ich: „Ich habe nicht so viele Sachen."

„Hast du alles dabei? Kleidung? Schwert? Pfeile? Zahnbürste?"

Ich nickte bei jedem Wort.

„Perücken?"

„Brauch ich nicht. Zu Hause bin ich ich."

„Pass?"

Ich klappte den Mund auf. Und wieder zu. „Habe ich nicht."

Er sah mich entgeistert an. „Wie, hast du nicht?"

„Ich habe keinen Pass."

„Aber du bist doch hier eingereist ..."

„Ja, als Kind." Zu dem Zeitpunkt war ich noch so jung gewesen, dass ich nur im Reisepass meiner Mutter aufgeführt war, welcher mittlerweile mit Sicherheit schon lange nicht mehr gültig war. Nicht, dass er sich überhaupt in meinem Besitz befand.

Duke fluchte laut und unverständlich.

„Es tut mir leid. Ich kenne mich nicht aus mit solchen Sachen." Es war mir unerträglich, dass er womöglich wütend auf mich war.

„Ja, das weiß ich. Aber ohne Pass kommen wir hier nicht weg. Ist nicht deine Schuld, okay? Ich hätte daran denken sollen." Er sah abwesend aus dem Fenster und trommelte mit den Fingern auf der Arbeitsfläche herum. Dann ließ er mich stehen, verschanzte sich am Schreibtisch hinter seinem Laptop und begann energisch zu tippen. Ich beobachtete ihn dabei und fühlte mich schrecklich. Was, wenn er wirklich sauer auf mich war? Was, wenn er ohne mich wegfliegen würde?

Ein paar Minuten später stand er auf. „Stell dich an die

Wand.“

„Was???“ Ein Erschießungskommando? Das hielt ich für etwas übertrieben …

Sanft schob er mich vor die weiße Wand und nahm sein Fon vom Küchentisch. „Ich brauche ein biometrisches Foto von dir.“ Danach hielt er mir einen Stift und ein weißes Blatt Papier hin. „Und deine Unterschrift.“

Ich schrieb *Nia*, dann zögerte ich. Bislang hatte ich mit dem Nachnamen *von Themiskyra* unterschrieben, aber seitdem ich auch noch Xanthos an Atalante verloren hatte, verband mich nichts mehr mit der Stadt.

Duke sah mich abwartend an.

„Ich habe keinen Nachnamen“, gab ich hilflos zu.

„Was stand in deinem alten Pass?“

„Keine Ahnung. Darum hat sich meine Mutter gekümmert.“

Er fuhr sich halb belustigt, halb wütend mit den Händen durch die Haare. „Du bist ein Geist. Das Geistermädchen aus der Amazonenstadt. Ohne Namen, ohne Papiere.“

Ich wollte ihn nicht noch mehr verärgern und schrieb einfach *Melidá* dahinter. Sobald mein Stift das Papier verlassen hatte, riss er es förmlich vom Tisch und faltete es zusammen.

Im Gehen zog er seine Lederjacke an. „Ich muss noch mal los –“

„Nein.“

„Ich brauche nicht lange –“

„Bitte nicht.“ Ich klammerte mich an ihn.

„Nia. Hör. Mir. Zu.“ Er machte sich sacht von mir los, aber nur, um mein Gesicht mit den Händen zu umfassen und mir beschwörend in die Augen zu sehen. „Mach dir keine Sorgen. Ich komme so bald wie möglich wieder. Ich verspreche es dir.“

„Lass mich mitkommen“, bettelte ich und hielt mich an seinen Armen fest. Ich hatte wirklich Angst. Ich glaube, ich hatte noch niemals so viel Angst wie in diesem Moment, in dem ich dachte, Duke könnte mich verlassen.

„Das geht leider nicht. Ich muss ein paar Leute treffen, die dir vielleicht auf die Schnelle einen Pass besorgen können. Keine Ahnung, wie die Typen drauf sind. Ich möchte dich lieber in Sicherheit wissen.“

„Ist es gefährlich?" Vielleicht sollte ich lieber mitkommen und auf ihn aufpassen.

Er lächelte nachsichtig. „Nia, meine Arbeit ist jeden Tag gefährlich. Das ist Routine. Jetzt lass mich gehen. Je schneller ich loskomme, desto schneller bin ich wieder zurück."

Widerwillig ließ ich meine Hände sinken. Er die seinen nicht. „Ich bin vielleicht ein bisschen mehr als nur ein bisschen in dich verliebt und ich werde nicht ohne dich abhauen. Versprochen. Okay?"

Ich nickte. „Okay."

Langsam ließ er mich los. Langsam trat ich einen kleinen Schritt zurück. Er lächelte mir noch einmal knapp zu, dann eilte er mit langen Schritten aus der Wohnung. Nach seinem Geständnis hätte es sich nicht so anfühlen dürfen, aber ich spürte deutlich, dass Unheil dräute.

Voller Unruhe tigerte ich in den nächsten Stunden in der Wohnung hin und her. Ich überprüfte mein Gepäck. Versuchte, für Duke zu packen. Gab es auf, weil ich nicht wusste, was er alles mitnehmen wollte. Schmierte mir ein Brot, das ich nicht aß, weil mein Mund staubtrocken und mein Hunger verflogen war. Sah fern, aber hörte nicht zu. Dann wurde es Abend. Nacht. Und ich drehte langsam, aber sicher durch. Duke *musste* nach Hause kommen. Wir *mussten* morgen fliegen. Er hatte fast alles in die Tickets investiert; mit jedem Tag, den wir warteten, wurde das Kerosin teurer, wurden die Flugscheine unbezahlbarer. Dann, gegen Mitternacht, ertrug ich das Warten nicht mehr. Ich rief an seinem Fon an, wurde jedoch von der Mailbox abgespeist. Vielleicht war er in der Klemme. Vielleicht hatten die fiesen Passfälscher Ärger gemacht. Je länger ich darüber nachdachte, desto sicherer war ich, dass etwas Unvorhergesehenes passiert sein musste. Und dass es meine Schuld war, denn immerhin war es *mein* Ausweis, der fehlte.

In meiner Not setzte ich mich vor seinen Laptop, den er in der Eile vergessen hatte wie sonst zuzuklappen, und versuchte herauszufinden, wen er in der Passangelegenheit kontaktiert, wen er angeschrieben, mit wem er gechattet haben mochte, bevor er die Wohnung verlassen hatte. Ich war eine Amazone, bei Artemis. Ich würde ihn finden und retten und das alles in … vier Stunden, damit wir rechtzeitig am Flughafen wären.

Hektisch klickte ich mich durch die verschiedenen Arbeitsflächen seines Laptops. Ich kannte mich mit dem Ding nicht aus, es war Dukes Arbeitscomputer, den er normalerweise wie seinen Augapfel hütete und mit Passwörtern schützte.

Schließlich fand ich sein E-Mail-Programm. Eigentlich hatte ich nur vor, die letzten E-Mails anzusehen, die er an diesem Tag bekommen hatte, aber ein Absendername stach mir so ins Auge, dass ich ihn lesen musste.

Kawaji Ryu.

Okay.

Ich wusste, dass er an dem Fall dran war, aber dass sie sich E-Mails schickten, fand ich … ungewöhnlich. Ich wollte nicht schnüffeln, also klickte ich nach einer kurzen Überprüfung seiner zuletzt empfangenen E-Mails (Betreffs *Erhöhung der Kfz-Versicherung, Newsletter FlugpreiseReisecheck, Sie haben gewonnen, Herr Ibro* und *Ashden Augurinus gefällt dein Beitrag*) wandte ich mich seinem Chat-Programm zu, das die Nachrichten des Chat-Clients auf seinem Fon spiegelte. Die Nachrichten waren alle alt. Vor sechs Tagen hatte ein gewisser Takumi Ai um kurz vor zehn Uhr geschrieben: „17:00 Flavio Ecke Hundertwasser." Vermutlich ein Kollege.

09:57 | Duke: K

22:14 | Takumi Ai: Alles ok?

22:56 | Takumi Ai: Melde dich, wenn du am Leben bist. Dein Vater dreht durch.

08:12 | Duke: lebe.

08:13 | Takumi Ai: Bist du verletzt?

08:13 | Duke: wurde angeschossen. ware in sicherheit. schließfach 2561.

08:14 | Takumi Ai: Kommst du zurecht? Hast du die Wunden versorgen können?

09:44 | Duke: ja. habe hilfe.

09:45 | Takumi Ai: Dann melde dich asap bei deinem alten Herrn. Er macht sich Sorgen.

Hm. *Ware? Schließfach 2561?* Klang nach einer Undercover-Mission. Was Dukes Vater damit zu tun hatte, war mir allerdings schleierhaft. Zumindest hatte das alles überhaupt nichts mit Passfälschern zu tun. Ich klickte mich weiter durch die offenen Fenster. Und erstarrte. Im Fenster *Projekte* befand sich ein Ordner, der den Namen *Ainia* trug.

Kapitel 5

Mit klopfendem Herzen öffnete ich ihn und eine alphabetisch geordnete Reihe von Dateien wurde angezeigt. Ich wollte nicht darauf klicken. Das ging mich nichts an. Es war Dukes Privatzeug. Aber andererseits war es mein Name, der da stand. War ich nur ein Projekt? Und selbst, wenn ich mir die Sachen nicht ansehen würde, würde ich mich bis in alle Zukunft fragen, was es damit auf sich haben mochte.

Klick schon!, feuerte mich Pan an, der zum ersten Mal seit Monaten wieder auf meiner Schulter erschienen war.

Also klickte ich. *Alle öffnen.* Eine Flut von Dateien stürzte auf mich ein. Kartenmaterial mit Markern, Textdateien mit Geo-Koordinaten. Bilder, teilweise dunkel, körnig, stark vergrößert. Von Moreaus ausgebranntem Antiquitätenladen. Von meinem Fon. Von mir, noch mit langen Haaren. Mit Kassian. Auf Melissas Cocktailparty. Am Seitenausgang des Kinos, eine Sekunde, bevor die Ninjas uns überfielen. Vor dem Taxi, das Kassian und mich nicht wie angeordnet nach Hause, sondern in eine unbelebte Gegend gefahren hatte, wo wir angegriffen und verschleppt wurden. Ich begann, am ganzen Leib zu zittern. Duke hatte uns gerettet. Duke war immer da gewesen. Zur rechten Zeit. Zur rechten Stelle. Ich hatte das starke Bedürfnis, mich übergeben zu müssen, als sich all diese Kleinigkeiten wie ein Puzzle zusammensetzten. Der sichere Kokon aus Geborgenheit, Zuneigung und Zuverlässigkeit, den Duke in den letzten Monaten scheinbar um mich gesponnen hatte, zerbröselte unter dem Druck der neuen Realität. Er hatte das Fon, das Kassian mir gegeben hatte, gefunden und verwanzt, um mich systematisch auszuspionieren. Nur – warum? Verstört klickte ich mich weiter durch seinen Computer, bis ich zufällig erneut das E-Mail-Programm vor der Nase hatte. *Kawaji Ryu* stand da wieder. Und diesmal klickte ich darauf. Eine Reihe japanischer Schriftzeichen tauchte auf. Mechanisch öffnete ich ein neues Browserfenster und kopierte mir den Inhalt der E-Mail in einen Übersetzer. Das Ergebnis war nicht perfekt, aber es reichte, um mir eiskalt werden zu lassen.

Mein Sohn.
Nach einigen gescheiterten Versuchen, dich am Telefon zu erreichen. Bin ich auf diese Weise mit Ihnen in Kontakt, um mein Missfallen jetzt auszudrücken. Ich kann deine Entscheidung nicht akzeptieren. Dein Platz ist hier, an meiner Seite, in unserem Unternehmen. Du hast auch deine Aufgaben vernachlässigt schon viel zu lange. Deine Verletzung ist sicherlich unerfreulich, aber es gibt keinen Grund zur Fahnenflucht.
Als solche werde ich deine. Abreise ahnden, falls Sie nicht zur Besinnung kommen.
Ersparen Sie uns das.
Bitte.
Dein Vater,
Kawaji Ryu.

Er war Ryus Sohn. Er war der Sohn des Mannes, der Kassians und mein Leben bedroht hatte. Er war der Grund, weshalb sein Vater die Amazonenstadt hatte ausfindig machen können. Als ich auf Themiskyras hohem Kamin versucht hatte, Kassians Standort mit dem Fon herauszufinden, musste mich Duke geortet und seinem Vater erzählt haben, wo er mich finden würde. Nie im Leben wäre ich darauf gekommen, dass Duke, mein großer, starker Duke der Sohn des kleinen, irren Kawaji Ryu war.

Deshalb hatte ich ihn über den Notruf der Polizei, bei der er angeblich arbeitete, nicht finden können. Und offenbar war er auch nicht bei einer Polizeimission angeschossen worden, sondern bei irgendeinem krummen Ding, das er für seinen Vater gedreht hatte. Deshalb die unangemessen luxuriöse Wohnung. Die Schublade voller Edelsteine. Nur – warum hielt er am Projekt *Ainia* fest? Der Diamant war schon lange durch Atalante an Ryu zurückgegeben worden. Und von meinem Gold wusste er nichts.

Was möchtest du denn hören? Ich habe dich verfolgt, weil ich dir verfallen bin?, echote seine Stimme in meiner Erinnerung und machte mich Schaudern.

Das Klingeln des Telefons riss mich aus meinen gehetzten Gedanken. Mein Herz setzte vor Schreck für einen Schlag aus. *Dukes Fon* stand auf dem Display. Mit zitternden Fingern hob ich ab.

„Ja?", krächzte ich.

„Du hast angerufen."

„Ja."

„Alles in Ordnung, meine Süße. Ich habe deinen Pass." Er klang wie immer. „Hat etwas länger gedauert, aber in dreißig Minuten bin ich zurück. Dann kann's losgehen."

„Okay."

„Geht's dir gut, Nia?"

„Ja. Ich hatte mir nur Sorgen gemacht."

„Tut mir leid, dass ich mich nicht melden konnte. Ich beeile mich. Bin gleich bei dir." Damit legte er auf und ich begann zu hyperventilieren.

Die krasse emotionale Abhängigkeit, die ich noch bis vor wenigen Minuten für Duke empfunden hatte, hatte sich schlagartig in Furcht verwandelt. Aus meinem Fels in der Brandung war ein unberechenbarer Psycho geworden. Ich hatte eine halbe Stunde. Maximum.

Ich sprang auf. Setzte mich wieder. Schloss alle Dateifenster und klappte den Laptop zu, damit er nicht gleich merkte, was geschehen war. Lief ins Schlafzimmer, holte meine Tasche, zog im Gang Stiefel und Umhang an, überlegte kurz, hin- und hergerissen, von Pan beraten und beschwatzt, lief dann zurück ins Schlafzimmer und öffnete die Schublade ganz unten im Schrank. Die Geldbündel waren für die Flugtickets draufgegangen, aber das Kästchen mit den Edelsteinen und das Gold waren noch da. Ich kniete mich hin, starrte die Sachen an. Die Sachen blieben stumm. Pan wartete ab.

Ich holte tief Luft, strich sorgsam über die funkelnde Plexiglasbox und die goldenen Tafeln und schloss die Schublade schließlich, ohne etwas entnommen zu haben. Pan war verschwunden.

Wie aus einer Trance geschnippt, sprang ich auf die Füße. Ich wusste nicht, wie viel Zeit mich mein innerer Kampf eben gekostet hatte, aber ich sollte nicht trödeln. Schnell wuchtete ich meine Reisetasche auf den Rücken, schnappte mir meinen

Bogen und verließ die Wohnung.

Als die Tür ins Schloss schnappte, hätte ich am liebsten geweint. Ich vermisste Duke. Und ich fürchtete Duke. Aber ich wusste nicht, wie ich ohne ihn überleben sollte. Doch nach dem, was ich eben über ihn herausgefunden hatte, konnte ich nicht bleiben. Nur – wie sollte ich ohne seine Nähe heute Ruhe finden? Wie sollte ich morgen –

Der Aufzug setzte sich mit einem Ruck in Bewegung und riss mich aus den panischen Gedanken. Das war er. Ganz sicher. Ich rannte los, nahm zwei Treppenstufen auf einmal, um nur möglichst schnell viel Abstand zwischen mich und Duke zu bringen. Ich wusste nicht, wie er reagieren würde. Ich wusste nicht, was sein Plan war. Ich wusste, genau genommen, überhaupt nichts über Duke Ibro. Der vermutlich nicht mal so hieß.

Zwanzig Stockwerke tiefer kam ich ziemlich außer Atem im dunklen Foyer an. Ich hatte kein Licht gemacht, weil ich das Haus möglichst unauffällig verlassen wollte, und tastete mich an der Wand entlang Richtung Eingangstür, vorbei an ein paar Blumenkübeln ... Plötzlich ging das Licht an und ich duckte mich blitzschnell hinter die Grünpflanzen.

Die Haustür schlug zu, dann tauchte eine große Silhouette auf, die ich eindeutig als Duke identifizieren konnte. Er war es also nicht gewesen, der den Aufzug benutzt hatte. Mit leichtem Hinken ging er an meinem Versteck vorüber, und ganz kurz konnte ich sein Gesicht sehen. Er lächelte. Und bis vor Kurzem hätte ich gesagt, dass er sich darauf freute, mit dem Mädchen durchzubrennen, das er vielleicht ein bisschen liebte. Doch mit dem Wissen, das ich nun hatte, machte mir seine Miene Angst. Ich zog mich möglichst weit in den Schatten zurück und wartete mit pochendem Herzen ab, bis der Aufzug Duke mitgenommen hatte. Dann rannte ich los.

Ich wusste nicht, wo ich unterkommen sollte, also lief ich einfach geradewegs durch die Nacht. Fast hätte ich den *Blauen Tapir* in Betracht gezogen, aber ich fürchtete, dass Duke je nachdem, wie er drauf war, die Hotels nach mir abgrasen würde. Kurz vor Sonnenaufgang erreichte ich am Südrand der Stadt ein Industriegebiet mit vielen großen Märkten, einem immensen Einkaufszentrum und einer Parklandschaft, die die einzelnen Komplexe miteinander verband. Es war kalt, aber ich rollte mich einfach in meinen Umhang gewickelt auf einer Parkbank zusammen und hoffte aufgrund meiner DiVesetto-Reisetasche, dass ich nicht aussah wie eine Pennerin. Und aufgrund meines Schwerts nicht wie jemand, den man mal eben im Schlaf überfallen sollte.

Als ich nach ein paar Stunden unruhigen Schlafs am Vormittag erwachte, war der Park menschenleer, auf dem Parkplatz vor dem Einkaufszentrum jedoch hatten sich etliche Autos eingefunden. Ausschließlich Angeberschlitten, wie ich feststellte, offenbar war ich auf eine Elite-Einkaufspassage gestoßen.

Ich stromerte durch die Gänge und sah, dass zwar die Geschäfte einiger Nobelmarken vertreten waren, aber der Großteil der Läden für die breite Masse konzipiert war, nur dass die heute nicht anzutreffen war. Erst später sollte mir klar werden, dass sich die breite Masse die inflationären Preise im Southgate Einkaufszentrum nicht mehr leisten konnte, während die High Society hier von ihren letzten Bargeldreserven diverse Hamsterkäufe tätigte.

Im Grunde aber war mir das alles ziemlich egal. Ich hatte meine Heimat verloren. Ich hatte Kassian verloren. Ich hatte Duke verloren. Was übrig blieb, passte in eine mittelgroße Designer-Reisetasche, die herumzuziehen ich langsam leid wurde, daher sperrte ich sie zusammen mit Bogen und Schwert in einen Spind. Und da ich dem Schloss des Spinds nicht traute und ohnehin ziellos war, setzte ich mich auf den Boden und lehnte mich gegen die Tür.

Ich glaube, ich zitterte immer noch. Mein Kopf war abwechselnd leer und übervoll mit dissoziativen Erinnerungen an Duke, die mich anschrien, bis ich mir die Ohren zuhielt – und selbst dann schwiegen sie nicht. Ich redete mir ein, dass ich ohne ihn leben konnte, weil ich das früher auch geschafft hatte. Dass Alleinsein kein Manko, kein Makel war, sondern einfach ein Zustand, der durchaus zu bewältigen war. Dennoch fühlte ich mich furchtbar verlassen. Außerdem litt ich an üblem Verfolgungswahn. Bei jeder Person, deren Schritte sich näherten, schrak ich mit dem Gedanken *Duke!!!* auf und wusste nicht, ob ich weglaufen oder mich ihm in die Arme werfen wollte. Doch er war es ohnehin nie, sondern nur Leute, die auf dem Weg zum Aufzug, den Schließfächern oder den Toiletten waren.

Der Durst war es schließlich, der mich dazu zwang, meinen Platz am Spind aufzugeben. Ich trennte mir ein Goldplättchen von einer meiner Tafeln ab, trug es zur Bankfiliale im obersten Stockwerk und ließ mir ein paar hunderttausend Taler dafür auszahlen. Zuerst kaufte ich mir eine Flasche Wasser und ein trockenes Käsesandwich, dann einen Lederbeutel, in dem ich mein Geld und die Goldtafeln unterbrachte und den ich mir, versteckt in einer Toilettenkabine, zwischen T-Shirt und Pulli eng an den Körper band.

Abends verwies mich die schlecht gelaunte Putzmannschaft des Hauses, also schleppte ich meine Habe wieder in den Park.

Die Nacht war sternenklar und bitterkalt. Ich schätze, es war Winter oder so was; in Dukes Wohnung hatte ich etwas den Überblick über die Jahreszeiten verloren. Irgendwann stand ich auf, marschierte durch den nächtlichen Park und rund um den Shopping-Komplex, folgte meinem dampfenden Atem, um nur irgendwie wieder warm zu werden. Per Zufall fand ich ein eingeworfenes Kellerfenster hinter einem Lichtschachtgitter, das ich mit meinem Schwert aushebeln konnte. Ich verzog mich in einen muffigen und dennoch kalten Lagerraum, der nach Mäusepipi stank, jedoch immerhin windgeschützt war.

Für meinen Kaffee am nächsten Morgen zahlte ich 340 Taler und er schmeckte mies. Aber er war warm; das war es, was zählte. Während ich ihn in einem knallbunten, leeren Doughnutladen in kleinen Schlucken schlürfte, sah ich im Fernseher über dem Tresen Nachrichten ohne Ton. Jede Menge Unruhen schienen im ganzen Land, nein, in allen Industrienationen ausgebrochen zu sein. Es wurden Menschenmassen mit Transparenten gezeigt, die gegen hohe Lebensmittelpreise demonstrierten. Offenbar waren Schulen geschlossen worden, vermutlich, da sie nicht beheizt werden konnten. Ich klammerte mich an meinen Kaffeebecher, versuchte, jetzt schon die Wärme für die Nacht aufzusaugen und einzuspeichern. Dann fiel mir etwas Besseres ein. Ich ging in einen Outdoorladen und sah mich nach einem Schlafsack um. Die Regale waren nur lückenhaft gefüllt.

„Wir haben Lieferschwierigkeiten", erklärte mir das Mädchen, das hier arbeitete und laut Namensschild Tamar hieß. Wobei der stark verharmlosende Ausdruck *Mädchen* der Person nicht wirklich gerecht wurde. Vom Alter her war sie eins, aber jeder Zentimeter ihrer Haut war mit abstrakt verschnörkelten, gefährlich aussehenden Tattoos bedeckt, abgesehen von ihrem Gesicht, und selbst da rankte sich eine schwarze Klaue vom Hals bis zur Schläfe hinauf. Ihr Lächeln aber war ehrlich und freundlich und verbreiterte sich noch, als ich neben dem kompakten Daunenschlafsack einen Wintermantel, Handschuhe, eine Mütze, drei Paar Stricksocken und ein dickes Geldbündel auf den Verkaufstresen legte.

Ihr Blick blieb an meinem Umhang und dem leeren Schwertgurt hängen und für einen Moment erwartete ich eine blöde Frage, doch dann kam nicht „Auf dem Weg zum Kinderfasching?", sondern „Brauchst du eine Tüte? Papiertüte", relativierte sie schnell. „Die anderen dürfen wir nicht mehr herausgeben. Ölverschwendung. Und so."

Ich nickte und schüttelte den Kopf. Unbegreiflich, was alles aus Erdöl gemacht wurde. „Papiertüte ist wunderbar", erklärte ich auf ihren verständlicherweise verständnislosen Blick hin.

Nachdem ich meine Einkäufe im Schließfach verstaut hatte, setzte ich mich im glasüberdachten Gang vor dem Geschäft in ein kleines Bistro, das sich, umgeben von einem halbhohen Holzzaun und mit karierten Decken auf den Tischen, in winterlicher Berghüttenromantik versuchte. Ich bestellte eine dampfende Kartoffelsuppe, die mich aber nicht aufwärmen konnte. Da kam ich darauf, dass auch das Einkaufszentrum offenbar nicht mehr geheizt wurde; alle Leute um mich herum trugen die Elite-Krägen ihrer hochpreisigen Winterjacken hochgeschlagen oder ihre Echtfellkapuzen auf dem Kopf. Nur am Tisch neben mir saßen normale Leute … wobei.

Es schien sich um eine dreiköpfige Mädelsgang zu handeln. Eine dunkle Elfe in Leder, Spitze und Federn mit Sidecut und blassem Teint. Ein kleiner Pitbull, Respekt einflößend und muskulös, kein Gramm überflüssiges Fett am Körper, dafür dickes Augen-Make-up und diverse Piercings im hübschen Gesicht. Die dritte im Bunde war eine ebenfalls in Leder gekleidete, drahtige Frau, die ein paar Jahre älter als die anderen war und ihre langen, weißblonden Haare zu einer Flechtfrisur gebunden hatte, deren Anblick mir in Anbetracht meiner kurzen Locken die Tränen in die Augen getrieben hätte, wenn ich noch hätte weinen können. Die Frauen wirkten so, als könnten sie Ärger machen, wenn sie das wollten. Ich wollte keinen Ärger, aber sie faszinierten mich und so konnte ich nicht wirklich wegsehen, vor allem, als gegen 17 Uhr Tamar aus dem Outdoorladen zu ihnen stieß und die kleine Gruppe offenbar komplettierte. Ich bestellte eine weitere Suppe, löffelte sie unkonzentriert und schielte hin und wieder zum Nachbartisch hinüber. Als dort dann unvermutet eine von ihnen im Gespräch „Bei Artemis!" rief, fiel mir vor Schreck der Löffel in die Suppe und überschwemmte meinen Unterteller.

Amazonen! Dass ich die Frauen perplex anstarrte, merkte ich erst, als sie alle zurückstarrten. Lauernd. Bedrohlich. Neugierig. Eine lange Minute passierte überhaupt nichts, dann wandten sie sich ruckartig wieder ihrer Unterhaltung zu und ich löffelte hastig meine Suppe weiter.

War ja egal. Ich war raus. Alle wussten, was ich gemacht hatte. Atalante hatte sämtliche Gemeinschaften ringsum über meine Vergehen informiert, und es war klar, dass mich niemand aufnehmen würde. Hätte ich ohnehin nicht gewollt. Ich war durch mit dem Thema.

„Ainia???!" Der schrille Aufschrei zerschnitt die Luft, zerschnitt meine Gedanken, schnitt sich so tief in mein Herz, dass es weh tat. Zuerst wusste ich nicht, warum, doch dann wurde mir klar, dass es Melissas Stimme war. Melissa, die an allem schuld war, die mir Kassian weggenommen hatte, die mein Selbstbewusstsein so angekratzt hatte, dass ich mich gezwungen gesehen hatte, zu stehlen, um mir einen Lebensstil finanzieren zu können, der dem ihren ebenbürtig war. Die ich *hasste*.

Ich fuhr auf, ganz im Kampfmodus. Sie stürmte im fliederfarbenen Winteroverall und mit wippendem, feuerrotem Pferdeschwanz auf mich zu, küsste überschwänglich die Luft neben meinem Kopf und nahm mich dann fest in die Arme. Wie immer überfuhr sie mich komplett und so kam es, dass ich völlig überfordert auf meinen Platz zurücksank, anstatt ihr meinen Löffel ins Auge zu stechen.

„Wo ist Kassian? Hast du etwas von ihm gehört?", fragte sie.

Ich schüttelte grimmig den Kopf. *Wie soll ich bitteschön etwas von ihm gehört haben, du dumme Schlampe, nachdem du mein wohlverdientes Happy End mit ihm zerstört hast und er mein Leben auf Nimmerwiedersehen verlassen hat?* Stattdessen sagte ich: „Ich dachte, er sei mit dir zusammen. Hast du nicht auf ihn aufgepasst?" Das kam erheblich weniger cool und dafür wesentlich vorwurfsvoller heraus, als ich es beabsichtigt hatte.

Sie fasste mich fest an den Händen und sagte bittend: „Ach, Ainia, du musst mir glauben – Kassian hatte mir versichert, dass die Sache zwischen euch Vergangenheit wäre! Er sagte, du hättest ihn weggeschickt und wolltest ihn nie wieder sehen. Er war am Boden zerstört, wirklich. Ich gebe zu, ich habe die Gunst der Stunde genutzt und ihn ein bisschen getröstet, aber ich hätte mich niemals zwischen euch gedrängt, solange ihr ein Paar wart. Du weißt, dass ich ihn immer geliebt habe. Ich wollte ihn nicht mehr leiden sehen."

Ich grunzte unwillig. Sie wirkte aufrichtig. Genau wie ihre Sorge um Kassian, die mich sofort unfreiwillig ansteckte, obwohl ich mit dem verlogenen 'Shim eigentlich nichts mehr zu tun haben wollte. Wie konnte er behaupten, ich wolle ihn nie wieder sehen, wo ich ihm doch durch Padmini meine Liebe hatte gestehen lassen! Nein, so wie ich das sah, hatte er kein bisschen gelitten, sondern ebenfalls die Gunst der Stunde genutzt, als verstoßener Mashim ein paar Mädchen aufzureißen, die wild darauf waren, ihn aufzumuntern. Weiß Artemis, ob Melissa die Einzige war. Und ebendieser Gedanke war es, der sie mir wieder ein klein bisschen sympathisch machte.

„Wann hast du ihn denn zuletzt gesehen?", erkundigte ich mich.

„Ach, vor ein paar Monaten." Sie winkte unglücklich ab. „Weißt du, dass ihm jemand sein gesamtes Vermögen gestohlen hat? Er hatte seinen Geldbeutel mit allen Karten und dem Schlüssel zum Bankschließfach wohl bei der überstürzten Abreise aus Goldvelt in der Villa vergessen und es zuerst nicht mal gemerkt, weil sein Kopf ganz … na ja, bei dir war."

„Klar", erwiderte ich sarkastisch.

„In der Zwischenzeit wurde in die Villa eingebrochen. Muss eine Bande gewesen sein. Sein Computer und die anderen technischen Geräte, die noch dort waren, seine Testgeräte und alten Prototypen, alles wurde gestohlen."

Hm. Dafür war mal ausnahmsweise nicht ich verantwortlich.

„Wahrscheinlich hat die Konkurrenz jemanden angeheuert, um seinem Business zu schaden."

Ich besah mir meine Fingernägel und räusperte mich. „Wie hat er es aufgenommen?"

„Du kennst ihn. Geld bedeutet ihm nichts. Und sein Firmenvermögen war sicher, da es auf anderen Konten untergebracht ist. Er konnte also weiterarbeiten, und das war wohl das Einzige, was ihn wirklich interessiert hat, nachdem mit dir Schluss war." Jetzt klang sie ein bisschen verbittert.

„Wie lange wart ihr zusammen?"

„Ainia, wir waren überhaupt nicht zusammen!", fuhr sie mich an. „Wir hatten einen einzigen netten Abend und den hast du mit deinem Auftauchen und dem Demolieren meiner Glastiersammlung wirklich nachhaltig ruiniert."

Ich presste die Lippen aufeinander. Wenn sie glaubte, ich würde mich dafür entschuldigen, hatte sie sich geschnitten.

„Und dann ist er plötzlich von der Bildfläche verschwunden. Er reagiert nicht auf meine Nachrichten und Anrufe, in seiner Firma können sie mir auch keine Auskunft geben." Sie seufzte. „Und meine Schwester ist auch noch weg. Mann, ich würde echt in großem Stil Privatdetektive engagieren, aber wer kann sich das bei den explodierenden Honoraren noch leisten?"

„Deine Schwester?", echote ich. Ich wusste nicht mal, dass sie eine hatte.

Sie sah mich an wie ein Waldkauz. „Chiara?!", fragte sie, als sei ich minderbemittelt. „Hast du das nicht gewusst?"

Ich schüttelte überrascht den Kopf. „Nein. Ist nicht so, dass ihr euch sonderlich ähnlich seid." Aber das erklärte, wieso Melissa immer mit Chiara im Schlepptau auftauchte, *obwohl* die beiden so unterschiedlich waren.

Ich hatte wirklich Angst, diese Frage zu stellen: „Hast du was von Duke gehört?" In meiner Brust flatterte es wie wild.

Sie runzelte kurz die Stirn, als wisse sie nicht, von wem ich redete. „Ach, Duke. Nein. Er war auf dem Verteiler für meine Geburtstagsparty im *Pearl*, ist aber nie aufgetaucht." Sie missdeutete meine Miene. „Ich hätte dich auch eingeladen, aber ich hatte deine Fon-ID nicht."

Und ich kein Fon. Aber ich winkte nur ab. „Weißt du, was er beruflich macht?"

„Soweit ich weiß, arbeitet er im Unternehmen seines Vaters. Dieser war früher in Papas Firma als Sicherheitschef tätig, hat sich aber irgendwann mit einer eigenen Security-Firma selbstständig gemacht. Aber Kassian meinte, Duke sei jetzt bei der Polizei. Keine Ahnung. Wir kennen uns nicht sooo gut. Warum fragst du?"

„Nur so." Ich kehrte hoch konzentriert Brösel auf dem Tisch zusammen. Mein Herz klopfte schmerzhaft gegen meine Rippen. Weil es Kassian vermisste. Weil es Duke vermisste. Weil ich nicht wusste, wer mir mehr fehlte; und weil ich hingegen ganz genau wusste, es war besser, wenn ich sie beide vergaß.

„Wow, läuft da was zwischen euch beiden?" Melissa klatschte in die Hände. „Wie aufregend. Du musst mir *alles* erzählen."

Mein Blick ließ sie verstummen.

„Was ist, hat er sich daneben benommen? Wie Vlad damals?" Vlad Westermann oder, wie ich ihn nannte, Fad Wettermann, weil er mich mit Small Talk über das Wetter gelangweilt hatte, ein schnöseliger, selbstüberzeugter Steuerprüfer aus Urba, hatte mich nach einer Party mitgenommen und gemeint, er könne mich begrapschen. Ich hatte ihm eindrücklich klargemacht, dass das keine gute Idee war. „Wusstest du, dass ich allen, wirklich *allen* erzählt habe, was für ein perverses Schwein er ist? Sein Ruf ist dahin – der findet sicherlich erst einmal keine Mitfahrerin mehr."

Ich zog eine Grimasse. Das erklärte, warum er so extrem wütend auf mich gewesen war. Er hatte sich an mir gerächt, indem er Themiskyra einer groß angelegten Steuerfahndung unterzogen hatte. Die Stadt versorgte sich selbst; da die Amazonen kein Geld verdienten, zahlten sie natürlich auch keine Steuern, weswegen Fad Steuerhinterziehung gewittert hatte. Die Aktion hatte ewig gedauert und so war Yazama, die große

Sonnenfeier der Amazonen, ins Wasser gefallen, auf die sich alle wochenlang vorbereitet und gefreut hatten. Danach tat es wirklich keiner mehr leid, dass ich aus Themiskyra verbannt wurde.

„Nein, mit Duke war es … ganz anders." Ich schauderte. „Ich will jetzt nicht darüber reden. Ich –"

Eine Explosion zerriss unser Gespräch. Das Gebäude bebte und Menschen kreischten.

„Runter!" Ich zerrte Melissa von der Bank auf den Boden. Ehe ich den Tisch umstürzen konnte, um dahinter Deckung zu suchen, erschütterte eine weitere, wesentlich nähere Detonation das Stockwerk. Die Druckwelle warf mich bäuchlings zu Boden. Holz splitterte, Glas regnete, Wärme floss mir über das Gesicht.

Ächzend rappelte ich mich wieder auf die Knie und sah mich um, versuchte herauszufinden, woher Gefahr drohte und wohin uns ein möglicher Fluchtweg führen würde, aber in der Luft standen Staub und Rauch und behinderten meine Sicht. Widerstreitende Sirenen dröhnten durch das Fiepen in meinen Ohren und das Chaos davonrennender, schreiender Menschen, machten das Denken schwierig. Ich glaubte, mich zu erinnern, dass neben den Schließfächern ein Notausgang war, nur einen Gang entfernt.

„Melissa, komm, wir müssen erst mal hier weg und –" Ich drehte mich zu ihr um und verstummte. Sie lag schräg hinter mir und wirkte einfach nur völlig überrascht. Aus ihrem Overall ragte in Bauchhöhe eine abgebrochene Zaunlatte, rundherum quollen Daunenfedern und Blut hervor.

„Verdammt." Ich zerrte die karierte Tischdecke aus dem Schutt und bemühte mich ziemlich erfolglos, die Blutung zu stillen. „Gib mir dein Fon!", herrschte ich sie an. Sie konnte nicht. Stattdessen begann sie zu zittern.

„Rechte Tasche", hauchte sie.

Ich holte das Gerät hervor und wählte die *333*, wieder und wieder, doch ich kam nicht durch. Wahrscheinlich versuchten gerade Hunderte von Menschen gleichzeitig, den Notruf zu erreichen.

„Ainia."

„Nia", verbesserte ich sie wütend.

Akkustand kritisch, behauptete das Display. Ich drückte die Wahlwiederholung. Erneut.

„Ainia, du musst Chiara finden. Sie … kommt nicht zurecht. Du kennst sie. Beschütze sie. Bring sie … nach … Hause."

Eine erneute, weiter entfernte Explosion erschütterte den Komplex. Mauerwerk und Splitter rieselten auf uns herab. Ich wusste nicht, wie lange das Gebäude noch standhalten würde.

„Das kannst du selber machen. Ich habe keine Zeit für so was", knurrte ich und tippte erbost auf ihrem Fon herum.

Sie schnappte meine Hand aus der Luft und hielt sie fest. „Such Chiara. Versprich es mir", flüsterte sie.

„Ich verspreche dir überhaupt nichts."

„Das bist du mir … schuldig. Hast meine … Glastiersammlung ruiniert." Ihr halbherziges Lächeln, ihr fester Griff taten mir weh. „Versprichsmir."

„Okay", gab ich nach. „Meinetwegen. Verdammt. Ich versprech's dir." Ich hasste mich dafür. Aber ich brachte es nicht übers Herz, ihr diesen Wunsch zu versagen. Melissa lächelte zufrieden und ließ meine Hand los. Wieder 333. Wieder die automatische Ansage. „Leider sind gerade alle Leitungen besetzt …"

Akku leer, behauptete das Fon und wurde dunkel. Wütend schleuderte ich es von mir.

„Melissa, wir müssen es alleine versuchen." Ich fädelte meinen Arm unter ihrem Rücken durch, um sie hochzuheben, da bemerkte ich, dass sie zu still war.

Das Lächeln war noch da.

Ihr Atem nicht mehr.

Kapitel 6

Fassungslos ließ ich ihren Körper wieder zu Boden sinken. Ich wusste, die Idee, sie zu Fuß zu einem Krankenhaus zu schleppen, war utopisch gewesen, aber ich hatte doch gehofft, dass sie solange durchhalten würde, bis ich sie in die Obhut einer anderen Person gegeben hätte. Ich wollte jetzt nicht alleine zuständig sein. Ich wollte nicht allein traurig sein müssen.

Einen Augenblick lang dachte ich, dass ich weinte. Doch als ich mir die vermeintliche Träne von der Backe wischte, erkannte ich, dass es Blut war, das meinen Finger benetzte, und Staub, der in meinen Augen brannte.

„Du kannst nichts mehr tun", sagte die schwarz gefiederte Amazonenelfe vom Nachbartisch, die plötzlich neben mir im Schutt kauerte. Vorsichtig löste sie meine Hand, die immer noch völlig verkrampft das Tischtuch auf die Wunde gedrückt hatte, und schloss sanft mit der anderen Hand Melissas Augen. „Komm."

Ich hatte ein schlechtes Gewissen, Melissa hier liegen zu lassen. Falls ich Chiara jemals fand – wie sollte ich ihr klar machen, dass ich ihre Schwester einfach zurückgelassen hatte? Und wie sollte ich sie finden? Und warum hatte ich mir diese Aufgabe überhaupt aufgehalst? Und warum hielt ich mich überhaupt mit der Trauer um eine Person auf, die ich nicht mal gemocht hatte? Weil ich sie eben irgendwie doch gemocht hatte. Sie war ehrlich gewesen, geradeheraus, einzigartig, mit einem wahnsinnig schlechten Geschmack, was die Farbkombination ihrer Haare, Kleidung und Accessoires anging. Und jetzt war sie einfach … weg.

Schüsse und ein neues Aufbranden von Schreien ertönten. Brandgeruch durchzog die staubschwere Luft. Ich zögerte, aber die Elfe zerrte mich energisch auf die Füße mit den Worten: „Bei Artemis, Ainia, wir haben keine Zeit für lange Abschiedszeremonien."

Die beiden Namen rissen mich ins Hier und Jetzt zurück.

Sie klangen nach Heimat und Bestimmung und weckten schlagartig die Amazone in mir. Ich … funktionierte wieder.

„Los jetzt." Sie zog mich mit sich, vorbei an Verletzten und Toten, an zerbrochenem Porzellan und Fensterscheiben, über Mauersteine und Betonbrocken hinweg. Eine Gruppe von Menschen kam uns panisch entgegen und ich wollte einwenden, dass es vermutlich nicht ratsam sei, in diese Richtung zu laufen, aus der die Leute flohen, aber ehe ich mich dazu äußern konnte, warf sich die Elfe hinter die Überreste eines Softeisstandes und ich sprang ihr hinterher. Gebrüll ertönte, Sprechchöre, weitere Schüsse. Geduckt blickten wir über die hellrosa Sitzfläche einer umgeworfenen Bank, sahen eine Horde von Vatwaka vorbeirennen, mit Waffen in den Händen, Wut in den Gesichtern, Verzweiflung in den Augen.

„Der Mob hat genug davon, dass die Reichen sich die letzten Vorräte unter den Nagel reißen", flüsterte die Elfe.

„Die letzten Vorräte zu zerstören scheint mir aber keine gute Lösung zu sein", erwiderte ich leise.

„Sie zerstören ja größtenteils nur die Infrastruktur, sorgen für Chaos und plündern die Läden." Sie seufzte. „Das war's wohl mal wieder mit Tamars Job."

Die letzten Mitglieder der wilden Horde waren vorbeigestürmt. Wir kamen aus unserem Versteck und liefen weiter. Es war derselbe Weg, den ich mir auch zurechtgelegt hatte, und als wir an den Schließfächern vorbeikamen, rief ich: „Halt! Ich muss noch etwas holen!"

Eine weitere Detonation ließ den Boden beben. Wieder schrillten Sirenen auf – und verstummten schlagartig. Gleichzeitig ging das Licht aus und eine funzelige Notbeleuchtung flackerte auf.

„Dafür haben wir keine Zeit!", rief die Elfe ungehalten aus.

Ich hatte schon den Schlüssel in der Hand. „Doch, da ist alles drin, was ich noch habe." Ich gab doch keine zigtausend Taler für Outdoorausrüstung aus, um sie dann diesen Berserkern zu überlassen. Die Elfe war nicht gerade begeistert, aber wartete auf mich und überprüfte dabei hin- und herblickend die verrauchten, düsteren Gänge, während ich mein Schwert fixierte, die Reisetasche schulterte, die Papiertüte in die eine und den Bogen in die andere Hand nahm.

Kurzentschlossen nahm sie mir die Einkäufe ab. „Weiter."

Ich hatte mich nicht getäuscht. Ein paar Meter hinter der langen Reihe von Schließfächern zweigte ein Gang ab, der zu einem Notausgang führte. Ich riss die Sicherheitsglastür auf, wir stürmten hinaus, eine schlichte, steile Metalltreppe hinunter, dann über einen Grünstreifen und den Parkplatz, der sich in ein Trümmerfeld aus umgeworfenen und brennenden Fahrzeugen verwandelt hatte ...

„Halt", rief die Elfe.

Ich drehte mich zu ihr um und sah sie an einem intakten, mattgrauen Kleinbus stehen. Hinter ihr brodelte der Komplex des Southgate Einkaufszentrums in einer Wolke aus Staub und Asche, nur von den Brandherden im Inneren beleuchtet, statt wie bisher von Zigtausend-Watt-Strahlern und Leuchtreklame. Von fern tönten immer noch Schreie durch die Nacht, wo früher langweilige Fahrstuhlmusik potenzielle Käufer schon ab Parkplatz bei Laune halten sollte ... Vorbei.

„Hier rein!" Sie riss die Tür des Kleinbusses auf und ich sprang hinein, sie warf sich neben mich und das Fahrzeug schoss mit quietschenden Reifen los. Wir kurvten um die rauchenden Autowracks herum, bis wir die Ausfahrt erreicht hatten, und erst, als wir halbwegs sicher auf der Straße fuhren, nahm ich mir die Zeit, mich umzusehen.

Neben mir saß das Pitbullmädchen, am Steuer die Frau mit dem langen Zopf, auf dem Beifahrersitz Tamar. Im Kofferraum stapelten sich diverse Kartons, Wasserkanister und Tüten mit Lebensmitteln.

„Alles okay, Ainia und Amastris?", fragte die Fahrerin und sah die Elfe und mich über den Rückspiegel prüfend an. Der Wagen wurde nur von der Cockpit-Beleuchtung erhellt, doch ich erkannte, dass ihre Augen von einem leuchtenden Türkis waren. Es schien zu klar, zu hell, zu freundlich für einen Moment, einen Tag, eine Welt wie diese zu sein. Zuvor schon hatte mich verwirrt, dass die Frauen mich mit Namen kannten, doch dann fiel mir ein, dass Melissa ihn ja laut hörbar durch das ganze Bistro gerufen hatte.

Wir nickten.

„Es gab noch kleinere Verzögerungen, wie ihr gemerkt habt, aber ansonsten hat alles geklappt", bemerkte Amastris mit einem strafenden Seitenblick in meine Richtung.

„Bestens", befand die Fahrerin. „Das neben dir ist übrigens Miffy. Tamar kennst du schon, und mein Name ist Biskaya."

Tamar winkte, ohne sich im Sitz umzudrehen, und Miffy nickte auf meinen Gruß hin lächelnd zurück.

„Danke … fürs Mitnehmen."

„Kein Problem. Ist doch selbstverständlich unter Schwestern." Sie beobachtete meine Reaktion immer noch über den Rückspiegel, deswegen reagierte ich sicherheitshalber lieber gar nicht. „Wo kommst du her?"

„Themiskyra."

„Oh."

Ich war mir nicht sicher, ob das ein gutes oder ein schlechtes *Oh* war. Und, bei Artemis, es war mir auch egal. Sollten sie mich doch einfach irgendwo am Straßenrand aussetzen, ich würde schon durchkommen. Zickige Schwestern und Winterkälte waren meine geringsten Probleme. Aber ich war unendlich müde. Erschöpft lehnte ich meinen Kopf an den Rücksitz und betrachtete aus halb geschlossenen Augen, wie die Lichter der Stadt an mir vorbeizogen. Nach ein paar Minuten kamen uns zig Feuerwehrfahrzeuge, Polizei und Notärzte mit Blaulicht entgegen, zweifelsohne, um sich der Randale am Southgate anzunehmen. Ich schloss die Lider. Es war zu spät.

Nach einer knappen halben Stunde erreichten wir unser Ziel, ein großes, dunkles Wohnhaus aus Backsteinen zwischen vielen anderen dunklen Wohnhäusern. Amastris half mir wieder und trug meine Einkäufe und den Bogen ein paar Treppenstufen zu einer Kellertür hinunter. Die anderen schleppten die Sachen aus dem Kofferraum hinab, während Biskaya den Minibus wegfuhr. Tamar hatte aufgesperrt und hielt mir die Tür auf.

Ich sah nur einen fensterlosen Gang vor mir liegen. „Ihr wohnt in einem Keller?", rutschte mir heraus.

„Souterrain", verbesserte Tamar und setzte spöttisch hinzu: „Jemand, der in einer Müllverbrennungsanlage gelebt hat, sollte den Mund nicht zu voll nehmen."

„Auch wieder wahr", murmelte ich und folgte Amastris, vorbei an einigen geschlossenen Türen, in eine Art Wohnzimmer. Hier befanden sich Lichtschächte vor ein paar schmalen Fenstern, durch die fahles Straßenlampenlicht fiel, dennoch wirkte der Raum wie eine Höhle. Der Eindruck wurde noch verstärkt, als Miffy begann, Kerzen anzuzünden. Es herrschte gemütliches Chaos aus bunten Sofas, Sesseln und Sitzkissen auf einem dunklen Holzboden. An den Wänden hingen Schwerter und Dolche, Armbrüste und Pfeile sowie Plakate aus lang vergangenen Zeiten, die für Limonade, Weltreisen und Munition warben.

Biskaya brachte die letzten Tüten aus dem Auto und versperrte die Wohnungstür. „Möchtest du etwas essen? Oder hast du Durst?"

Ich gähnte herzhaft. „Nein, ich möchte, glaube ich, einfach nur –"

„Schlafen", ergänzte sie das Offensichtliche.

Ich nickte dankbar.

„Gut, dann reden wir morgen. Du kannst vielleicht in Tamars Zimmer schlafen und sie –"

Im Hintergrund sah ich diese den Kopf schütteln und gestikulieren. „Ist schlecht heute!"

„Kein Problem", erwiderte ich schnell. „Ich schlafe auch auf der Couch oder dem Boden – ich habe vorhin einen fabelhaften Schlafsack erworben."

Tamar grinste.

„Du kannst meinen Raum haben", schaltete sich Amastris ein. „Komm mit."

Sie zeigte mir das Bad, wo sie eine kleine Schnittwunde an meiner Stirn verarztete, und ihr Zimmer, das sie ungeachtet der Düsternis der Wohnung auch noch schwarz gestrichen hatte. Während sie ihr Bettzeug einsammelte und mir eine eigene Decke und Kissen hinlegte, sah ich mich um. Karg. Kühl. Eigentümlich. Aber es gab ein Bett, sogar mit schwarzem Betthimmel, das war das Einzige, was zählte.

Der nächste Morgen weckte mich mit Kaffeeduft und dem Geruch von frisch gebackenem Brot. Obwohl mich mein Magen mit aller Macht in Richtung Wohnzimmer drängte, unterzog ich mich zuerst einer Generalreinigung. Zu meiner Überraschung sah ich im Bad der Stadtamazonen gekaufte Haut-

und Haarpflegeprodukte stehen. In Themiskyra hatten wir selbstverständlich alles selbst gemacht. Aber, klar, hier hatten sie kein Labor zur Seifenherstellung, genauso wenig wie sie Ställe, Plantagen oder eine Gerberei besaßen. Die Kehrseite war natürlich die Abhängigkeit …

Apropos Abhängigkeit.

Mein Haare … sie waren gar nicht mehr so kurz. Ich schüttelte den Kopf, betrachtete mich ganz genau von nah und fern. Wann hatte ich mich zuletzt bewusst im Spiegel wahrgenommen? Meine Locken wuchsen langsam, da sie sich beim Wachsen um die eigene Achse drehen mussten, aber wenn ich sie in die Länge zog … Oh Göttin, wie lange war ich bei Duke gewesen? Es musste bereits mein zweiter Winter in Urba sein.

Ich schauderte. Ich konnte froh sein, dass ich weg von diesem Psycho war. Er hatte mir definitiv nicht gutgetan.

Immer noch ein bisschen verwirrt suchte ich anschließend das Wohnzimmer auf. Mein gestriger Eindruck hatte mich nicht getäuscht: Jetzt strömten durch die Kellerfenster Lichtfinger, in denen der Staub tanzte; dennoch blieb der Raum düster und gemütlich. Biskaya, Miffy und Amastris saßen um den runden Couchtisch herum auf dem Boden und waren offenbar fertig mit dem Frühstück, hatten mir jedoch Kaffee und Butterbrote übriggelassen.

Biskaya lächelte. „Gut geschlafen?"

„Wie ein Stein", antwortete ich mit vollem Mund. Und Kaffee, ach Kaffee. Bei Duke hatte ich nur Tee getrunken. Das Koffein rauschte mir durch die Adern und holte mich endgültig in die Gegenwart zurück. „Danke."

Miffy sah mich ganz aufmerksam an. Ich überlegte schon, ob ich vielleicht Mehl im Gesicht hätte und wischte mir unauffällig mit der Hand übers Gesicht.

„Du kommst also aus Themiskyra", knüpfte Amastris an das gestrige Gespräch an.

„Ja. Und ihr?"

Sie sahen mich vielsagend und ein bisschen spöttisch an. „Na ja, aus Urba. Von hier", gab Biskaya zur Antwort.

„Ihr habt nie zu einer größeren Gemeinschaft gehört?"

„Nein. Miffy und Tamar sind meine Nichten. Amastris hat sich uns angeschlossen."

„Aber ihr seid von Geburt an …"

„Amazonen. Natürlich."

„Und eure Mütter?"

„Unterschiedlich", erwiderte Biskaya leicht belustigt über meinen Wissensdurst. „Meine lebt in einer Gemeinschaft ganz weit im Norden. Meine Schwester lebt nicht mehr, weshalb sich ihre Töchter in meiner Obhut befinden. Und Amastris' Mutter –"

„– ist nicht der Rede wert", unterbrach diese.

Ich sah sie neugierig an, aber sie verzog keine Miene.

„Wovon lebt ihr?" Irgendwie mussten die Shampoos im Bad und der Kaffee ja bezahlt werden.

„Miffy geht noch zur Schule. Ich arbeite in einem Dojo in der Innenstadt, Amastris wartet auf einen Studienplatz an der Kunsthochschule und jobbt nebenher in einem Café. Und Tamar hatte bis gestern noch den Job im *Outdoorhimmel*. Tja." Biskaya zog eine Grimasse.

„Was ist in den Kisten?" Ich zeigte auf die Kartons, die die Mädels gestern aus dem Auto heruntergewuchtet hatten und die sich nun um uns herum stapelten.

„Zeug", antwortet Amastris, um gleich zu konkretisieren: „Haltbares Zeug. Vor allem Konservendosen. Und Salz, Zucker, Mehl. Zigaretten. Sachen, die sich gut tauschen lassen."

„Oh nein, ihr denkt auch, die Welt geht demnächst unter?"

„Nein. Die wird nur ein bisschen wackeln", lachte Biskaya. Beruhigend.

„Und da habt ihr gestern im teuersten Einkaufszentrum der Stadt Vorräte gekauft?", fragte ich zweifelnd.

Sie wechselten ein paar bedeutsame Blicke.

„Nein", räumte Biskaya schließlich ein. „Aber es wäre dumm gewesen, alles den plündernden Vatwaka zu überlassen, oder?"

Es dauerte einen Moment, bis ich begriff. „Ihr habt geklaut!?"

„Ja. Aber es wäre dumm gewesen, alles den plündernden Vatwaka zu überlassen, oder? Und während Amastris dich aus dem Gebäude gebracht hat, waren wir auch nicht untätig."

„Immerhin haben sie Tamars Arbeitsplatz zerstört", stimmte Amastris mit ein.

Ich wusste nicht, ob ich lachen oder weinen sollte. Endlich hatte ich den Drang, Sachen mitgehen zu lassen, in den Griff gekriegt, und nun landete ich ausgerechnet bei einer diebischen Amazonengang?

„Ist das ein Problem?", erkundigte Biskaya, und es lag der Hauch einer Drohung in ihrer Frage.

Schnell winkte ich ab. „Ich werde euch sicher nicht auffliegen la–" Ich verschluckte mich halb an der nächsten Silbe, als ich sah, dass sich eine der Türen im Gang geöffnet hatte und ein junger, blondgelockter Mann in Jeans und offenem Hemd aus dem Zimmer schlich. Er winkte schüchtern in unsere Richtung und verdrückte sich dann eilig durch die Wohnungstür nach draußen.

„Da war ein 'Shim", vermeldete ich rechtschaffen empört.

Miffy prustete los, Amastris hob einen amüsierten Mundwinkel.

„Ist er ein Untermieter?"

Auch Biskaya lachte. „Du bist wirklich aus der Provinz."

Ich verschränkte beleidigt die Arme vor der Brust. „Also hört mal, Jungfräulichkeit ist ja wohl eine Grundvoraussetzung für das Amazonendasein!"

„Mädchen, es gibt Verhütungsmittel."

„Es geht doch nicht um –"

„Und was ist mit Kassian und Duke?"

Mir blieb einen Moment lang der Mund offen stehen, dann klappte ich ihn hörbar zu. „Woher –"

„Miffy. Sie ist taubstumm, wie du sicherlich bemerkt hast, und kann von den Lippen lesen. Wir waren gestern ein bisschen neugierig, entschuldige. Kommt nicht oft vor, dass sich eine von den Traditionellen in die Stadt verirrt."

Ich lehnte mich zurück. Klar. Miffy war taubstumm. Deswegen sagte sie nichts. Ich konnte natürlich nicht zugeben, dass mir das noch nicht aufgefallen war, und nickte nur freundlich. Moment mal, *eine von den Traditionellen*? Pff. Ich war ja wohl so was von modern. Dennoch fiel es mir schwer zu begreifen.

„Also … der blonde Typ eben kommt aus den Clans? Steht ihr in Kontakt mit ihnen? Und trefft euch mit deren Mitgliedern unabhängig von der Sonnenfeier?"

Weil nicht sein kann, was nicht sein darf. Mein Gehirn schien so festgefahren zu sein, dass es ihm unmöglich war, außerhalb des amazonischen Weltbildes zu wandeln – auch wenn ich selbst das getan hatte. Aber *ich* war nun mal ich, meine neuen Freundinnen jedoch Amazonen. Und für die galten einfach bestimmte Regeln. Einmal im Jahr, aber insgesamt nicht häufiger als dreimal in einem Leben, zogen ausgewählte Amazonen in die Sommerhäuser und trafen sich dort mit ausgewählten Männern aus den Clans, eingeweihten Großfamilien, die seit Jahrhunderten mit den Amazonen in Verbindung standen. Die Paiti führte Buch und wachte darüber, dass keine zu oft zu den Seen zog, und dass es nicht zu Inzest kam.

Ich war bereits mit 17 Jahren aus Themiskyra verbannt worden, deswegen hatte ich nie vor der Wahl gestanden, ob ich mich als Yashta melden sollte oder nicht. Doch da ich weder Kinder mochte, noch besonders erhaltenswerte Eigenschaften in mir sah, die ich meiner Tochter und damit Themiskyra vererben wollte, hatte es mich auch nie gereizt, mich künftig für den Job zur Verfügung zu stellen – mal ganz abgesehen von der abartigen Vorstellung, sich mit einem völlig fremden Mann zusammenzutun, der vermutlich der Bruder irgendeiner Amazonenfreundin war. Und doch schien die Aufgabe weniger schrecklich zu sein als vermutet, denn viele kehrten erst nach zwei Monden zurück, der längstmöglichen Frist, wohl gelaunt, rotbackig und schwanger.

Die Mädchen, die daraufhin geboren wurden, blieben bei den Amazonen, die Söhne wurden den Clans zurückgegeben, bis sie später als junge Männer wieder zu den Seen geschickt wurden, um die nächste Generation zu zeugen. Abgesehen davon hatten Amazonen mit 'Shimet einfach nichts zu tun, es sei denn, letztere waren Diener oder Kriegsgegner. So funktionierte das System. So war es schon immer.

Oder anscheinend eben nicht – den ungläubigen Gesichtern der Urba-Amazonen nach zu urteilen.

„Wir stehen mit den Clans nicht in Verbindung", formulierte Biskaya behutsam, so als fürchte sie, mich zu traumatisieren. „Wenn wir das wünschten, könnten wir uns an die Gemeinschaft meiner Mutter wenden und die Paiti dort würde zur nächsten Sonnenfeier ein Treffen in die Wege leiten."

Miffy und Amastris sahen aus, als würden sie von solchen Optionen auch zum ersten Mal hören – und die Vorstellung ähnlich abstoßend finden wie ich.

„Uns liegt jedoch nicht daran, uns fortzupflanzen", fuhr Biskaya zu ihrer sichtlichen Erleichterung jedoch fort, „zumindest … noch nicht."

„Und Tamar…?", erkundigte ich mich vorsichtig.

„Macht, was ihr Spaß macht", fuhr Amastris mich an. „Göttin, beim Amazonendasein geht es um Freiheit, nicht um Keuschheit."

Atalante, Jacintha, ganz Themiskyra sah das wohl anders. Aber ich hielt lieber den Mund. Warum sollte ich auch für eine Stadt sprechen, die mich ausgestoßen hatte?

Tamar gesellte sich an den Tisch und begann mit zufriedener Miene ein Brot zu schmieren. Nach ein paar Sekunden schien ihr aufzufallen, dass ungewohnte Schweigsamkeit herrschte. Sie blickte über die Marmelade hinweg fragend in die Runde.

„Waslos?"

„Ainia hält dich für schamlos", behauptete Amastris.

„Nein, stimmt doch nicht, ich –", begann ich zeitgleich mit Tamar, die ausrief:

„Und? Stimmt ja auch, ich –"

Und dann redeten und lachten alle durcheinander.

Miffy stampfte mit dem Fuß auf, um sich unsere Aufmerksamkeit zu sichern, und gestikulierte dann kurz.

Danach wandten sich alle mir zu.

„Was? Ich kann die Gebärdensprache nicht."

„Was ist denn nun mit Kassian und Duke?", übersetzte Biskaya.

„Nichts", stieß ich erschöpft aus. „Kassian hatte lieber was mit seiner alten Freundin Melissa, und Duke ist ein Psycho, der mich ausspioniert und klein gehalten hat."

Das sorgte kurz für nachdenkliche Stille.

„Erzähl uns von Themiskyra", bat Amastris schließlich. „Wir haben schon so viel davon gehört. Aber nie aus erster Hand. Nur Mythen und Gerüchte."

„Erzähl uns lieber, warum du nicht mehr dort bist", forderte Tamar ein bisschen boshaft.

Ich blickte zuerst auf die Kartons voller Diebesgut, dann auf die Tür, durch die der schüchterne 'Shim vorhin verschwunden war. Meine Vergehen waren eigentlich gar nicht so schlimm. Kam eben auf die Sichtweise an.

„Müsst ihr nicht zur Schule Schrägstrich Arbeit?"

Alle schüttelten den Kopf.

„Sonntag."

„Spätschicht."

„Explodiert."

„Na gut." Und dann holte ich tief Luft und erzählte die ganze verdammte Geschichte.

„Möchtest du, dass wir eine Abschiedszeremonie für deine Freundin veranstalten?", erkundigte sich Biskaya mitfühlend bei mir, als ich geendet hatte.

Sofort stellte ich die Stacheln auf. „Sie war nicht meine Freundin."

„Doch." Amastris lächelte traurig. „War sie. Sonst hättest du ihr nicht noch ein Versprechen gegeben."

„Kannst du auch Lippen lesen oder was?", fuhr ich sie an.

„Nein, aber das war auch so unübersehbar."

Verdammtes Versprechen. „Ich muss ihre Schwester finden. Von der ich bis gestern nicht mal wusste, dass sie ihre Schwester ist. Die außerdem verrückt ist."

„Klingt nach einer Mission."

„Auf jeden Fall ist das wichtiger als eine Zeremonie, die sie sicherlich sowieso nicht zu schätzen wüsste. Ich glaube ohnehin nicht, dass sie schon bereit ist zu gehen. Die hängt noch hier rum und macht Ärger. Ich hatte schon zu Lebzeiten nie Ruhe vor ihr." Das sagte ich extra laut. Sollte sie ruhig wissen. Immerhin hatte sie mit ihren ständigen Partys in Kassians Villa dafür gesorgt, dass zwischen ihm und mir nie die Stimmung für romantische Zweisamkeit aufkommen konnte.

„Sie ist nicht da", widersprach mir Amastris und klang dabei so sicher, dass ich lieber gar nicht darüber nachdenken wollte.

„Wir veranstalten eine Abschiedszeremonie", beschloss Tamar und stand auf. „Ich hole die Sachen."

„Du wirst also nach Chiara suchen?", fragte mich Biskaya.

„Ich muss."

„Du kannst für eine Weile bei uns bleiben, wenn du möchtest", bot sie mir an. „Aber du musst natürlich deinen Beitrag leisten."

Das war ich gewohnt. „Was soll ich machen? Wäsche waschen? Wache schieben? Solange ich nichts klauen muss, bin ich dabei."

„Normalerweise stehlen wir nichts. Das gestern … hat sich einfach angeboten. Sozusagen. Außerdem kümmert sich bei uns jede um ihre eigene Wäsche. Und zu bewachen gibt es auch nichts, die Tür hat ein paar gute Schlösser. Aber wir müssen Miete und Essen bezahlen, wenn du also noch was hast, kannst du dich gerne mit ein paar Talern beteiligen."

Das war die leichteste Übung. Ich kramte ein Geldbündel aus meiner Hosentasche und warf es unbesehen auf den Tisch.

„Außerdem musst du uns von Themiskyra erzählen", verlangte Tamar, die eben mit Kerzen, getrocknetem Wermutkraut und verschiedenen Harzen zurückkehrte.

„Noch mal?"

„Mehr."

Die Mädels waren total wild auf olle Geschichten übers Pferdebeschlagen und Falken abrichten, über das Färben von Stoffen und das Ernten von Erbsen. Gähn. Aber wenn sie mir dadurch gewogen blieben, sollte es mir recht sein.

„Amastris?"

„Ja?"

„Schläfst du schon?"

„Blöde Frage."

Hm. Amastris war offenbar kein Padmini-Ersatz. Aber vielleicht war sie trotzdem Freundinnen-Material.

„Danke, dass ich hier schlafen kann."

„Bedank dich nicht zu früh – das Feldbett ist echt unbequem."

„Bequemer als die eisige Rumpelkammer im Einkaufszentrum allemal", versetzte ich. Bei Tamar wollte ich nicht unterkommen, weil ich sie und ihren Herrenbesuch nicht stören wollte, und Miffy ging meist viel früher ins Bett als die anderen, weil sie pünktlich um acht Uhr in der Gehörlosenschule in der Innenstadt sein musste.

„Darf ich dich etwas fragen?", erkundigte ich mich vorsichtig.

„Weiß nicht. Du kannst es ja mal versuchen."

„Was ist mit deiner Mutter?"

„Wir gehen getrennte Wege."

„Warum?"

Es dauerte lange, bis sie antwortete. „Sie hat mir alles verschwiegen. Ich bin als normales Mädchen aufgewachsen. Nicht als Amazone."

Klang traumhaft in meinen Ohren, doch ich hielt lieber den Mund und starrte weiter an die schwarze Zimmerdecke.

„Aber du bist, was du bist und wer du bist, und natürlich merkst du, wenn etwas nicht stimmt. Wenn du anders bist. Wenn du nicht dazu gehörst. Also habe ich angefangen, Mutters Sachen zu durchstöbern. Das hat nichts gebracht, außer dass ich eine Telefonnummer und einen Namen zutage gefördert habe, Otrera. So hieß meine Tante, die angeblich vor meiner Geburt bei einem Autounfall ums Leben gekommen war."

„War es eine alte Nummer?", fragte ich gespannt.

„Nein. Ich rief an, sie hob ab. Wir trafen uns und sie erzählte mir von meinen wahren Wurzeln, danach zog ich aus."

„Zu deiner Tante?"

„Nein, die arbeitet für das auswärtige Amt und ist ständig unterwegs." Wieder folgte eine lange Pause. „Ich bin einfach abgehauen, habe jede Menge Mist gemacht und auf der Straße gelebt, in Parks, unter Brücken, im Sommer ging es, im Winter gabelte Biskaya mich irgendwann halb erfroren auf."

„Ziemlicher Zufall, dass dich ausgerechnet eine Amazone gefunden hat."

„Kein Zufall. Meine Mutter hatte alle früheren Kontakte in Kenntnis und alle Hebel in Bewegung gesetzt, mich zu finden. Aber ich konnte nicht zu ihr zurück. Seither bin ich bei Biskaya."

Plötzlich überfiel mich Sehnsucht nach Jacintha, doch ich atmete tief durch und blinzelte sie weg. Wir hatten uns auch nicht im Guten getrennt. Ich war schon immer eine Enttäuschung für sie und sicher einfacher zu ertragen, wenn ich weit weg war.

„Ich dachte, du willst Chiara suchen", bemerkte Amastris eines Nachmittags. Sie fläzte auf einem der Wohnzimmersessel und lackierte ihre Fußnägel schwarz, während ich mit dem Netbook am Tisch saß und versuchte, mich an irgendeinen Anhaltspunkt, einen Anfangspunkt zu erinnern, den Melissa oder Chiara mir für die Suche gegeben haben mochten.

„Tu ich ja auch."

„Ach so, und ich dachte du surfst im Internet und kaufst …", sie machte einen langen Hals, um auf meinen Bildschirm spähen zu können, „… Unterwäsche?"

Ich klappte genervt den Rechner zu. „Ich suche sie schon noch."

Miffy, die mir gegenüber am Tisch saß und Hausaufgaben machte, gebärdete.

„Vielleicht", antwortete ihr Amastris.

„Was hat sie gesagt?", fragte ich. Ich hatte zwar schon ein paar Ausdrücke in Gebärdensprache gelernt, aber Miffys Hände flogen nur so durch die Luft, da hatte ich keine Chance, etwas zu verstehen.

„Miffy meint, du hast Angst zu suchen."

„Warum sollte ich Angst haben?"

„Du willst nicht rausgehen, weil du fürchtest, auf Duke zu treffen."

„Pff", machte ich und klappte das Display wieder auf. Ich scrollte unkonzentriert durch Unterhosen mit den verwirrendsten Bezeichnungen und dachte nach. Hatte Miffy recht? Ich hatte via Internet versucht, Chiara zu finden, hatte über komplizierte, halblegale Umwege ihren Nachnamen herausgefunden, und ihren Therapeuten Dr. Salzberg, den Melissa einmal erwähnt hatte, kontaktiert. Dieser hatte mir jedoch heute Morgen via E-Mail beschieden, dass er mir aufgrund seiner ärztlichen Schweigepflicht keine Informationen zukommen lassen dürfe, er könne mir aber mitteilen, dass die Patientin seine Praxis schon seit über einem Jahr nicht mehr aufgesucht habe. Mehr fiel mir nicht ein. Und dass ich da ab und zu ein paar Slips, Hipster, Shortys, Strings oder Pantys shoppte, war ja wohl keine Verzögerungstaktik, sondern … notwendig. Jedes Mädchen sollte meiner Meinung nach auf jeden Fall genug Kleidung haben, um maximal alle vier Wochen waschen zu müssen.

Miffys Hände sausten wieder herum.

„Warum hast du Angst, Duke zu begegnen?", übersetzte Amastris ungefragt. „Du bist eine Amazone. Wenn er dir ans Leder will, mach ihn platt."

„Pff", machte ich wieder. „Der Typ ist Sohn eines Gangsterbosses. Dem stehen Mittel zur Verfügung, von denen wir hier nur träumen können. Abgesehen davon habe ich keine Angst ihm zu begegnen." Dennoch konnte ich nicht verhindern, dass mein Herz nervös losgaloppierte, als ich an die Daten dachte, die ich auf seinem Laptop über mich gefunden hatte. Wie falsch ich ihn eingeschätzt hatte. An seine Miene, als ich ihn versteckt im Foyer seines Wohnhauses beobachtet hatte. Meine Hand klickte unkontrolliert auf der Internetseite herum. Miffy hielt sie schließlich fest und sah mich entschlossen an.

„Was wir sagen wollen, ist: Wir können dir helfen. Wir gehen mit dir zusammen raus. Wenn du willst", dolmetschte Amastris. „Und du brauchst keine 62 Pantys in Größe 48."

Ich sah auf, blickte zwischen ihr und Miffy hin und her. „Danke", brachte ich schließlich heraus. „Danke. Echt. Aber ich schätze, ich muss das allein hinkriegen."

Es war nicht so, dass ich mich nicht hinaus traute. Ich vermied es nur, so gut es ging. Ich brachte den Müll weg, half beim Einkaufen und joggte sogar einmal um den Block, aber nie, ohne meine Umgebung genau im Visier zu behalten.

Und dann ließ ich mich doch überreden und kam eines Abends mit zu einer Vernissage, die in dem Café stattfand, in dem Amastris jobbte. Miffy und Tamar hatten mir den ganzen Nachmittag über keine Ruhe gelassen, bis ich kapituliert hatte, und, bei Artemis, das sollte ich wirklich bereuen.

Der Laden war brechend voll, laut, stickig und roch nach Räucherstäbchen und Kürbis. Die an den Wänden ausgestellten Arbeiten waren interessant, und das Publikum, bestehend aus Anhängern aller denkbaren Subkulturen, war es auch. Sogar die Getränke waren ungewöhnlich; ich hatte mir bei Amastris einen Acerola-Kerbelrübe-Shake geholt, und dieser war so trinkbar, dass ich sogar mit einem zweiten liebäugelte. Insgesamt war mir die Veranstaltung aber viel zu unübersichtlich. Mein Nacken kribbelte unentwegt, weil ich meinte, jemand beobachte mich – und mit *jemand* meinte ich natürlich Duke, befürchtete, er sei mir wieder auf die Spur gekommen.

„Sei nicht paranoid", lachte Tamar, die so aussah, als hätte sie den einen oder anderen Mangold-Nespoli-Rum zu viel gehabt.

„Nur weil du nicht paranoid bist, heißt das noch lange nicht, dass sie nicht hinter dir her sind", bemerkte ich binsenweise. „Ich hole mir noch was."

„Kerbelrübe ist aus", beschied mir Amastris jedoch bedauernd. „Wie wäre es mit einem Sternfrucht-Puffbohnen-Daiquiri?"

„Bah." Ich schüttelte mich.

„Das hast du vorhin auch gesagt."

„Könnte ich nicht einfach einen Met oder so was haben?" Irgendetwas, das meine Nervosität betäubte.

Amastris' Miene hellte sich auf. „Ich hätte einen Felsenbirne-Thymian-Met hier!"

„Meinetwegen."

Plötzlich kam vom anderen Ende der langen Bar ein offensichtlich homosexueller Kollege von Amastris an und sagte in gedämpftem Ton zu ihr: „Da fragt einer nach deiner Freundin." Er nickte in meine Richtung. „Klappert nach und nach die Gäste ab und zeigt ihnen sogar ein Foto, wenn ich das richtig gesehen habe."

Mehr brauchte ich nicht. Blitzartig tauchte ich unter, ging in die Hocke und krabbelte durch die Menschenmenge hindurch am Tresen entlang, bis ich hinter der Theke bei Amastris war. Sie gab Tamar ein unauffälliges Zeichen, um sie darauf aufmerksam zu machen, wachsam zu sein, und kontrollierte hoch konzentriert die Gäste.

„Hast du ihm gesagt, dass ich hier bin?", zischte ich. Ich kauerte immer noch auf dem Boden.

Er warf mir einen beleidigten Blick zu. „Natürlich nicht."

„Wie sah er aus?", wollte Amastris wissen.

„Heiß."

„Mehr Details", knurrte sie.

„Groß, asiatischer Herkunft, dunkle Kleidung, lange Haare, Motorradjacke."

„Ein Portulak-Heidelbeer-Frappé, bitte!", rief jemand.

„Für mich einen Romanesco-Okra-Tee!"

„Ich hätte gern eine Cola."

„Sorry, ich muss wieder." Amastris' Kollege zuckte entschuldigend mit den Schultern und trabte davon.

„Da ist er", meldete Amastris nach ein paar Sekunden, bevor sie zu mir auf Tauchstation ging und mit großen Augen flüsterte: „Nia, Jose hatte recht. Er *ist* heiß!"

„Er ist gefährlich." Trotzdem wagte ich es, und während sich Amastris wieder um die Gäste kümmerte, schob ich mich vorsichtig zentimeterweise aufwärts, bis ich den Laden zwischen einem Obstkorb und einigen Sirupflaschenhälsen hindurch beobachten konnte. Mein Herz galoppierte los. Duke. Tatsächlich. Er stand bei einer Gruppe junger Frauen auf hohen Absätzen, die ihn offensichtlich anhimmelten, und zeigte einen Ausdruck des Fotos herum, das er an unserem letzten Abend von mir gemacht hatte. Ich versuchte, seinen Gesichtsausdruck zu lesen. Er wirkte so ... nüchtern. Nicht besessen und nicht verliebt und nicht wütend, sondern einfach nur sachlich. So, als würde er einen Job machen. Vielleicht tat er das auch! Vielleicht untersuchte er Kassians Fall! Vielleicht ... Halt. Er war ja gar nicht bei der Polizei. Vielleicht war sein Auftraggeber nicht die Staatsgewalt, sondern sein Vater. Der vielleicht immer noch wütend war, weil ich seinen Diamanten geklaut hatte. Vielleicht ... Zu viele Eventualitäten. Meine Gedanken rasten. Drehten durch.

Ich wusste, dass ich hätte hingehen, ihm meine Meinung sagen oder ihn anzeigen müssen, dafür, dass er meine Privatsphäre, mein Herz, mein Vertrauen verletzt hatte. Wenn er Ärger gemacht hätte, hätte ich immerhin zwei Schwestern und einen wackeren Barmann auf meiner Seite gehabt. Aber alles, was ich zustande brachte, war Flucht. Ich ließ mich ruckartig wieder in die Hocke sinken und krabbelte zu einer Tür, die sich zwischen den Flaschenregalen hinter dem Tresen befand, riss sie auf und kroch hinaus in den Gang. Falls mich jemand von den Gästen dabei beobachtet hatte, dachte derjenige sicherlich, das sei Teil einer Performance oder ich hätte zu viel Muskat-Mescalin-Macchiato getrunken. Erst, als die Tür hinter mir schwer ins Schloss fiel, atmete ich ein klein wenig auf.

Rechts befand sich ein Durchgang, der offenbar in den Getränkekeller führte, links jedoch ein Notausgang. Ich stolperte auf eine verlassene Seitenstraße hinaus, lehnte mich ein paar Schritte weiter an die Wand und atmete tief durch.

Die Mädels hatten recht. Ich hatte Angst. Verächtlich schnaubte ich auf. Weit war es mit mir gekommen, wenn ich nun schon einen 'Shim fürchtete. Sicherheitshalber tastete ich nach meiner kleinen Wurfmessersammlung, die auf der Innenseite meines Mantels befestigt war. Alles da. Alles gut.

„Hey", tönte eine Männerstimme durch die Nacht und ließ mich vor Schreck fast kollabieren.

Kapitel 7

Ich fuhr herum, ein Messer schon in der Hand, da erkannte ich, dass es Jose, Amastris' Kollege war, der auf die Straße getreten war, um sich eine Zigarettenpause zu gönnen.

„Mach dir keine Sorgen, der Kerl ist weg."

Unauffällig steckte ich die Klinge wieder in ihre Halterung. „Bist du sicher?"

„Hundertpro. Er ist vor zwei Minuten mit einer deiner Freundinnen abgezogen. Wie heißt sie? Die Tätowierte?"

„Tamar", antwortete ich tonlos. Warum? Würde sie mich verraten? Oder fand sie ihn einfach nur *heiß*, wie anscheinend auch alle anderen hier? Oder war es Zufall? Oder –

Amastris erschien in der Tür. „Komm. Wir gehen nach Hause. Meine Schicht ist ohnehin in zehn Minuten zu Ende und Jose übernimmt gerne für mich." Sie strahlte ihn an und zog mich, ohne seine Antwort abzuwarten, weiter. Ich rief ihm noch ein „Danke!" zu, doch er schnippte nur seine Kippe weg und verschwand grummelnd im Haus.

Panisch klammerte ich mich an Amastris' Arm und stemmte die Füße in den Boden, um sie zu stoppen. „Wir können nicht nach Hause. Tamar hat Duke vielleicht dorthin mitgenommen und ich kann auf keinen Fall –"

„Mach dich locker. Tamar weiß, was sie tut."

Wir holten Miffy am Vordereingang ab. Ich drehte noch den gesamten Heimweg am Rad und beruhigte mich erst halbwegs, als die Wohnung dukefrei war und Tamar nach zwei Stunden ohne ihn heimkehrte.

„Was hast du gemacht?"

Sie grinste spitzbübisch. „Willst du das wirklich wissen? Ihr Provinzamazonen seid doch immer so grauenhaft schamhaft …"

Miffy verpasste ihr einen herzhaften Schlag auf den Oberarm, zeigte entschieden auf mich und stemmte dann mit finsterer Miene die Fäuste in die Hüften.

„Entschuldige." Tamar holte sich eine Flasche Wasser aus der Küche und ließ sich auf die Couch fallen. „Also, der Typ ist heiß."

Ich rollte mit den Augen.

„Ich habe ihm ein bisschen schöne Augen gemacht", berichtete Tamar mit flatternden Lidern. „Wir waren Kaffee trinken und sind anschließend durch die Stadt spaziert. Ich konnte ihn dazu bringen, ein bisschen was zu erzählen."

„Hast du ihm etwas von mir erzählt?"

„Denkst du, ich bin bescheuert?"

„Und er ist dir auch nicht gefolgt?"

„Hey, wir sind Profis. Entspann dich." Tamar fuhr leicht genervt fort: „Er sucht seine verlorene Liebe."

„Ach was."

„Er vermisst sie. Sie wollten zusammen durchbrennen, gegen den Willen seines Vaters. Er musste noch ein paar Besorgungen machen, aber als er in die Wohnung zurückkam, war sie verschwunden. Er hat Angst um sie. Er denkt, es könnte ihr etwas zugestoßen sein."

Aufgelöst hielt ich mir die Ohren zu. „Ich kann mir das nicht anhören. Er hat mich observiert und verfolgt und verwanzt." Die verschiedenen Duke-Bilder waberten wieder durcheinander, die des lieben 'Shims, der sich über ein Jahr um mich gekümmert hatte, und die des Psychos, der mich ausspioniert hatte. Sie ließen sich nicht aufeinanderlegen, ergaben kein stimmiges Bild, mit dem ich zurechtkam.

„Er wirkt aufrichtig, aber das kann auch seine Masche sein. Und, ehrlich, wenn ich dich so sehe, solltest du auf jeden Fall den Kontakt meiden."

Miffy zuckte mit den Schultern und gestikulierte. Und ich war zwar, wie gesagt, nicht so gut im Gebärdenlesen, aber ich war mir ziemlich sicher, dass das Wort *heiß* dabei war.

Nach diesem Abend hatte ich immer wieder Albträume. Amastris war zwar stets da und konnte mich beruhigen, aber die Nächte waren mühsam für sie und irgendwann zog ich aus Rücksicht zu Miffy um, die mein Geschrei nicht hören konnte und selig weiterschlummerte, wenn ich schweißgebadet und mit rasendem Herzen im Bett saß und sicher war, dass mein gesichtsloser Verfolger hinter der Tür oder unter meinem

Klappbett lauerte.

Tagsüber jedoch war es okay. Wenn ich nicht im Internet einkaufte, sah ich mir Webcomics an, las Zeitung und surfte über die großen Nachrichtenseiten. Trotz aller Tragik schien der Anschlag auf das Southgate Einkaufszentrum ein Gutes zu haben: Er rüttelte die Politik auf, der Fall wurde national diskutiert und ein Maßnahmenpaket verabschiedet. Dazu gehörte die Erhöhung des Arbeitslosengeldes, die Beschleunigung der bürokratischen Verarbeitung von Arbeitsvermittlungsanträgen, sowie die Einstellung weiterer Arbeitsvermittlungsbeamter und einen freien Schwimmbadmittwoch für alle Bürger. Des Weiteren wurde – meiner Meinung nach etwa fünfzig Jahre zu spät – die AEK, AlternativEnergieKomission gegründet, die die Energieversorgung der wichtigsten Lebensbereiche jenseits des Erdöls sicherstellen sollte. Ich verfolgte die Arbeit dieses Ausschusses gespannt, als sie jedoch nach einigen Wochen immer noch mit der Wahl eines Vorsitzenden beschäftigt waren, erlosch mein Interesse. Und um all die Maßnahmen zu finanzieren, beschloss die Regierung, mehr Geld drucken zu lassen. Spätestens zu diesem Zeitpunkt war ich wirklich dankbar, rechtzeitig alles in Gold getauscht zu haben. Den Urba-Amazonen hatte ich nichts davon erzählt. Die Version, in der Kassian der alleinige Bösewicht war, hatte mir besser gefallen, als die mit der rachsüchtigen Amazone, die sich aus Eifersucht an seinen Bankkonten vergriff.

Ich überflog gerade einen Zeitungsbericht über eine ehemalige militärische Anlage, die nun ein Zufluchtsort für Menschen geworden war, welche aufgrund der schwierigen wirtschaftlichen Lage obdachlos waren – und da war er plötzlich, der Absatz, der Satz, das Wort, das die Zahnräder in meinem Kopf in Bewegung brachte.

Bunker.

Chiara wollte zu irgendeinem Bunker.

Das hatte sie zumindest bei unserem letzten Treffen behauptet. Ich überlegte ganz genau, bemühte mich, das verwirrende Gespräch Revue passieren zu lassen. Mein Gehirn sträubte sich, es wollte nicht an den schrecklichen Tag denken, an dem meine Liebe den Bach runtergegangen war. Aber ich zwang es, sich zu erinnern.

Wenn es hart auf hart kommt, treffen wir uns im Bunker an der Herzogbrücke. Für dich ist sicher noch Platz.

„Ja!!!" Ich sprang auf. „Ich muss zum Bunker an der Herzogbrücke."

Tamar sah stirnrunzelnd auf. „Kenne ich nicht." Diesmal war sie es, die am Netbook saß, weil sie eine neue Arbeitsstelle suchte; die Lage an den Jobbörsen war derzeit allerdings katastrophal.

„Na, der wird geheim sein. Sonst will da doch jede rein, wenn die Apokalypse kommt!", rief ich. Mein Erinnerungserfolg gab mir Auftrieb.

„Nein, ich meinte, ich kenne die Herzogbrücke nicht."

Ich schob sie vom Computer weg und gab *Urba, Herzogbrücke* in die Suchzeile des Kartendienstes ein. *Meinten Sie Urba, Herbergsstraße?*, fragte die blöde Internetseite.

„Nein", antwortete ich ihr beleidigt, und gab nur *Herzogbrücke* ein.

Für Ihre Suchanfrage gibt es mehrere Ergebnisse, behauptete der Kartendienst. *Bitte spezifizieren Sie den gesuchten Ort genauer.*

„Oh Artemis, diese Geräte sollen einem das Leben doch leichter machen, oder?", maulte ich.

„Tun sie aber nicht", meinte Tamar, ebenfalls resigniert, angelte sich ihre Jacke von der Stuhllehne und stand auf. „Ich gehe direkt zum Arbeitsamt, vielleicht haben sie etwas reinbekommen, das noch nicht im Netz ist. Falls Jimmy auftaucht, soll er auf mich warten."

Sprach's und ließ mich mit dem elenden Computer allein. Ich quälte mich damit herum, bis Biskaya von der Arbeit nach Hause kam.

„Herzogbrücke? In Citey?", fragte sie, nachdem sie meinem wütenden Gemurmel eine Weile gelauscht hatte.

„In Citey?", echote ich. „Bist du sicher?"

„Na ja, da kenne ich eine Herzogbrücke. Wo es sonst noch welche gibt, kann ich dir nicht sagen. Hast du es schon mit dem Kartendienst versucht?"

Ich warf ihr einen vernichtenden Blick zu. „Citey. Das ist doch 5000 Kilometer oder so entfernt!", übertrieb ich haltlos.

„Quatsch, mit dem LevEx bist du in ein paar Stunden dort."

„Das ist doch 5000 Kilometer oder so entfernt!", rief ich nach kurzem Überlegen ganz angetan. Biskaya warf mir einen skeptischen Blick zu und kontrollierte mit der Hand auf meiner Stirn meine Temperatur.

„Gibt's da einen Bunker?", erkundigte ich mich.

„Seit dem letzten Krieg gibt es an jeder Ecke irgendwelche Bunker." Sie setzte sich zu mir und sah mich aufmerksam an. Strähnen, die durch das Training im Dojo ihrer sonst tadellosen Flechtfrisur entkommen waren, schimmerten weißgold im Kerzenlicht. „Du denkst, Chiara ist in einem Bunker in Citey? Du willst weg?"

„Nein. Ja. Ich bin gerne bei euch, aber ... ich denke, ein Tapetenwechsel täte mir ganz gut. Ich finde Chiara und kehre dann mit ihr zurück", beschloss ich.

„Du hast Angst, dass Duke dich findet."

„Was seid ihr nur alle für tolle Hobbypsychologinnen, ihr pseudo-furchterregenden Stadtamazonen!", empörte ich mich. „Ja, ich habe irgendwie Angst. Und irgendwie vermisse ich ihn trotzdem. Und ich denke, dass ich abhauen sollte, bevor ich ihm doch noch über den Weg laufe, und er mich, keine Ahnung, entführt, oder ich mich selbst wieder bei ihm zu Hause einsperre."

„Du hast wenig Vertrauen in deine Fähigkeiten."

„Ich kenne ihn. Und mich."

Sie taxierte mich einige Zeit, dann schien sie sich etwas überlegt zu haben. „Und ich kenne noch ein paar Leute in Citey von früher."

„Ich komme schon zurecht."

„Ich weiß. Aber die Lage in der Großstadt ist etwas angespannter als hier. Such dir einen Zug heraus, Shirokko wird dich vom Bahnhof abholen. Du kannst dir dann immer noch in Ruhe ein Hotelzimmer suchen. Falls die dort noch bezahlbar sind."

„Shirokko? Ein 'Shim? Echt jetzt?"

Sie lächelte verträumt und stützte das Kinn auf die Handfläche. Das passte überhaupt nicht zu ihr. „In der Tat. Groß und blond und sehr talentiert."

„Wo hast du den denn aufgegabelt?"

„Speeddating."

„Echt jetzt?", wiederholte ich ungläubig.

„Wir hatten es eilig."

„Na super", murmelte ich und wandte mich dem Internetauftritt der Bahngesellschaft zu. Ungelogen, in mir war keine einzige romantische Faser mehr übrig. Tamar und ihr Jungsbesuch nervten mich, Biskayas Blick eben nervte mich, und das Gerede vom heißen Ex-Freund, mit dem ich eigentlich gar nicht wirklich zusammen gewesen war, nervte mich am allermeisten. Mit dem Thema war ich durch. Es war definitiv Zeit abzuhauen. Und in Citey würde ich mir so schnell wie möglich ein Hotel nehmen, egal zu welchem Preis.

Ich wählte einen Zug, der kurz vor Mitternacht abfahren und in einem Rutsch bis Citey durchsausen sollte. Biskaya war nicht gerade begeistert, dass ich nicht wenigstens bis zum Morgen wartete, aber sobald mein Entschluss gefasst war, hielt ich es keine Minute länger in Urba aus, als unbedingt nötig. Meine Schwestern brachten mich mit mehr oder weniger langen Gesichtern zum Bahnhof.

„Ich komme doch wieder", versuchte ich, die Stimmung etwas zu heben.

„Wir hätten dir echt ein Fon als Abschiedsgeschenk kaufen sollen", bedauerte Amastris. „Du kannst uns ja nicht mal anrufen, wenn du angekommen bist."

„Die Netzbetreiber haben sowieso gerade Probleme, wahrscheinlich käme ich ohnehin nicht zu euch durch. Ich kann euch aus dem Hotel anrufen."

Biskaya räusperte sich.

„Von Shirokko aus, meinetwegen", verbesserte ich mich augenrollend.

„Ich habe den Namen vorhin zum ersten Mal gehört", beschwerte sich Tamar. „Du hast den Typen früher nie erwähnt."

„Das war auch nicht nötig", gab Biskaya knapp zurück.

„Wo hast du ihn eigentlich kennengelernt?", wandte sich Amastris an Biskaya.

Diese winkte ab. „Ach, das war so eine peinliche Verwechslungsgeschichte mit zu vielen Gitarrenkoffern, einem Nachtbus und einem Opossum."

„Hä?", machte ich. „Ähm. Jedenfalls. Ich melde mich dann, wenn ich bei Shirokko, dem Herzensbrecher angekommen bin."

„Es wird langweilig werden ohne deine herzerwärmend-provinzielle Art", behauptete Tamar.

„Es wird schwierig werden ohne Nias Geldbündel, meinst du!", versetzte Amastris.

„Mädels", mahnte Biskaya.

„Ich kann euch was da lassen", bot ich an.

„Quatsch", widersprach sie. „Du brauchst es selbst. Komm einfach wohlbehalten zurück." Damit umarmte sie mich fest. Die anderen Mädchen taten es ihr gleich. Ich stieg ein, suchte mir meinen Platz, ganz gutbürgerlich in der zweiten Klasse, aber am Fenster, von wo aus ich meinen neuen Freundinnen auf dem Bahnsteig zuwinken konnte, als sich die Magnet-schwebebahn in Bewegung setzte. Anfangs fuhr sie noch langsam, doch sobald wir den Bahnhof verlassen hatten, nahm sie schlagartig Fahrt auf und sauste nur so durch das dunkle Land. Und mit jedem Meter, der mich von Urba, von Duke, aber auch von Themiskyra und meinen neuen Schwestern trennte, wurde mein Herz leichter ... und leerer.

Die Fahrt verlief ruhig. Eine Weile tat ich nichts, als aus dem Fenster zu blicken, obwohl es eigentlich kaum etwas zu sehen gab; aufgrund der nationalen Energiesparmaßnahmen wurde in den meisten Gemeinden ohnehin um 22 Uhr das Licht abgestellt, nur dann und wann brausten wir an beleuchteten Bahnhöfen vorbei, ohne anzuhalten.

Irgendwann packte ich das Sandwich aus, das mir Miffy mitgegeben hatte: Große, lockere Brotscheiben, dazwischen etwa ein halbes Huhn (entbeint, gebraten und zerteilt), gebettet auf ein halbes Pfund Curryfrischkäse und des guten Ernäh-rungsgewissens wegen bedeckt von einem halben Salatblatt und einer dünnen Tomatenscheibe. Phantastisch. Die Brotzeit hielt mich bis ungefähr halb vier Uhr bei Laune.

Dann verlangsamte sich die Fahrt auf einmal. Ich sah auf das Display, das im Wagen die kommenden Haltestellen an-zeigte, aber bis Zintura sollte es laut Anzeige noch eine Drei-viertelstunde dauern. Draußen war auch nichts zu sehen. Der Zug wurde immer, immer langsamer, jedoch, wie es schien, ohne aktiv zu bremsen, bis er mit einem sanften Ruck stehen blieb. Es knackte im Lautsprecher über meinem Sitz und die blecherne Stimme des Zugführers leierte: „Sehr geehrte Damen und Herren, aus bislang ungeklärter Ursache kam es auf der Strecke zu einem Energieabfall. Ihr LevEx muss daher einen ungeplanten Zwischenhalt einlegen. Wir bemühen uns, das Problem schnellstmöglich zu beheben, empfehlen Ihnen derweil die Mitternachtssuppe unseres Bistros und bedanken uns für Ihr Verständnis."

Kollektives Aufstöhnen erklang im ganzen, spärlich besetzten Waggon, und die meisten verließen ihre Plätze – womöglich, um sich tatsächlich auf den Weg in den Speisewagen zu machen. Nach Miffys Sandwich konnte mich die Suppe nicht locken, deswegen lehnte ich meinen Kopf gegen den rauen Vorhang im LevEx-Türkis, und schloss die Augen. Ich hatte ursprünglich die Nacht durchmachen wollen, aber da sich die Weiterfahrt laut einer zweiten Durchsage um unbestimmte Zeit verzögerte, schien es mir sinnvoller, meine Kräfte zu schonen. Gerade, als ich wegdämmerte, vernahm ich ein lautes, allumfassendes *Klick!* und das Licht ging aus, abgesehen von einer düsteren Notbeleuchtung vorne und hinten im Wagen. War ja auch logisch, kein Strom, kein Licht. Ich versuchte wieder einzuschlummern.

Plötzlich ertönten Schüsse und ich schrak auf. Kerzengerade saß ich in meinem Sessel, lauschte den Schreien und dem schnellen Aufstampfen vieler Füße, die durch die Waggons rannten. Die Amazone in mir erwachte schlagartig. Ich zog meinen Dolch aus der Tasche, duckte mich und blickte an der Sesselreihe vorbei in Richtung des Lärms. Viel konnte ich nicht erkennen, hier waren die Passagiere schon geflüchtet oder im Speisewagen am Suppelöffeln, aber durch das Fenster der Schiebetür zum nächsten Waggon sah ich verschwommen, wie gerade ein Mann von einer Kugel niedergestreckt zu Boden ging.

Es war klar, dass ich es mit meinen paar Messern nicht mit Schusswaffen würde aufnehmen können. Eilig zog ich mich zurück und rüttelte am Fenster. Es klemmte. Nein, es war gar nicht zum Öffnen gedacht, wie es schien, um die Klimaanlage nicht aus dem Takt zu bringen. Ich fluchte, versuchte erfolglos, die Scheibe mit meinem Schwertknauf zu zerbrechen, während der Lautsprecher erneut laut knackste.

„Liebe Passagierinnen und Passagiere, das ist ein Überfall. Bitte halten Sie Ihre Wertgegenstände bereit und leisten Sie keinen Widerstand, wenn Ihnen Ihr Leben lieb ist. Wir bemühen uns, die Plünderung schnell über die Bühne zu bringen und bedanken uns für Ihr Verständnis", ließ eine hämische Stimme verlauten.

Neue Schreie ertönten, die Schussdichte nahm zu, vermutlich um nach der Durchsage verzweifelt Flüchtende aufzuhalten.

Ich gab den Kampf gegen das störrische Fenster auf. Stattdessen schnallte ich mit fliegenden Fingern meinen Schwertgurt fest, versicherte mich, dass ich die Ledertasche mit dem Gold wie immer dicht an meinem Körper festgebunden hatte, hievte meine Reisetasche auf den Rücken und nahm den Bogen. Dann rannte ich in Richtung Zugende los, weg von den Schüssen und dem Geschrei, so gut es eben mit dem Gepäck ging; dauernd blieb ich mit dem unförmigen Reisetaschenrucksack an den Seitengriffen der Sitze hängen, oder hakte mit dem Bogen an den Armlehnen ein. Bei Artemis, ich verstand wirklich, warum Amazonen (a) normalerweise nicht viel Habe mit sich trugen und (b) zu Pferde statt mit dem Zug reisten.

Aufatmend erreichte ich endlich das Waggonende, riss die Zwischentür auf ... und blieb wie angewurzelt stehen. Ich blickte in die Mündung einer abgesägten Schrotflinte. An ihrem ungefährlichen Ende hing ein Hinterwäldler um die vierzig, mit verkniffenem Gesicht und roten Wangen, die vermuten ließen, dass er sich vor dem Überfall erst noch hatte Mut ansaufen müssen.

„Rucksack runter", bellte er und machte eine herrische Bewegung mit seiner Waffe, „Hände hoch und zurück in den Wagen. Marsch."

Augenrollend legte ich den Bogen und die Tasche ab. Nie im Leben würde ich diesem Andrakor mein mühsam erbeutetes Gold überlassen, und ganz sicher würde ich auch nicht zulassen, dass er mein Schwert, meinen Bogen oder meine 3000-Taler-DiVesetto-Reisetasche in seine schmierigen Finger bekam, aber mit dem Ding auf dem Rücken war ich einfach zu unbeweglich.

Sobald ich es abgestellt hatte, lehnte ich mich blitzartig zurück aus dem Schussfeld, gleichzeitig kickte ich gegen den Lauf der Flinte, wollte den Hinterwäldler eigentlich entwaffnen, aber der hatte das Ding in seiner Panik so fest in Händen, dass ich den sich unweigerlich lösenden Schuss nur nach oben ablenken konnte. Schrotkugeln bohrten sich in die Decke. Dann setzte ich zu einer Reihe Kicks an. Ich wollte den überforderten Typen einfach mehr oder weniger überrennen und dann ohne langes Federlesen aus dem Wagen hüpfen ... wollte ich.

Plötzlich wurde ich jedoch von hinten gepackt und meine Füße trafen nur noch Luft statt Hinterwäldlerfleisch. Wütend schrie ich auf und wehrte mich nach Leibeskräften, aber der Andrakor hinter mir war zu stark und hielt meine Arme wie ein Schraubstock fest.

„Hast du unsere Durchsage nicht gehört?" Seine unangenehme Stimme kroch mir in den Kragen und jagte mir einen Ekelschauer über den Rücken. Ich zog den Kopf ein, während ich angewidert gegen den Griff des 'Shims ankämpfte. Ohne Erfolg. Was nun? Meine Gedanken rasten. Schließlich ließ ich die Gegenwehr sein, unterdrückte mit aller Macht den Drang, nur irgendwie von dieser Stimme, diesem Atem, diesem Andrakor wegzukommen.

„Doch", hauchte ich als verspätete Antwort auf seine Frage, versuchte, harmlos zu wirken. „Aber ich hatte Angst ..."

Und tatsächlich, ein klein wenig ließ der Druck um meine Arme nach. „Ich bin doch nur auf dem Rückweg zu meiner Klosterschule", fuhr ich mit einem zarten Stimmchen fort.

„Quatsch!", tönte der Hinterwäldler und brachte seine Flinte wieder in Position.

Der Schraubstock lachte und lockerte seinen Griff, aber nur, um seine fleischigen Hände über meinen Oberkörper wandern zu lassen.

Bah! Ich dachte, ich müsste mich übergeben, und für einen Moment wurde ich wirklich ganz schwächlich. Doch dann ertastete er durch den Stoff meines T-Shirts das Ledertäschchen. Und das brachte mich wieder auf Kurs. Mein Gold würde er nie bekommen. Niemals. Energie fuhr mir durch die Glieder, die sich wappneten und voller Anspannung auf den richtigen Moment warteten.

„Was ist das?", fragte er und spuckte mir dabei kleine Speicheltröpfchen an den Hals.

„Rosenkranz", brachte ich ekelerfüllt hervor.

„Lass dich nicht verkohlen, Darragh", riet der Hinterwäldler dem Schraubstock. „Die hat es faustdick hinter den Ohren."

Der Schraubstock lachte dröhnend. „Um dich zu übertölpeln braucht man wirklich nicht viel Geschick." Er zog mich durch die Zwischentür zurück in den Waggon. „Verpiss dich, Magol."

„Aber sie hat ein Schwert!", tönte der Hinterwäldler noch gedämpft durch die Scheibe. Das konnte Darragh kaum entgangen sein, aber er fühlte sich wohl so überlegen, dass er gar nicht daran dachte, mich zu entwaffnen. „Verpiss dich!", wiederholte er und Magol trollte sich schimpfend.

„Jetzt lass mich sehen, was du da hast!" Er ließ mich los, schubste mich einen Meter weiter. Ich blickte ihn über die Schulter hinweg an, sah ihn, einen grobschlächtigen, jungen 'Shim im fahlen Licht der Notbeleuchtung zum ersten und zum letzten Mal.

„Ausziehen", befahl er.

Ich atmete tief ein. Während ich herumwirbelte, beschrieb mein Schwert eine hübsche Ellipse durch die Luft, trennte Darraghs Kopf sauber von seinem Rumpf.

Und dann wurden meine Knie doch noch schwach. Ich sank auf den Boden und versuchte, nur irgendwie ruhig zu atmen und nicht auch noch den Kopf zu verlieren. Nur das auf dem Boden auf mich zuströmende Blut und das gedämpft an mein Ohr dringende, sich nähernde Geschrei aus dem Nachbarwaggon brachten mich schließlich dazu, meine Schwäche zu überwinden und mich wieder auf die Füße zu stellen. Mit zitternden Beinen stieg ich über Darraghs Leiche hinweg, schnappte mir Reisetasche und Bogen und sprang aus dem Zug. Hirnlos, hastig, hektisch stolperte ich im Stockfinsteren über die Trasse, kletterte über einen Zaun und kugelte auf der anderen Seite durch hohes Gras eine Böschung hinunter. Dann rannte ich, so schnell und so lange ich konnte, bis die Sonne über die Hügel im Osten spitzte und ich an einem hölzernen Weidezaun zusammenbrach.

Als ich erwachte, blickte ich in ein runzliges Gesicht, umgeben von einem gleißenden Strahlenkranz. Es roch nach Schafgarbe und Goldhafer, und ich hörte ein Pferd wiehern. War das das Jenseits? Hatte ich tatsächlich unter der Last meiner Designer-Tasche das Zeitliche gesegnet?

„Bisabuela?", krächzte ich.

Eine kühle Hand strich mir ein paar Strähnen aus der Stirn.

Wenn ich ein entsetztes: „Du hast dir die Haare geschnitten!" erwartet hatte, wurde ich enttäuscht. Stattdessen sagte das Gesicht: „Ich verstehe kein Wort. Bist du auf der Flucht?"

Keine Uroma. Aber auch kein Jenseits.

Ruckartig setzte ich mich auf. Die Sonne stand hoch am Himmel, ich hatte den Vormittag offenbar mehr oder weniger verschlafen. Zu meiner Rechten befand sich ein Holzgatter, hinter dem auf einer großen Wiese gut zehn Pferde grasten. Vor mir kniete eine weißhaarige Bäuerin mit gemusterter Kittelschürze und sah mich mit schräg gelegtem Kopf neugierig an.

„Mehr oder weniger. Es gab einen Bahnüberfall. Ich musste weglaufen."

„Armes Kind." Die alte Frau erhob sich kopfschüttelnd und schickte sich an, einfach langsam davonzuwatscheln.

„Halt!", rief ich, halb empört, halb beleidigt. „Sie müssen mir helfen!"

„Muss ich das?", fragte sie über ihre Schulter hinweg. „Wüsste nicht wie. Hab selber nichts."

„Doch. Pferde. Und ich bräuchte eins. Ich muss dringend nach Citey."

„Das kannst du sowieso nicht bezahlen, Armesschluckermädchen." Damit hatschte sie weiter.

Es dauerte einen Moment, dann begriff ich. Die Frau hatte mich durchsucht! Sie hatte mir überhaupt nicht helfen wollen! Hastig tastete ich nach meinem Ledertäschchen und stellte aufatmend fest, dass es noch an Ort und Stelle war. Mit einem elektrostatischen Knistern manifestierte sich ein händereibender Pan auf meiner Schulter.

Stiehl das Pferd einfach, zischte er. *Die alte Schachtel hat es nicht besser verdient.*

„Hau ab!", fuhr ich ihn an.

Pöh! Beleidigt verpuffte er wieder.

Ich rappelte mich auf, packte meine Habe und rannte der Bäuerin hinterher. „Ich kann es bezahlen. Ich habe Gold."

Sie blieb stehen und musterte mich aus schmalen Augen von Kopf bis Fuß. „Wo?"

„Geht Sie nichts an. Wollen Sie ein gutes Geschäft machen oder nicht?"

Ein freundliches Lächeln breitete sich in ihrem Gesicht aus. „Aber ja. Komm doch ins Haus. Möchtest du etwas trinken? Oder wie wäre es mit einem verspäteten Frühstück?"

„Ja. Alles", nickte ich.

Sie hob den Zeigefinger und stach mir damit fast ein Auge aus. „Wenn du mich für dumm verkaufen willst, hetze ich den Hund auf dich." Dann setzte sie ihren Weg wohl gelaunt mit mir im Schlepptau fort, als sei nichts gewesen.

Ich nahm ihre Gastfreundschaft reichlich in Anspruch und frühstückte in dem hübschen kleinen Bauernhaus eine Stunde lang Eier und Speck und frisches Brot mit hausgemachter Marmelade, Joghurt und Obst, bevor ich duschte. Dann ließ ich mir ihre Aspahet zeigen.

Mein Herz klopfte laut vor Aufregung, doch ich wollte die alte Frau nicht wissen lassen, wie wichtig es mir war, wieder ein Pferd mein Eigen nennen zu können. Es ging nicht nur um den Weg nach Citey. Es ging darum, wieder ... ich zu sein. Die Verbannung aus Themiskyra hatte mich entwurzelt. Der Verlust von Kassian hatte mich zerbrochen. Die Zeit mit Duke hatte mich isoliert. Aber jetzt war all das vorbei. Und ich brauchte nichts davon. Nur mich selbst. Und ein Aspa.

Wo ich das bei den Urba-Amazonen unterbringen wollte, war mir noch nicht ganz klar, aber ich hoffte, im Innenhof eine der Garagen umfunktionieren zu dürfen. Es würde sich sicher eine Lösung finden lassen.

Nachdem ich die Tiere genau inspiziert hatte, zeigte ich auf einen jungen Hengst, einen Fuchs, der mich an Xanthos erinnerte. Mit aller Kraft verdrängte ich den Schmerz, der mir beim Gedanken an ihn die Brust eng werden ließ. „Den will ich."

„Den Günter?", fragte die Bäuerin ungläubig. „Der ist wild und starrköpfig, nichts für ein junges Mädchen."

Das lass meine Sorge sein, dachte ich. „Was wollen Sie für ihn?"

Ich sah ihr an, dass sie nicht begeistert war, immerhin hatte sie ihre Ware eben selbst madig gemacht. „Fünfhunderttausend Taler."

„Hunderttausend", bot ich. „Immerhin ist er wild und starrköpfig und nichts für ein Mädchen wie mich."

„Willst du mich ruinieren?", brauste die Alte auf. „Der Bursche hat einen phantastischen Stammbaum! Er ist in bester Verfassung! Sein Vater hat Rennen gewonnen! Seine Mutter hat –"

„Hunderttausend", beharrte ich.

„Vierhunderttausend."

„Zweihunderttausend."

„Dreihunderttausend."

„Nein."

„Zwofünf?"

„Okay."

Wir schlugen schnell ein, damit die jeweils andere bloß keinen Rückzieher machen konnte. Ich hätte jubeln können – ich hatte wieder ein Aspa!

„Jetzt brauchst du noch einen Sattel", stellte die Bäuerin fest und rieb sich die Hände. „Du kriegst das Gesamtpaket mit Taschen, Decke und Putzzeug zum Spitzenpreis von … lass uns sagen, fünfzigtausend?"

Wenn ich nicht einen gewissen Respekt vor dem Alter gehabt hätte, hätte ich ihr einen Vogel gezeigt. „Brauch ich nicht", behauptete ich. Das stimmte. Ich konnte problemlos ohne Sattel reiten. Aber es war anstrengender und ich musste auch mein Gepäck irgendwie transportieren.

„Glaube ich nicht."

Ich rollte mit den Augen, näherte mich dem Tier langsam und erlaubte ihm erst einmal, eine Nase meines Geruchs aufzunehmen. Der Hengst war wirklich ein prachtvolles Tier, jung und voller Energie, mit glänzendem, rotbraunem Fell und einer etwas helleren Mähne. Er sah mich interessiert an. Ich mochte seinen Blick, neugierig und vielleicht ein bisschen frech, aber ehrlich. Hingebungsvoll kraulte ich seine Ohren und klopfte seinen Hals. Dann schwang ich mich ohne weitere

Umschweife auf den Rücken des überraschten Aspa. Er bockte, aber ich klammerte mich an ihm fest.

„Lass mich nicht im Stich, Günter", flüsterte ich ihm ins Ohr. „Günter, was für ein Name! Wenn du schön brav bist, bekommst du einen neuen." Und das zog. Nach ein paar Anfangsschwierigkeiten war der Ex-Günter lammfromm und trabte gehorsam über die Weide.

„Wenn Sie die Sachen loswerden möchten und sie was taugen, kaufe ich sie für zehntausend Taler ab. Wenn Sie mehr dafür möchten, suchen Sie sich einen anderen Dummen."

Verkniffen hatte die alte Frau meinen Ritt beobachtet. „Na schön. Man muss die Jugend ja auch unterstützen. Jetzt will ich das Geld sehen!"

„Das muss ich erst umtauschen. Wie komme ich zur nächsten Bank?"

„Du glaubst doch nicht, dass ich dich dorthin reiten lasse?" Sie lachte auf. „Dann verschwindest du auf Nimmerwiedersehen mit meinem Günter."

„Chiimori", berichtigte ich, tätschelte dankbar den Hals des Pferdes und ließ mich von seinem Rücken gleiten.

„Du kannst dir ein Fahrrad leihen", schlug mir die Alte einlenkend vor.

„Niemals. Pedale sind hochgradig unheroisch." Stattdessen ließ ich mir den Weg ins Dorf beschreiben, lief dort zu Fuß hin und tauschte in der Bank eins meiner Goldplättchen in Bargeld um, wovon ich der Bäuerin anschließend einen Teil auf den sauber geschrubbten Küchentisch zählte.

Sie raffte blitzschnell die Scheine an sich, dann zeigte sie energisch auf die Tür, was mich erneut fast das Augenlicht kostete. „Jetzt aber raus hier."

„Nichts lieber als das." Ich holte Chiimori von der Weide, sattelte ihn und bemühte mich, die Ladung möglichst gleichmäßig auf seinem Rücken zu verteilen, bevor ich mich in den Sattel schwang und den Hof der gierigen alten Schachtel so schnell wie möglich verließ.

Kapitel 8

Ich war glücklich. Dieser Ritt war das Erste wirklich durch und durch Erfreuliche, was ich seit vielen, vielen Monaten erlebt hatte. Ich hätte gesungen, wenn ich … ach was soll's, ich gebe es zu, ich sang, so glücklich war ich. Und ich dachte an meine Bisabuela. Die Bäuerin hatte sie irgendwie aus einer der verschlossenen Kammern in meinem Gehirn herausgezogen, obwohl sie wirklich gar keine Ähnlichkeit mit meiner geliebten Urgroßmutter hatte. Die war nämlich ehrlich und freundlich und großzügig gewesen.

Aus Scham hatte ich lange nicht an meine Bisabuela gedacht. Früher hatte ich mir häufig gedankliche Zwiegespräche mit ihr geliefert; sie war meine moralische Instanz, meine Ratgeberin, eine Facette meines Gewissens gewesen, nur als dann die Sache mit Kassian begonnen hatte, konnte ich sie nicht mehr um Rat fragen. Der einzige Weg, ihren Kommentaren aus dem Weg zu gehen, war, sie aus meinen Gedanken zu verbannen. Und jetzt stellte ich fest, dass sie mir gar nicht böse war.

Ich sah sie deutlich vor mir, wie sie ihren Kopf schief legte, hörte, wie die Perlen, die neben Muscheln und Federn in ihre weißen, langen Strähnen eingeflochten waren, mit leisem, sanftem Klingeln aneinander stießen. Sanft war auch ihr Blick aus den kaffeebraunen Augen, umgeben von unzähligen Runzeln, welche sich noch vertieften, jetzt, da sie lächelte.

Klar, es war ein tadelndes Lächeln, sie war auch ein bisschen enttäuscht, aber im Großen und Ganzen war es okay. Sie hatte immer das Positive gesehen, sogar in mir, und dass ich wieder zur Vernunft gekommen war und mich zukünftig von 'Shimet fernzuhalten gedachte, schien sie milde zu stimmen. Sie selbst hatte auch ihren eigenen Weg gesucht. Dabei war sie sicherlich nie so weit vom Weg der Amazonen abgekommen wie ich, aber sie war eine seelenvolle, pragmatische und findige Frau gewesen, die sich zu arrangieren wusste.

Dann dachte ich an den Andrakor, den ich im Zug ... *wow.* Ich schauderte. *Enthauptet* hatte. Wenn ich mir seine leeren Augen in Erinnerung rief und all das Blut, wurde mir immer noch ganz anders. Hätte er nur meine Habe gewollt, hätte ich ihn mit ein paar gezielten, nicht lebensbedrohlichen Messerwürfen k.o. gehen lassen. Aber mir ungefragt an die Wäsche zu gehen, mich zu begrapschen und noch Schlimmeres einzufordern – nein. Damit hatte er sein Leben verwirkt. Zurecht. Da würden mir alle zustimmen. Ich hatte kein schlechtes Gewissen. Ich konnte nur nicht fassen, dass ich es tatsächlich getan hatte.

Wäre das in Themiskyra passiert, wäre mir nun mein Epor verliehen worden. Welchen Beinamen hätte ich wohl erhalten? Die ... Schwertzaubernde. Die Unerschrockene. Die Goldliebende. Nein, wie ich Atalante kannte, würde sie mich selbst mit der Verleihung dieser Ehre noch rügen und mich *die Unbelehrbare* oder so nennen.

Was würde Padmini sagen? Was würde Jacintha sagen? Wäre sie stolz? Meine innere Bisabuela war nicht stolz auf mich, aber sie hielt mein Handeln für angemessen.

Dann dachte ich an Melissa. Und plötzlich war ich gar nicht mehr glücklich. Irgendwie schien ich schlimme Ereignisse anzuziehen. Das Desaster in Themiskyra, als alles aufkam und in Gemetzel und Steuerprüfung endete. Das explodierende Shoppingcenter. Ein Zugüberfall. Lag es an mir oder doch daran, dass die Welt langsam auseinanderfiel, wie von so vielen prognostiziert? Plötzlich fielen mir meine neuen Freundinnen ein und ich bekam Angst um sie. Wenn ich das Unheil anzog, dann waren sie in Gefahr – auch, wenn ich sie bereits verlassen hatte. Ich wurde nervös, wünschte mir dringend, ich hätte mir doch ein Fon schenken lassen.

Spinn nicht herum, rügte mich meine Bisabuela. *Unheil anziehen. Papperlapapp und Mumpitz und Aberglaube. Das sind Amazonen, mein Mädchen, die können wunderbar auf sich selbst aufpassen.*

Ich hoffte von ganzem Herzen, die Uroma hatte damit recht.

Am späten Nachmittag erreichte ich die Vorstädte und kam gegen Abend im Stadtzentrum von Citey an. Bei Artemis, was für ein Moloch. Eingebettet zwischen Hügeln lag die Stadt in einer Senke, die bis oben hin mit Smog gefüllt war. Und ihre Bewohner sahen mich an, als hätten sie noch nie eine Frau zu Pferde gesehen. Okay, ich gebe zu, ich mochte ein ungewöhnlicher Anblick sein in einer Großstadt, die nur aus Straßen, Parkhäusern und Tankstellen zu bestehen schien, und deren Hauptverkehrsadern offenbar jeden Morgen und Abend kollabierten, aber bei solchen Spritpreisen war ein alternatives Verkehrsmittel doch das einzig Vernünftige.

Ich hatte Biskaya ursprünglich versprochen, zum Südbahnhof zu fahren und dort in einem kleinen Café auf Shirokko zu treffen. Mit dem *Fahren* war es dank des Bahnüberfalls Essig, und mein Zug hätte ja bereits vor Stunden ankommen sollen, aber ich wollte nicht wortbrüchig werden, und hatte die Hoffnung, am Bahnhof ein Telefon zu finden, um Biskaya anzurufen und zu beruhigen. Und *mich* zu beruhigen, was die Sicherheit der Urba-Amazonen anging.

Die Gegend war von ziemlich übel aussehenden Subjekten, ausnahmslos 'Shimet, bevölkert, die im Alkohol- oder Drogennebel an Wände gelehnt dahinvegetierten oder in Grüppchen beisammen standen und zweifelhafte Geschäfte abschlossen, während sie sich misstrauisch umsahen. Ich bezweifelte, dass auch nur einer von ihnen reiten konnte, und so band ich Chiimori sorglos an ein Treppengeländer vor einem unbelebten Seiteneingang der Bahnhofshalle, und lockerte den Sattelgurt. Mein Gepäck nahm ich mit. Das Café war nur ein paar Schritte entfernt im Inneren und ich spekulierte auf einen Fensterplatz, von dem aus ich mein Aspa im Auge behalten konnte.

Ich sah mich nur kurz um; der Laden war gammlig und roch nach ranzigem Frittierfett, von den kleinen Bistrotischen löste sich die beige Plastikbeschichtung und von den Wänden die buntgemusterte Tapete. Ich war der einzige Gast – nein, halt, in einer Ecke lehnte noch ein langhaariger Penner und schlief seinen Rausch aus, aber mein Kontaktmann war, wie erwartet, schon lange weg. Trotzdem bestellte ich für Chiimori Wasser und mir einen Kaffee, den hatte ich nötig. Ich setzte mich an den am weitesten von dem vermutlich streng riechenden Tippelbruder entfernten Platz am Fenster und bewunderte mein

Aspa. Eine gelangweilte junge Frau nahm meine Bestellung auf.

„Und habt ihr vielleicht eine Karte hier?"

„'ne Karte?", fragte sie verständnislos.

„Ja, eine Landkarte. Vielmehr eine Straßenkarte." Ich zeichnete ein Viereck in die Luft, um ihr begreiflich zu machen, was ich meinte. „Von der Stadt. Mit Straßen und Brücken und so."

„Nee. Nimm halt dein Fon."

Ich seufzte, ersparte ihr die Details meines fonlosen Lebens. Wäre schlau gewesen, noch zu Hause einen Plan auszudrucken, aber meine Abreise war zu überstürzt gewesen für solche Feinheiten. „Habt ihr Internet?"

„Nee. Vorne in der Haupthalle gibt's aber ein Internetcafé. Da schmeckt auch der Kaffee besser", raunte sie mir zu und fand sich so witzig, dass sie gluckste.

„Gibt es ein Telefon?"

„Ja, hinten beim Klo. Neben dem Spielautomaten."

„Okay, danke."

Sie schlurfte davon und kehrte alsbald mit einem lauwarmen Kaffee, einem Eimer Wasser und einem Sandwich mit ein paar Blättern Salat und zwei Gurkenscheiben in Majonnaise zurück.

„Äh, ich hatte Käsetoast bestellt."

„Käse is aus."

Ich gab mich geschlagen. Nachdem ich Chiimori zu trinken gegeben hatte, verdrückte ich das Brot und hoffte, dass sich der Salmonellengehalt auf ein überlebbares Minimum beschränkte. Und der sogenannte Kaffee … nun, er spottete jeder Beschreibung. Was für ein elender Treffpunkt. Was für eine Frechheit, wenn ich es recht bedachte. Entschieden stand ich auf, bezahlte einen horrenden Preis für mein karges Mahl und suchte anschließend die Toilette und das Telefon auf. Ich wählte Biskayas Nummer und kam nicht durch. Dann probierte ich erfolglos alle anderen Fonnummern aus, die von Amastris, von Tamar und Miffy, aber sie hatten ihre Verträge alle bei demselben Netzbetreiber und dessen Systeme waren wahrscheinlich mal wieder zusammengebrochen. Doch auch am Festnetz erreichte ich niemanden. Gerade wollte ich es noch einmal bei Biskayas Fon versuchen, da tippte mir jemand auf die Schulter.

Erschrocken fuhr ich herum, nur um mich gleich wieder zu straffen. Der Penner … war anscheinend gar keiner. Zumindest roch er nicht so. Und sah bei genauerer Betrachtung auch nicht so aus mit seinem Kettenhemd, dem Schwert und seinen glänzenden langen Haaren, die in imaginärem Wind zu wehen schienen.

Ich kniff kurz die Augen zusammen und als ich sie wieder öffnete, legten sich seine Haare gerade in einer sanft abflauenden Brise um seine breiten Schultern. Artemis, ich musste echt übermüdet sein.

„Nia?"

„Hä?" Ja. Definitiv übermüdet. Er konnte meinen Namen nicht kennen, denn er war nicht blond, nicht besonders groß und demnach nicht der talentierte Shirokko, von dem mir Biskaya erzählt hatte.

Ein zuvorkommendes Lächeln glitt über seine edlen Gesichtszüge. „Da klaut jemand dein Pferd."

„Verdammt." Ich ließ den Hörer fallen und stürmte nach draußen, dicht gefolgt von dem Ritter-Typen.

Tatsache.

An Chiimori nestelten zwei gedrungen wirkende 'Shimet mit dicht ins Gesicht gezogenen Baseballkappen herum. Sie hatten schon die Zügel vom Geländer gelöst und versuchten, das Tier zum Weitergehen zu bewegen. Aber das störrische, gute Aspa weigerte sich schlichtweg. Vermutlich wäre Chiimori auch alleine mit dem Diebesgesindel fertig geworden, er stieg und bockte und versuchte, wild wiehernd Huftritte zu verteilen. Ich befürchtete jedoch, er würde sich verletzen und so eilte ich ihm zu Hilfe. Und der Ritter-'Shim überflüssigerweise mir.

„He, weg da von meinem Pferd!", schrie ich im Lauf, aber die Typen ignorierten mich, während sie hektisch an Zügel und Sattel zerrten. Ich ärgerte mich, dass ich meine Wurfmesser nicht am Leib, sondern im Gepäck trug, weil ich nicht auf Konflikte dieser Art eingestellt war. Das Schwert hatte ich nur deswegen umgeschnallt, da es zu lang für meine DiVesetto-Tasche war.

Zwei weitere Vatwaka kamen dazu, weil sie bemerkt hatten, dass sich der Pferdeklau als nicht so einfach erwies, wie sie es sich wohl vorgestellt hatten. Wir teilten uns auf, ohne uns abzusprechen; der Ritter übernahm die Neuankömmlinge, ich die Baseballkappen-Gang. Zeitgleich zogen wir Rücken an Rücken die Schwerter. Es war schon recht dämmrig, aber ich glaubte zu sehen, dass die Vatwaka blass wurden.

Schlag ihnen nicht gleich wieder die Rübe ab, mahnte meine Bisabuela.

„Pff", machte ich.

„Wie bitte?", erkundigte sich der Ritter.

„Pff", wiederholte ich, dann richtete ich mein Wort an die Banditen: „So, was ist jetzt? Starrt ihr uns weiter an oder kämpfen wir? Oder lasst ihr mein Pferd in Ruhe und haut einfach ab, bevor ihr euch in die Hosen macht?"

Plötzlich sah ich, wie entferntes Blaulicht von den Fenstern reflektiert wurde.

„Mist." Polizei konnte ich nicht brauchen.

Zum Glück sahen das die Pferdediebe genauso, sie tauschten ein paar kurze Blicke und gaben Fersengeld. Mit grimmiger Miene und immer noch erhobenem Schwert schaute ich ihnen hinterher. Frechheit. Ich fragte mich wirklich, was die mit Chiimori vorgehabt hatten. Wollten sie ihn verkaufen? Essen? Beim Pferderennen ihr Glück machen? Das Einzige, was mich meine Empörung vergessen ließ, war die Vorstellung, wie schwierig mein Aspa ihnen all das gemacht hätte. Sobald sie außer Sichtweite waren, schlang ich meine Arme um seinen Hals und vergrub mein Gesicht in seiner Mähne.

„Gut gemacht", flüsterte ich, bevor ich meine Hände über seinen Rücken und seine Beine gleiten ließ, um mögliche Verletzungen aufzuspüren und mich zu versichern, dass er wohlauf war. Dann holte ich mein Gepäck aus dem Café und zurrte es am Sattel fest. Die gelangweilte Servicekraft hatte nicht mal den Kopf gehoben.

„Moment mal!", sagte der Ritter, der mir hinterhergelaufen war und erfolglos versucht hatte, mir beim Tragen zu helfen.

Ich werkelte verbissen weiter. „Was?"

„Wo willst du hin?"

„Weg. Da hinten ist die Polizei." Die offenbar im Schneckentempo durch die Straße fuhr, nur um Präsenz zu zeigen. Mit dem versuchten Pferdediebstahl hatten sie gar nichts am Hut, wie es schien. Oder sie wollten Sprit sparen.

„Du könntest Anzeige erstatten."

„Ha! Sicher nicht."

„Hast du was zu verbergen?"

„Wer nicht?"

„Okay, dann lenke ich sie ab, und wir treffen uns bei der Fabrikhalle."

Jetzt drehte ich mich doch um. „Warum?", fragte ich verständnislos.

„Anordnung vom Chef. Also, das mit dem Ablenken natürlich nicht, das habe ich gerade improvisiert." Er wirkte stolz auf diese Leistung.

Einen kurzen, irrationalen Moment lang dachte ich, er meine Duke damit, und mein Verfolgungswahn kickte mir fast die Füße unter dem Körper weg. Doch dann begriff ich. „Dieser Shirokko hat dich geschickt? Und du hast, was weiß ich, vierzehn Stunden auf mich in dem Café gewartet?"

„Zuerst hat er selbst nach dir Ausschau gehalten, aber dann kam dein Zug nicht an, und das Warten wurde ihm zu langweilig. Da habe ich die nächste Schicht übernommen."

„Du hast geschlafen", berichtigte ich.

„Alles Tarnung."

„Warum das Schwert?"

„Dasselbe könnte ich dich fragen!"

Ich zuckte mit den Schultern. „Ich bin eine Amazone."

„Ich bin ein Held."

„Wie heißt du?"

„Lancelot."

„Na wunderbar."

Er lächelte geschmeichelt. „Wenn du den Streifenpolizisten noch entgehen willst, solltest du jetzt langsam die Hufe schwingen. Im wahrsten Sinne des Wortes. Folge einfach den S-Bahn-Schienen in südlicher Richtung, etwa drei Kilometer. Ich warte auf dich an der Haltestelle Südstadt." Damit bestieg er ein Angebermotorrad aus mattschwarzem Blech und Chrom, das auf der anderen Seite des Treppengeländers stand, und brauste mit entsetzlichem Getöse in Richtung Streifenwagen davon.

„Irre", sagte ich kopfschüttelnd zu Chiimori, der sich beruhigt hatte und seine Nase liebevoll an meinem Arm rieb. „Die sind hier alle irre." Dennoch zögerte ich nicht lange, Lancelots Wegbeschreibung zu folgen. Bei den Kaffeepreisen wollte ich nicht wissen, was sie für ein Hotelzimmer verlangten, und angesichts der aktuellen Lage würde mein Gold noch eine ganze Weile reichen müssen. Und Biskaya wäre auch beruhigt.

Von der Station Südstadt aus mussten wir den Gleisen nur noch etwa einen Kilometer folgen, bevor wir ein Industrieviertel mit Bürogebäuden, Industrieanlagen, Stundenhotels, Auto- und Möbelhäusern erreichten. Lancelot knatterte in gemäßigtem Tempo und mit genug Abstand vor uns her, um Chiimori nicht zu erschrecken, und blieb schließlich vor einer Fabrikhalle stehen, die aussah, als hätte sie zuletzt, also etwa gefühlt vor zwanzig Jahren, als Club gedient. Über einem Rolltor hing ein verwittertes Leuchtschild, auf dem in zackigen Lettern *Slash* zu lesen war, und die Außenwände waren beklebt mit ausgeblichenen Tourplakaten diverser Bands. Aus dem Inneren schallten tiefe Bässe und Beats aggressiver Musik heraus. Und die waren schon laut, *bevor* Lancelot das Tor öffnete.

Ich blickte argwöhnisch hinein. Die schienen hier nicht viel von der Energiekrise mitzubekommen, wenn sie es sich leisten konnten, eine solche Anlage ohne Zuhörer stundenlang laufen zu lassen. Im Inneren herrschte mehr oder weniger ein einsames Chaos. Die zwei Hauptzentren bildeten die Stereoanlage mit ein paar immensen Lautsprechern und eine Feuerstelle, beide umgeben von diversen nicht zusammenpassenden Sofas, Sesseln und Matratzen. Von der Decke hingen alte Industrielampen. Außerdem sah ich eine werkstattartige Bastelecke und einen Küchenbereich mit mehr ungewaschenem Geschirr, als wir in Themiskyra insgesamt überhaupt besessen hatten. Unterteilt wurden die Bereiche von einigen riesigen Regalen, in denen sich Kartons und irgendwelcher Krimskrams stapelten. Eine schmale Metalltreppe führte hinauf in ein wellblechverkleidetes Zwischenstockwerk, das einen Teil der Halle überdeckte. Diese ganze Industrieromantik … sie langweilte mich.

Warum? Weil sie mich, verdammt noch mal, an Themiskyra erinnerte. Und dass mir das wehtat, ärgerte mich. Meine Gefühle waren also, simpel ausgedrückt, ziemlich gemischt, als ich durch die von Lancelot aufgehaltene Tür in die Halle trat. Irgendwie konnte ich mir nicht vorstellen, dass Biskaya wirklich wollte, dass ich hier blieb. Und andererseits – ein bisschen mehr weibliche Einrichtungsintuition zusammen mit dem Einsatz von Staubsauger und Schrubber und das Ganze sähe gar nicht so viel anders aus als die Höhlenwohnung der Urba-Amazonen.

„Shirokko?", rief Lancelot ein paar Mal laut durch die Halle und kehrte schließlich auch aus der Zwischenetage unverrichteter Dinge wieder. „Keiner da."

„Hast du kein Fon?", erkundigte ich mich mit leichtem Spott.

Er wies nur auf seine Kluft. Da passte ein Fon natürlich nicht so richtig dazu. „Willst du was trinken?"

„Ja. Gerne. Wasser. Und Chiimori braucht auch einen großen Eimer Wasser." Im Augenblick graste er friedlich und angeblich diebstahlsicher hinter der Halle.

Lancelot betrachtete mich sorgenvoll und rieb sein wohlrasiertes Kinn. „Ah. Wasser." Er räusperte sich, während er sich suchend in der Halle umsah. „Ich fürchte leider, dass ich nur Bier anbieten kann." Er zeigte auf einen Turm aus Getränkekisten.

„Soll mein Aspa etwa Bier trinken?", fragte ich leicht genervt.

„Um Himmels willen, nein, so Pferde saufen ja gut und gerne … zwanzig Liter auf einmal? Das würde unsere ohnehin mageren Bestände arg dezimieren."

„Ist das Leitungswasser okay hier?"

Er zögerte. „Keine Ahnung, wir trinken es nicht. Aber wenn du sichergehen möchtest – draußen ist ein Trinkwasserbrunnen. Wenn das für dich und dein holdes Ross in Ordnung ist, werde ich mich sofort darum kümmern." Er eilte in die Bastelecke und kehrte mit einem 10-Liter-Zuber zurück.

Ich schnappte ihm den Eimer aus der Hand. „Das mach ich schon." Ich hatte immerhin – unter anderem – in Themiskyras Wäscherei gearbeitet; Zuberschleppen war da Tagesgeschäft gewesen. Ich pumpte Wasser aus dem besagten Brunnen mit der Handpumpe und Lancelot zeigte mir auch das Bad, das aus einer langen Reihe Toilettenkabinen, zum Teil zu Duschen umfunktioniert, mit gegenüberliegenden Waschtischen bestand. Darüber tummelte sich eine kleine Armee fröhlichbunter Zahnbürsten, die sich mit Saugnäpfen auf einem Glasregal festhielten.

„Wer wohnt denn hier alles?", fragte ich mit gemischten Gefühlen. Hatte ich erwähnt, dass ich keine Kinder mag?

„Nur die Jungs."

Ich verkniff mir einen Kommentar bezüglich eines Märchens, das ich mal mit Padmini beim Bibliothekabstauben gelesen hatte, und das von einer schönen Königstochter und sieben kleinwüchsigen alten Männern handelte, die ihr Obdach gewährten. Unweigerlich wäre mir dann nämlich die Frage gekommen, ob Lancelot der Prinz wäre, der ihr letztendlich das Leben rettet – und mit dem Thema *Märchenprinz* war ich seit Kassian ein für allemal durch.

Nachdem ich Chiimori in einem angrenzenden, leer stehenden und gut verschlossenen Gebäude untergebracht und versorgt hatte, gönnte auch ich mir einen Schluck Wasser und ein paar Minuten Ruhe in einem abgewetzten Samtsessel an der Feuerstelle. Lancelot hatte Holzscheite nachgelegt und die Musik ein klein wenig gedämpft, damit wir uns hätten unterhalten können, wenn wir das gewollt hätten. Aber, Artemis, ich war müde. Und der Ritter war irre. Und obwohl ich ihm ansah, dass er neugierig war, hielt er sich mit Fragen zurück, musterte mich nur dann und wann verstohlen, wenn er aus seinem irdenen Humpen Bier trank.

Irgendwann fielen mir zum dritten Mal die Augen zu und ich raffte mich auf zu fragen: „Entschuldige, ich habe echt eine lange Reise hinter mir – kann ich mich vielleicht irgendwo zusammenrollen und schlafen?"

Lancelot setzte gerade zu einer Antwort an, da erklang von draußen unheilvolles Motorengetöse. Instinktiv sprang ich auf und hielt mich an meinem Schwertknauf fest.

„Nur die Jungs", wiederholte Lancelot und drückte beruhigend meine Schulter, bevor er ihnen zum Tor entgegenschritt. Ich schätze, er wollte sie ein bisschen heruntertakten, bevor sie auf mich trafen, aber er kam gar nicht zu Wort. Eine tätowierte Meute stürmte die Halle, den Bierkastenturm, die Feuerstelle. Es wird gern behauptet, 'Shimet seien maulfaul und wüssten nicht mit Worten umzugehen, aber diese waren anders. Wortgefechte und hitzige Diskussionen, zotige Witze und dröhnendes Lachen brachen über mich herein, ohne dass mich die Typen überhaupt wahrnahmen. Ich stand einfach da und beobachtete leicht fassungslos, wie die „Jungs" mir nichts, dir nichts die gar nicht mal sooo mageren Bierbestände vernichteten. Dennoch war ich auf der Hut, bemühte mich um eine stolze Haltung und eine unbeeindruckte Miene.

Und dann bemerkten sie mich plötzlich und wurden doch mit einem Mal wortkarg, um nicht zu sagen: sprachlos. Nur die Musik stampfte noch dröhnend zwischen den Hallenwänden hin und her, bis ein rothaariger Hüne sie ganz abstellte. Die folgende Stille sauste in meinen Ohren.

Lancelot hatte zwischenzeitlich resigniert seinen Humpen gefüllt und sich wieder zu mir gesellt. Nun, da er Gehör fand, verkündete er: „Shirokko, das ist Nia. Ihr Zug wurde überfallen, daher kam sie verspätet und zu Pferde. Das fragliche edle Tier befindet sich im Lager nebenan."

Neugierig musterte ich den Angesprochenen und dachte an Biskayas Beschreibung. Groß, sehr groß sogar, und blond kam hin. Über seine Talente, die die Amazone so begeistert hatten, konnte ich nur spekulieren, wollte ich aber nicht. Mit seiner Achtung gebietenden Statur und den wilden, halblangen Haaren wäre er eins zu eins als Wikinger durchgegangen, hätte er einen gehörnten Helm und Felle getragen statt seiner Motorradkleidung, und vielleicht einen Krug statt der unvermeidlichen Bierflasche, die er aber nun abstellte, um mir mit einem knappen Lächeln seine prankenhafte Hand hinzustrecken.

„Mein Name ist Shirokko. Ich leite diesen Haufen … Verrückter."

Ich nickte zustimmend.

„Ich bin froh, dass du unversehrt angekommen bist. Geht es Biskaya gut?"

Es war wahrscheinlich nur eine Floskel, aber sie brachte meine Sorge wieder in Schwingung. „Ehrlich gesagt, ich weiß es nicht. Ich habe sie nach dem Zugüberfall nicht erreicht."

„Wir können es gleich noch einmal versuchen. Soll ich dir die Männer noch vorstellen oder verzichtest du auf ihre Bekanntschaft?"

Ich war mir nicht sicher, wie das gemeint war. Sollte es ein Witz sein? Oder wusste er, dass ich eine Amazone und mir die Begegnung vielleicht unangenehm war?

Ich versuchte mich an einem Lächeln, aber es wurde eine Grimasse daraus. Elf Augenpaare musterten mich erwartungsvoll. Haltungen wurden gestrafft. Bärte geglättet. Kopfbedeckungen zurechtgerückt. Heldenbrüste gereckt. Hätte ich *nein* sagen können? Nein.

Ich machte eine vage Handbewegung. „Nur zu."

Namen prasselten auf mich ein, ich schüttelte eine unbestimmte Menge großer, bisweilen ölverschmierter und tätowierter Hände. Ganz ehrlich, ich bemühte mich auch nicht sonderlich, mir die Namen zu merken. Ich wollte Chiara finden und nach Urba zurückkehren. Und das so schnell wie möglich. Ich würde mich nicht lange hier aufhalten.

Dennoch merkte ich mir Homer, weil er trotz seines alten Namens kaum älter war als ich, und als Einziger eine Brille trug. Phoenix, ein massiver Typ mit langen roten Haaren und Tattoos in Flammenform, blieb mir im Gedächtnis, weil er die Stereoanlage so bald wie möglich wieder einschaltete, als sei er süchtig nach Musik. Und ich erinnerte mich an Slash.

„Dein Name steht über der Tür."

„Das war mal mein Club."

„Schön."

„Geht so."

Er hatte ein kantiges, unrasiertes Gesicht; aufgrund seiner vielen, tiefen Lachfältchen schätzte ich ihn etwas älter als die anderen ein, die ich grob zwischen zwanzig und dreißig ansiedelte. Im Gegensatz zu ihnen sah er mich auch nicht an, als käme ich vom Mars.

Ich schätze, als ehemaliger Besitzer kennt er den Ort hier auch mit Frauen gefüllt, wohingegen der Rest der Bande noch nie ein weibliches Wesen in dieser Fabrikhalle erblickt hat, dachte ich spöttisch. Shirokko ausgenommen, vermutlich. Und Lancelot vielleicht. Aber der schien viel zu ehrenhaft, um Frauenbesuch in die Männer-WG mitzubringen. Wenn ich mich so umblickte, wirkten sie eigentlich alle so, als hätten sie, abgesehen von ihren Manieren, keine Schwierigkeiten, weibliche Begleitung zu finden. Vielleicht lag es also an mir? Was hatte ihnen Shirokko über mich erzählt? Und was hatte ihm Biskaya erzählt? Finger weg, sonst Rübe ab?

Apropos Biskaya – ich wandte mich an Shirokko. „Kann ich sie jetzt anrufen?"

„Sicher." Er zog sein Fon aus der Jackentasche und ging mir voran nach draußen vor die Halle. „Hier hast du es ein bisschen ruhiger. Bring mir das Fon einfach, wenn du fertig bist."

Wieder versuchte ich eine Nummer nach der anderen, aber die Festnetzleitung war tot, wohingegen bei den andern Nummern sofort die Mailboxen hingingen. Ich hinterließ auf jeder dieselbe Nachricht. „Hier ist Nia, es geht mir gut, ich hoffe, euch auch. Ruf mich auf Shirokkos Fon zurück, wenn du das hörst." Mehr konnte ich nicht tun. Ich legte auf und lehnte mich an die Hallenwand hinter mir. Es war kühl geworden, aber ich wollte noch ein paar Atemzüge lang die Ruhe genießen.

Die Geschäfte hatten geschlossen und das Industriegebiet war bis auf ein paar verstreute Besucher reglos, aber ich hörte das Summen der Stadt, sah, wie ihr Leuchten von den Wolken reflektiert wurde, fühlte ihre Lebendigkeit und ihre Energie, die wie nach einem Gewitter in der Luft zu hängen schien. Ein bisschen weckte sie die alte Ainia wieder, die immer gerne ausgegangen war, zum Klauen, zum Shoppen, zum Tanzen, oder einfach, um unter Leuten zu sein, normalen Leuten, keinen Arbeitsameisen, die nur von alten Zeiten, Wettkämpfen und Dienstplänen schwafelten.

Aus dem Halleninneren ertönte Grölen.

Ich grinste in die Dunkelheit. Normale Leute. Na ja.

Das Tor neben mir schob sich ein Stück zurück und Lancelot tauchte auf, der mir meinen Umhang reichte.

„Dir ist sicherlich kalt."

„Passt schon", behauptete ich, ohne ihn anzusehen. „Aber danke."

Ich wartete darauf, dass er wieder abzog, aber als das nicht passierte, rang ich mir ab: „Und danke für deine Hilfe bei den Pferdedieben."

„Nichts zu danken", meinte er mit einer kleinen Verbeugung. „Das ist meine Spezialität."

„Pferdediebe durch Posen zu vertreiben?"

„Mädchen in Nöten zu helfen."

Ich schnaubte.

„Das ist meine Bestimmung", bekannte er und im Augenwinkel glaubte ich, seine Haare wieder wehen zu sehen, doch als ich herumfuhr, leisteten sie ganz brav der Schwerkraft Folge. Und, ja, es war windstill. Ich zwinkerte. Er zwinkerte zurück. Ich kniff noch mal die Augen fest zusammen, um meinen Standpunkt zu verdeutlichen, nämlich, dass ich nicht zwinkerte, um zu zwinkern, sondern um herauszufinden, ob mit meiner Optik alles stimmte. Er grinste, ich schloss die Augen und rieb mir erschöpft die Stirn.

„Ich bin echt müde."

„Brauchst du einen Schlafplatz?"

Ich ballte meine Faust.

„Meine Gemächer verfügen neben einem bequemen Nachtlager über einen separaten Zugang zu den oben gelegenen sanitären Anlagen und sind daher für eine Dame wie dich sicherlich angenehmer –"

„Deine Gemächer?", echote ich.

„Jawohl."

„Nachtlager?"

„Jep."

„Eine Dame wie mich?"

„Aber ja."

„Du bist echt irre." Diesmal war ich es, die mitleidig seine Schulter drückte, bevor ich ihm Shirokkos Fon in die Hand gab und kopfschüttelnd nach drinnen ging.

Ich schleppte meine Reisetasche in die, wie Lancelot es ausdrücken würde, unten gelegenen sanitären Anlagen und duschte mir den Reisestaub vom Körper. In Ermangelung eines Handtuchs trocknete ich mich einfach mit ein paar Shirts ab und machte mir eine geistige Notiz, morgen dringend ein Kaufhaus aufzusuchen. Ich verzichtete auf mein sexy Di-Vesetto-Nachthemdchen, das ich mir im Kaufrausch während einer Unterwäsche-Verkaufsparty in der Wohnung der Urba-Amazonen gekauft hatte – nur fair, hatte ich zu dem Zeitpunkt gefunden; ich besaß ja immerhin keinen Pyjama, denn ich hatte bei meiner Verbannung keinen getragen und in Themiskyra auch nie einen genäht. Und bei Duke hatte ich nackt geschlafen … oh Artemis, wenn ich jetzt daran dachte, jetzt, da ich wusste, was für ein Psychopath er war, wurde mir ganz anders. Mein Herz wurde schwer und ich schämte mich.

Kurz und gut, ich fixierte meinen Goldbeutel wieder und zog mir einfach eine Jogginghose und ein bequemes T-Shirt an.

Schließlich putzte ich mir die Zähne und reihte anschließend meine hellgrüne Zahnbürste in die bunte Schar mit ein. Das gab mir irgendwie ein gutes Gefühl. Mit einem Lächeln kehrte ich in die Halle zurück und zerrte mir eine Matratze in die Ecke, die am weitesten von der Stereoanlage und der Küche entfernt war, in der ich Ungeziefer fürchtete. Ohne die 'Shimet weiter zu beachten, rollte ich mich in meinem Schlafsack zusammen und schwamm trotz infernalischer Musik und Männerlachen rasch ins Land der Träume hinüber.

Kapitel 9

Als ich aufwachte, schliefen die anderen noch. Etwa die Hälfte der Männer hatte es sich auf Matratzen und Sofas bequem gemacht, der Rest ruhte wohl oben in irgendwelchen *Gemächern*. Ich zog mich im Bad um, durchsuchte die Küche halbherzig und erfolglos nach Kaffee und versorgte Chiimori.

So. Was nun? Handtücher kaufen. Chiara finden. Heimreiten.

Ich beschloss, nur kleines Gepäck mitzunehmen: Ein paar tausend Taler in der Hosentasche, ein Messer in der Umhängetasche, ein Dolch im Stiefel. Ich lief zur nächsten Haltestelle und fuhr mit der Bahn in die Innenstadt, damit ich mich während des Einkaufs und meiner Recherchen nicht um Chiimori sorgen musste. Noch vom Münztelefon auf dem Bahnsteig aus rief ich wieder alle Urba-Amazonen durch, und erneut erreichte ich keine von ihnen. Ich hinterließ mein übliches Sprüchlein und legte mit einem unguten Gefühl auf.

Eigentlich hatte ich vorgehabt, ein Internetcafé oder eine Bibliothek aufzusuchen, um dort Informationen über die Herzogbrücke und Hinweise auf einen Bunker zu finden. Als ich jedoch mit der Rolltreppe an die Oberfläche kam und den Doppeldeckerbus sah, auf dessen Flanke mit Displayfolie für *Stadtrundfahrten in „acht Sprachen"* • *Abfahrt alle 60 Minuten* geworben wurde, entschied ich mich spontan um. Eine geführte Tour klang wesentlich vielversprechender als trockene Recherche vor dem Computer. Und unterhaltsamer.

Die Dame, bei der ich das überteuerte Ticket löste, wirkte mürrisch, offenbar war ich der einzige Gast. Es war ein sonniger Tag, ich setzte mich in die erste Reihe auf dem Dach und lauschte via Kopfhörer der Stadtführerin, die gleichzeitig die Busfahrerin und, wie sich herausstellte, auch die mürrische Ticketverkäuferin war.

Ich lernte die Innenstadtviertel kennen, den Getreidemarkt, das Börsenviertel, die Residenz, das Waldviertel und den Platz des Friedens und erfuhr, dass die Awin der Fluss war, der durch Citey führte, und es innerhalb des Stadtgebietes 23 Brücken gab. Aber ich fuhr auch an unzähligen bankrotten Läden, an Müllbeutelbergen und an drei verschiedenen Demonstrationen vorüber, die sich gegen Massenentlassungen, die Erhöhung der Mehrwertsteuer und die Schließung der Universität bemühten. Als ein vorbeifliegender Ziegelstein mich fast streifte, zog ich mich eilig nach unten hinter die Fahrerin zurück.

„Entschuldigung – welches ist die Herzogbrücke?", erkundigte ich mich, während wir an einer Ampel warteten.

„Die da, drei weiter, flussabwärts." Sie nickte vage in die Richtung, die sie beschrieb.

„Und kennen Sie da vielleicht einen Bunker?"

„Was? Bunker? Nein. Warum?"

„Ich suche eine Bekannte."

„Aso."

„Meinen Sie, Sie könnten mich da rauslassen?"

„Soll ich jetzt etwa einen Umweg machen? Ich habe doch 'ne feste Tour runterzufahren."

Ich zeigte, ebenfalls vage, mit dem Daumen über die Schulter, auf die unzähligen leeren Sitze. „Ich wüsste nicht, wer darauf bestehen sollte."

Sie lachte rau auf und zündete sich eine Zigarette an, weil es ohnehin schon egal war. „Kostet aber ein bisschen."

Ich kramte dreitausendvierhundert Taler aus meiner linken Hosentasche. „Mehr habe ich nicht", behauptete ich.

„Passt", erklärte sie nach einem kurzen Blick auf mein Bares und rangierte den Bus auf die Abbiegespur.

Zehn Minuten später öffnete sie mir am Beginn der Bogenbrücke die Türen. Ich bedankte mich und sprang hinaus. Langsam drehte ich mich auf der Stelle, um einen Eindruck von der Umgebung zu gewinnen. Die Gegend sah aus wie ein Studenten- oder Künstlerviertel. Kleine, alte Häuser, die mit buntem Anstrich auf günstige Weise wiederaufgefrischt worden waren, viele kleine Läden und viele Cafés, aber so gut wie alle geschlossen, viel gutes Graffiti, viele Fahrräder, viel Grün. Wenig Leute; vielleicht waren die Bewohner gerade alle am Demonstrieren. Aber Bunker? Wie sollte ich den hier finden?

Ohne lang zu fackeln lief ich auf dem Gehweg über die Brücke. Auf der anderen Seite angekommen, teilte sich die Straße. Ein Teil führte nach Norden weiter, während der andere Teil, weiterhin auf steinerne Bögen gestützt, einen Hügel hinaufführte. Zwischen den Brückenpfeilern befanden sich verrammelte Geschäfte, Garagen und ein einziges, geöffnetes Café, das mich mit verführerischem Kaffeeduft ins Ladeninnere lockte. Ich setzte mich mit meinem Cappuccino an einen Tisch unter einem schwarzen Brett, dessen Aushänge ich halb gelangweilt, halb belustigt las, um eine Spur zu finden, ein Gespür zu bekommen, für die Gegend, das Viertel, die Stadt an sich.

Zimmer in Vierer-WG zu vermieten. Meditative Kreistänze für Jedermann. Verkaufe gelbe Schwimmflossen in Größe 38/39. Suche Teilnehmer für Arzneimittelstudie. Kaufe jedes Fahrrad! Internationaler Modefotograf sucht weibliche Fotomodelle bis 22 Jahre – Verdienst bis 150,- Taler/Tag. Hula-Hoop Kurs für Anfänger. Die Apokalypse kontrolliert überleben.

Letzteres weckte meine Aufmerksamkeit und ich sah genauer hin. *Seminar von Survival Profi Jorge Zamowsky, bekannt aus seinem Blog* Wir sind dem Untergang geweiht – na und? *Jeden Donnerstag treffen wir uns in der Galerie Gutherz, diskutieren über Risiken und Chancen des drohenden Niedergangs und erarbeiten konkrete Lösungsansätze. Bitte rechtzeitig per Mail anmelden! Begrenzte Teilnehmerzahl. Galerie Gutherz, Herzogstraße 5, survival@jorge-zamowsky.org.*

Das klang irgendwie zu … realistisch für Chiara. Zu wenig abgedreht. Und dennoch … Ich war an der richtigen Brücke. In der hoffentlich richtigen Stadt. Und vielleicht hatte irgendein Seminarteilnehmer zumindest von Chiara gehört. Oder diesem ominösen Bunker. In meiner momentanen Lage konnte ich nicht wählerisch sein, was Spuren anging, also würde ich es einfach versuchen.

Ich schrieb mir die E-Mail-Adresse mit einem vom Barista geliehenen Kugelschreiber auf eine Papierserviette, zahlte einen halbwegs angemessenen Preis für meinen Kaffee und machte mich wieder auf den Weg. Ich lief noch eine Weile ziellos in Brückennähe herum, warf auch einen Blick in die

Galerie Gutherz, aber die sah für mich auch nur wie ein weiterer geschlossener, im Brückenbogen eingenisteter Laden aus. Schließlich verließ ich das Viertel flussaufwärts, bis ich wieder in der Innenstadt ankam. Dort spazierte ich in die *Arcadia Kaufwelt*, ein riesiges Warenhaus im Herzen der Stadt. Zwar stand am Eingang in rauen Mengen Sicherheitspersonal herum, aber sonst war nicht besonders viel los. Die Geschäftsführung versuchte sich wohl in einem Spagat zwischen Inflation und Schnäppchen. *Jetzt zugreifen! 3 Paar Socken für nur 4999,- Taler!* Dass das die Kunden nicht ins Geschäft lockte, wunderte mich nicht. Aber ein paar Leute waren dennoch im Kaufhaus unterwegs und versuchten offenbar, für ihre Taler noch etwas zu bekommen, bevor sie gar nichts mehr wert waren.

Im Untergeschoss kaufte ich Kaffeepulver in großem Stil, einen Laib Brot und Käse, in der vierten Etage fand ich Haushaltsartikel und Wohnaccessoires und erwarb *4 Premium-Handtücher zum Preis von 3!!!* – und zwar dreimal. In allen Regenbogenfarben. Ich dachte, dass ein Gastgeschenk für Shirokkos Leute nicht schaden könne, und wer bunte Zahnbürsten mag, mag auch bunte Frottierwaren. Die Verkäuferin war begeistert und ich auch, bis es darum ging, alles zurückzuschleppen. Da auch die *Arcadia Kaufwelt* keine Plastiktüten mehr ausgeben durfte, trug ich meine Einkäufe in vier voluminösen Papiertüten zum U-Bahnsteig hinunter und hoffte, dass mich auf dem Fußweg von der S-Bahnstation zur Fabrikhalle kein Wolkenbruch ereilen würde. Ich hatte Glück. Das Wetter hielt.

Doch etwas stimmte trotzdem nicht. Als ich vor der Halle ankam, herrschte dort ziemlicher Trubel. Die Männer liefen durcheinander, schoben ihre Motorräder durch die Gegend, saßen auf, saßen ab, diskutierten dabei, wischten auf ihren Fons herum und fluchten ziemlich viel.

Homer war der Erste, der mich wahrnahm. „Sie ist zurück!"

Die Meute verstummte. Elf Augenpaare sahen mich vorwurfsvoll bis erleichtert an, und laufende Motoren wurden wieder abgestellt.

„Äh, ja?!", meinte ich. „Ist das ein Problem? Ich war nur kurz in der Stadt. Ich habe euch was mitgebracht." Mit etwas gemischten Gefühlen schwenkte ich die Papiertüten.

„Melde dich gefälligst ab, wenn du das nächste Mal shoppen gehst!", fuhr mich Shirokko an, der auf mich zugestürmt kam und mich am Arm ins Halleninnere dirigierte. „Wir müssen uns unterhalten."

„Was ist los?", fragte ich alarmiert.

„Biskaya hat angerufen."

„Artemis sei Dank!"

„Nicht wirklich."

Ich ließ meine Tüten fallen und riss mich von Shirokko los. „Ist etwas passiert? Geht es ihnen gut?" Ich konnte es nicht fassen. Mein Gefühl hatte mich nicht betrogen. Ich hatte recht gehabt. Ich zog Unheil an, riss alle mit in den Abgrund, die mir halfen ...

Er drückte mich an der Schulter mit sanfter Gewalt auf die Sitzfläche einer Couch und setzte sich auf einen Sessel daneben. „Beruhig dich. Sie leben. Alle."

„Aber ...?"

„Es gab wieder Unruhen in Urba und brandschatzende Demonstranten sind durch das Viertel gezogen. Der ganze Wohnblock ist abgefackelt."

„Nein."

„Doch. Deswegen hast du sie nicht erreichen können."

„Verdammt." Die gemütliche Amazonenhöhle war Asche.

„Aber davor ist jemand bei ihnen aufgetaucht und hat nach dir gefragt."

Mein Herz machte einen Satz. Duke. Er musste Tamar gefolgt sein. Vielleicht hatte sie doch zu auffällig nachgefragt. Vielleicht war er es gewesen, der das Haus angezündet hatte, weil sie ihm nicht die Antworten gegeben hatten, die er hatte hören wollen. Vielleicht –

„Eine Frau", präzisierte Shirokko und brachte mein wirres Kopfkarussell damit zu einem plötzlichen Halt.

Ich runzelte die Stirn. „Eine Frau? Wie sah sie aus?" Vielleicht jemand aus Themiskyra?

„Um die fünfzig, meinte Biskaya. Drahtiger Typ, sehr dünn, hellbraune Augen, kurze, glatte Haare. Du sollst auf der Hut sein."

Im Geiste war ich alle Amazonen durchgegangen, die ich

kannte, doch die Beschreibung traf auf keine zu. Aber warum hätten sie mich auch finden wollen? Sie hatten mich verstoßen, sie konnten mir gestohlen bleiben. Also doch Duke? Hatte er die Frau engagiert, um leichter an die Urba-Amazonen heranzukommen?

„Kurz und gut, ich erhielt heute nach dem Aufstehen Biskayas Rückruf mit diesen Neuigkeiten und du warst verschwunden, obwohl dein Pferd und dein Gepäck noch hier waren. Wir mussten mit dem Schlimmsten rechnen."

„Und jetzt habt ihr … wie lange? … sechs Stunden überlegt, wer mit welchem Motorrad wohin fährt, um mich zu suchen?", fragte ich ungläubig. Wie unorganisiert konnten diese 'Shimet sein? In der Zeit hätte ich von meinem potenziellen Entführer ja schon über alle Berge verschleppt worden sein können.

„Sechs Stunden?", echote Shirokko verständnislos. „Wir haben eben erst telefoniert!" Nach einem kurzen Blick auf seinen Chronographen relativierte er säuerlich: „Vor einer Stunde. Aber zuerst dachten wir, du duschst, und wollten dich nicht stören. Mann. Was für ein Durcheinander."

Offenbar hatten die Männer hier völlig andere Arbeitszeiten als ich es aus Themiskyra gewohnt war. Gut so. Ich war nie eine Freundin des frühen Vogels gewesen.

„Wie auch immer – Shirokko, es tut mir leid, dass ich nicht Bescheid gesagt habe. Ich habe nicht daran gedacht, sondern bin einfach losgelaufen."

Er verschränkte grimmig die Arme. „Ich erwarte, dass du dich an gewisse Regeln hältst."

Ich rollte mit den Augen. Regeln. Nicht schon wieder.

„Solange du hier in Citey bist, gehörst du zu meinen Männern. Also, ich meine, du gehörst … dazu", verbesserte er sich.

„Ich gehöre dazu?", wiederholte ich mit misstrauisch-schmalen Augen. Zu einer wilden Horde Chaoten?

„Sicher. Biskaya reißt mir den Kopf ab, wenn dir etwas geschieht."

Es rührte mich, dass sie sich so um mich sorgte, auch wenn das ganz unnötig war. Und dass sie mich Shirokko anvertraute … schützte mich vor den wilden Chaoten, oder nicht? Ich wusste trotzdem nicht, ob mir das gefallen sollte. Was mich schließlich überzeugte, war die Vorstellung der Miene, die meine Mutter machen würde, wenn sie wüsste, dass ich mir die Wohnung mit elf 'Shimet teilte. Und Atalante erst.

„Wie habt ihr euch eigentlich kennengelernt, Biskaya und du?"

„VHS-Kurs. Ikebana für Fortgeschrittene."

„Echt jetzt?"

Er sah mich vielsagend an. „Was ist nun?"

„Okay. Ich bin dabei. Wie lauten die Regeln?"

„Ähm." Er schüttelte den Kopf und stand auf, um hin- und herzugehen. „Keine Ahnung. Die sind nicht festgeschrieben oder so. Gesunder Menschenverstand. Rücksichtnahme. Klopapier und Bier nachlegen. So was eben."

Ich musste lächeln, obwohl ich nicht wollte. „Gut. Kann ich. Ich habe Handtücher und Kaffee gekauft."

„Gut", meinte auch Shirokko, wenn auch mit leicht zweifelndem Unterton. „Wir haben Handtücher, weißt du?"

„Jetzt habt ihr richtig schöne!", bemerkte ich grinsend. „Habt ihr Internet hier? Ich muss eine E-Mail schreiben."

„Ja, frag einfach Carlos."

Ah, Mist. Ich hätte bei der Vorstellungsrunde doch besser aufpassen sollen. Mein Gesicht sprach wohl Bände, denn Shirokko erläuterte:

„Der Typ mit dem schwarzen Hut und dem Cincin Cápová-Tattoo auf dem Arm."

Wer auch immer das sein mochte. „Danke."

Anhand dieser Beschreibung konnte ich Carlos recht einfach ausmachen. Cincin entpuppte sich als leicht bekleidete Dame, die sich auf seinem beeindruckenden Bizeps und auch dem Desktophintergrund des Laptops räkelte, den er mir auf meine Nachfrage hin aus dem Keller holte.

Ich setzte mich damit auf die Couch und rief einen Browser auf. Tatsache, Jorge Zamowsky hatte sich aufs Überleben spezialisiert. In seinem Blog schrieb der mittelalte, zottelige 'Shim vom Überleben in der Wildnis und darüber, was wir zu erwarten hätten, wenn unsere Gesellschaft den Bach runterging.

Ich belächelte ihn. Unterschlupf bauen. Essbare Pflanzen

finden. Feuer machen. Kleinkram, den wir in Themiskyra ab dem Kindergartenalter gelernt hatten. Aber Jorge machte mir auch ein bisschen Angst. Nahrungsreserven anlegen. Waffen besorgen. Eigenheim verbarrikadieren. War das jetzt alles Ernst? Würde es wirklich so weit kommen? Ich konnte es immer noch nicht glauben. Ja, ich hatte mich auch ein bisschen vorbereitet, meine Taler in Gold getauscht und einen Schlafsack gekauft. Aber ich hatte auch die Hoffnung, dass alles wieder ins Lot käme. Irgendwie.

„Was machst du?", fragte Carlos und warf sich neben mir aufs Sofa.

„Ich finde raus, ob Jorge hier ein Spinner ist."

Interessiert reckte er den Hals, um aufs Display sehen zu können. „Ja. Ist er."

„Gut. Chiara spinnt auch. Vielleicht hat sie sich ihm angeschlossen."

„Chiara ist die Freundin, die du suchst?"

„Nein. Nur die Schwester einer toten Rivalin."

„Oh."

Ich nickte finster.

„Was hast du denn mit ihr vor?"

„Nach Hause bringen. Nach Urba." Ich öffnete ein neues Tab und loggte mich bei meinem Provider mit meiner E-Mail-Adresse *snatcher6307* ein. *Hallo Herr Zamowsky, ich interessiere mich für Ihr Seminar. Sind noch Plätze frei? Mit freundlichen Grüßen …* Ich zögerte. Meinen echten Namen wollte ich nicht nennen. Keine Ahnung, warum. Vielleicht einfach nur, weil ich befürchten musste, dass mir Duke wieder auf der Spur war, und mich diese Tatsache generell paranoid machte. Ich trommelte mit den Fingern auf dem schwarzen Alugehäuse des Rechners herum und überlegte.

Carlos sah mich auffordernd an, wollte offenbar, dass ich weiterschrieb, wollte wissen, wie es weiterging. Die Intensität seines Blicks lenkte mich ab, also betrachtete ich seine großen Hände, an deren schlanken Fingern mindestens ein Dutzend Ringe steckte, das Lederband, das er um sein Handgelenk gewunden hatte und schließlich sein Tattoo. *Karla Kapova*, unterschrieb ich und schickte die E-Mail ab. Dann verfasste ich eine neue, diesmal an Biskaya. Ich schrieb ihr, dass alles okay war, und bat sie, noch einmal die Person zu beschreiben, die nach mir gefragt hatte. *Ich hoffe, bei Euch ist auch alles in Ordnung. Wenn Ihr Hilfe braucht, sagt mir Bescheid und ich komme sofort zurück. Auf Züge würde ich mich zwar nicht mehr verlassen, aber ich habe jetzt wieder ein Pferd und kann in ...* Wieder zögerte ich. *... etwa drei, vier Tagen bei Euch sein. Na ja. Vielleicht nehme ich doch lieber einen Zug, wenn es eilig ist. Ich würde gerne mehr berichten, aber das hier ist nicht das richtige Medium.*

Außerdem hatte ich es dick, wenn jemand meine Korrespondenz mitlas. Sicher würde ich da nicht meine Erlebnisse während des Zugüberfalls schildern, auch wenn ich es echt nötig hatte, mit jemandem darüber zu reden, und mich Biskaya gern anvertraut hätte. Ruckartig wandte ich mich an Carlos, um ihn anzublaffen, gefälligst nicht auf meinen Bildschirm zu starren. Doch er starrte gar nicht mehr das Display, sondern mich an. Seine Augen hatten die Farbe von flüssigem Honig – und wie Honig klebten sie an mir.

„Du bist eine beeindruckende Frau, Nia. Geheimnisvoll. Zauberhaft. Und sehr attraktiv."

„Aha", erwiderte ich misstrauisch und begann wieder, auf dem Laptop herumzutrommeln.

„Wenn die Sache hier überstanden ist und du nicht mehr, du weißt schon, unter Shirokkos speziellem Schutz stehst, meinst du, du könntest dir vorstellen, mit mir –"

„Nein!", fiel ich ihm schnell ins Wort.

Er wirkte verletzt und rückte ein Stück ab. „Du hättest mich ausreden lassen können. *Einen Kaffee trinken zu gehen*, habe ich sagen wollen."

„Klar. Ist nicht böse gemeint." Ich wollte keinen Unfrieden reinbringen. Aber ich wollte keinen Kaffee trinken gehen und ich wollte auch sonst nie wieder was von einem 'Shim. „Es ist nur so, ich bin –"

Jetzt war er es, der mich unterbrach: „Lesbisch?"

„Äh. Nein. Ich bin –"

„Noch nicht so weit?"

„Ja."

„Kein Problem. Ich warte."

„Äh –"

Doch er war schon aufgestanden und spazierte mit siegesgewissem Lächeln durch die Halle und wieder die Kellertreppe hinab.

„'Shimet!", knurrte ich und wandte mich wieder meinem Browser zu.

1 neue Nachricht(en), sagte er.

Eilig klickte ich auf die ungelesene E-Mail. *Hallo Frau Kapova, wir freuen uns, wenn Sie morgen dabei sind. Ich habe Sie in die Teilnehmerliste mitaufgenommen. Wir treffen uns um 20:00 Uhr in der Galerie Gutherz. Für Getränke ist gesorgt. MfG, J. Zamowsky*

Das ging ja schnell. So begehrt schienen die Plätze bei der Veranstaltung nun auch nicht zu sein. Ich tippte eine schnelle Bestätigung als Antwort, dann klappte ich den Rechner zu. Da erst bemerkte ich, dass Lancelot mir gegenüber im Sessel saß. Sein offenbar unvermeidliches Kettenhemd glänzte im Licht der Sonnenstrahlen, die sich durch hohe, staubige Plexiglasscheiben in die Halle gekämpft hatten.

„Wir müssen über deine Unterbringung sprechen."

Ich winkte ab und zeigte auf eine der Matratzen. „Ich schlafe hier."

„Das ist nicht angemessen."

„Ich weiß. Aber es ist okay."

„Für dich schon, aber für die Jungs ist es … ungewohnt. Der *Geist* leidet. Sie fühlen sich eingeschränkt, meinen, sie müssten leise sein, weil du früher ins Bett gehst."

„Quatsch. Gestern wart ihr doch auch nicht leiser." Ich ignorierte seine zweifelnde Miene. „Shirokko sagt, ich gehöre zu den Männern, also schlafe ich auch hier."

Lancelot murmelte kopfschüttelnd etwas, das wie „Barbar!" klang.

„Lasst die Musik laut, sie stört mich nicht", fuhr ich fort. „Wenn ich nicht gerade einen Zugüberfall hinter mir habe, gehe ich auch nicht so früh ins Bett."

„Wenn du es dir anders überlegst, lass es mich wissen. Ich räume gern meine Gemächer für dich."

„Danke", sagte ich ehrlich. Ich liebte Luxus. Und die gammlige Matratze auf dem Hallenboden war definitiv keiner. Aber ich hatte keine Lust auf Abhängigkeiten. Wenn ich hier ein

Dach über dem Kopf hatte, war das genug; das war eine Schuld, die ich mit Kaffeekaufen begleichen konnte. Mehr jedoch konnte ich nicht annehmen und wollte ich nicht leisten. „Aber ich möchte dich auf keinen Fall vertreiben. Ich bleibe lieber hier."

Er nickte und schenkte mir ein strahlendes Lächeln. „Ich verstehe. Wenn alles geklärt ist und du nicht mehr Shirokkos Schutzbefohlene bist, kannst du ja auch zu mir nach oben ziehen. Dann müsstest du mich nicht vertreiben und hättest dennoch eine adäquate Unterkunft."

War das ein Scherz? Sprachlos sah ich mich in der Halle um, ob jemand zusah und sich ins Fäustchen lachte. Doch da war niemand, nur Lancelot beobachtete mich aufmerksam.

„Warum, bei Artemis, sollte ich das machen?"

„Nun, du bist eine Amazone, ich bin ein Held, wir wären ein gutes Team und unsere Kinder wären zweifellos –"

Den Rest über unsere potenziellen Sprösslinge hörte ich nicht mehr, denn ich hielt mir die Ohren zu und sang laut. Als ich sah, dass er den Mund wieder zugeklappt hatte, nahm ich vorsichtig die Hände von den Ohren, während ich um eine Formulierung rang, die ihn nicht zu sehr beleidigte.

„Euer Angebot ehrt mich sehr, werter Lancelot, aber wie Ihr schon sagtet – ich bin eine Amazone und wie Euch sicherlich bekannt ist, lassen wir uns per definitionem nicht mit der Männerwelt ein."

„Du bist aber rückständig. Bist du aus der Provinz?"

Ich schnappte gekränkt nach Luft. Das hatte ich nun von meinem Taktgefühl. „Ach, und du hattest wohl schon Kontakt mit anderen, nicht aus der Provinz stammenden Amazonen?", fragte ich provozierend.

„Durchaus", nickte er stolz. „Sie hat mich im Schwertkampf ausgebildet."

„Und was lief sonst noch?"

Sein Triumph verpuffte. „Nichts. Du hast recht. Ich sollte mein Herz nicht mehr an Amazonen verschenken, sie reißen es mir ja doch aus der Brust und zertreten es zu meinen Füßen", klagte er theatralisch.

Mein Mitleid hielt sich in Grenzen. „Ja, ich denke, es wäre besser, du hieltest dich an normale Mädels. Die schmelzen doch bestimmt dahin, wenn du das mit deinen Haaren machst."

„Das?" Er machte das mit seinen Haaren.

„Ja, das."

Ich musste grinsen. „Ja, sie werden dich lieben." Dann wechselte ich das Thema. „Warum sitzt ihr drinnen um das Feuer? Lass uns doch heute Abend draußen eins machen. Dann würde meine Kleidung auch nicht so nach Waldbrand riechen." Zumindest nicht die in meiner Reisetasche.

Er zog eine Grimasse. „Die Behörden machen Ärger. Einmal ist ein ganzer Löschzug angerückt, weil sie dachten, das Möbelhaus drüben sei in Flammen aufgegangen, dabei haben wir nur am ersten Mai einen Ochsen gebraten."

„Ihr kennt auch nur ganz oder gar nicht. Lasst den Ochsen leben und wir machen einfach ein kleines, gemütliches Feuer draußen, das keiner bemerkt und keinen stört."

„Draußen haben wir keine Musik."

„Wir machen die Hallentüren auf."

Lancelot wirkte immer noch nicht überzeugt. Warf mir vor, rückständig zu sein, war aber selbst kein bisschen flexibel. Egal. Nachdem ich meinem süßen Chiimori Auslauf, Futter und Streicheleinheiten hatte zukommen lassen, baute ich vor der Halle, etwas abseits des Motorradparkplatzes aus einigen losen Pflastersteinen eine Feuerstelle. Ein paar der Männer beobachteten mich, zeigten und murmelten, lachten und verzogen sich wieder ins Halleninnere. Wahrscheinlich dachten sie, ich baue etwas für mein Aspa, bei dessen Pflege sie mich auch schon belächelt und über *Pferde, Mädchen, Abenteuer* gewitzelt hatten. War mir gleich.

Am Abend saß ich vor meinem kleinen, perfekten Lagerfeuer, den Rücken ans Wellblech der Halle gelehnt und aß Käsebrot. Chiimori graste zwei Schritte weiter und stupste mich ab und zu mit der Nase an, über mir funkelten nach und nach die Sterne auf, einer, zwei, drei, hundert … vereinzelt begannen Grillen zu zirpen und alle Stunde brauste hinter dem Fabrikgebäude die S-Bahn vorbei.

Die anderen waren drinnen, tranken und hörten Musik, nur Shirokko hatte anfangs nach mir gesehen. „Alles okay?"

„Alles wunderbar."

„Willst du nicht hereinkommen?"

„Nein."

„Ist dir jemand … du weißt schon, blöd gekommen?"

Nicht blöder, als es wohl üblich ist bei 'Shimet. Das verkniff ich mir, schüttelte lieber den Kopf. „Ich wollte nur lieber an die Luft. Keine Sorge, mir passiert schon nichts."

„Das will ich hoffen", knurrte er und zog wieder ab.

Es war wie immer. Eine gewisse Zeit lang war es so wunderbar, wie ich behauptet hatte, dann zog die Dunkelheit übers Land und brachte Erinnerungen und Phantasie mit sich. Ich starrte ins Feuer, dachte erneut an den Mann, den ich getötet hatte. Wäre Amastris jetzt hier, würde sie mir erzählen, dass seine Seele noch hier wäre und mich verfolgte? Oder würde sie kurz in sich, in die Welt hineinhorchen und dann versichern: „Der ist weg. Mach dich locker."

Ja. Ja, das würde sie sagen. Er war weg. Und das war gut so. Sobald ich ihn aus der einen Seite meiner Gedanken verbannt hatte, schlüpfte auf der anderen Seite Duke hinein. Warum ließ er nicht locker? Warum suchte er mich? Wie weit ging sein Überwachungssystem? Hatte er mich vielleicht auch verwanzt? Nicht nur mein Fon damals?

Nein. Dann hätte er mich schon lange gefunden, sagte ich mir selbst. *Beruhigend.* Ich schlang schaudernd die Arme um meine Knie. Bei jedem Knacken im Schatten schrak ich leicht zusammen, erwartete fast, Duke aus der Finsternis auftauchen zu sehen. Schließlich schlich ich rasch nach drinnen, um mir aus meiner Reisetasche ein paar Wurfmesser zu holen, auch wenn ich wusste, dass mir meine Phantasie Streiche spielte. Damit setzte ich mich wieder ans Feuer und zwang mich, cool zu bleiben und die aus der Luft gegriffene Panik zu unterdrücken. Dennoch war ich ziemlich erleichtert, als sich Homer mit einem großen flachen Karton zu mir vor die Halle gesellte.

„Darf ich mich setzen?", fragte er beinahe schüchtern.

Ja! Auf jeden Fall! Gerne! Bist du bewaffnet? Kannst du Kung-Fu? Wir werden hier nämlich jede Sekunde überfallen!, dachte ich.

„Meinetwegen", erwiderte ich kühl. Er war zwar nicht bei der *Pferde, Mädchen, Abenteuer*-Gang dabei gewesen, aber ich wollte ihn keinesfalls meine Erleichterung über sein Auftauchen bemerken lassen.

„Willst du Pizza?" Er hielt mir den geöffneten Karton hin.

„Willst du Käsebrot?"

Wir tauschten einen Anstandshappen aus – und dann noch einen.

„Und ich hatte mich schon gefragt, was ihr wohl esst. Die Küche sieht nicht wirklich benutzbar aus."

„Wieso? Wir kochen öfter."

„Was denn, zum Beispiel?"

„Das, was da ist. Je nachdem, was geliefert wird." Ich blickte ihn skeptisch an und Homer erklärte mir: „Unser Kühlschrank bestellt automatisch Sachen nach, bevor sie ausgehen. Deswegen haben wir immer Milch."

„Aber keinen Kaffee."

„Den lagern wir ja auch nicht im Kühlschrank."

„Auch wieder wahr. Und wer räumt nach dem Kochen auf?"

„Niemand. Das Geheimnis besteht darin, möglichst wenig Geschirr zu benutzen und nur das abzuspülen, was man fürs Kochen und Essen benötigt. Ist doch viel schlauer so. Sonst spült man am Ende irgendetwas ab, das niemand jemals mehr benutzt."

Ich versuchte stirnrunzelnd, den Gedankengang nachzuvollziehen. „Stimmt. Und die Ratten freuen sich."

Jetzt wirkte er etwas beschämt. Ich sah ihn mir zum ersten Mal genauer an. Er war ein hübscher Junge, hochgewachsen und athletisch, mit lockigen, kurzen Haaren und dunklen Augen, die von einer schlichten Brille mit schwarzer Fassung eingerahmt wurden. Er trug ein orangefarbenes T-Shirt mit Hai-Aufdruck, graue Jeans und Turnschuhe, die schon bessere Zeiten gesehen hatten. Ich überlegte gerade, ob es angebracht wäre, etwas Versöhnliches hinzuzusetzen, da knackte es im Gebüsch jenseits des Zufahrtsweges. Ohne nachzudenken pflückte ich eins meiner Wurfmesser aus dem Gras und schleuderte es zielgenau auf den Busch zu. Der erwartete, befürchtete Schmerzenslaut blieb aus, dafür flatterte ein schimpfendes Buntspechtpärchen in die Lüfte und auf und davon.

„Hoppla", kommentierte Homer. Überraschend unbeeindruckt sah er mir dabei zu, wie ich mich aufrappelte, um mein

Messer wiederzuholen.

„Sorry", erwiderte ich.

„Nervös?", fragte er, als ich mich wieder ans Feuer setzte. Seine Augen schienen immer zu lächeln, auch wenn er, wie jetzt, teilnahmsvoll wirkte.

„Nein."

Ich blickte in den Himmel. Heute bot er den Lichtern der Stadt keinen Halt; schwarz bog er sich weit und wolkenlos über unseren Köpfen. Wir schwiegen lange Zeit, dann fasste ich mir ein Herz.

Kapitel 10

„Doch. Ich befürchte, dass mir jemand auf der Spur ist, den ich niemals, niemals wiedersehen möchte. Dieser Jemand hat mich in Urba ausfindig gemacht und ich habe Angst, dass er mich vielleicht auch hier findet."

„Weiß denn jemand, dass du hier bist?"

„Nur meine vier Freundinnen aus Urba. Und die halten sicher dicht."

„Dann musst du dir auch keine Sorgen machen."

„Da bin ich mir nicht sicher. Er hat Methoden und wahrscheinlich auch Kontakte, die ihm ziemlich viel ermöglichen."

„Wie das?"

Ich biss eine Weile auf meiner Lippe herum. Die ganze Geschichte war irgendwie zu persönlich, um sie einem Fremden zu erzählen. Ich kam nicht gut weg darin, mein geistiger Zustand, mein Urteilsvermögen. Und ich wollte meine Seele nicht einfach so offenlegen; dafür fühlte sie sich noch zu wund an. Ich wollte nicht schwächlich sein, nicht mehr, denn so, wie sich alles um mich herum entwickelte, konnte ich mir das einfach nicht leisten.

Doch andererseits: Um wirklich stark zu sein, musste ich zuallererst meine Sorgen und Ängste loswerden, und mein Herz befreien. Also überwand ich mich und erzählte Homer leise von meiner Zeit mit Duke, von unserem Plan abzuhauen und meinem Datenfund auf seinem Rechner. Und weil ich schon dabei war, berichtete ich auch gleich, dass ich während des Bahnüberfalls einen Mann umgebracht hatte.

Mir war klar, dass es mich nicht zu rühren hatte, ob er das guthieß oder ob es ihn abstieß; dennoch war ich ein bisschen erleichtert, als er nach ein paar stummen Augenblicken meinte: „Da hast du ganz schön was mitgemacht. Und du hast Glück gehabt."

„Wobei?", fragte ich sarkastisch. „Bei der Wahl meines Mitbewohners oder der meiner Zugverbindung?"

Er lächelte. „Du weißt, was ich meine. Dass der Typ deine Bewaffnung nicht ernst genommen hat. Und dass du weglaufen konntest."

„Das kann schon sein. Aber ich hatte auch schon jede Menge Pech." Von Kassian würde ich jetzt aber nicht anfangen. Das würde wirklich zu weit gehen. Und ich musste hier meinen Amazonen-fangen-nichts-mit-'Shimet-an-Status halten.

„Homer, darf ich dich was fragen?"

„Natürlich."

„Was macht ihr hier eigentlich?"

„Wie? Machen?"

„Na ja, was seid ihr, ihr Mannen Shirokkos?"

„Glücksritter und Söldner, Schatzsucher und Schürzenjäger, so was in der Art."

„Und davon könnt ihr leben?"

„Zum Pizzakaufen reicht es ab und zu. Shirokko zieht immer mal wieder Aufträge an Land, Bodyguard-Jobs, Überwachung, Informationsbeschaffungen aller Art, Spezialanfertigungen und Tüftelarbeiten. Und hast du mal in das große Gewächshaus auf dem Dach gesehen?"

„Nein?"

„Egal. Außerdem haben Carlos und Warmit noch ein paar andere Sachen am Laufen."

„Mit Drogen?"

„Nein. Mit Cyber-Zeug."

Das klang ominös, aber ich wusste, ich würde ohnehin nicht verstehen, worum es ging, deswegen fragte ich einfach weiter: „Woher kennt ihr euch?"

„Ich bin relativ spät über Washington zu der Gruppe gestoßen. Shirokko, Lancelot und Phoenix kennen sich, glaube ich, schon immer und hatten vermutlich bereits im Kindergarten ihre erste Dreirad-Gang. Der Rest kam nach und nach dazu."

„Und bist du schon immer Glückssucher und Soldjäger und so weiter?"

Er lachte. „Nein, ich war eigentlich beim Zirkus. Meine Eltern sind immer noch dort. Ich sollte hier zur Uni gehen, aber die hat leider vor ein paar Wochen zugemacht."

„Zirkus, hm? Warst du der Typ, der dem Bären das Einradfahren beigebracht hat?"

„Rat lieber weiter."

„Du hast die Triangel in der Kapelle gespielt."

„Nein. Letzte Chance."

Jetzt hatte er meinen Ehrgeiz geweckt. Ich musterte ihn gründlich. „Du hast … Feuer gespuckt", entschied ich letztendlich.

„Fast. Schwerter geschluckt. Und Messer geworfen."

„Echt?" Als er nickte, fuhr ich fort: „Gut zu wissen, dass ich notfalls Verstärkung habe. Abgesehen von dem irren Lance mit dem Schwert natürlich. Ist er auch aus dem Zirkus entlaufen?"

„Das weiß niemand so genau. Aus unserem zumindest nicht."

„Weißt du, wie er das mit den –"

„Keine Ahnung."

Wir schwiegen eine Weile. Dann brachte ich es über mich und sagte: „Danke."

„Wofür?"

„Dass du mich nicht gefragt hast, ob ich …", ich rollte mit den Augen, „was mit dir anfangen will, sobald ich nicht mehr unter Shirokkos Schutz stehe."

Er grinste. Dann gab er zu: „Ich wollte. Ich habe mich nur nicht getraut."

Was war nur mit den Typen hier los? Moment, ich hatte ja jetzt einen Vertrauten. „Was ist nur mit den Typen hier los?", fragte ich daher laut. „In Citey leben sicherlich ein paar Millionen Menschen, rund die Hälfte davon dürften Frauen sein. Es ist nicht so, als ob ihr hier abgeschieden von der Frauenwelt in einem Kloster leben würdet."

Homer rückte seine Brille zurecht. „Nein, aber hier wohnen eben normalerweise nur Männer. Und die Mädels, die ab und an zu Besuch sind –"

„Sind so angewidert von der Küchenzeile, dass sie nie wiederkommen?", schlug ich spöttisch vor.

„Ja, vielleicht liegt es auch daran. Und es kommt nicht oft vor, dass eine Frau … ebenbürtig ist. Stark ist. Auf eine ungekünstelte Art selbstbewusst, sich ihrer selbst bewusst ist. Mehr als nur Zierde. Und trotzdem wunder–"

Ich unterbrach ihn hastig. Wenn er jetzt weitersprach, würde er das entspannte Verhältnis gleich wieder auf eine Probe stellen, und ich war nicht gewillt, ihn jetzt, da ich ihm mein Herz ausgeschüttet hatte, gleich wieder als Freund zu verlieren. „War das ein Frettchen?", rief ich daher laut und blickte angestrengt in die Dunkelheit bei den Motorrädern. „Hast du das gehört?"

„–schöne Handtücher mitbringt", vollendete Homer. „Ein Frettchen? Was machen die für Geräusche?"

„Keine Ahnung. Welche Farbe hast du genommen?", sprang ich wieder zu den ungefährlichen Handtüchern.

„Rosa", erklärte er fast beschämt. „Ich bin der Jüngste, ich durfte zuletzt ‚aussuchen'."

„Das ist nicht rosa, das ist Malve." Ich gähnte übertrieben. „Wie spät ist es?"

Er warf einen schnellen Blick auf sein Fon. „Kurz vor elf. Musst du früh raus?"

„Nein, ich habe erst am Abend einen Termin bei einem verrückten Apokalypsen-Guru."

Homer sah mich mit gerunzelter Stirn an. „Das klingt ... ungewöhnlich. Wenn du Unterstützung brauchst, sag Bescheid."

Ich lächelte auf eine ungekünstelte Weise selbstbewusst. Zumindest bildete ich mir das ein. „Mit dem werde ich schon fertig."

Ungewöhnlich – diese Beschreibung traf das Seminar eigentlich ganz gut. Ich fand mich in einer Runde aus 15 Leuten wieder, umgeben von verstörenden Aquarellen an den Sichtbetonwänden der Galerie Gutherz, den Hintern auf einem unbequemen Holzstuhl geparkt, in der einen Hand einen Kugelschreiber mit dem Aufdruck *Wir sind dem Untergang geweiht – na und?*, in der anderen einen Stapel eselsohriger Kopien. Chiara war nicht dabei. Wäre auch zu schön gewesen. Stattdessen eine Reihe von Apokalypsenfreaks beiderlei Geschlechts und aus ganz verschiedenen Altersgruppen. Nach einer kurz gehaltenen Vorstellungsrunde („Ich bin Karla Kapova, 20 Jahre alt, wohne bei meiner Tante und habe bis zu meiner inflationsbedingten Arbeitslosigkeit als Aushilfskraft in einer Wäscherei gearbeitet"), wurden die Inhalte aus der letzten Sitzung kurz zusammengefasst. Das Seminar wurde von einem langhaarigen, grau melierten Mittvierziger geleitet, den ich vom Blog als Jorge Zamowsky wiedererkannte, und seiner geschäftsmäßig aussehenden Frau Margo. Sie trug ein graues Kostüm und hochgesteckte Haare, und machte sich ununterbrochen Notizen, während ihr eher lässig gekleideter Ehemann über den Inhalt eines Notfallrucksacks referierte und die Runde alle naselang zu ihren Ansichten befragte.

„Wir fassen also zusammen: Essen, Trinken, Messer, Karte, Kompass, Kleidung, Taschenlampe, Sonnenschutz, Verbandskasten und etwas, um Feuer zu machen wie beispielsweise Streichhölzer oder Feuersteine sind die Top Ten in eurer Tasche. Ihr habt das auch alles auf eurer Liste stehen." Allgemeines Geraschel folgte, eifrig wurden die Papiere durchsucht. Ich sparte mir das, an der ganzen Sache interessierte mich schließlich nur, ob sie mich irgendwie zu Chiara führen konnte.

„Heute sprechen wir erst einmal darüber, ob es sinnvoller ist, zu Hause zu bleiben und sich dort einzuigeln, oder ob man, um Schutz zu suchen, lieber Gemeinschaftsunterkünfte aufsuchen sollte, die beispielsweise von der Regierung gestellt werden …"

Meine Gedanken schweiften ab. Ich war müde.

Den Tag hatte ich damit zugebracht, Kraftfutter und Heu für Chiimori zu kaufen und den Lagerraum nebenan weiter zum Stall umzufunktionieren. Ich hatte geputzt und gewischt und allen Staub vertrieben, der daumendick auf den Fensterbrettern und den leeren Metallregalen lag. Letztere waren alle zwei Meter durch dicke Bolzen mit dem Boden verschraubt, sonst hätte ich sie zur Seite gerückt, um meinem Aspa mehr Platz zu verschaffen. Irgendwann schnappte ich mir den nächstbesten 'Shim, der neugierig durch das Tor spähte – das heißt, ich fragte einfach: „Kannst du mal die Regalreihe hier abtransportieren?"

Damit packte ich ihn quasi bei der Ehre. Ein *Nein* war an dieser Stelle völlig unmöglich. Der Mann – ich glaubte, mich an den Namen Geronimo zu erinnern, ein langer Typ mit freundlichen, nachtschwarzen Augen, schicken Stiefeln und rasiertem Kopf, dafür reichlich Barthaar im Gesicht – rückte kurze Zeit danach mit seinem Werkzeugkasten, etwas später mit einem Winkelschleifer und schließlich mit zwei weiteren 'Shimet an, deren fluchlastigen Gesprächen ich entnahm, dass es sich dabei um Bela und Warmit handelte. Ich war mir ziemlich sicher, jetzt die *Pferde, Mädchen, Abenteuer*-Gang beisammen zu haben, und feixte innerlich, als ich sah, wie sie sich plagten. Doch schließlich hatte ich, was ich wollte: eine etwa vier mal sechs Meter große Box mit Fenster und reichlich Stroh auf dem Boden sowie drei mehr oder weniger zahme Shimet, die sich nicht mehr über mich lustig machten, weil sie jetzt selbst Teil des Projekts geworden waren. Nachdem ich Chiimori sein renoviertes Zuhause gezeigt hatte, bemerkte ich, dass Geronimo immer noch im Türrahmen herumlungerte.

„Du bist wohl noch eine Weile hier in der Stadt", bemerkte er und wies auf den Behelfsstall.

„Mal sehen", erwiderte ich vage und drückte mich möglichst berührungslos an ihm vorbei. „Mein Pferd soll es auf jeden Fall gut haben, egal, wie lang ich bleibe."

Er knetete seine Hände. „Also, wenn du nicht mehr Shirokkos Schutzbefohlene bist und wieder deine eigenen Entscheidungen treffen kannst – vielleicht möchtest du dich ja dazu entscheiden –"

Himmel, Artemis, die machten mich hier wirklich wahnsinnig. Sollte ich nun das gerade etwas entspannte Verhältnis wieder aufs Spiel setzen, indem ich ihn brüsk abwies? Hoffnung wollte ich ihm jedenfalls keine machen.

„Das ist nett, vielen Dank", unterbrach ich Geronimo rasch. „Es ist nur so, ich –"

„Du hast was mit Homer."

„Äh." Es wäre einfach gewesen, *ja* zu sagen und das Gespräch damit zu beenden. Aber dann hätte Homer mit Sicherheit Ärger bekommen und das wollte ich nicht, daher formulierte ich schnell irgendeinen Käse, den ich in einem der Klatschblätter in Pawlow's Schönheitssalon mal gelesen hatte: „Nein. Ich habe gerade eine sehr schwierige Beziehung hinter mir und brauche noch Zeit, noch viiiel Zeit, um mich wieder ... zu erden."

„Verstehe." Damit zog er geknickt von dannen.

„Verdammter Mist, ich ziehe echt aus", fluchte ich leise

zwischen den Zähnen hindurch. Doch das war eine hohle Drohung, jetzt, da Chiimori es endlich so schön hatte.

Jorge Zamowskys Blick bohrte sich in meine Stirn und riss mich aus meinen Erinnerungen. „Was halten Sie davon, Frau Kapova … Heißen Sie wirklich Kapova? Wie …"

„Ja, wie Cincin. Aber wir sind weder verwandt, noch verschwägert", erwiderte ich mit hörbarem Ärger in der Stimme, um zu vertuschen, dass ich keine Ahnung davon hatte, wovon ich irgendetwas zu halten hatte.

Jorge wurde ein bisschen rot. „Entschuldigen Sie. Es ist ohnehin üblich, dass wir uns hier duzen. Wenn das also okay für Sie ist …"

Ich nickte hoheitsvoll.

„Also, Karla, was würdest du in einem Notfall machen – verrammelst du deine Wohnung und versteckst dich, bis das Tohuwabohu vor deiner Haustür sich gelegt hat? Oder würdest du staatliche Einrichtungen aufsuchen?"

Ich überlegte kurz. „Solange ich Vorräte habe, würde ich es vorziehen, mein eigenes Ding durchzuziehen." Auf Oberhäupter, seien es die der Regierung oder einfach nur Atalante, würde ich mich jedenfalls nicht mehr verlassen.

„Denkst du denn, du kommst alleine zurecht? Dass du dich und dein Zuhause verteidigen kannst, wenn es hart auf hart kommt?"

Ich lächelte nachsichtig. „Ich denke schon. Ich bin ganz gut in Selbstverteidigung."

Jorge lächelte nachsichtig zurück. „Überschätzt du dich da auch nicht? Ein kleiner Volkshochschulkurs, den du mal mit zwölf Jahren absolviert hast, wird dir nicht helfen, wenn deine Zweizimmerwohnung von einer Bande Plünderern gestürmt wird."

„Ich bin gut mit allem, was eine Klinge hat, eine Meisterin des Taekwondo und außerdem äußerst geschickt mit Pfeil und Bogen", schnappte ich. *Komm mir nicht herablassend, kleingeistiger Apokalypsen-Guru,* dachte ich giftig, da bemerkte ich, dass mich alle groß ansahen, nur Margo schrieb eifrig mit. Eilig ruderte ich ein bisschen zurück: „Je nachdem, welche Auswirkungen die Krise genau hat, und ob es zu kriegsähnlichen Zuständen kommt, kann es aber meiner Meinung nach auch sinnvoll sein, sich mit Gleichgesinnten zusammenzutun und sich in einen Bunker zurückzuziehen. Ich habe gehört, dass es hier in der Nähe auch einen geben soll. Wisst ihr etwas davon?" Ich achtete genau auf die Reaktionen der Seminarleitung. Sie wechselten einen schnellen Blick, dann räusperte sich Jorge und gab mir zur Antwort, was Biskaya bereits bemerkt hatte:

„Seit dem letzten Krieg gibt es einige Bunker in allen Vierteln der Stadt."

„Das mag sein, aber weißt du konkret –", setzte ich erneut an, doch Jorge hatte mich schon unterbrochen:

„Danke für deinen Beitrag, Karla. Es ist eine gute Idee, sich mit Nachbarn und Freunden zusammenzutun. Beachte aber, dass du, wenn du in Besitz von Nahrungsmitteln und sauberem Trinkwasser bist, sehr bald sehr viele Freunde haben wirst. Es liegt dann an dir, zu filtern, wer dir wichtig ist, wer dir nützt und wer auf der anderen Seite deine Gutmütigkeit nur ausnützen möchte. Das ist, wie sich sicherlich alle vorstellen können, keine einfache moralische Entscheidung." Er lächelte knapp in die Runde. „Wir machen an dieser Stelle eine kleine Pause. Getränke findet ihr wie immer drüben auf dem Fensterbrett. Danach geben wir wieder das Körbchen herum, falls ihr euch an den Unkosten beteiligen möchtet." Damit verschwanden er und seine Frau nebenan in der kleinen Teeküche, und ich überwand den Drang, diese Runde von Spinnern so schnell wie möglich zu verlassen. Stattdessen spazierte ich während der folgenden Viertelstunde von Grüppchen zu Grüppchen und fragte, ob ihnen Chiara vielleicht bekannt war. Die meisten waren allerdings auch erst seit ein paar Wochen dabei und Chiara schon seit einigen Monaten aus Urba verschwunden. Weiß Artemis, was indessen mit ihr passiert war.

Nach der Pause ging das besagte Körbchen herum. Ich hatte zwar nur einen kleinen Schluck zuckerarme Zitronenlimonade aus einem verkalkten Glas getrunken, aber ich wollte nicht unangenehm auffallen, deswegen warf ich ein paar Tausender in den Korb. Margo machte wieder Notizen. Ob sie vielleicht auch einfach nur verrückt war, seit sie ihren Job verloren hatte, und nun die Seminare ihres Mannes dokumentierte, um etwas zu tun zu haben?

„Wir werden das Thema beim nächsten Mal weiter vertiefen. Lasst uns jetzt über die Gesundheit reden, sowohl über die des Körpers, als auch die des Geistes. Im Notfall wird es mit Sicherheit zu Engpässen in der Krankenversorgung kommen. Ihr müsst euch dann gegebenenfalls selbst um eure Verletzungen oder die eurer Familie und Freunde kümmern. Auf der anderen Seite ist es auch für den Unverletzten wichtig, eine Quelle zu besitzen, aus der er Kraft schöpfen kann. Doch dazu kommen wir später. Auf Seite fünf des heutigen Scripts findet ihr Informationen zu den lebensrettenden Sofortmaßnahmen."

Gähn. Das waren Grundlagen, die wir in Themiskyra schon im ersten Schuljahr vermittelt bekommen hatten. Meine Gedanken schweiften wieder ab. Ich hatte das sichere Gefühl, dass das Wort *Bunker* bei den Zamowksys etwas ausgelöst hatte. Aber es war offensichtlich, dass sie nicht darüber reden wollten. Deswegen hatte ich bei ihnen auch nicht direkt nach Chiara gefragt. Da war etwas im Busch und ich hatte Angst, es zu vertreiben, bevor ich es zu fassen bekam.

Die hysterische Stimme einer Frau riss mich aus den Grübeleien. „Nein, nein, das könnte ich nie. Ich kann kein Blut sehen und es wäre mir unmöglich –"

„Doch, Schatz, natürlich könntest du es, wenn du müsstest", behauptete der blasse, dünne Mann an ihrer Seite und tätschelte ihre Hand.

Ich erinnerte mich an die beiden, ein Pärchen um die dreißig, frisch verheiratet und aufgrund der Krise arbeitslos, waren sie aus Hoffnung auf neue Jobs in die Stadt gezogen.

„Nein", beharrte sie.

„Würdest du mich verbluten lassen?"

„Das wäre doch keine bewusste Entscheidung, ich könnte einfach nicht anders. Dann muss sich eben jemand anderes darum kümmern. Jemand, der das gelernt hat."

„Ich kann nicht glauben –"

Jorge schritt ein. „Vielleicht wird Helga ja im Rahmen des Seminars doch das nötige Zutrauen erwerben, eine solche Verletzung zu versorgen."

Margo notierte kopfschüttelnd.

„Wir wollen jetzt, wie bereits angekündigt, über die geistige

Gesundheit sprechen. Wenn wir schwierigen Situationen ausgesetzt sind, machen wir manchmal Grenzerfahrungen. Es ist wichtig, dass wir nicht den Kopf verlieren, wenn wir bei lang anhaltenden Krisen beispielsweise auf engem Raum mit anderen leben müssen ..."

Bunker!, meldete mein Geist da und ich horchte wieder auf.

„Wenn wir, wie eben besprochen, mit Verletzung oder gar Tod zurechtkommen müssen, wenn wir Gefahr laufen, die Hoffnung zu verlieren. Wir haben bereits bei den letzten Treffen erfahren, dass wir durch die Sintflut von unserer spirituellen Verbindung zu unserem eigentlichen Selbst, und damit zu Tsoozu getrennt wurden. Jetzt, in erneute Krise gestürzt, erinnert sich unser kollektives Gedächtnis schmerzlich an das, was war, und daran, was wir verloren haben – die Einigkeit mit unserem Schöpfer."

Halt, halt, halt – was war denn jetzt plötzlich passiert? Wie und vor allem *wieso* hatte Jorge den Sprung von der Wundkompresse zur Metaphysik vollzogen? Jorge musste meinen verwirrten Blick wahrgenommen haben, denn mit einer sanft durch die Luft wischenden Handbewegung beschied er mir mit monotoner Stimme: „Diejenigen, die heute zum ersten Mal dabei sind, möchte ich bitten, ihre Fragen für den Moment hintanzustellen und unser Gebet einfach auf sich wirken zu lassen, das ihr auch auf Seite acht findet."

Ich klappte den Mund zu und blätterte zur besagten Stelle im Script. Jetzt erst bemerkte ich auch das Zeichen, das unten auf jeder Seite prangte, ein betrunkener Oktopus, der wahrscheinlich eine Sonne mit acht Strahlen darstellen sollte.

„Wir atmen tief ein ... und wieder aus, suchen unsere Mitte, finden unsere Mitte, atmen das Licht tief ein ... und folgen seiner Energiespur, finden die Verbindung, finden uns selbst, finden Tsoozu. Dann beten wir gemeinsam: Gebieter über Licht, Energie, Harmonie, bring uns Frieden und Erleuchtung." Die Gruppe murmelte mehr oder weniger enthusiastisch mit entrückten bis genervten Gesichtern mit. „Hilf uns, den richtigen Weg zu finden, die richtigen Entscheidungen zu treffen, gib uns Kraft und Mut, die kommenden Umwälzungen in deinem Sinne zu meistern. Gib uns die Stärke, besser zu sein als die Anderen, als die Niederen, als die Ungläubigen, für die es nun an der Zeit ist zu gehen. Wir werden deine Weltordnung wiederherstellen, in deinem Namen werden wir den Frieden zurückbringen. In deinem Namen werden wir die Liebe zurückbringen. In deinem Namen werden wir das Licht zurückbringen, auf dass es uns erstrahlen lasse in deiner Gnade. Ahh."

Wenn ich auf ein abschließendes „-men" wartete, wurde ich enttäuscht. Die ganze Sache war mir mehr als suspekt. Licht, Liebe und Frieden, schön und gut, aber was war mit dieser neuen Weltordnung und dass es an der Zeit sei zu gehen? Das klang mehr nach einer Kriegserklärung, als nach Frieden.

„Wir lassen das Licht langsam weiterfließen, wir suchen unseren Anker und … kehren zurück." Jorge öffnete die Augen und strahlte uns an. „Was sagst du, Helga?"

„Ich weiß nicht … mich macht das immer noch nervös. Ich weiß, ich muss auf den Anker vertrauen, aber wenn der Brunnen mich nicht mehr loslässt …" Sie schluckte schwer und fuchtelte mit den Händen in der Luft herum, ohne die richtigen Worte zu finden.

„Hab Vertrauen in den Anker. Übe. Jedes Gebet dreimal. Nächste Woche wird es schon besser gehen."

Ich blätterte rasch weiter und stellte fest, dass der Rest der Blätter voll mit verschiedenen Übungen, Gebeten und Visualisierungen war. Keine Überlebensratschläge mehr, keine Packlisten oder Lagerhaltungstipps.

„Also, *ich* habe das Licht gespürt", meldete sich ungefragt eine Frau um die fünfzig voller Begeisterung. „Ich habe es *geatmet*. Ich *war* das Licht. Tsoozu hat mich *angenommen*."

„Das freut uns, Jumanah." Jorges Freude wirkte ein bisschen gezwungen. „Hast du Fragen, Karla?"

Ja, dachte ich, *ungefähr 1000. Aber konkret* … Ich schüttelte den Kopf. Das Ganze musste sich definitiv erst setzen. Ich war froh, dass die Veranstaltung zu Ende war, nachdem jede und jeder seine Erfahrungen mit dem neuen Gebet zum Besten gegeben hatte. Zusammen mit den anderen teils beglückten, teils verschreckt wirkenden Teilnehmern trat ich auf die Straße hinaus und sah ihnen zu, wie sie sich auf dem Fahrrad oder dem Weg zu Bus und Bahn in der Dunkelheit verloren, während ich noch vor der Galerie stehenblieb. Mir war klar, dass ich kommende Woche würde wieder hierherkommen müssen, wenn ich der Sache auf die Spur kommen wollte, und das füllte mich jetzt schon mit Beklemmung. Ich wollte das nicht. Mich ging das alles ja überhaupt nichts an. Chiara finden und dann heim nach Urba, das war der Plan. Keine öden Survival-Tipps und kein Anker und keine Sintflut. Nein, bei Artemis, ich musste *jetzt* mit Jorge Klartext reden.

Also trat ich entschlossen wieder in den Laden. Das Licht war noch an, doch die Zamowskys hatten sich bereits in die Teeküche zurückgezogen. Ich wollte nicht lauschen, aber ich konnte auch nicht damit aufhören, als ich Margo sagen hörte:

„Die Meyers müssen weg."

„Helga und Stevie?"

„Ja. Die bringen uns nicht weiter."

„Spirituell?"

Margo schnaubte. „Ja und finanziell und generell. Was haben sie uns zu bieten?"

„Sie haben ein ziemlich großes Grundstück auf dem Land", gab Jorge zu bedenken.

„Wir haben den Bunker. Was nützt uns das Grundstück?"

„Wir können was darauf anbauen, wenn es kritisch wird."

„Du wirst wohl nicht erwarten, dass ich selbst anfange, Rüben zu säen? Wir haben das Geld", erklärte sie in einem Tonfall, der deutlich machte, dass sie Jorge für ziemlich dämlich hielt. „Die anderen schuften."

„Ludmilla hat das Geld."

Ich versuchte, mich zu erinnern, wer Ludmilla war, aber ich hatte mir nicht alle Namen gemerkt.

„Die Neue auch."

„Karla?"

„Ja, hast du gesehen, wie viel sie ins Körbchen gelegt hat? Und sie kann kämpfen. Leute wie sie brauchen wir. Nützliche Leute. Die Meyers müssen weg."

„Meinst du, Karla hat den *Spirit* für unsere Sache? Sie wirkte sehr … ablehnend Tsoozu gegenüber."

„Meine Güte, sie hat ihn ja auch gerade erst kennengelernt. Mach deinen Job. Überzeuge sie. Um den Rest kümmere ich mich."

„Und sie wusste was von dem Bunker", beharrte Jorge.

„Quatsch. Sie wusste was von *irgendeinem* Bunker.“

Er seufzte. „Okay. Dann adieu, Meyers, und willkommen, Karla.“

„Genau.“

Nach diesen Worten brachte ich es nicht mehr über mich, die Zamowskys zur Rede zu stellen. Zu viel ging mir durch den Kopf, zu viel, was ich erst verarbeiten, ordnen, verstehen musste. Lautlos zog ich mich zurück, schloss die Ladentür hinter mir und begann zu laufen.

„Du bist die ganze Strecke gerannt?“, fragte mich Homer ungläubig.

„Ja“, schnaufte ich und brach fast am Lagerfeuer vor der Halle zusammen, das heute er entfacht hatte. Ich hatte eigentlich die Lässige spielen wollen, aber ich war geschafft. Laufen war nie meine Stärke gewesen, doch das seltsame Zeug heute in der *Apokalypse-für-Anfänger*-Stunde hatte mich so verwirrt, dass ich die körperliche Betätigung gebraucht hatte, um den Kopf wieder freizubekommen.

„Die *sind* irre“, berichtete ich, sobald ich wieder Luft bekam. „Wie vermutet.“

Homer reichte mir eine Wasserflasche, die ich komplett leerte, bevor ich ihm von meinen Erlebnissen erzählte. Inzwischen war mir klar geworden:

„Dieses ganze Gewäsch über die Vorbereitung auf die Katastrophe ist eigentlich nur Tarnung. Es geht ihnen um ihre Sekte. Oder vielmehr, ihm, Jorge, geht es um seine Sekte. Seine Frau Margo interessiert nur die Kohle. Und: *Die Meyers müssen weg.* Ich frage mich, was sie damit meinen. Sie werden sie ja wohl hoffentlich nicht um die Ecke bringen, nur weil ihnen Helga zu hysterisch ist.“

Homer sah mich skeptisch an. „Was ist das für eine Sekte?“

„Keine Ahnung“, stieß ich aus. „Es geht um Atem und Licht und Energie und Liebe und Anker und Brunnen. Oder so.“

„Das klingt … einfach. Friedlich. Schön. Da ist *safe* was faul dran. Du gehst da aber nicht mehr hin, oder?“

„Ich gehe da *safe* hin“, äffte ich ihn nach. „Ich muss. Der Bunker existiert. Sie halten ihn nur geheim.“

Er schüttelte den Kopf und hielt mir einen tiefen Teller mit frischem Besteck hin. „Chili? Hab's für dich zur Seite gebracht. Wir hatten einen ganzen Topf voll."

Die Küche mochte mir suspekt sein, mein knurrender Magen jedoch ließ mir keine Wahl.

„Das ist echt nett von dir", – und etwas, das höchstens Padmini für mich gemacht hätte. „Danke."

Kapitel 11

Die nächsten Tage verbrachte ich damit, Recherchen über Jorge anzustellen, über Tsoozu und die Gebete, doch das Internet bot so unendlich viele Informationen, dass ich nichts Entscheidendes, nichts Gewisses, nichts Konkretes finden konnte. Und das Lesen dieser wahnwitzigen Theorien und ihre Kombination mit anderen Themen wie Krebsheilung und Außerirdischen machten mich ganz wirr im Kopf. Ich war wirklich froh, als mich eine E-Mail von Biskaya erreichte und ich mir mit gutem Gewissen eine Pause von den Nachforschungen über Tsoozu gönnen konnte.

Meine liebe Nia,

wir sind froh, dass es Dir gut geht. Bei uns ist alles in Ordnung; momentan sind wir alle in Jimmys Wohngemeinschaft untergekommen. Tamar ist glücklich damit, aber ich weiß nicht, wie lange wir den Jungs noch zur Last fallen können. Nun, wir werden sehen.

Zu Deiner Frage: Ich bin mir sicher, dass die Frau, die sich nach Dir erkundigt hat, keine Amazone war. Ich habe ein paar Bemerkungen fallen lassen, aber sie hat nicht darauf reagiert. Ansonsten: Sie ist zwischen 1,65 und 1,70 cm groß und normalgewichtig. Ich würde sie auf gut 50 Jahre schätzen, sie ist zwar gut in Form, aber die Fältchen um ihre Augen verraten ihr Alter. Dunkelbraune Haare, einige graue dazwischen. Erinnerst Du Dich an Amastris' Kollegen Jose? Genau so eine Frisur hat sie. Ich denke, sie hat indische Wurzeln. Ihre Kleidung war unauffällig, eher gedeckt und funktional. Kennst Du sie?

Wir haben jedenfalls geleugnet, Dich jemals gesehen zu haben, und sie ist seither nicht wieder aufgetaucht.Ich hoffe, Du machst Dir nicht zu viele Sorgen wegen dieser Angelegenheit. Und wenn doch, bleib einfach bei Shirokko. Er wird Dir hel-

fen. Ist Lancelot noch bei ihm? Macht er noch diese Sache mit
seinen Haaren?
Amastris, Miffy und Tamar grüßen Dich ganz herzlich.
Alles Liebe,
Deine Biskaya.

Nein, die Frau, die nach mir gefragt hatte, war mir gänzlich
unbekannt. Sie musste von Duke kommen. Ein Schauder lief
mir über den Rücken.

„Ist dir kalt?", fragte der breitschultrige Mashim, der plötzlich neben mir saß und mir eine scheußlich gemusterte Woll-
decke hinhielt.

Ich erinnerte mich nicht an seinen Namen, aber er hatte unglaublich lange, hellbraune Haare, die, zu einem lockeren
Zopf geflochten, bis zu seinem Gürtel hinabreichten und mich
mit solchem Neid erfüllten, dass ich nur ein missgünstiges
Grummeln über die Lippen brachte. Er blickte mich daraufhin
immer noch auffordernd an, deswegen sah ich mich zu einer
Erklärung gezwungen:

„Nein. Ich werde anscheinend von meinem –", wie immer
rang ich um die richtige Bezeichnung, „Ex-Mitbewohner verfolgt. Das behagt mir nicht."

Er ließ die Decke sinken und schlug stattdessen mit grimmiger Miene die rechte Faust in die linke Handfläche. „Das verstehe ich. Lass ihn nur kommen. Wir werden ihm einen Empfang bereiten, den er nicht so schnell vergessen wird. Bei uns
bist du sicher. Bei *mir* bist du sicher." Er lächelte treuherzig
und ich seufzte.

„Das ist wirklich …" *herzallerliebst*, wäre das Wort gewesen, das mir auf den Lippen lag. Doch ich wollte nichts mit
lieb und *Herz* sagen. Und ich wollte nicht überheblich sein.
Und ich … dachte nach. Eine ganze Weile. Schließlich erwiderte ich: „Das ist wirklich voll nett." Ich wusste genau, was
er jetzt sagen würde und doch konnte ich nichts dagegen tun.

„Wenn du mit deiner Mission hier durch bist, gehst du dann
nach Urba zurück?", erkundigte er sich jedoch zu meiner
Überraschung.

„Äh, ja. Ja, auf jeden Fall."

„Hättest du was dagegen, wenn wir diese Reise zusammen

unternähmen? Du und ich? Wir könnten –"

„Oh, ich reise stets alleine", fiel ich ihm rasch ins Wort. „Ich bringe meinen Reisegefährten nämlich leider immer ganz entsetzliches Unglück. Deswegen wurde auch der Zug überfallen. Andere haben schon all ihr Gepäck verloren. Gliedmaßen. Das Augenlicht. Es ist wie … ein Fluch. Nein, die Gefahr ist zu groß. Ich kann dich nicht mitnehmen."

Er warf sich in die Brust. „Keine Gefahr ist zu groß, wenn es um die Lie–"

Ich klappte den Laptop zu und stand entschieden von der Couch auf. „Das sagst du jetzt. Und dann kommen doch die Schadenersatzforderungen." Ein Wort, dessen Kenntnis ich Kassian zu verdanken hatte und der Tatsache, dass er sich immer wieder mit Paparazzi herumschlagen musste, seit er mal ein B-Promi-Sternchen gedated hatte. „Nein …", ich rang um seinen Namen, und sagte dann einfach: „… mein Freund, dein Angebot ehrt mich, aber diesen Weg muss ich alleine gehen." Damit eilte ich in den Keller, um Carlos den Rechner wiederzubringen.

Abends saßen Homer und ich wieder am Feuer. Es gab Salami, Knäckebrot, Gurke und Marshmallows. Alle paar Bissen warfen wir ein paar Messer auf die Holzplatte jenseits des Zufahrtswegs, die wir mit neongrünem Spray zur Zielscheibe umgestaltet hatten.

„Ich habe nachgedacht", erklärte ich.

„Wow."

Ich bewarf Homer; zielsicher prallte ein ungebackenes Marshmallow von seinem linken Brillenglas ab. „Heute hat mir … Wie heißt der Typ mit den unglaublich langen, seidig glänzenden Haaren und der Lederweste?"

Homer runzelte die Stirn. „Marlon?"

„Ja. Wahrscheinlich. Er hat mir angeboten, mich vor Duke zu beschützen."

„Wow", wiederholte Homer unbeeindruckt.

„Und meine erste, natürlich völlig richtige Reaktion war: *Pah, das habe ich doch gar nicht nötig.* Ich meine, ich habe *Ninjas* besiegt. Mit meinen *Sandaletten.*"

Homer nickte verständnislos.

„Und dann, im nächsten Moment wurde mir klar, dass es ja um Duke ging. Nicht um gesichtslose Ninjas oder andere Gegner. Und ich merkte, wie ich mich innerlich zusammenzog. Zu einem schwachen *Nichts* wurde, das sich nicht zur Wehr setzen konnte. Weil ich Angst vor ihm habe."

„Aber du könntest ihn besiegen."

„Theoretisch ja." Ich warf kraftvoll ein Messer. Es blieb singend inmitten des inneren grünen Kreises im Holz stecken.

„Dann musst du dich ihm wohl stellen und die Sache ein für allemal klären."

Das nächste Messer verfehlte das Ziel um einige Handbreit, so erschrocken war ich über Homers schlichten Vorschlag. Mein Herz klopfte zu schnell in meiner Brust. „Du bist wahnsinnig."

„Oder du rennst für immer weg und machst ihn viel größer und schrecklicher, als er in Wirklichkeit ist."

Damit hatte er recht, doch mir war völlig klar, dass es außerhalb meiner Möglichkeiten lag, mich Duke zu stellen. Ich versuchte Zeit zu gewinnen, indem ich die Wurfmesser wieder einsammelte, und zog es dann doch vor, das Thema zu wechseln. „Morgen ist wieder Donnerstag."

„Die Sekte?"

„Ja."

„Du gehst hin?"

„Ich muss. Und ich denke, ich muss mitspielen, um ihr Vertrauen zu gewinnen. Damit ich nicht ausgemustert werde wie die Meyers."

„Schaffst du das?"

Ich hatte schon ziemlich viel Theater gespielt, als ich noch in Themiskyra und mit Kassian zusammen war. „Ja. Aber das Thema ist mir zuwider."

„Die drohende Apokalypse oder Tsoozu?"

„Beides. Was diese Lichtgebete angeht, habe ich einfach ein ungutes Gefühl. Aber diese permanente, übertriebene Panik, dass die Welt untergeht, nervt mich auch." Ich machte spöttisch das ängstliche Handwedeln der Spinner nach.

Homer räusperte sich. „Du weißt aber schon, dass der Verfall gerade die Zivilisation wegputzt?"

„Ja, aber nicht so richtig."

Er sah mich schweigend an. In seinem Blick stand keine Panik. Aber, anders als sonst, auch keine Belustigung. Er meinte es ernst.

„Echt jetzt?"

„Schau dich um. Schau hin. Die Stadt ist viel dunkler als noch vor einer Woche. Ein Stück Brot ist unbezahlbar geworden. Der Müll verrottet auf der Straße. Hör hin. Sirenen heulen in der Ferne. Menschen schreien. Explosionen erschüttern die Mauern der Stadt."

Ich spitzte die Ohren und blickte angestrengt in Richtung der Hochhaussilhouetten.

„Nein", erwiderte ich irgendwann.

Sein halbseitiges Lächeln erreichte seine Augen immer noch nicht. „Kommt noch."

Jetzt hatte er mich angesteckt. „Meinst du wirklich, das war's jetzt? Geht wirklich alles den Bach runter? Also, ganz im Ernst jetzt?"

„Ja. Staaten und Strukturen zerbrechen. Es ist kein Strom mehr da, nicht für Kühlschränke, nicht für Brutkästen. Die Läden werden geplündert und bleiben leer." Er blickte in die Ferne, schien jedoch die nahe Zukunft zu betrachten. „Übrig blieben du, ich und ein paar Milliarden anderer Leute, die, gelöst aus ihren alten Leben, ums Überleben kämpfen und doch nur langsam, aber sicher sterben. Bei Unruhen. An Krankheiten, für die es keine Medikamente mehr gibt. Im Streit um den letzten Liter Benzin."

Die Spinner, das waren immer die anderen gewesen. Leute wie Chiara, aber auch Atalante, die überreagierte. Homer jedoch genoss mein Vertrauen. Ich glaubte ihm. Und seine düstere Prophezeiung machte mich nervös.

„Du nennst es *den Verfall*?"

Er nickte.

„Und was sollen wir machen?"

„Ja, hast du denn gar nichts gelernt in deinem Seminar?", fragte er mit einem knappen Lächeln.

„Abgesehen von Tsoozu nichts Neues." Ich war immer noch fassungslos. „Wie kannst du so ruhig bleiben? Machst du dir keine Sorgen? Um deine Familie? Um dich selbst? Was willst du essen, was willst du machen, wie willst du dich verteidigen?"

„Meine Familie ist unterwegs und wird es auch bleiben. Und ich komme schon klar."

„Sollten wir nicht Vorräte besorgen oder so was?"

„Wäre sinnvoll. Aber wer sollte mir Glauben schenken? Ich bin der Jüngste mit dem malvenfarbenen Handtuch."

Ein Schatten tauchte in der Hallentür auf. Leder knarzte, als sich Shirokko zu uns ans Feuer setzte. „Erzählst du wieder Geschichten, Homer?"

„Natürlich."

Jetzt war ich es, die panisch mit den Händen wedelte. „Er hat recht. Alles geht dahin. Alles verfällt."

Shirokko tat meine Panik mit einem Schulterzucken ab. „Biskaya hat mir geschrieben. Sie befürchtet, dass du dir zu viele Sorgen machst wegen des Typen, der nach dir sucht."

Duke kam mir gerade ausnahmsweise harmlos vor, im Vergleich zum drohenden Weltuntergang.

„Shirokko, wir müssen uns vorbereiten. Hör auf Homer. Hör auf mich."

Er ignorierte mich. „Bleib am besten einfach in der Halle. Oder nimm dir einen von den Jungs mit, wenn du rausgehst. Und wenn du das Gefühl hast, dass dich jemand verfolgt, dann kommst du direkt zu mir. Keine Alleingänge."

„Wir brauchen Konservendosen. Und Wasser. Viel Wasser."

„Ich brauche ein Bier." Damit erhob sich Shirokko und spazierte wieder nach drinnen.

Homer grinste nur.

„Wie kannst du noch lachen?", klagte ich und lehnte mich emotional erschöpft an das Wellblech hinter mir.

„Ich bin's gewöhnt. Tu mir einen Gefallen und wende dich in deiner Panik Tsoozu nicht ernsthaft zu, hörst du?"

Ich schauderte. „Nein. Aber Zamowskys Überlebensstrategie interessiert mich jetzt deutlich mehr."

Bevor ich tags darauf zur Galerie Gutherz ging, erledigte ich in der Stadt diverse Einkäufe, die ich jedoch nicht mit zum Seminar schleppte, sondern in einem Schließfach am Bahnhof unterbrachte. Als ich im Stuhlkreis mit den anderen Teilnehmern saß, bemerkte ich, dass die Meyers tatsächlich fehlten. Ich wollte mich nicht gleich mit der Seminarleitung anlegen, aber ich musste einfach versuchen herauszufinden, was mit den beiden geschehen und ob sie noch am Leben waren.

„Was ist mit Helga und Stevie?"

Jorge lächelte milde. „Sie haben sich entschieden, unsere Veranstaltung nicht mehr aufzusuchen. Es war einfach nicht das Richtige für sie. Aber wir halten Kontakt."

„Stevie hatte mir ein Buch versprochen", erklärte ich mein Interesse.

„Ich kann dir seine Fonnummer geben. Sprich mich nachher noch mal darauf an."

Etwas erleichtert lehnte ich mich zurück.

„Haben sich denn aus den Inhalten der letzten Stunde Fragen ergeben?"

„Kannst du uns das mit dem Druckverband noch einmal zeigen?"

„Natürlich, Bilgur. Wir gehen das alles noch mal durch."

„Mir ist nicht klar, wieso ich den Anker brauche."

„Jumanah, jeder braucht einen Anker."

„Aber wenn ich mich aus dem Brunnen lösen möchte, dann muss ich doch den Anker lichten, oder nicht? Also, loslassen."

Jorge wirkte verwirrt. „Ja … und nein."

„Ich dachte, ich könne doch einfach eine Art Flaschenzug mit Eimer visualisieren, mit dem ich mich selbst herausziehe, und –"

„Welches Bild du wählst, liegt ganz bei dir. Es kommt auf die Reinheit deiner Intention an." Damit war für Jorge das Thema abgeschlossen. Er wollte sich schon dem großen Display zuwenden, das heute vor einer der Wände aufgebaut war und eine schematische Darstellung des menschlichen Körpers zeigte, da hob ich erneut die Hand.

„Entschuldigung, aber ich kenne mich mit diesem … Religionsmodell noch nicht so richtig aus. Wie genau wird die neue Weltordnung denn aussehen? Wie wird Tsoozu die Gläubigen erkennen? Und was wird konkret mit den Ungläubigen geschehen?"

„Das, liebe Karla, weiß allein der Allmächtige. Gewiss ist, dass er den Gläubigen sehr wohl vom Frevler zu unterscheiden vermag. Doch er ist eine duldsame Gottheit, allein deine Bemühung zählt. Wenn du von Herzen versuchst, seinen Weg der Erleuchtung zu finden, auch wenn es dir nicht oder nicht sofort gelingt, wird er dich nicht abweisen. Falls du dein Wissen diesbezüglich vertiefen möchten, darf auch ich dir Lektüre ans Herz legen." Aus einer buntgewebten Tasche zog er ein dickes, abgegriffenes Buch heraus, das er mir reichte. *Der Weg zum Licht* prangte auf dem Titel, von Yves P. Wayne. Ich zwang mich zu einem Lächeln und bedankte mich. Jorge nickte wohlwollend und sogar Margo ließ mit gütiger Miene den Stift sinken. Ich hoffte, sie hatte mir zuvor noch ein Sternchen in ihrer Liste zukommen lassen.

„Die Glaubensgemeinschaft Tsoozus hat die Aufgabe, die Weltordnung wiederherzustellen", las ich vor. Es regnete, daher hatten wir unser Feuer noch näher an die Hauswand verlegt, und Homer hatte den Dachvorsprung um ein Wellblech verlängert, sodass wir im Trockenen sitzen konnten. *„Um dem Schöpfer einen Ort zu präsentieren, an dem er sich gerne niederlassen möchte, ist es ihnen dabei auch gestattet, gegebenenfalls Gewalt anzuwenden. Ungläubige dürfen nicht das Antlitz des Planeten verschandeln, wenn Tsoozus Macht sich auf der Erde manifestiert. Ungläubige werden nicht bekehrt. Nach Jahrtausenden der Entfremdung, die seit dem Untergang von Atlantis vergangen sind, ist zu akzeptieren, dass nicht mehr in jeder Seele Tsoozus Licht leuchtet. Tote Seelen dürfen, ja müssen von ihrer irdischen Existenz gelöst werden, um in der Ursee wieder Energie zu schöpfen. Die lebendige Essenz der Gottheit wird ihnen dort erneutes Leben einhauchen, wenn sie sie für würdig hält, den Zyklus erneut zu vollziehen."*

„Übel." Homer verzog das Gesicht.

„Das heißt, es wird jeder niedergemetzelt, der sich nicht zu Tsoozu bekennt. Auf der anderen Seite – wer kennt den Kerl? Sind nicht die Ungläubigen bei Weitem in der Überzahl?"

„Bestimmt. Aber die Klausel rechtfertigt, dass die Gläubigen zur Strecke bringen können, wer ihnen im Wege steht."

Ich blätterte angewidert weiter. *„Weltlicher Besitz ist für Tsoozu nicht von Bedeutung. Die Anhänger geben ihre Besitz-*

tümer in den Fonds der Glaubensgemeinschaft. Von den Ersparnissen werden nötige Anschaffungen für den Konvent getätigt und Bedürftige versorgt. Logo. Ein paar schicke Ferienhäuser für den Sektengründer werden aber sicherlich auch rausspringen. Wusstest du, dass der Typ, der das Buch geschrieben hat, vorher Vorstandsvorsitzender eines internationalen Lebensmittelkonzerns war? Er behauptet, er sei durch den Glauben zum Licht geläutert, aber ich denke, er wendet das dort Gelernte lediglich auf einen Haufen reicher, fehlgeleiteter Sinnsuchender an. Er behauptet, ein Medium zu sein, das die Worte Tsoozus direkt im Schlaf empfange, um sie den Menschen zu übermitteln."

Homer legte seinen Teller beiseite und wischte sich die Hände an den Hosenbeinen ab. Dann nahm er mir das Buch aus den Händen und fing an, darin herumzublättern.

„Montags kein Fleisch und keinen Fisch. Mittwochs generelles Fasten bis Mitternacht, Wasser erlaubt", fasste er zusammen. „Oder gib dir das hier: *Die Anhänger Tsoozus leben zölibatär und sind frei von geschlechtlichem Verlangen, denn alle Liebe, die die Gläubigen zu entwickeln vermögen, gebührt Tsoozu und ihm allein*", verlas er nach einer Weile. „*Bisherige Ehen und Liebesbeziehungen jeglicher Art verlieren mit dem Eintritt in den Konvent ihre Gültigkeit.*"

„Das erste Sinnvolle, was in dem ollen Schinken steht", knurrte ich.

„Ach ja? Dann hör dir das an: *Um dem Licht gebührend zu huldigen und die Erleuchtung zu mehren, sind jedoch im Rahmen ritueller Zeremonien auf Weisung Tsoozus oder eines seiner Medien hin geschlechtliche Vereinigungen gestattet und gegebenenfalls erwünscht.*"

„Bah."

„*Die Zustimmung der zu Erleuchtenden ist dabei wünschenswert, aber nicht notwendig.*"

„Das reicht." Ich entriss Homer das Buch, um es ins Feuer zu werfen, aber er hielt gerade noch rechtzeitig meinen Arm fest.

„Wenn du deine Freundin finden willst, solltest du Jorge nicht verärgern." Er grinste. „Oder Tsoozu."

„Tsoozu kann mich mal." Doch ich ließ den Arm sinken und

stopfte das Buch in meine Tasche zurück. „Das ist alles total krank."

„Was hast du noch gelernt?", erkundigte sich Homer und widmete sich wieder dem Steak auf seinem Teller.

„Noch ein paar langweilige Erste-Hilfe-Sachen. Nichts Neues."

„Woher kannst du das alles?"

„Habe ich schon zu Hause gelernt. In der Schule."

„Nicht schlecht. Das Messerwerfen auch?"

„Jap."

„Coole Schule."

„Na ja." Chiimori kam zu mir und stupste solange meine Schulter an, bis ich ihn zu kraulen begann. Themiskyra und cool. Ich schnaubte. Chiimori schnaubte auch.

„Wie geht's weiter?"

„Nächsten Donnerstag muss ich noch mal hin. Und dann finde ich heraus, wo die Zamowskys wohnen, indem ich ihnen anschließend folge." Erst, als ich das sagte, wurde mir der Plan klar.

„Pass auf, dass sie dich nicht erwischen und als Ungläubige vom Antlitz der Erde putzen", zitierte er frei aus dem Buch. „Was hast du in den Tüten? Hast du für die ganze Mannschaft Waschlappen gekauft?", spottete er. „Darf ich diesmal als Erster die Farbe wählen?"

Ich warf ihm einen schiefen Blick und eine der Tüten zu. „Wasserreinigungstabletten. In großem Stil."

Homer spähte hinein. „Und eine … Solarplane? Panzerband. Kerzen. Möhrensamen. Fertigessen … Waldpilz-Soja-Ragout? Lecker." Er warf das Päckchen wieder zurück in die Tasche. Ein bisschen zu verächtlich für meinen Geschmack.

„Du solltest dankbar sein, dass dir jemand glaubt, anstatt dich über mich lustig zu machen."

„Nein, *du* solltest *mir* dankbar sein, dass ich dir die Augen geöffnet habe. Die Tabletten und die Solardecke sind sicher hilfreich. Aber die anderen Sachen – wie lange werden die ausreichen?"

„Wie lange müssen sie denn ausreichen?"

„Für immer?"

Mein Mund wurde trocken. „Quatsch. In ein paar Monaten

setzen sie die Währung neu auf und dann wird die Sache schon wieder laufen."

„Sie drücken *Reset* und alles ist wieder in Butter?" Homer lachte bitter auf. „Träum weiter. Es wird nichts wieder so sein, wie es war."

„Was ist mit der Armee?", trumpfte ich auf.

„Was soll schon sein? Sollen sie alle erschießen, die Rabatz machen? Es werden *alle* Rabatz machen. Die haben keine Chance. Außerdem sind das auch nur Menschen. Sie werden ihr Heil in der Flucht suchen und sich bemühen, nicht selbst unterzugehen."

„Es macht mir keinen Spaß mehr, mit dir zu reden." Bockig verschränkte ich die Arme vor der Brust.

„Ich würde dir auch lieber schöne Augen machen wie der Rest der Truppe, aber ich habe nun mal die Aufgabe, dich in Kenntnis über die leider recht unerfreuliche Realität und Zukunft zu setzen."

Wie aufs Stichwort trat Washington aus der Halle. Er setzte sich neben mich und zeigte Homer das Tor. „Verzieh dich."

Auch Homer verschränkte jetzt seine Arme. „Wohl kaum."

„Verzieh dich", befahl auch ich. Lieber hörte ich mir das Werben des blondgelockten 'Shims mit den himmelblauen Augen, dem Hippie-Haarband und den ledernen Schlaghosen an, als Homers tristes Unken.

Beleidigt nahm dieser seinen Teller und verzog sich.

„Ähm." Washington räusperte sich. „Ich … tja."

Ich starrte ins Feuer, während mir Homers Worte im Kopf herumgeisterten und Washington vor sich hin stammelte. Der Typ hatte wirklich eine schöne, sonore Stimme, aber im Augenblick wusste er nichts damit anzufangen. „Also. Hehe. Ich … habe das geübt, aber jetzt ist es gar nicht so … Die Sache ist die. Ja. Tja. Manchmal … ist es ja so. Aber manchmal ist es auch ganz anders. Ähm. Tja."

„Homer?", rief ich flehend über meine Schulter. „Komm bitte zurück!"

Ich weiß nicht, wer von uns auf die Idee gekommen war, schon am nächsten Abend erneut die Galerie Gutherz aufzusuchen, anstatt eine Woche zu warten. Ich hatte Washington möglichst schonend beigebracht, dass er seinen Text noch mal überdenken solle, und mich mit Homer soweit versöhnt, dass wir wieder halbwegs konzentriert Pläne schmieden konnten. Und so war es uns sinnvoll vorgekommen, den Laden mal ohne Seminarteilnehmer in Augenschein zu nehmen. Und genau das tat ich nun.

Irgendwie hatte ich unbewusst erwartet, dass die Galerie einfach geschlossen sein würde. Doch schon von Weitem sah ich, dass im Inneren Licht leuchtete. Ich näherte mich, spähte unauffällig durch das Schaufenster – und sah ein Zerrbild des gestrigen Abends. 15 Freaks aller Altersstufen saßen im Stuhlkreis um Jorge Zamowsky herum, während Margo Notizen machte.

Klar. Warum sieben Tage warten, wenn sie jeden Abend potenzielle Gläubige gehirnwaschen konnten? Vielleicht fanden sogar tagsüber Seminare statt.

Im Schatten der gegenüberliegenden Plakatwand wartete ich ab, bis die Veranstaltung zu Ende war. Es zog sich hin. Und auch, als die Teilnehmer die Räumlichkeiten endlich alle verlassen hatten, dauerte es noch eine knappe halbe Stunde, bis die Zamowskys endlich auf die Straße traten. Während Margo absperrte, kamen mir plötzlich Zweifel an meinem Plan und ich überdachte ihn erneut. Was nützte es mir, wenn ich wusste, wo die beiden wohnten? Viel interessanter war doch sicherlich ihre Arbeitsstätte. Und so wartete ich noch ein bisschen ab, bis die beiden in der Ferne verschwunden waren, bevor ich über die verlassene Straße eilte und mithilfe eines meiner Spezialmesser die Tür knackte. Schnell huschte ich hinein und ließ die Tür lautlos hinter mir ins Schloss gleiten. Kurz haderte ich, ob ich Licht machen sollte oder nicht. Ich hatte keine Taschenlampe dabei, denn ich hatte nicht geplant, irgendwo einzusteigen. Mit Licht war der Einbruch ein bisschen arg auffällig. Andererseits: Ohne Licht würde ich nichts sehen. Also betätigte ich den Lichtschalter und hoffte, dass ich damit so dreist offensichtlich handelte, dass kein zufälliger Passant Verdacht schöpfen würde. Dennoch schickte ich mich.

Der karge Hauptraum gab nicht viel her. Nichts, was ich während der Seminarstunden nicht schon gesehen hatte. Nebenan die Toiletten – ebenfalls unspektakulär. Durch einen

Bambusvorhang mit Blumendekor gelangte ich in die Teeküche, die nur zu einem Teil Küchenmöbel beherbergte. Auf der linken Seite befanden sich zwei Schreibtische über Ecke, deren Tischplatten sich unter Papiermassen zu biegen schienen, und ein hohes Regal voller esoterischer Bücher. Halbherzig durchstöberte ich einen der Papierstapel, doch ich fand nur einen Haufen Kopien, wie wir sie auch immer während der Veranstaltungen erhielten. Durch das Umschichten der Scripte kam jedoch ein Laptop zum Vorschein. Ich zögerte. Das Herumstöbern in fremden Daten war schon mal eine Schnapsidee gewesen. Andererseits hatte es mir die Augen über Duke geöffnet. Wenn ich mir vorstellte, dass ich anderenfalls immer noch bei ihm wäre, ohne zu wissen, was für ein Psycho er war, lief es mir kalt den Rücken hinunter.

Schließlich klappte ich den Bildschirm hoch. Auch hier herrschte Chaos: Diverse Fenster und Programme waren geöffnet, Texte, Tabellen, Browser, E-Mail-Programm. Ich gab in Ermangelung besserer Ideen Chiaras Namen in die Suche ein, aber der Rechner lieferte mir keine Ergebnisse; ihr Name tauchte in keinem der dort gespeicherten Dokumente auf. Vielleicht hatte auch sie einen falschen Namen angegeben. Oder aber ich war völlig auf der falschen Spur. Ich klickte das E-Mail-Fenster an.

Ein gewisser Yves P. Wayne schrieb den Zamowskys offenbar eine Menge E-Mails. Wo hatte ich den Namen nur schon mal gehört? Ein Blick ins Bücherregal bestätigte meine Vermutung: Er war der Verfasser von *Der Weg zum Licht* und das Medium Tsoozus. Ich klickte nach Gutdünken eine E-Mail nach der andern an, las stichprobenartig den einen oder anderen Satz.

„Bald geht es los. Das Ende ist nahe.“

„Trennt die Spreu vom Weizen.“

„Stellt eine göttliche Kriegertruppe für die Säuberungen zusammen und denkt an die Jungfrauen für Tsoozus würdigen Empfang.“

„Lasst Euch nicht abbringen vom Pfad der Erleuchtung. Ihr seid die Pfeiler der Manifestation seiner Macht hier auf Erden.“

„Tsoozu wird euch reich belohnen.“

„*Meine neue Bankverbindung lautet ...*"

Kopfschüttelnd klickte ich weiter, suchte nach älteren Teilnahmeanfragen für Jorges Seminare, doch da waren so viele, dass es mir unmöglich war, Chiaras herauszufiltern. Ich wusste ja so gut wie nichts über sie.

Ich bemerkte anfangs nicht, wie die Papierstapel, durch den Laptopmonitor zurückgedrängt, langsam ins Rutschen gerieten; erst als etwa tausend Blatt auf einmal zu Boden rauschten, wurde mir mein Missgeschick bewusst.

„Verdammt."

Die Eingangstür hatte ich geöffnet, ohne sie zu beschädigen; die Zamowskys hätten vielleicht einfach angenommen, dass Margo vergessen hatte abzusperren. Aber die Papiere wieder in die richtige Reihenfolge bringen zu wollen, war utopisch. Trotzdem kniete ich mich auf den Holzboden und begann, die Kopien einzusammeln. Und dann, als ich die letzten Blätter zusammenschob, um einen Stapel zu bilden, hatte plötzlich *ich* eine Erleuchtung:

Unter dem Tisch befand sich eine Falltür. Perfekt getarnt in den Bohlen des Bodens, aber bei ganz genauer Betrachtung doch erkennbar, schrie sie förmlich *Bunker!!!* Ich zögerte nur kurz. Wer wusste, ob sich die Chance noch einmal bot, nun, da den Zamowskys spätestens morgen klar sein dürfte, dass es einen Einbruch gegeben hatte. Ich begriff nur nicht, wie ich die Falltür öffnen sollte, denn es gab keinen Griff, keinen Knauf, keine Klinke. Also drückte ich auf gut Glück mit einer, dann mit zwei Händen auf den Bodenbrettern herum, bis eins davon mit einem sanften Schnarren aufklappte und eine runde, etwa handtellergroße Metallscheibe mit verschiedenen Löchern und Einkerbungen in einer Versenkung offenbarte. Erst starrte ich das Ding nur etwas hilflos an, dann dachte ich: *Was soll schon passieren?!*, und fing auch hier an zu drücken und zu drehen. Und da tat sich endlich etwas. Die Scheibe klackte und klickte leise und rastete schließlich ein. Dann begann die ganze Falltür zu summen und ich krabbelte ein Stück rückwärts, um mit gewissem Sicherheitsabstand zu beobachten, wie sie sich langsam zurückklappte. Sobald sie komplett offen stand, flackerten ein paar LEDs auf und beleuchteten eine steile, steinerne Treppe, die hinab ins Dunkel führte.

Der vernünftige Teil meines Gehirns mahnte, zumindest Homer eine Nachricht über mein Vorhaben zukommen zu lassen. Der andere, natürlich ebenfalls vernünftige Teil widersprach, dass dafür keine Zeit war. Ich hatte nach wie vor kein Fon, keine Nummer von Homer oder einem der anderen Jungs, und die öffentlichen Telefone funktionierten mittlerweile nicht mehr, da es für die Betreiber nicht mehr rentabel war, Gespräche für Münzgeld anzubieten. Während ich diese Gedanken wiederkäute, hatte ich mich schon an den Abstieg gemacht und wendelte mich etwa fünfzehn Meter tief die Treppe hinab in die Kälte.

Unten angekommen fand ich mich in einer kleinen, runden Halle mit vielleicht drei Metern Raumhöhe wieder, von der ein Gang und vier Türen abgingen. Ich sah mich nach Überwachungskameras um, doch alles, was ich erkennen konnte, waren die vergitterten Auslässe der Lüftung an der Decke. Die Steinwände wirkten archaisch und standen in starkem Kontrast zur modernen, kühlen Beleuchtung. Passend zu Tsoozu, irgendwie, ein hoch technisierter, steinalter Aliengott mit urzeitlichem Wertesystem. *Bah.*

Ich öffnete eine der Stahltüren und wieder flackerte Licht auf. Vor mir befand sich ein riesiger Schlafsaal mit fünf Reihen schlichter Stockbetten. Fünfzig Menschen konnten hier zur Not unterkommen. Der nächste Raum beherbergte die sanitären Anlagen und der danach Tische und Stühle für dieselbe Menge an Menschen, eine Theke und dahinter eine große Küche, die mit einem immensen Lagerraum verbunden war. Ich staunte nicht schlecht. Das war vermutlich die Größenordnung, die Homer vorschwebte, wenn er an den drohenden Verfall dachte. Lange Regale waren deckenhoch mit Kanistern, Boxen und Dosen gefüllt, Einmachgläser und Konservenbüchsen reihten sich meterweit aneinander, aber auch Töpfe, Teller, Bettwäsche, Waschmittel, Shampoo, Toilettenpapier fanden sich in den hinteren Reihen. Ich wette, dass allein diese Ausstattung den einen oder anderen gewiss zu Tsoozu bekehren würde, wenn der Verfall erst so richtig zugeschlagen hatte und die Not groß war. Wobei sich die Zamowskys ja offenbar nur für betuchte Gläubige interessierten.

Die letzte Tür führte zu einer Art … Thronsaal, wenn ich mich nicht täusche. Dicke Teppiche wiesen den Weg zu einem mit Schnitzereien und Gold reichverzierten Sessel auf einem Podest und an den Wänden hingen halb abstrakte, halb abscheuliche Bilder, die vermutlich von Tsoozus Rückkehr auf die Erde kündeten … oder der Künstler hatte sich auf die Leinwände erbrochen. Ich war mir nicht sicher. Chiara war jedenfalls nicht hier. Blieb nur noch der Gang. Ich folgte ihm, bis ich an eine weitere Stahltür gelangte. Ich musste einiges an Kraft aufwenden, bis ich sie geöffnet hatte, und was ich dahinter fand, war irgendwie … enttäuschend. Große Gebilde aus Metall, Röhren, Zahnräder, runde Anzeigen mit Zeigern, die alle auf 0 standen. Erst, als ich das gedämpfte Rauschen vernahm, begriff ich. Das hier war ein Wasserkraftwerk. Die Awin musste ganz nah sein, die Tsoozu-Anhänger würden Schleusen öffnen und einen Teil des Flusswassers durch ihr System leiten, um Strom für die Bunkeranlage zu erzeugen, wenn sie erst einmal in Betrieb war. Schlau. Doch all das half mir im Augenblick keinen Deut weiter bei meinem Ziel, Chiara zu finden. Ich verließ den Technikraum und stieg die Treppe wieder nach oben, bis ich an die Falltür kam.

Die *geschlossene* Falltür.

Kapitel 12

Mein Herz trommelte los. Ich hatte die Tür nicht geschlossen. Ganz sicher nicht. Ich stemmte mich mit aller Kraft dagegen, aber sie saß fest. Alles nur wegen Chiara. Alles nur wegen Melissa. Ich hasste sie, alle beide. Wahrscheinlich war ich hier sowieso völlig falsch. Immerhin war ich nur dem wirren Gerede einer Borderlinerin auf Tablettenentzug gefolgt. Ich Närrin! Panisch trommelte ich ein paar Sekunden lang gegen die Klappe, dann ließ ich die Arme sinken. Was, wenn mir jemand gefolgt war? Wenn ich nicht mehr alleine hier unten war? Wenn Duke mich gefunden hatte?

Ich lauschte, doch alles, was ich hörte, war das Blut, das durch meine Adern rauschte und mein schneller werdender Atem.

Ruhig, drang die typische, leicht raue Stimme meiner Bisabuela durch mein inneres Getöse. *Ruhig. Setz dich.*

Ich ließ mich mit wackeligen Knien auf einer Steinstufe nieder, versuchte, meinen Atem in den Griff zu bekommen.

Falls jemand hier ist, kannst du ihn besiegen, sagte meine Urgroßmutter. *Du hast deine Messer, deine Stärke, dein Geschick. Und falls niemand hier ist, wirst du auch überleben, denn du befindest dich in einem Bunker mit Nahrung für die nächsten fünf Jahre. Und einer Toilette. Aber ich weiß, dass du hier rauskommst. Vielleicht ist die Tür von selbst zugegangen. Vielleicht handelt es sich um eine Art Schutzmechanismus. Beruhig dich und such nach einem Riegel.*

Sie hatte recht, aber ich konnte mich nicht beruhigen. Mit fliegenden Fingern tastete ich die Türinnenseite ab, die Scharniere, die Mauer rundum … Da war etwas. Ein Knopf und ein weiterer auf der anderen Seite. Ich drückte sie, erst einzeln, dann beide gleichzeitig, während ich mich mit der Schulter gegen die Tür lehnte, und endlich gab sie nach und schwang nach oben.

Gut gemacht.

Ich wappnete mich, riss mein Messer aus der Tasche, um vorbereitet zu sein, wer auch immer mich womöglich oben erwarten würde, sprang hinaus – und stand alleine in der menschenleeren Teeküche zwischen diversen Papieren, die ich mit meinem energischen Auftritt wieder durcheinandergewirbelt hatte. Ich stieß erschöpft, erleichtert die Luft aus. Wahrscheinlich schloss sich die Tür tatsächlich nach ein paar Minuten von selbst, um das Geheimnis des Bunkers zu schützen. Eilig stapelte ich die Kopien wieder aufeinander, klappte den Laptop zu, versuchte, seinen ursprünglichen Platz wieder zu rekonstruieren, da fiel mein Blick auf die transparente Schreibtischunterlage, unter der diverse Fotos steckten, die wohl während der Seminare gemacht worden waren.

Und da war sie. Im Schneidersitz, mit geschlossenen Augen, in sich gekehrt, friedlich, entrückt, umgeben von Kerzen und verschwommenen Gesichtern im Hintergrund. Sie trug ein weißes Kleid und die langen dunklen Haare offen, die weich über ihre Schultern flossen. Chiara.

Trotz des Schreckens, der mir immer noch in den Knochen saß, durchflutete mich nun Triumph. Ich hatte recht gehabt. Die Zamowskys hatten etwas mit ihr zu tun. Gehabt. Ich pulte das Bild von der klebrigen Schreibtischoberfläche und drehte es um. Der Zeitstempel bestätigte meine Vermutung: Das Foto war vor über einem halben Jahr aufgenommen worden.

Okay. Ich hatte einen Bunker und ein Bild. Das war mehr, als ich mir von dem Ausflug versprochen hatte. Und es war Zeit, mich endlich vom Acker zu machen. Obwohl es mir widerstrebte, legte ich das Foto zurück. Ich wollte nicht, dass die Zamowskys ahnten, dass es bei dem Einbruch um Chiara ging, auch wenn ich mir das Bild gerne als Beweis aufgehoben hätte. Als Beweis, aber auch als Erinnerung und Motivation für mich selbst, dass ich hier für ein Mädchen kämpfte, das meine Hilfe brauchte.

Bevor ich ging, öffnete ich noch das schmale Fenster zum Hinterhof und verstreute die Papiere wieder auf dem Boden. Mit etwas Glück würden die Zamowskys denken, dass es nur ein Windstoß gewesen war, der die Scripte in Unordnung gebracht hatte.

Homer war schon leicht unruhig, als ich zurückkehrte. Er versuchte, es zu verbergen, aber ich sah es ihm trotzdem an.

„Ich habe einen Bunker und ein Bild!", rief ich ihm entgegen.

„Geh zu Shirokko, er hat dich gesucht."

„Ich habe einen Bunker und ein Bild!", teilte ich also auch diesem freudig mit. Ich hatte ihn in seinem Zimmer im Zwischengeschoss gefunden, fernab seiner stets feiernden Kumpane.

„Was haben wir ausgemacht?", fragte er. Irgendwie wirkte er verstimmt.

„Gesunder Menschenverstand. Rücksichtnahme. Klopapier und Bier nachlegen", wiederholte ich brav die Regeln unseres Zusammenlebens.

„Dass du dich nicht in Gefahr bringen sollst. Dass du einen von den Männern mitnehmen sollst."

„Das war doch nicht ausgemacht. Das war ein Vorschlag, den ich in diesem Fall lieber … unberücksichtigt gelassen habe."

Seine Miene wurde finster und sein ausgeprägter Kiefer spannte und entspannte sich. „Ich habe keine Lust mehr, deinen Babysitter zu spielen."

„Gut", schnappte ich. „Ich brauche nämlich keinen."

„Ach ja?"

„Ja."

Er hielt mir grimmig sein Fon hin. „Dann ruf Biskaya an und erklär ihr das."

Genau das tat ich. „Biskaya! Ich habe einen Bunker und ein Bild! Ja! Ganz sicher. Nein, noch nicht. Ich muss mir die Wohnung von den beiden noch vornehmen. Shirokko? Der ist stinkig. Im übertragenen Sinne, natürlich. Ja. Jaja. Erspar mir das." Ich rollte mit den Augen. Shirokko streckte die Hand aus und forderte mit wackelnden Fingern sein Fon zurück. „Er will dich sprechen. Okay. Danke. Ihr auch. Bis bald." Damit reichte ich ihm das Fon.

„Sie ist unbelehrbar", beklagte sich Shirokko.

„Pff." Auch wenn ich das mit Empörung vernahm, fühlte ich mich in der Wahl meines Epors bestätigt.

„Ich habe weder die Zeit, noch die Ressourcen, sie weiterhin … Ja?" Seine Stimme wurde weicher. Leiser. Er lächelte. „Wirklich? Daran erinnerst du dich? Dann sollten wir –" Ihm schien aufzufallen, dass ich mich noch im Raum befand, denn er unterbrach sich, hielt mir brüsk die Tür auf und wies entschieden hinaus auf den Gang. Hocherhobenen Hauptes kam ich seiner unausgesprochenen Bitte nach. Erst, als die Tür ins Schloss fiel, hörte ich ihn weitersprechen und schüttelte mich angewidert, auch wenn ich nichts Konkretes verstand. Es war Gesülze, soviel war sicher.

Zehn Augenpaare blickten erwartungsvoll zu mir auf, als ich die Treppe herunterkam. Alle Mann hatten sich unten versammelt.

„Und?", fragte Carlos.

„Ich habe einen Bunker und ein Bild!", verkündete ich, doch das schien hier keinen zu interessieren.

„Stehst du noch unter seinem Schutz?", wollte Geronimo ungeduldig wissen.

Ich seufzte innerlich, bemühte mich aber um eine bedauernde Miene. „Ja. Für die nächsten fünf Jahre. Gerade besprochen."

Murrend zerstreute sich die Menge.

Meine Strategie jedoch schien zu fruchten. Am nächsten Abend hatten wir zum ersten Mal seit meinem Einzug Damenbesuch in der Halle; offenbar hatte Lancelot eine ganze Junggesellinnenabschieds-Gesellschaft mitgebracht, die sich nun, leicht bekleidet und schwer alkoholisiert, mit ums Feuer scharte. Sie trugen zerrupfte Engelsflügel auf dem Rücken und Plastikkrönchen auf dem Kopf und waren bester Laune. Ich verabschiedete mich eilig, nicht, weil mich der weitere Verlauf des Abends nicht interessierte, sondern weil ich eine Mission hatte.

Ich musste die Zamowskys bespitzeln.

Ich hatte Homer dafür abgestellt, sich während der folgenden Woche um Chiimori zu kümmern, da ich die meiste Zeit an Jorge und Margo dran sein würde. Anfangs war er nicht gerade begeistert gewesen.

„Du warst doch beim Zirkus", meinte ich verständnislos.

„Und? Ich habe Schwerter geschluckt!"

„Aber du hattest doch sicherlich auch mal mit Pferden zu tun."

„Eigentlich nicht. Ich komme ja nicht aus irgendeinem Provinzzirkus, wo der Clown auch der Dackeldompteur ist. Bei uns hatte jeder sein festes Aufgabengebiet."

„Na ja, dann lernst du das eben jetzt", versetzte ich ungeduldig.

Mir wurde schnell klar, dass Homer einfach Respekt vor dem wilden und etwas unberechenbaren Aspa hatte. Und das war gut so. Doch ich merkte auch, dass die beiden sich von Tag zu Tag besser verstanden. Homers Flüche wurden seltener und am Mittwoch hörte ich sogar, dass er leise mit Chiimori scherzte, während er ihm sein Abendheu brachte. Ich ließ den beiden ihren Spaß und machte solange Feuer.

„Shirokkos Gang?", fragte jemand hinter mir, als ich die Holzscheite gerade ordentlich aufgeschichtet hatte.

„Mehr oder weniger", antwortete ich und wandte mich dem Mann zu, der den Kopf aus einem Lieferwagen mit der sportiven Aufschrift *FrigoNow* streckte. „Um was geht's?"

„Ihre Lieferung." Er sprang aus dem Fahrzeug und öffnete die Hecktüren.

„Welche Lieferung?"

„Die Bestellung Ihres Kühlsystems."

Jetzt begriff ich. Der Kühlschrank hatte nachbestellt. *Aber, Moment mal …*

„Da muss ein Irrtum vorliegen. Wir haben sicherlich nicht so viel Senf bestellt."

„Nicht Sie, aber Ihr FrigoNow."

„Dann hätten wir aber erst mal 100 –"

„500", berichtigte der Lieferant, während er Kiste um Kiste auslud.

„500 Gläser Senf verbrauchen müssen", vollendete ich überfordert meinen Satz.

„Das ist richtig." Er wischte sich den Schweiß von der Stirn und zog ein elektronisches Gerät von der Größe eines Taschenrechners aus der Hosentasche. „Aber laut FrigoNow-1st-Generation-Rahmenvereinbarung sind Ersatzlieferungen erlaubt, falls das eigentlich zu liefernde Produkt gerade nicht verfügbar ist." Er zeigte mir das Display und scrollte mit dem Finger durch eine lange Liste. „750g Butter, 15 Liter Vollmilch, zwei Liter fettarme, 800 g Edamer, 9 kg Rinderhack, 220 Flaschen Helles, 13 Liter Cola …"

„Ich würde aber denken, dass es sich dann um entsprechende, ähnliche Produkte handeln müsste", unterbrach ich ihn.

Er zuckte mit den Schultern. „Ich habe die Vereinbarung nicht gemacht. Und gerade gibt es eben nur Senf. Unterschreiben Sie jetzt bitte?"

„Wie lange ist das Zeug haltbar?"

Damit hatte ich die Geduld des 'Shims offenbar überstrapaziert. Ungehalten fiel er ins *Du*. „Mann, Mädchen, ich habe noch mehr Kunden zu beliefern. Schau auf den Deckel, da steht es."

Ich unterschrieb pampig mit *Nia* und der Lieferant machte sich mit quietschenden Reifen vom Acker. War mir doch auch völlig egal, ob es die nächsten drei Jahre nur Senf geben würde. Wenn alles klappte, würde ich ohnehin schon bald nach Urba zurückkehren.

Homer staunte nicht schlecht, als er aus dem Stall kam.

„Was hast du mit dem ganzen Senf vor?"

„Ist gut für die Haut." Der Tropf glaubte es sogar. Gutmütig, wie ich bin, klärte ich ihn jedoch auf: „Den hat euer Kühlschrank bestellt."

Er wollte sich sofort daran machen, die Kisten in die Halle zu schleppen, aber ich zeigte auf den Platz neben mir. „Lass das die anderen machen. Setz dich. Wir müssen Pläne schmieden."

„Du weißt aber schon, dass ich hier auch noch einen Job zu machen habe? Ich bin nicht nur dein persönlicher Pferdeflüsterer und Planschmied."

„Keine Sorge. Bald bist du mich wieder los."

Seinem Gesichtsausdruck nach zu urteilen, war ihm das aber auch wieder nicht recht. Er setzte sich. „Um was geht's?"

„Ich habe die Zamowskys jetzt geraume Zeit beobachtet. Sie haben wie erwartet eine Wohnung, ein paar Kilometer von der Galerie Gutherz entfernt, stehen um sieben Uhr auf und gehen um 12 Uhr nachts ins Bett. Alle zwei Tage kaufen sie im Supermarkt gegenüber ein, zweimal war der Paketbote da, und einmal hat sich Margo mit einer Freundin oder Bekannten oder Verwandten in einem Café getroffen. Ich denke, dass die beiden nicht wirklich viel Privatleben haben. Und keine Zeit dafür. Tagsüber zwei Seminare, eines am Abend, zwischendrin Korrespondenz mit dem ekligen Wayne abwickeln und Teilnehmeranfragen beantworten, danach gleich in die Wohnung. Wenn es Informationen über Chiara gibt, dann sind sie dort."

Homer musterte mich über das Feuer hinweg. „Du suchst doch nicht nur Informationen. Du denkst, sie ist dort."

Ich biss auf meiner Unterlippe herum. „Irgendwie … schon. Die Wohnung sieht komisch aus. Die Fenster sind alle mit Folien beklebt. Nicht, dass da andernfalls jemand hineinsehen könnte, die Zamowskys wohnen immerhin im achten Stock."

„Aber warum sollte ausgerechnet sie dort sein – wenn überhaupt irgendjemand? Du hast doch erzählt, wie viele Seminare die Zamowskys abhalten, wie viele potenzielle Anhänger Tsoozus sie um sich scharen …"

„Sie hat Geld. Glaube ich zumindest, denn Melissa hatte Geld, und ihr Vater ist irgendein reicher Industrieller. Und sie ist … beeinflussbar. Sie ist seelisch nicht stabil. Früher hat sie irgendwelche Tabletten genommen, die sie einfach abgesetzt hat, um sie für die harte Zeit aufzusparen, aber schon davor war sie … komisch. Ich denke, dass sie für Margo die perfekte Melkkuh wäre. Vielleicht haben sie ihr erzählt, dass die Apokalypse schon begonnen hat und dass sie deswegen in der Wohnung bleiben soll, oder so was."

Homer nickte. „Und was ist nun dein Plan?"

„Ich brauche ein Fon. Und dich."

Shirokko kam aus der Halle und stutzte. „Was, zur Hölle, sollen wir mit 500 Gläsern Senf???"

Einen Abend später wartete ich im Supermarkt gegenüber darauf, dass die Zamowskys ihre Wohnung verließen. Ich hatte mich zusammen mit einer Handvoll Fruchtfliegen bei den Südfrüchten ans Schaufenster gequetscht und starrte zwischen den Klebebuchstaben des Supermarktlogos hinüber zur Eingangstür des Wohnhauses.

„Wir schließen", teilte mir die hagere, schlechtgelaunte

Kassiererin mit.

„Wie, jetzt schon?"

„Ist ja nichts mehr los." Sie hatte recht. Der Laden war außer uns beiden menschenleer. „Keine Lieferung, keine Kunden. Nehmen Sie die Ananas oder nicht?"

Ich zog es tatsächlich in Betracht, sie aus schlechtem Gewissen zu kaufen. Aber 120000 Taler für ein Stück Obst?

„Nein. Danke."

Unter den vorwurfsvollen Blicken der Verkäuferin verlegte ich meinen Beobachtungsposten also in die dämmrige Garageneinfahrt nebenan, wo ich mich mehr schlecht als recht hinter einem Zigarettenautomaten verbarg. Ich war nervös. Angestrengt fixierte ich die Haustür gegenüber. Auf der Straße war nichts los. Vermutlich saßen bereits alle Normalbürger vor dem Katastrophen-TV oder verdrängten mit dümmlichen Sendungen den Ernst der Lage.

Plötzlich tippte mir jemand auf die Schulter. Das war auch unter normalen Umständen keine gute Idee, aber wenn ich nervös war, war es wirklich nicht zu empfehlen. Ehe es sich der Mann mit der Skimaske versah, hatte ich ein Messer aus der Jackeninnentasche gerissen und trieb ihn mit der Klinge an seinem Hals rückwärts, bis er mit dem Rücken an die Wand stieß.

„Ich bin's doch! Warmit!" Damit riss er sich die Haube vom Kopf und zum Vorschein kam tatsächlich der schlanke 'Shim mit der Napoleon-Frisur vom *Pferde-Mädchen-Abenteuer-Trio*. Klar, sein Motorrad vor dem Supermarkt hätte mir gleich auffallen können.

„Schleich dich nie wieder so an", zischte ich und ließ das Messer sinken. „Wie hast du mich gefunden?"

Er machte ein kleinlautes Gesicht. „Hab dein Fon geortet."

„Warum, bei Artemis?!"

Jetzt leuchteten seine hellgrünen Augen wieder. „Du brauchst meine Hilfe", erklärte er mir eifrig.

„Von wegen. Hau ab. Lass mich in Frieden. Und mein Fon auch." Ich war mir meiner Unfreundlichkeit bewusst, aber ich war echt auf 180. Mein Herz klopfte immer noch wie wild.

„Wolltest du nicht in die Wohnung von dem Sektenguru?"

„Woher weißt du das?"

„Homer war bei mir, um sich für dich das Fon auszuleihen. Und dieser Zamowsky verlässt gerade das Haus, falls dich das interessiert." Warmit nickte in Richtung Straße.

Tatsächlich spazierten Jorge und Margo in diesem Augenblick in Richtung Bushaltestelle los. Ich zog das Fon aus der Tasche. Es brauchte zwei Anläufe, da die Verbindung mal wieder hakte, aber dann hatte ich Homer am anderen Ende. „Es geht los."

„Viel Erfolg."

„Danke. Halt sie hin, falls sie die Galerie vor zehn verlassen wollen. Stell Fragen. Benimm dich meinetwegen daneben. Und ruf auf jeden Fall an, wenn sie sich auf den Rückweg machen."

„Ich weiß." Homer klang genervt. Zurecht. Immerhin waren wir das alles schon am Abend zuvor durchgegangen. Er würde einen neuen Seminarteilnehmer spielen. Zwar hatte er sich nicht angemeldet, aber wir hofften, dass er aufgrund seines angeblichen Reichtums auch ohne vorherige E-Mail in die Gruppe aufgenommen werden würde, zumal mein Platz ja an diesem Abend leer blieb. „Bis später."

„Bis später", sagte auch ich zu Warmit und lief los.

„Warte." Er hielt mich an der Schulter fest und reichte mir eine weitere Sturmhaube. „Falls die Wohnung videoüberwacht ist. Wenn sie deine Freundin da drin haben, werden sie Sicherheitsvorkehrungen getroffen haben."

Ich riss sie ihm widerwillig aus der Hand. „Okay. Danke. Ich ziehe sie an, sobald ich drin bin."

„Wie willst du ins Haus kommen?"

Eigentlich wollte ich sagen: „Hau schon ab", aber die Angeberin in mir tönte: „Sieh zu und lerne."

Das Haus war ein Altbau und die Haustür wie üblich nur ins Schloss gefallen, das mit meinem Spezialmesser zu öffnen ein echter Klacks war. Die Wohnungstür selbst war komplizierter. Weil Warmit die ganze Zeit aufgeregt neben mir herumzappelte und alles besser wusste, ließ ich ihn das Schloss knacken.

„Chiara", bühnenflüsterte ich, sobald wir die Tür hinter uns zugezogen hatten. Keine Antwort. Ich tastete nach dem Lichtschalter, denn durch die Fenster kam aufgrund der Folienbeschichtung nicht viel Abendsonne. Gedämpftes Licht flammte in der gesamten Wohnung auf, die aussah wie aus einem anderen Jahrhundert. Altmodische Möbel und Stoffe, alles aus einem Guss, alles in einem Stil und ganz gewiss nicht Jorges. Nur ein Schreibtisch voller unvermeidlicher Papiere im Arbeitszimmer schien auf ihn zu verweisen. Eilig rannte ich durch die geräumige Vier-Zimmer-Wohnung, doch entgegen meiner Erwartung fand ich von Chiara keine Spur. In einer zweiten Runde sah ich genauer hin, blickte hinter die Vorhänge und unter den Flügel, in die Vorratskammer, in den Uhrenkasten. Nichts. Niemand. Und definitiv auch keine Videoüberwachung.

Überrascht ließ ich mich auf die Couch fallen, deren zarte Holzfüßchen knarzend in die Knie zu gehen schienen, und zog mir die Maske vom Kopf.

„Ich war mir so sicher gewesen."

„Vielleicht haben sie sie irgendwo anders untergebracht", tönte Warmits Stimme aus dem Arbeitszimmer herüber.

„Ich habe die Zamowskys fast eine Woche beschattet. Sie hätten Chiara in der Zeit etwas zu essen und zu trinken bringen oder zumindest mal nach ihr sehen müssen. Aber sie waren nur hier und in der Galerie und unterwegs einkaufen." Ich hörte ihn tippen. „Was machst du?"

„Ich sehe mir den Rechner an."

„Und?" Ich konnte mich noch nicht aufraffen. Die Enttäuschung darüber, dass ich so falsch gelegen hatte, klebte mich auf dem Sofa fest. Ich überprüfte mein Fon. Empfang war vorhanden, aber Homer hatte sich noch nicht gemeldet. War auch noch zu früh dafür.

„Ich muss erst das Passwort knacken."

„Oh." Anscheinend hatte sie der Einbruch in ihr anderes Büro doch vorsichtiger werden lassen. „Versuch *Margo*. Und *Tsoozu*. Und … wie heißt der Typ? *Wayne. Yves P.* –"

„Hab's schon."

Als ich mit mäßiger Neugierde ins angeschlossene Arbeitszimmer spazierte, saß Warmit dicht vor dem Bildschirm des Computers. Er hatte einen Daten-Stick eingesteckt und in einem gesonderten Fenster ein Programm laufen, dessen weiße Buchstaben und Ziffern so schnell vorbeihuschten, dass ich sie nicht erkennen konnte.

„Sag mir ihren Namen."

„Ich habe schon nach ihr gesucht …"

„Ich suche besser."

Schulterzuckend kam ich seiner Bitte nach.

„Nichts", vermeldete er nach kurzer Zeit.

Mein Triumph hielt sich in Grenzen. „Sag ich ja. Sie hat wahrscheinlich wie ich für das Seminar einen falschen Namen angegeben."

„Heißt du gar nicht Nia?"

Ich verpasste ihm einen sanften Schlag auf den Hinterkopf. „Ich heiße nicht Karla Kapova."

„Wie Cincin?"

„Genau."

Warmit hatte ein weiteres Fenster geöffnet. „Gib mir ein paar Informationen."

Ich überlegte. „Sie hat sich wahrscheinlich vor … Oh Artemis, wann sind wir?" Ich rechnete. „… vor 20 Monaten, plus minus fünf bei Jorge gemeldet. Und das ziemlich sicher von einem Computer in der Wiener Allee 8 in Urba aus. Bringt dir das was?"

„Wenn die Mails so lange auf dem Server gespeichert werden, dann ja. Sonst müssen wir stärkere Geschütze auffahren." Er tippte wieder und nachdem Buchstaben eine Weile lang über den Bildschirm gesaust waren, lehnte er sich zurück, um mich lesen zu lassen. „Könnte es eine von ihnen sein?"

Ich überflog die Liste. Die Namen sagten mir nichts. Bis auf … „Ludmilla. Von ihr hat Margo mal gesprochen. Kann ich lesen, was sie geschrieben hat?"

„Sicher."

„*Sehr geehrter Herr Zamowsky, im Gegensatz zu meinen Mitmenschen überzeugt von der drohenden Endzeit suche ich Möglichkeiten, das damit einhergehende äußerliche, aber auch innerliche Chaos in Schach zu halten. Von ihrem Seminar erhoffe ich mir diesbezüglich hilfreiche Ratschläge. Bitte geben Sie mir Bescheid, so Sie noch verfügbare Plätze haben*", las ich laut vor. „Keine Ahnung. Könnte passen. Oder auch nicht. Ich kenne sie nicht gut genug." Ich erinnerte mich an ihre irgendwie liebenswürdig-verwirrte Art. Ihre scharfsinnige Beobachtungsgabe, obwohl sie immer auf irgendwelchen Pillen war, die ihr der Seelenklempner verschrieben hatte. Daran, dass sie mal eine Schlafbrille getragen hatte, damit sie die Unordnung auf einer von Melissas Partys nicht mitansehen musste ... Kleine Ströme von Aufregung und Hoffnung flossen mir durch die Adern. „Vielleicht ist sie es wirklich. Sie scheint mit Chaos nicht gut zurechtzukommen."

„Gut. Dann suchen wir jetzt alles über Ludmilla Vanborne."

Während Warmit die Finger über die Tasten fliegen ließ, sah ich mich im Raum um. Bieder. Unspektakulär. Und an den holzvertäfelten Wänden ein paar nichtssagende Aquarelle und ein großes, goldgerahmtes Foto. Ich trat näher. Es zeigte Yves P. Wayne, den ich vom Klappentext des Buches wiedererkannte, das Jorge mir geliehen hatte. Ein Mann in den Vierzigern, mit freundlichem Lächeln, ordentlich gegeltem Haarschnitt und gut sitzendem Anzug, über dem er eine purpurfarbene Stola trug, auf der eine Art Sonne mit acht Strahlen eingestickt war. Auf dem Bild segnete er gerade mit salbungsvoller Miene Margo und Jorge, die entrückt grinsend vor ihm auf dem Boden knieten, in einer Halle, die verdächtig nach Jugendheim aussah. Gebastelte Papierdeko und geraffte Stoffbahnen versuchten erfolglos, Leuchtstoffröhren und Sichtbetonwände zu kaschieren. Wenn ich an den Thronsaal im Bunker dachte, musste ich zugeben, dass Wayne und seine Fans sich durchaus verbessert hatten.

„Also, ich habe hier ein paar E-Mails, die von Ludmilla alias Chiara geschickt wurden, beziehungsweise, in denen ihr Name auftaucht. Und hier ist eine Reihe von Bildern, die mit ihrem Namen getagged sind."

Ein Blick genügte. „Das ist sie. Perfekt! Danke, Warmit!" Obwohl ich mich auf die Fotos konzentrierte, bemerkte ich, wie sich seine Ohren rot verfärbten – und das, obwohl sich unser gesamter Körperkontakt eben auf ein kollegiales Schulterklopfen beschränkt hatte. „Lass mich die E-Mails lesen."

Er schüttelte den Kopf. „Wir haben jetzt keine Zeit, das alles zu lesen."

„Dann ... nehmen wir den Computer mit?"

„Nicht sehr elegant. Und du würdest deine Feinde warnen."

„Du speicherst alles auf den Stick?"

„Besser." Er rief ein Programm vom Stick auf und begann wieder zu tippen. „Wir verschaffen uns Zugang zu ihrem Computer. Ich installiere einen kleinen Spion. Damit können wir von zu Hause aus in aller Ruhe die Daten durchsehen und bekommen auch gleich ganz bequem die neuesten Mails und Dokumente geliefert."

„Oh. Das geht?"

„Wenn man es kann." Seine Ohren hatten wieder eine normale Farbe angenommen, aber an ihrem Hüpfen sah ich, dass er grinste, während er das Spähprogramm auf den Rechner der Zamowskys losließ. Dann hielt er inne. „Was ist das?"

„Was?"

„Das … Brummen?"

„Göttin – das ist mein Fon!" Ich rannte zurück ins Wohnzimmer, doch als ich abhob, hörte ich nur Knacksen. Das Netz machte mal wieder Ärger.

„Du hast es *leise* gestellt?", rief Warmit ungläubig aus dem Arbeitszimmer.

„*Ich* habe überhaupt nichts gemacht. *Ich* habe das Fon so, und zwar *genau so* von Homer bekommen. Oh Göttin, 13 Anrufe in Abwesenheit", vergegenwärtigte mir ein Blick auf das Display. „Wir müssen weg von hier."

Kapitel 13

In diesem Moment wurde ein Schlüssel in der Wohnungstür herumgedreht. Ein Anhänger klimperte an den Beschlag des Schlosses.

„Schnell. Warmit. Los", zischte ich.

„Habsgleichhabsgleich!", flüsterte er zurück.

„Solche Trantüten", hörte ich Margo im Gang klagen. „Kein Feuer, kein Ehrgeiz, keine Kohle." Jorge murmelte etwas zur Antwort, das ich nicht verstand.

Ich sah mich nach Fluchtwegen um. Die Fenster kamen im achten Stock nicht infrage und der einzige Weg nach draußen würde über den Flur direkt in die Arme der Zamowskys führen. Einige Sekunden verschwendete ich durch hektisches Hin- und Herrennen, dann näherten sich Schritte und ich krabbelte in meiner Not einfach unter den Flügel und dort in die hinterste dunkle Ecke, wo ich mit den Schatten des Bücherregals verschmolz. Ich zerbiss meine Unterlippe. Wo blieb Warmit?

„Die Welt ist wirklich dem Untergang geweiht." Die Wohnzimmertür öffnete sich und Margo stöckelte in beigen Lackpumps vorüber. Es klirrte und gluckerte an der entgegengesetzten Wand; offenbar genehmigte sich die Gute einen Feierabendschluck. Und noch einen zweiten. Gebannt starrte ich zur Arbeitszimmertür hinüber. Ich konnte Warmit nicht sehen, nur hoffen, dass er sich auch rechtzeitig verkrochen hatte … Mein Fon begann erneut zu vibrieren; ich drückte Homer schnell weg, ehe das Summen mich verriet. Bald darauf stöckelte Margo wieder in die entgegengesetzte Richtung vorbei, jetzt etwas beschwingter. Sobald ihre Schritte auf dem Teppich des Flurs zu hören waren, vernahm ich das leise Rascheln von Kleidung aus Richtung des Arbeitszimmers und Warmit ließ sich mit Anlauf über das Parkett unter den Flügel gleiten.

„Da bin ich!", strahlte er.

„Pscht. Hast du den Spion installiert?"

„Klar."

„Und den Rechner heruntergefahren?"

„Jep."

„Und den Stick mitgenommen?"

„Jo."

„Gut."

„Wo ist deine Maske?"

„Verdammt." Auf der Couch lag sie. In einer waghalsigen Mission verließ ich den Schutz des Klaviers und krabbelte halb hinüber ... und wieder zurück, weil erneut jemand zur Tür hereinkam. Jorge. Vertrocknet-schlammige Turnschuhe latschten vorbei und verschwanden im Arbeitszimmer.

„Jetzt." Innerlich fluchend barg ich die Skimaske und kehrte zu Warmit unter den Flügel zurück. Jetzt hieß es Warten. Wir schwiegen, weil sich Jorge immer noch im Arbeitszimmer befand und offenbar seinen Rechner bediente, wenn ich das gelegentliche Klicken und Tippen recht deutete.

Warmit zog sein Fon aus der Tasche und wischte darauf herum. In Ermangelung einer besseren Beschäftigung holte auch ich mein geliehenes Fon hervor und tippte eine Nachricht an Homer. *Sorry, konnte nicht hingehen.* Warum, würde ich ihm allerdings verschweigen. Wahrscheinlich würde Warmit ihm ohnehin brühwarm erzählen, dass ich es auf der Couch vergessen hatte. *Sitzen hier fest. Müssen warten, bis Zielpersonen schlafen, bevor wir Wohnung verlassen können.* Die Nachricht ging gefühlte fünf Stunden nicht durch. Margo holte sich einen weiteren Drink und ging dann, den Geräuschen nach zu urteilen, unter die Dusche.

Warmit hielt mir sein Fon hin. Es dauerte ein paar Sekunden, bis mir klar wurde, was es zeigte: Ein Spiegelbild von Jorges Bildschirm. Ich konnte quasi in Echtzeit mitverfolgen, wie er einen Blogartikel zum Thema Gemüseanbau verfasste. Irgendwie spannend. Und irgendwie furchtbar öde. Ich gab das Fon zurück.

Warmit hatte mich anscheinend die ganze Zeit über angestarrt. Auch jetzt warf er nur einen kurzen Blick auf das Display, bevor er wieder mich ansah. Seine weit auseinanderstehenden, leuchtenden Augen verliehen ihm einen neugierigen Ausdruck und ließen ihn jünger erscheinen, als er war. Wahrscheinlich ließ er sich seinen samtig wirkenden Dreitagebart nur stehen, um optisch gegen diese Tatsache anzusteuern.

Mach keinen Mist, dachte ich. Mich wortlos anzuschmachten war schon nervig genug, aber wenn er jetzt noch Taten folgen lassen wollte, konnte ich für nichts mehr garantieren. Und ich war mir ziemlich sicher, dass Kampfhandlungen unter dem Piano forte an den Zamowskys nicht unbemerkt vorübergehen würden.

Schließlich zog ich einfach die Skimaske über und sah in eine andere Richtung. Jorge tippte und tippte. Margo duschte und duschte. Warmit berührte meine Schulter. Ich war schon wieder so angespannt, dass ich ihm beim Herumfahren aus Versehen fast das Fon aus der Hand gekegelt hätte, das er mir hinhielt.

Nia, ich weiß, fünf Jahre sind eine lange Zeit, stand da, *aber wenn du dann nicht mehr Shirokkos Schützling bist, und die Welt noch nicht untergegangen ist, und wir beide noch leben, könntest du dir vielleicht vorstellen, meine Frau zu werden?*

Ich riss ihm das Fon aus der Hand und begann zu tippen. *Du glaubst an Homers Theorie?*

Ich glaube, das war nicht direkt das, was er hatte lesen wollen.

Ist das ein „ja"?

Nein.

Schade.

Ich rollte mit den Augen und winkte mir das Fon wieder heran. *Liegt nicht an dir. Mein Glaube verbietet mir den näheren Kontakt zu Männern.*

Er machte ein angewidertes Gesicht. *Bist du auch in so einer Sekte?*

Nein. Und dann tippte ich es einfach. *Ich bin eine Amazone.*

Sein Gesicht leuchtete auf. *Kennst du „Amazonen vs. Aliens"?*

Jetzt konnte ich doch nicht anders und verpasste ihm einen herzhaften Faustschlag auf den Oberarm. *Ein dämliches, frauenverachtendes Spiel.* Ich hatte es mal auf Kassians Konsole spielen müssen und war entsetzt gewesen über die völlig falsche Darstellung der Amazonen. *Die Aliens hab ich so was von platt gemacht.*

Er grinste. Und ich … auch.

Endlich schlurfte Jorge an uns vorbei und knipste das Licht aus. Auch Margos Duschgeräusche waren verstummt.

„Wir warten eine Stunde. Dann gehen wir", flüsterte ich.

Warmit nickte. Wir starrten in die Dunkelheit.

„Vielleicht ist Chiara im Keller", schlug er irgendwann leise vor. „Sie könnten sie von hier aus mit Nahrung versorgen, ohne dass sie das Haus verlassen müssten, ohne dass du das von deinem Beobachtungsposten aus mitbekommen hättest."

Ich schauderte. Arme Chiara. Warmits Vermutung klang logisch, aber ich hoffte von ganzem Herzen, dass er nicht recht hatte. „Wir sehen nach."

Also warteten wir ab, bis keinerlei Geräusche mehr zu uns drangen, und schlichen dann auf Zehenspitzen aus der Wohnung. Wir suchten alle Kellerräume ab, vom Heizungs- bis zum Fahrradkeller und leuchteten mit den Fons zwischen den Holzplanken aller Kellerabteile hindurch, um nach Chiara zu fahnden, doch außer ein paar Schaben und Silberfischchen fanden wir kein Leben vor.

Es muss nach drei gewesen sein, als wir endlich aus dem Haus traten. „Soll ich dich mitnehmen?", fragte Warmit und stieg auf sein Motorrad.

„Ich habe keinen Helm dabei."

Er sah mich zweifelnd an. „Die Welt geht unter und du sorgst dich über einen fehlenden Helm?"

„Auch wieder wahr." Ich kletterte hinter ihm auf den Sitz. Um diese Uhrzeit ging sicher keine Bahn mehr und zu Fuß würde ich ein paar Stunden bis zur Fabrikhalle brauchen. „Du glaubst an Homers Theorie", wiederholte ich.

„Jeder, der bei Verstand ist, tut das."

„Er denkt, er sei alleine mit seiner Vermutung."

„Mir kommen die Tränen." Ungerührt schaltete er die Zündung ein, trat an und machte damit alle weiteren Gespräche unmöglich. Mich aber bestärkte seine Meinung. Ich musste mich dringend vorbereiten.

Den nächsten Tag verbrachte ich jedoch zur Hälfte bei meinem Aspa, um mein schlechtes Gewissen ihm gegenüber zu beruhigen, und zur anderen Hälfte vor einem der Rechner im

Keller der Fabrikhalle. Carlos und Warmit hatten hier ihr Reich eingerichtet, überall blinkten und summten Rechner, Displays, Server und Drucker.

Der Pferdefuß an der Sache mit dem kleinen Spionvirus war, dass ich abhängig davon war, ob jemand den fraglichen Rechner einschaltete oder nicht. Deshalb hatten wir nachmittags angefangen, alle Daten von dort herunterzuladen, sobald Carlos mir gemeldet hatte, dass Jorge den Computer hochgefahren hatte. Das dauerte, da es wegen der Stromengpässe immer wieder zu Netzausfällen kam. Währenddessen gab ich Waynes Namen bei einem Videoportal ein und sah mir ein paar Filmausschnitte mit dem Religionsstifter an. Wayne hinter einer Art Altar bei einer Zeremonie, Wayne, der als Tsoozus Medium mit verdrehten Augen und mechanischer Stimme den Untergang der Welt prophezeite, Wayne bei einem Interview.

„Sie sind allen Ernstes der Meinung, dass ein Gott Ihnen seine Botschaften in den Geist diktiert?", fragte eine skeptische Talkmasterin mit einem hübschgescheitelten Bob.

Wayne lächelte gewinnend. „Ich, unsere hunderttausend Anhänger und natürlich Tsoozu." Seine Stimme klang wie Öl.

Sie lehnte sich in ihrem Ledersessel vor. „Tsoozu ist die Gottheit, deren Medium Sie sind?"

„Er hat viele Bezeichnungen. Aber das ist der Name, den anzurufen er uns erlaubt hat, ja."

„Und ist es wahr, dass Ihre Religion Ihnen gestattet, Ungläubige, Moment, ich zitiere: *vom Antlitz der Erde zu tilgen*?"

„Wenn die Zeit gekommen ist, werden wir keine Wahl haben." Er wandte sich von seiner Gesprächspartnerin ab und sah direkt in die Kamera, direkt in die Augen des Videobetrachters. „Erst kam die Flut, die alles mit sich riss, die Erinnerungen und die Heiden. Jetzt wird sie erneut über die Menschheit schwappen, die Verbindung zum uralten Wissen wiederbringen und die Ungläubigen ausrotten – wenn Tsoozu das wünscht, auch mit unserer Hilfe."

„Bah", sagte ich und drückte auf Stop. Schon vom Ansehen der Videos bekam ich Aggressionen. Ich wandte mich lieber dem E-Mail-Programm zu und fing an, die Nachrichten von Chiara an die Zamowskys zu durchforsten. Es begann mit den üblichen Terminvereinbarungen für die Seminarstunden, wurde dann aber bald persönlicher. Es ging um die finanzielle Unterstützung des Bunkerbaus und der Stiftung für die Missionierung von Ungläubigen.

Ich hatte den Eindruck, dass Chiara Geld ebenso unwichtig war, wie es Kassian immer gewesen war. Vielleicht war sie aber auch nur froh, ihre Taler in ein sinnvoll erscheinendes Projekt stecken zu können, bevor sie ganz an Wert verloren. Die Spendenbereitschaft für den Bunker war jedoch offenbar höher als die für den Konvent allgemein. Das änderte sich, als Margo ihr in einer Mail vom bevorstehenden Besuch des Sektengründers berichtete. Chiara schien Feuer und Flamme zu sein, Yves P. Wayne kennenzulernen, und zahlte eine Unsumme von Talern für die Miete eines Saals im hiesigen Kongresszentrum. Für die Planung nahm die E-Mail-Dichte stark zu, nur um danach schlagartig abzuflauen auf eine Nachricht pro Tag, pro Woche, pro Monat, und schließlich ganz zu verebben. Was war geschehen?

Plötzlich kam mir ein Geistesblitz. „Ich bin so eine Idiotin."

„Warum?", erkundigte sich Carlos.

Ein Widerspruch wäre höflicher gewesen, aber ich hatte ihn definitiv nicht verdient.

„Ich habe ja jetzt Chiaras E-Mail-Adresse. Ich kann ihr schreiben!"

„Phantastische Idee." Er lachte leise in sich hinein. „Und stimmt es, dass du gestern während deiner megawichtigen Mission dein leise gestelltes Fon auf der Couch vergessen hast?"

„Hrmpf."

Chiara, melde dich so schnell wie möglich bei mir. Es geht um deine Schwester. Liebe Grüße, Ainia.

Es war seltsam, meinen alten Namen zu verwenden, aber so hatte mich Chiara ja kennengelernt. Ich fühlte mich nicht mehr wie eine *Ainia*. Ainia, das war eine verliebte, pseudoamazonische, diebische Elster mit 1000 Geheimnissen gewesen. Mein Leben, das von *Nia*, war viel einfacher, geradliniger geworden, denn ich tat, was ich wollte, aber ich wollte nicht mehr besonders viel. Das klingt traurig, aber es war okay.

Am Abend warfen Homer und ich vom Lagerfeuer aus wieder schweigend ein paar Messer, bis er mich irgendwann fragte:

„Vermisst du es?"

„War das ein Frettchen?"

„Lenk nicht ab."

Ich wusste natürlich, was er meinte, immerhin hatte ich schon nachmittags darüber nachgedacht. Doch ich fragte, um Zeit zu gewinnen. „Was meinst du?"

„Dein früheres Leben. Du erzählst nie davon, aber manchmal wirkst du so … verloren."

„Ich?" Das konnte ich mir nicht vorstellen. Ich ließ nie die Maske fallen.

„Ja. Wenn du dich um Chiimori kümmerst."

Na gut. In diesen Momenten möglicherweise schon. Vielleicht dachte ich auch genau dann besonders viel an Themiskyra.

„Ganz ehrlich? Ich vermisse es nicht. Aber ich vermisse Xanthos, mein Pferd. Und meine beste Freundin Padmini."

„Und deine Familie?"

Ich schnaubte. „Meine Mutter und mich verbindet nicht besonders viel."

„Was ist mit deinem Vater?"

„Den kenne ich nicht."

„Oh. Schade."

„Nö." Noch ein Erziehungsberechtigter, der mir dazwischenfunkte, hätte mir gerade noch gefehlt.

„Großeltern?"

„Meine Uroma ist schon vor langen Jahren gestorben und meine Oma macht eine lebenslange Weltreise auf der Suche nach sich selbst." Resigniert holte ich die Messer, die im Holz steckten oder rundherum verstreut lagen, dann fragte ich: „Was ist mit dir? Geht dir der Zirkus ab?"

„Ja. Sehr sogar." Er blickte in die Ferne. „Aber die Welt hat sich so verändert, dass es das alte Leben ohnehin nicht mehr gibt. Wer hat denn bei diesen Preisen noch Geld für eine Eintrittskarte übrig? Nein. Es werden sich alle zerstreuen und nicht wieder zusammenfinden."

Das waren deprimierende Aussichten. „Kommen deine Leute dann her?"

„Nein, sie sind im Süden und werden auch vorerst dort bleiben. Dort ist das Überleben leichter, die Winter sind milder und es ist einfacher, Lebensmittel anzubauen, wenn es hart auf hart kommt."

„Wieso fährst du nicht zu ihnen?" Sobald mir die Worte entschlüpft waren, bereute ich sie schon, denn Homer wandte den Kopf und sah mich eindringlich an.

Sag's nicht, flehte ich in Gedanken. *Mach's nicht schwierig. Mach's nicht kaputt.*

Er lächelte traurig und fragte: „War das ein Frettchen?"

Ich spielte dankbar mit und lauschte in die Nacht. „Nein. Ein Iltis. Die gehören beide zu den Mardern. Hast du das gewusst? Du kannst sie auch zur Jagd abrichten."

„Vielleicht sollten wir ihn fangen und zähmen, damit er uns in der schlechten Zeit Ratten fangen kann, die wir dann über dem Feuer braten."

Ich schüttelte mich vor Ekel. „In der schlechten Zeit werde ich lieber Vegetarierin", beschloss ich und überlegte eine Weile vor mich hin. „Denkst du, Washington könnte seine Grasplantage aus dem Gewächshaus räumen? Wir müssen Gemüse anbauen. Ich gehe morgen in die Stadt und kaufe Saatgut. Oder meinst du, ich könnte ein Tütchen Rübensamen in den Kühlschrank legen und der bestellt dann 500 Säcke davon? Dann müsste ich sie nicht hierherschleppen."

„Wenn du Glück hast, schon. Wenn du Pech hast, liefert er dir eine Palette abgelaufener Joghurts." Homer lachte und wechselte das Thema. „Apropos Stadt – was macht dein Apokalypsenguru?"

„Sag das nicht so." Ich zog ein Gesicht. „Jorge war nur kurz am Rechner, wir konnten lediglich einen Teil herunterladen. Ich hoffe, dass die Bilder mehr Aufschluss geben, aber das Netz ist bisweilen so langsam, dass es ewig dauert, bis wir sie hier haben."

„Hat Chiara schon auf deine E-Mail geantwortet?"

„Bislang noch nicht. Warmit wollte mir gleich Bescheid geben, wenn etwas reinkommt." Ich starrte ins Feuer und dachte nach. „Chiara muss bei dieser Veranstaltung zu Ehren Yves P. Waynes dabei gewesen sein. Sie hat so viel Geld zur Verfü-

gung gestellt, um ihm einen würdigen Empfang zu bereiten –
ich wette, dass sie sich das Event nicht hat entgehen lassen."

„Lass uns nach unten schauen. Es geht auf Mitternacht zu,
Jorge ist bestimmt schon wieder am Rechner – vielleicht sind
bereits neue Daten angekommen."

„Kleinen Moment noch." Warmit klickte zwischen diversen
Computerfenstern hin und her, tippte dann wie ein Irrer und
blickte hoch konzentriert auf den vorüberflackernden Text.
Als seine Arme kurz danach begleitet von einem raumfüllen-
den „Yeah!!!" in die Luft schossen, stach er mir mit dem Zeigefinger fast ein Auge aus, doch er war so voller Begeisterung, dass ich statt zu schimpfen nur erstaunt fragte: „Haben
wir Yves schon am Wickel?"

„Nein. Aber *Ventura & Söhne*. Einen internationalen Waf-
fenproduzenten", erläuterte er auf meinen überforderten Blick
hin. „Und, na ja, wir haben ihn nicht am Wickel, aber um ein
paar Milliärdchen erleichtert."

„Nur mit so ein paar ... Zeilen Code?"

Er warf entnervt über so viel Ignoranz die Hände in die Luft
und Homer erklärte: „Nia, daran hat er monatelang getüftelt."

„Und die Kohle landet nun ... wo? Auf Shirokkos Bankkon-
to?"

„Nein, damit würden wir sie sofort auf unsere Spur bringen." Warmit wies auf ein Computerfenster, als würde ich
auch nur halbwegs begreifen, was dort vor sich ging. „Der
Betrag wird verteilt. Geht über ein paar Umwege an Unicef,
Amnesty International, Ärzte ohne Grenzen, das rote Kreuz,
die Welthungerhilfe, und diverse andere Hilfsorganisationen."

„Und was hast du davon?"

Er sah mich erstaunt über seine Schulter hinweg an. „Spaß."

Obwohl ich Uneigennützigkeit mittlerweile für eine Utopie
hielt, glaubte ich Warmit, weil ich aufrichtige Begeisterung in
seinen Augen funkeln sah. „Gibt es auch Neuigkeiten von
Wayne?" Homer und ich setzten uns vor den benachbarten
Computer und sahen blauen Balken beim Wachsen zu.

„Geht so. Jorge ist seit einer Stunde wieder aktiv. Aber einer
der Hauptknotenpunkte ist heute abgefackelt", erklärte Warmit. „Die Daten kommen über Umwege."

Ich verstand kein Wort, doch ich nickte, um nicht noch mehr Fachchinesisch zu erzeugen, und scrollte durch die Dateien. Langsam, langsam tröpfelten nach und nach Bilder herein. Ein Bild nach dem anderen klickte ich an, aber es war nur alter Mist, ein Segeltörn, ein Geburtstag, ein Paris-Urlaub.

„Können wir die Übertragung stoppen und uns gezielt die Bilder aus einem bestimmten Zeitraum holen, um Zeit zu sparen?", erkundigte ich mich schließlich und nannte ihm das fragliche Datum.

„Klar", sagte Warmit.

Schon besser. Ein Foto des Kongresszentrums, des großen, noch menschenleeren Saals, das ein Transparent mit der Aufschrift *Willkommen, Heilbringer!* schmückte, eins von Margo und Jorge in guter Kleidung und aufgekratzter Stimmung, und einige von Leuten, die in dem sich füllenden Raum Häppchen verputzten. Dann ein Bild von Wayne, der den Raum betrat, leicht verwackelt, und noch eins, das ihn am Rednerpult zeigte …

„Stopp!", rief ich. „Da ist sie." Eindeutig. Auf dem Bild kniete Chiara auf dem Boden und ließ sich von Wayne segnen. Sie trug ein weißes, fließendes Gewand, das mich an die der Yashti erinnerte, wenn sie am Tag der Sonnenfeier zu den Sommerhäusern loszogen. Oh Artemis, ich wollte nicht schon wieder an Themiskyra denken. Schnell klickte ich weiter, doch das nächste Bild zeigte schon eine andere Person, die gesegnet wurde. Schließlich fanden wir noch ein weiteres Foto, auf dem sich Chiara und Wayne unterhielten. Ihre Haare flossen wie ein Schleier um ihr spitzes Gesicht herum. Sie lächelte verschämt, wohingegen er mit einem Grinsen ihre Schulter berührte, das ziemlich deutlich machte, dass er am liebsten noch weitaus mehr berühren würde. Es gab zwar auch ein Bild, auf dem er mit Margo Küsschen austauschte, doch das kam im Vergleich wie eine lahme Umarmung unter alten Freunden rüber.

Ich hatte überhaupt kein gutes Gefühl. Nicht, dass ich das jemals gehabt hatte bei allem, was Tsoozu und seine Anhänger betraf. Aber Chiara mit diesem Scheusal zu sehen, weckte in mir die größten Befürchtungen, vor allem, wenn ich mir die grässlichen Texte aus seinem Werk *Der Weg zum Licht* ins

Gedächtnis rief.

„Ich habe hier noch viel mehr", verkündete Warmit. „Die meisten Bilder sind auf einem externen Server gespeichert, aber ich habe mir über Jorges Rechner den Zugang geholt. Damit sind wir auch nicht mehr davon abhängig, ob der Computer angeschaltet ist oder nicht."

„Her damit." Mit dem neuen Bildmaterial füllten wir die Lücken. „Margo stellt Wayne die reiche Gönnerin Chiara vor, die sich so für den Konvent engagiert hat", referierte ich, während wir uns durch die Bilder klickten. „Er ist hingerissen."

„Klar, sie ist ja auch ungefähr halb so alt wie er", meinte Homer trocken.

„Und sie himmelt ihn auch an, ist begeistert von seinem Charme, seiner Persönlichkeit, vielleicht auch von seiner Art, Ordnung in ihr Chaos zu bringen", fuhr ich fort. Auf fast jedem Bild war nun Chiara an seiner Seite oder zu seinen Füßen zu sehen, während der Festreden, während der weiteren Segnungen, während des Videos über den Konvent und seine Erfolge auf den anderen Kontinenten. „Und schließlich verlassen sie gemeinsam die Veranstaltung. Er wird sie ausnehmen wie eine Weihnachtsgans. Und dann fallen lassen wie eine heiße Kartoffel."

„Sehr kulinarisch. Bist du etwa hungrig?", tönte Carlos dazwischen.

Ich ignorierte ihn, aber mein Magen knurrte.

„Wahrscheinlich ist das alles schon geschehen. Der Empfang hat ja schon vor etlichen Monaten stattgefunden", gab Homer zu bedenken.

„Die E-Mails!", fiel mir ein. „Ich habe nur die von Chiara gelesen, vielleicht geben uns die von Wayne Aufschluss."

Auch diese wurden nach der Veranstaltung deutlich weniger. Aber dennoch deutlich genug: *Ihre unnachahmliche Art ist mir stets eine Quelle der Inspiration"*, las ich aus Waynes E-Mails an Jorge vor, *„und ihre Tugend kann uns allen nur als Beispiel gelten. Und ihr Vermögen – nun, es macht es mir noch leichter, sie zu schätzen. Ach, was schreibe ich, schätzen. Ich bin ihr wahrlich verfallen, Zamowsky, und ich danke dir von Herzen, dass du Ludmilla in unseren engeren Kreis mitaufgenommen und uns bekannt gemacht hast. Ich gestehe, ich* denke über eine Heirat nach. *Zumal Ludmilla sie als Voraus-setzung für unsere Beziehung ansieht. Wenn die gegebenen Monate verstrichen sind, werde ich das Nötige in die Wege leiten. Ich denke, nächsten Sommer kannst du sie getrost von der Liste der Jungfrauen für Tsoozu streichen.* Zwinkersmiley. Wie widerlich."

„Welche gegebenen Monate?" Homer war verwirrt. „Ich dachte, man gibt alle Beziehungen auf, wenn man dem Konvent beitritt."

„Dachte ich auch. Gib mir mal das Buch. Vielleicht hat Tsoozu dem guten Yves P. Wayne ein Hintertürchen in die Feder diktiert." Während ich in *Der Weg zum Licht* herumblätterte, las Homer weiter aus den E-Mails vor. Nicht alle gingen um Chiaras zauberhaft-verwirrte Art, auch der fortschreitende Weltuntergang wurde kommentiert, das Aufstocken von Vorräten und wertvollen Mitgliedern für den Konvent forciert, wobei *wertvoll* sich natürlich wieder auf ihre Finanzen bezog und darauf, ob ihre Fähigkeiten der Gemeinschaft nützten. Außerdem berichtete Wayne von Angriffen unzufriedener und, wie er sie nannte, *mit sich im Unreinen befindlichen Seelen* auf seine Stadtwohnung und seinen Landsitz. „*Da es auch bei öffentlichen Auftritten immer häufiger zu Schmähungen und Attacken vonseiten der neidischen Heiden kommt, bin ich gezwungen, meine Sicherheits-Crew zu vergrößern.*"

„Gewiss auf Kosten seiner Glaubensgemeinschaft", kommentierte ich.

„*Ich rate Euch, äußerste Vorsicht walten zu lassen. Achtet auf Euch. Haltet den Bunker geheim. Nur wer wahrlich glaubt, wer sich bewährt und sich aufopfernd für Tsoozu und unsere Sache hervortut, dem wird Einlass gewährt*", fuhr Homer fort.

„Aha!", rief ich. „Jetzt habe ich auch was gefunden: *Nach einer zwölfmonatigen Zeit der Reinigung ist es Konventsmitgliedern gestattet, sich in eheähnlichen Gemeinschaften zusammenzuschließen, sofern der Vorsteher der übergeordneten Abteilung es gestattet. Er ist es auch, der die Verbindung wieder lösen kann, falls er es für sinnvoll erachtet.*"

„Wayne wird es sich wohl gestatten. Und sich in den Hintern beißen, dass er die *Zeit der Reinigung* nicht kürzer veranschlagt hat."

Ich legte das Buch beiseite, das sich nun Carlos schnappte. Meine Gedanken drehten sich im Karussell der neuen Informationen. Wir hatten Chiara gefunden. Mehr oder weniger. „Wo wohnt der Kerl überhaupt?" Ich wusste vom Klappentext, dass Wayne ursprünglich Amerikaner war. Doch wer konnte wissen, wo er durch Tsoozus Weissagungen letztendlich gelandet war?

Warmit begann zu tippen und meldete schließlich: „Hier."

„Hier?" Ich sah mich gespielt überrascht um.

„Nicht direkt hier. Aber auch nicht im Ausland. Sondern auf Südoog."

Ich runzelte die Stirn. „Sollte mir das etwas sagen?"

„Eine winzige Insel vor der Küste mit keinen natürlichen Süßwasserquellen außer Regenwasser." Warmit wusste das auch nicht auswendig; ich sah, dass er es ablas.

„Und dort will er sich vor der Apokalypse verstecken?"

„Unpraktisch, wenn die neue Sintflut kommt, wie Tsoozu ihm offenbart hat, und alle Sünder davonspült." Carlos glänzte mit dem Wissen, das er sich in den letzten Minuten angelesen hatte.

„Er wird sicher eine kostspielige Lösung gefunden haben. Wahrscheinlich schwimmt die gesamte Insel einfach obenauf. Genug spekuliert. Wie komme ich da hin?"

„Wenn ich die letzten E-Mails richtig interpretiere, musst du gar nicht verreisen. Wayne kommt für seine Hochzeit nach Citey", erklärte Homer.

„Warum das?"

„Vielleicht, um möglichst viel jubelndes Volk um sich zu haben. Auf Südoog steppt wahrscheinlich nicht so richtig der Bär."

„Zirkus-Metapher?"

„Logo."

„Und wann soll das alles stattfinden?" Ich sah Homer über die Schulter um mitzulesen.

„... *Ludmilla besteht auf eine große Feier. Wir werden daher Anfang April nach Citey kommen und hoffen, dass Margo und du uns schon im Voraus bei der Planung und Realisierung vor Ort behilflich sein könnt ...*"

„… *wäre mir eine Ehre, wenn du die Zeremonie vornehmen könntest. Du bist ein langjähriger und loyaler Anhänger Tsoozus und dir verdanken wir immerhin unser Glück* …"

„… *soll die Zeremonie im* Palace *stattfinden. Sei so gut und lass mir die Informationen über das dortige Angebot zukommen, was die verfügbaren Säle, Catering, Unterbringung der Gäste, Unterbringung des Brautpaars* Zwinkersmiley *angeht* …"

„Ist dir eigentlich schon mal der Gedanke gekommen, dass das Mädchen echt glücklich mit diesem Wayne sein könnte?", fragte Carlos.

„Ja", gab ich zu. „Aber Chiara ist … neben der Spur. Beeinflussbar. Sie kann manchmal nicht abschätzen, was sie tut, glaube ich. Ich bin mir sicher, dass sie auf Dauer nicht glücklich mit ihm wird. Und ich habe Melissa versprochen, ihre Schwester nach Hause zu bringen."

Homer durchsuchte die Nachrichten nach anderen Kriterien und fand eine E-Mail des Hotels mit einer Buchungsbestätigung.

„Meine Herren!", rief er aus. Ich räusperte mich, wurde aber ignoriert. „Teurer Spaß. Da müssen die Gläubigen bluten. … *erlauben wir uns, die Buchung für den 2. April zu bestätigen. Die Anzahlung hat prompt und in Form von Feingold zu erfolgen, der komplette Preis wird bar bei Anreise und ebenfalls in Form von Feingold fällig*", zitierte er aus der Nachricht.

Ich rechnete nach. „Wir haben eine Woche Zeit. Wir brauchen einen Plan. Holt euren Häuptling."

Ich glaube, Shirokko ließ sich nur darauf ein, weil er mich endlich loswerden wollte. Beziehungsweise, er hatte im Grunde nichts gegen mich, aber er wollte die Verantwortung für mich loswerden, und hoffte, das sei der Fall, wenn ich meine Mission in Citey, nämlich Chiara zu finden, nur endlich vollendet hätte. Um seine Motivation ein bisschen anzukurbeln, legte ich ein paar Goldplättchen auf den Tisch, die ich aus einer meiner Tafeln gebrochen hatte. „Ihr seid Söldner? Dann kämpft für mich."

Sein Lächeln wurde ein paar Grad wärmer. Er packte das Gold ein und fragte: „Was kann ich für dich tun?"

Kapitel 14

Und dann musste ich noch einen Telefonanruf tätigen.

„Ich bin's. Ainia."

Lange Pause. „Was willst du?"

„Ich weiß, wir können uns nicht leiden, aber ich bin da an so einer Sache dran. Und wenn wir beide über unseren Schatten springen und zusammenarbeiten, wird das für uns beide von Vorteil sein."

„Lass hören."

Ein letztes Mal ging ich zum Survival-Seminar. Wir redeten eine Weile darüber, wovon wir leben sollten, wenn die Supermärkte zukünftig gar nicht mehr beliefert werden würden.

„Wir bestellen uns die Sachen im Netz", schlug ein junger Neuankömmling mit Hochwasserhosen und lockigem Bart vor.

„Schlauberger", versetzte Jumanah. „Selbst wenn da noch was angeboten wird, kommt das Zeug doch nicht mehr hier in der Stadt an."

Das war leider jetzt schon oft der Fall. Immer häufiger streikten die Transportdienstleister, weil die Benzinkosten noch weiter gestiegen waren; die Waren wurden zu spät oder gar nicht geliefert, und was ankam, war unendlich teuer geworden. Der Teil der Bevölkerung, der seinen Job noch hatte und dessen Einkommen an die Inflation angepasst wurde, konnte sich die Preise gerade so leisten, der Rest lebte jetzt schon von der Hand in den Mund. Die Unzufriedenheit nahm spürbar zu. Sie brodelte unter der Oberfläche, brach hier und da im Kleinen aus, in Form einer Demonstration, einer Sitzblockade, einer brennenden Tankstelle, aber all das reichte nicht, um dem wachsenden Unmut Genüge zu tun. Weil einfach nichts davon etwas brachte. Weil keine der von der Regierung beschlossenen Maßnahmen griff. Und weil alle in der Tiefe ihres Herzens wussten, dass wir verloren waren.

„Dann gehen wir dahin, wo noch etwas ist", meinte Lockenbart, bei dem das noch nicht in die aktiven Gehirnregionen vorgedrungen war.

„Es ist bald nirgendwo mehr etwas", erklärte ein grauhaariger Teilnehmer und gestikulierte wild mit seinem elfenbeinernen Gehstock. „Es wird immer weniger hergestellt. Entweder, weil Erdöl für die Produktion nötig ist, oder, weil die Firmen auf ihren Waren sitzen bleiben, die nicht dorthin gelangen, wo sie gebraucht werden. Oder alles beides."

„Ja, aber –", begann Lockenbart erneut und wurde harsch von Margo unterbrochen:

„Nix, *ja aber*. Der Ofen ist aus. Finde dich damit ab und mach das Beste daraus. Dafür bist du schließlich hier."

Wir waren alle überrascht, sogar Jorge. Margo sagte *nie* etwas. Sie notierte und zog Gesichter. Das war alles. Ich sah sie genauer an. Sie schien angespannt und ihre Frisur wirkte etwas derangiert, so, als hätte sie sie zu sehr gerauft, oder sich zu wenig Mühe beim Hochstecken gemacht. Irgendetwas hatte sie definitiv aus der Bahn geworfen. Der Verfall? Oder stressten sie die Hochzeitsvorbereitungen? War der Bunker undicht? Der Schnaps in der Hausbar alle?

Lockenbart schwieg beleidigt.

Jorge räusperte sich. „Nun, es ist wahr, uns stehen fordernde Zeiten bevor. Umso wichtiger ist es, vorbereitet zu sein. Auf Seite 3 findet ihr einen Aussaat- und Erntekalender für die hiesige Klimazone. Und damit wir jetzt alle –" intensiver Seitenblick in Richtung Margo, „erst einmal wieder zur inneren Ruhe finden, wollen wir Tsoozu anrufen und um seine Leitung bitten. Lasst uns Hoffnung und Trost aus dem Wissen schöpfen, dass er die wahrhaft Seinen nicht im Stich lassen wird."

In der Pause schlenderte ich zu Jorge und gab ihm *Der Weg zum Licht* zurück. „Vielen Dank für das Buch. Das war sehr … erhellend."

Jorge lächelte. „Das freut mich. Und es freut Tsoozu. Wir treffen uns übrigens jeden Dienstag hier in der Galerie zum gemeinsamen Gebet. Vielleicht möchtest du unsere kleine Gruppe um deinen wachen Geist bereichern."

Er lud mich ein in den inneren Kreis. Nicht mehr lange und

ich würde über die Geheimnisse des Bunkers eingeweiht werden – nur dass ich die jetzt nicht mehr benötigte. Und ich wette, das Bereichern bezog sich nicht auf meinen Geist, sondern auf mein Gold. Dennoch nickte ich begeistert.

„Oh, ausgesprochen gerne. Das Beten und Meditieren gibt mir so viel Halt im Alltag. Schon die Lektüre des Buches hat mich ... gestärkt. Dieser Yves P. Wayne ist eine unglaublich inspirierende Persönlichkeit."

Jorge nickte. „Das ist wahr. Er ist tatsächlich berufen."

„Immer die Stimme Gottes zu sein, das bedeutet viel Verantwortung, kann ich mir vorstellen. Sein Leben muss hart und voller Entbehrungen sein. Und wenn ich das Buch richtig verstanden habe, meistert er all das ohne eine Frau an seiner Seite, der er sich anvertrauen kann –"

Jorge konnte sich ein Schnauben nicht verkneifen, und sah sich daraufhin gezwungen, sich zu erklären: „Oh, das hast du missverstanden. Yves hatte immer ... weibliche Beraterinnen an seiner Seite." Er hatte sich gefangen. „Das ist auch wichtig für die Deutung der Prophezeiungen Tsoozus. Die weibliche Intuition ist da unverzichtbar. Vor allem die von jungen, unverbrauchten Seelen."

Er wollte weiter, doch ich hielt ihn mit vertraulicher Geste am Unterarm fest und erkundigte mich in gedämpftem Ton: „Ich finde ihn wirklich ausgesprochen anziehend. Jorge – gibt es eine Frau Wayne?"

„Bald", teilte mir Jorge knapp mit. „Bald. Jetzt entschuldige mich bitte."

Ich schätze, ich hatte einfach noch einmal eine Rückversicherung gebraucht, dass wir nicht komplett in die falsche Richtung planten. Dass die E-Mails mit Codewörtern verschlüsselt waren, die wir vielleicht völlig missverstanden hatten. Und ich wollte wissen, wie Jorge zu der Sache stand. Er war vollkommen loyal, soviel war sicher, aber er schien Waynes offensichtlichen Frauenverschleiß nicht wirklich gutzuheißen. Vielleicht versprach er sich von der Hochzeit Besserung.

Ich hatte gehofft, dass wir schneller sein würden. Ich hatte wirklich gehofft, dass wir nicht die vollen sieben Tage brauchen würden, um eine Strategie aufzusetzen und die nötigen Voraussetzungen für ihre Realisierung zu schaffen, denn das Letzte, was ich wollte, war, Chiaras Hochzeitstag zu versauen. Aber, Artemis, ich hatte so viel gehofft, und im seltensten Fall waren meine Hoffnungen erfüllt worden. Es war, wie es war, beziehungsweise, *wann* es war.

Am 2. April nahm ich dann tatsächlich Lancelots Angebot an und zog mich in seine Gemächer zurück. Ohne ihn, wohlgemerkt, dafür mit diversen Papiertüten der schickesten Boutiquen der Stadt. Als ich danach mit einer roten Perücke und einem langen, schwarzen Kleid, eng anliegend und hoch geschlitzt, vom Zwischengeschoss in die Halle hinabschwebte, machten alle am Fuß der Treppe herumlungernden 'Shimet tellergroße Augen.

Shirokko reichte mir für die letzten Stufen die Hand, um mich zu geleiten. „Also, wenn du nicht mehr unter meinem Schutz stehst –"

Ich zog ihm eins mit meiner Handtasche über.

„Nur Spaß", beeilte er sich zu versichern.

Unser Verhältnis hatte sich wirklich verbessert, seit ich vom lästigen Babysitterjob zur Kundin avanciert war. Aber ich hatte für diese Aktion auch gutes Gold bezahlt. Zusammen mit Homer und Slash, die in nagelneuen, schwarzen Anzügen meine Leibwache spielen würden, ging ich in den Keller, wo wir uns von Carlos die winzigen, kabellosen Headsets anpassen ließen.

Ich drückte den kleinen Knopf hinter meiner Ohrmuschel und sagte: „Test."

„Test", sagte Homer.

„Test", sagte Slash aus dem Nebenraum; ich hörte ihn klar und deutlich über den kleinen Lautsprecher in meinem Ohr. Slash hatten wir ausgewählt, da er von Shirokkos Mannen am fittesten im Kampfsport war. Ohne Waffen waren wir auf solche Fähigkeiten angewiesen. Homer war dabei, weil ich ihn dabei haben wollte. Er war gut mit Messern, auch wenn wir keine mitnehmen konnten, und er genoss mein Vertrauen.

Am liebsten wäre mir natürlich gewesen, wenn ich ganz allein hätte losziehen dürfen. Doch das hatte Shirokko untersagt und es wäre vermutlich auch nicht sinnvoll gewesen, da wir zwar vieles, aber nicht *alles* planen konnten.

Shirokko, Marlon, Bela und Lancelot brachen nach und nach mit ihren Motorrädern auf und Geronimo mit einem Lieferwagen, während Slash, Homer und ich mit einem gemieteten Angeberschlitten zum Hotel fuhren.

„Nervös?", fragte Homer, der neben mir auf dem Rücksitz saß.

„Nein", antwortete ich. „Wenn alles so klappt, wie ich es mir vorstelle, sind unsere Planungen ohnehin unnötig. Ich rufe sie aus der Lobby an, sie kommt herunter, ich erkläre ihr alles und versuche, sie zu überzeugen, mit mir das Hotel zu verlassen und unterzutauchen. Wäre schade um die Mühe, die wir uns gemacht haben, aber es wäre das Einfachste und Beste."

„Aber sie hat nicht mal auf deine E-Mail geantwortet."

„Nein", entgegnete ich finster. „Vielleicht hat sie inzwischen eine andere Adresse. Oder Wayne lässt sie die Nachrichten nicht abrufen."

„Und wenn es nicht auf die einfache Tour klappt?" Slash musterte mich über den Rückspiegel.

„Dann haben wir immer noch genug Gelegenheit nervös zu sein." Ich konnte ihnen nur schwer vermitteln, dass Missionen wie diese zwar nicht zum Amazonenalltag gehörten, aber doch von klein auf in Themiskyra geprobt wurden. Dafür war ich gemacht. Also theoretisch. Ich persönlich war natürlich anders; ich war dafür gemacht, einkaufen zu gehen, Schuhe zu probieren, Taschen zu shoppen und mir bei Pawlow im Beautysalon einen Wellnesstag zu gönnen … Wenn ich so darüber nachdachte, war es mir plötzlich total schleierhaft, was zum Hades ich hier eigentlich riskierte für ein Mädchen, das ich nicht mal richtig kannte.

„Haben Stellung bezogen", riss mich Shirokkos Stimme in meinem Ohr aus den Gedanken. „Bin mit Marlon im Café neben der Eingangshalle."

„Wir sind auch gerade angekommen."

„Noch nie was von Funkdisziplin gehört!", bemerkte ich augenrollend. „Wer ist *wir*?"

„Lancelot und Bela. Wir sitzen in der Lobby."

„Test. Sagt Phoenix", sagte Phoenix.

„Jep", sagte Washington.

„Sagt Washington", setzte Phoenix eilig hinzu.

Die beiden überwachten von einer leer stehenden Wohnung gegenüber des *Palace Hotels* mit Ferngläsern die fragliche Etage, die direkt unter der Dachterrasse lag, auf der die Zeremonie stattfinden sollte. Slash parkte in einer unbelebten Nebenstraße des Hotels. Wir warteten ab.

„Wie sieht's aus bei euch, Phoenix?", fragte Shirokko.

„Nichts Neues. Sie sind nach wie vor beide in der Suite."

„Er war gerade an seinem Safe und hat Gold geholt. Oh, und jetzt geht er ihr an die Wäsche."

„Na ja, sie hat es ja auch darauf angelegt."

„Funkdisziplin", knurrte ich. Ich konnte und wollte mir nicht vorstellen, wie Chiara und Yves P. Wayne ... bah!

„Der verfilzte Typ auf der Dachterrasse – könnte das dein Seminar-Guru sein, Nia?"

„Klingt ganz nach Jorge. Ist seine Frau auch da, Phoenix?"

„Nein, aber vorhin war eine Frau bei ihm, mit der er sich ziemlich in die Wolle gekriegt hat. Graues Kostüm. Strenger Dutt."

Margo. Jede Wette.

„Jetzt ist er wieder alleine zwischen weißen Sonnenschirmen und Sektkübeln", fuhr Phoenix fort. „Wirkt genervt. Kickt gegen die Blumentöpfe."

„Versuch, ihn im Auge zu behalten."

Shirokko meldete sich. „Bist du auf deinem Posten, Geronimo?"

„Ja."

„Dann starten wir jetzt mit Phase 2. Die Hochzeitstorte."

„Moment!", rief Phoenix. „Wartet mit Phase 2. Wayne verlässt ohnehin gerade das Zimmer."

„Wir übernehmen", bestätigte Warmit. Mit Carlos' Unterstützung hatte er sich in Waynes Fon gehackt, mittels einer kleinen, selbstgebauten Tsoozu-Huldigungs-App, die der Sektengründer aus vorhersehbarer Eitelkeit natürlich installiert hatte. Mit dem Programm hatte sich ein weiterer Spion auf dem Fon installiert, mit dem Warmit den Standort von Wayne nun jederzeit verfolgen konnte.

Slash hatte bereits den Motor gestartet. Wir fuhren um die Ecke und hielten vor dem *Palace*, wo diensteifrige Pagen in roten Uniformen die Wagentüren aufrissen. Einem von ihnen händigte Slash den Autoschlüssel aus. Er sah nicht glücklich dabei aus, seinen potenziellen Fluchtwagen abgeben zu müssen, aber das gehörte nun mal dazu, wenn wir nicht auffallen wollten. Ich nahm mir kurz die Zeit, mich umzusehen. Das *Palace* hatte, zumindest von außen, mehr etwas von einem Hochsicherheitstrakt als von einem Hotel. Wir hatten uns zuvor den Internetauftritt des Hotels angesehen. Auf den Bildern dort strahlte es noch in vollem Glanz und unzählige prominente Gäste aller coleur umflatterten es wie Schmetterlinge eine besonders schöne Blüte, wohingegen jetzt zu beiden Seiten der Drehtür bewaffnete Wachleute standen und uns mit grimmigem Blick musterten, die einzigen ankommenden Gäste weit und breit. Die Preise hier konnten sich wirklich nur noch ganz wenige leisten.

Ich gab ein knickriges Trinkgeld, dann marschierten wir ins Foyer. Homer und Slash hielten sich im Hintergrund. Im Augenwinkel hatte ich Lancelot und Bela gesehen.

„Warmit – Lagebericht", flüsterte ich.

„Er ist auf dem Weg zum Aufzug."

Dem Portier, der sich mir in dem Moment zuwandte, schenkte ich ein strahlendes Lächeln. „Ich würde gerne eine Freundin von mir sprechen, können Sie sie mir ans Telefon holen? Ludmilla Vanborne, Hochzeitssuite."

„Einen kleinen Moment, ich sehe, was ich für Sie tun kann. Wen darf ich melden?"

„Ainia von Themiskyra." Ich musste meinen wirklichen Namen nennen, um an Chiara ranzukommen. Das passte mir nicht, aber auf diese Art hatte ich die besten Chancen, nicht abgewiesen zu werden. „Und hören Sie? Wäre es möglich, dass ich vom Café aus telefoniere? Hier ist so grässlich viel los." Ich wedelte mit der Hand in der ziemlich verlassenen Halle herum. Umso wichtiger war es, von hier zu verschwinden, bevor Wayne an der Rezeption auftauchte und das Gespräch mitbekam, das ich mit seiner Verlobten zu führen hatte.

„Selbstverständlich." Der Portier, der kapriziöse Gäste sicherlich gewöhnt war, hob zwar eine zweifelnde Augenbraue, händigte mir jedoch sofort ein schnurloses Telefon aus. „Suchen Sie sich einen Ort, der Ihnen behagt, Frau von Themiskyra. Ich werde Sie verbinden, wenn Frau Vanborne geneigt ist, den Anruf anzunehmen."

„Besten Dank!" Mir war eine ruhige Ecke in dem etwas belebteren Café genehm. Homer und Slash setzten sich an den Nachbartisch.

Bitte, sei geneigt, Chiara, dachte ich fieberhaft. *Bitte hör mir zu. Bitte schenk mir Glauben!* Das Telefon tirilierte dezent.

Ich hob ab und begann sofort hastig zu reden: „Chiara, es tut mir leid, dass das jetzt so über dich –"

„Frau von Themiskyra?", unterbrach mich der Portier. „Ich darf Sie verbinden."

„Nur zu", erwiderte ich mit mühsam unterdrückter Ungeduld. Es knackte in der Leitung.

„Ja?", fragte Chiara. Ihre Stimme klang sehr klein. Sehr verwundert. Sehr verunsichert. Ich musste es langsam angehen lassen.

„Hier ist Ainia. Erinnerst du dich?"

„Klar. Kassians Freundin", gab sie knapp zurück.

„Ex."

„Ja. Stimmt ja. Hör mal, ich –"

„Ich muss dringend mit dir sprechen."

„Jetzt ist es gerade ganz schlecht. Ich habe überhaupt keine Zeit."

„Es ist wirklich sehr wichtig, das musst du mir glauben. Es dauert nicht lange. Wenn du einfach kurz runter ins Café neben der Lobby kommen würdest, könnte ich dir alles erklären …"

„Wir können uns gerne ein andermal treffen. Aber jetzt gerade ist es unmöglich." Sie klang gestresst. Ich wollte wetten, Wayne hatte sie so unter Druck gesetzt, dass sie es gar nicht erst wagte, das Zimmer zu verlassen.

„Chiara, ich weiß, dass du heute heiraten willst und dass du gerade andere Sachen im Kopf hast, aber –" – *es geht um deine Schwester,* hatte ich sagen wollen, doch sie unterbrach mich:

„Ainia, halt die Klappe und lass mich in Ruhe." Damit legte sie auf.

Ich versuchte, sie mit der Wahlwiederholung erneut zu erreichen, aber es war nur der distinguierte Portier dran, der mir nahelegte, meine Bemühungen einzustellen.

„Und jetzt?", fragte ich mein Team.

„Chiara rennt im Hotelzimmer hin und her. Sie trägt anscheinend unkontrolliert Sachen von A nach B", berichtete Phoenix.

Die Arme war wirklich durch den Wind.

„Wayne hat an der Rezeption die Hotelrechnung bezahlt und ist wieder auf dem Weg zurück zu den Aufzügen", meldete Bela.

„Dann starten wir *jetzt* mit Phase 2", beschloss Shirokko. Ich sah ihn vor meinem geistigen Auge förmlich die Hände reiben. „Phoenix, habt ihr einen passenden Hotelgast gefunden?"

„Jep. Verliebter Greis mit junger Freundin, siebtes Fenster von rechts. Warmit?"

„Moment." Wir hörten ihn tippen. „Das ist Herr Wendelin McCann aus Zimmer 2912. Angeblich mit seiner Frau Luna auf Reisen, seit zwei Tagen im Hotel."

„Okay. Dann bestell für den Alten die Steaks über das Hotelsystem, Warmit", ordnete Shirokko an. „Und Geronimo? Die Torte, bitte."

Homer, Slash und ich erhoben uns und begaben uns wieder ins Foyer, gerade rechtzeitig, um Geronimo mit einer weißen Schürze bekleidet durch die Drehtür kommen zu sehen. Er hatte sich den Bart fein säuberlich gestutzt, eine kleine weiße Mütze auf dem Kopf und trug mit gewissem Stolz eine große Tortenschachtel vor sich her. Während er die Rezeption ansteuerte und mit dem Portier ein paar Worte wechselte, strebten wir die zwei Torbögen an, die, von jeweils einem Sicherheitsteam bewacht, die Lobby vom hinteren Teil der Halle mit den Aufzügen und Treppen trennte, wo sich Lancelot schon herumdrückte. Im Augenwinkel sah ich, wie Wayne von einem Pagen begleitet zurück zur Rezeption geführt wurde, wo er begann, sich angeregt mit Geronimo zu unterhalten.

Bevor wir die rechten Metalldetektoren erreichten, spazierte Lancelot durch die auf der linken Seite hindurch, und das Tor begann in hohen Tönen zu piepsen. Kein Wunder, dank seines Kettenhemds und seines Schwerts hatte es reichlich Grund anzuschlagen.

„Ihre Karte, bitte", verlangte indessen der Security-'Shim am rechten Tor, durch das ich ohne Probleme hindurchgeschritten war.

Ich zeigte ihm die Schlüsselkarte mit dem Chip, der mir erlauben würde, die Aufzüge zu benutzen und das relevante Stockwerk aufzusuchen. Shirokko hatte seine Kontakte spielen lassen, um an die Karte zu kommen, und Carlos hatte die Zugangsdaten daraufgespielt.

„Die beiden gehören zu mir", erklärte ich mit einer eleganten Handbewegung, die Homer und Slash miteinschloss.

Der Sicherheitstyp nickte nur grimmig. Bei dem Theater, das Lancelot veranstaltete, würden sich alle nur an ihn erinnern und seine ungeschickten Versuche, das Kettenhemd abzulegen, und nicht an die für hiesige Verhältnisse unspektakuläre Dame mit den beiden Bodyguards.

„Sind durch", atmete ich auf und drückte auf den Leuchtpfeil in der Wand neben dem Lift.

„Das ist ja die *Höhe*", tönte Wayne plötzlich. Wir wandten uns zu ihm um. „Was für einen unprofessionellen Laden haben Sie eigentlich! Ich habe Ihnen die Daten schicken lassen. Das da", er wies voller Empörung in die geöffnete Tortenschachtel, „ist nicht meine Verlobte und ich werde dieses abstoßende Machwerk nicht bezahlen."

Ich unterdrückte ein Kichern. Warmit war vor ein paar Wochen der Druckertoner ausgegangen; seither experimentierte er mit alternativen Flüssigkeiten und diversen Farbstoffen, die er in die Kartuschen einfüllte. Durch die überwachten E-Mails wussten wir, welche Hochzeitstorte sich Chiara und Wayne vorstellten, und wo Jorge sie kaufen wollte. Wir hatten die Bestellung kurzerhand beim Konditor storniert und stattdessen im Supermarkt eine tiefgekühlte Fertigtorte gekauft. Diese hatten wir mit einer Platte aus Esspapier belegt, auf die Warmit mit Lebensmittelfarbe ein uraltes Bild von Jorges Bilderserver gedruckt hatte. Innig lächelnd und definitiv unter Drogeneinfluss lagen sich Margo und Wayne in den Armen. Auf Chiaras Hochzeitstorte. Und Wayne tobte.

„Sie wollen der beste Zuckerbäcker der Stadt sein? Woher haben Sie überhaupt dieses Bild?! Mein Anwalt wird ihren

Laden *plattmachen*!!!" Er wedelte wütend mit seinem Fon durch die Gegend.

Geronimo machte ein betroffenes Gesicht und entschuldigende Gesten. Wir hätten uns das Spektakel aus reiner Schadenfreude gerne noch weiter angesehen, doch der Aufzug öffnete mit einem zarten *Bing!* seine Türen und wir traten hinein.

Ein Page bediente die Anlage. „Ihren Chip, bitte."

Ich händigte auch ihm die Karte aus und er hielt sie an eine schwarz schimmernde Fläche über den drei Knopfreihen.

„Wohin möchten Sie, bitte?"

„29. Stock."

Die Türen schlossen sich lautlos, dann schoss der Lift in die Höhe, um mit einem sanften Ruck in der zweitobersten Etage zum Stehen zu kommen. Auf sein impertinentes Räuspern hin händigte ich auch diesem Pagen ein mageres Trinkgeld aus, bevor wir die Kabine verließen.

„Alles klar mit der Schleife?", erkundigte ich mich leise via Funk.

„Jep. Schleife läuft."

Es wäre zu auffällig gewesen, die Videoüberwachung des gesamten Hotels zu zinken. So aber hatte sich Carlos aus dem Filmmaterial dieses Stockwerks den unspektakulären gestrigen Vormittag vorgenommen und sendete ihn mit einem aktualisierten Zeitstempel in Endlosschleife an das Überwachungssystem des Hotels. Ein Betrachter musste unweigerlich davon ausgehen, dass rein gar nichts los war.

Ein weiteres *Bing!* ertönte aus der anderen Richtung. Unauffällig schielte ich hinüber und erkannte, dass ein Kellner aus dem wesentlich schmaleren Personalaufzug gegenüber getreten war und einen weiß gedeckten Rollwagen mit vier silbern glänzenden Hauben an uns vorbeischob.

Ich nickte Homer und Slash zu. Das war sicherlich die Lieferung für Herrn McCann aus Zimmer 2912. Wir folgten dem Kellner mit einigem Abstand. Eine ältere Dame mit Sonnenbrille in Schmetterlingsform und drei angeleinten kleinen Hunden kam uns entgegen, sonst schien das Stockwerk wie ausgestorben zu sein. Schließlich stellte der Kellner den Rollwagen vor der Tür ab. Für einen kurzen Augenblick befürchtete ich, dass er anklopfen würde, doch er konsultierte das Pad, das er aus seiner Westentasche gezogen hatte, und ließ seine Fracht unbewacht zurück. Warmit hatte die Bestellung im Namen von McCann mit dem Vermerk hinterlassen, das Mahl *aus persönlichen Gründen lediglich vor der Tür abzustellen.*

Sobald der Kellner wieder in Richtung Treppenhaus an uns vorbeigegangen war, legten wir einen Zahn zu. Während Slash die Umgebung observierte, hoben Homer und ich die Hauben von den großen Tellern und bewaffneten uns mit zwei Steakmessern und zwei Obstmessern, von denen ich mir gute Flugeigenschaften versprach. Ja, das war armselig. Aber welche Wahl hatten wir? Durch die Detektoren wären wir nie bewaffnet gekommen und auch, wenn wir uns Waffen mit der Post in ein Hotelzimmer geschickt hätten, wäre das Paket – falls es beim derzeitigen Logistikchaos überhaupt angekommen wäre – laut aktueller Sicherheitsbestimmungen des *Palace* durchleuchtet und aus dem Verkehr gezogen worden. Außerdem hatte ich nicht vor zu kämpfen. Ich wollte rein, Chiara mit Worten überzeugen und mitnehmen. Fertig.

„Finger weg vom Steak, Homer."

„Aber ich –"

„Ich weiß. Es riecht phantastisch. Aber wir dürfen keine Zeit verlieren."

Grummelnd setzte Homer wieder die Haube über den Teller. Wir machten uns auf den Weg zum Gang, der zur Hochzeitssuite führte.

„Sind bewaffnet", teilte ich leise über Funk mit. „Und in etwa einer Minute da, Carlos."

„Situation unverändert", meldete er. Er konnte über die Kameras im Gegensatz zu allen anderen sehen, was im Augenblick wirklich geschah. „Zwei Männer patrouillieren im Gang, zwei bewachen die Zimmertür."

„Warmit, was ist mit Wayne?", erkundigte ich mich noch.

„Der telefoniert abwechselnd mit Jorge und seinem Anwalt."

„Okay." Jetzt wurde ich doch langsam nervös. Ich wünschte mir, ich wäre einfach nie auf Melissa getroffen. Oder zumindest nicht in der Einkaufspassage, bevor alles explodierte. Ich wünschte mir, ich hätte ihr das Versprechen versagen können, nach Chiara zu suchen. Ich wünschte mir, ich hätte das Herz, mein Versprechen zu brechen. Aber nun war es ohnehin zu spät. Ich wechselte einen kurzen Blick mit Homer und Slash. „Dann los. Und vergesst nicht: Wir wollen nur reden. Kein unnötiges Blutvergießen."

Nun, was dies anbelangte, funktionierte der Plan mehr so … gar nicht.

„Wir möchten gerne zu Ludmilla Vanborne."

„Bitte verlassen Sie diesen Bereich", ordnete der Wachmann zur linken Seite der großen Flügeltüren an. Der auf der rechten Seite hatte die Arme vor der breiten Brust verschränkt und verzog keine Miene. Beide trugen verspiegelte Sonnenbrillen und hatten recht offensichtlich automatische Schusswaffen im Schulterholster stecken.

„Bitte melden Sie mich bei ihr an. Mein Name ist –"

„Bitte verlassen Sie diesen Bereich."

„Es ist sehr, sehr wichtig", sagte ich eindringlich. „Es geht um die Sicherheit von Ludmilla –"

„Bitte verlassen Sie diesen Bereich. Andernfalls werden wir Sie entfernen."

„Bitte lassen Sie uns hinein. Andernfalls müssen wir *Sie* entfernen."

„Bitte verlassen Sie jetzt *sofort* diesen Bereich." Er hob die Hand drohend an sein Headset, was wohl so viel heißen sollte wie: *Gleich petze ich!*

Ich wandte mich zu Homer und Slash um. Homer zuckte mit den Schultern. Slash nickte.

„Phase 3", informierte ich den Rest der Mannschaft.

„Wartet noch kurz, bis die anderen beiden Sicherheitsmänner um die Ecke sind", empfahl Carlos, „drei, zwei, jetzt."

Mit dem Adrenalin schoss auch Energie durch meine Venen. Meine Nervosität verpuffte, mein Kampfgeist erwachte. Ich dachte nicht mehr nach, sondern handelte nach Plan.

Slash nahm sich den linken, etwas robuster wirkenden Wachmann vor, ich den rechten. Ich verabreichte dem völlig überraschten 'Shim eine Reihe von präzisen Kicks und setzte ihm, als er instabil zu werden begann, das Messer an die Kehle. Sein Widerstand flaute sofort ab. Schnell entwaffnete ich ihn und scheuchte ihn in die Wäschekammer nebenan. Slash hatte mit seinem massiven Wachmann mehr Ärger, doch Homer war ihm zu Hilfe gekommen, und kurz danach hatten sie mit vereinten Kräften auch ihn gefällt und schleiften ihn zu seinem Kollegen. Wir fixierten die 'Shimet mit Kabelbindern, knebelten sie mit frisch gebügelten Waschlappen und nahmen ihnen die Headsets ab.

„Beeilung", trieb uns Carlos an. „Homer und Slash auf die Plätze."

Sie stürmten aus dem kleinen Raum und stellten sich mit den verspiegelten Sonnenbrillen und den Waffen der eben überwältigten Wachmänner auf deren ursprüngliche Positionen. Jetzt war alles ganz einfach. Wir ließen die Patrouille herankommen und, sobald sie bemerkten, dass ihre Kollegen ausgetauscht worden waren, zwangen wir sie mit erhobenen Waffen, ihre Maschinenpistolen auf den Boden zu legen. Davon, noch einen Notruf abzusetzen, hielt Homer einen von ihnen mit einem gut gezielten Obstmesserwurf in die Hand ab. Dann verfuhren wir mit ihnen wie mit den anderen Wachmännern und ließen ihnen das bewährte Wäschekammer-Kabelbinder-Waschlappen-Programm angedeihen, und dem Verletzten zusätzlich einen Druckverband aus einem sauberen Leintuch.

„Okay." Ich atmete kurz durch. „Ihr wartet, wie besprochen, hier auf dem Posten, ich gehe rein. Ich versuche, mich zu beeilen." Die erbeutete Pistole drückte ich Slash in die Hand.

„Willst du die nicht mitnehmen?"

„Chiara werde ich sicher nicht mit Waffengewalt überzeugen. Ihr könnt die Pistole hier draußen besser gebrauchen."

„Viel Erfolg", wünschte mir Homer.

Ich nickte ihm mit einem angespannten Lächeln zu und schlüpfte durch eine der Flügeltüren in die Hochzeitssuite.

Sie machte ihrem Namen alle Ehre: Die weitläufigen Räume waren ganz in Cremeweiß und Gold gehalten, Seidentapeten mit floralen Ornamenten schmückten die hohen Wände, üppige Stoffbahnen waren an den Fenstern drapiert, ausladende Blumenbouquets aus Rosen und Schleierkraut standen an allen Ecken und Enden herum und im Hintergrund fiedelten feierlich-fade Streicher in Endlosschleife.

„Chiara?", rief ich halblaut und schlich den Flur entlang. Ich wollte sie nicht erschrecken. Aus dem Raum am Ende des Ganges hörte ich leises Murmeln und Rascheln. „Chiara?"

Ein erschreckter kleiner Laut ertönte, dann kam ein dünnes Wesen in weißer Spitze und fließender Seide aus dem Zimmer geflattert.

„Ainia!" Sie schlug die Hände vor der Brust zusammen. Chiara war immer dünn gewesen, aber jetzt wirkte sie fast zerbrechlich. Ihre Augen standen zu groß in ihrem bleichen Gesicht; ihre Haut war fahl, ihre Haare glanzlos, obgleich sie kunstvoll hochgesteckt und mit Perlen verziert waren. „Was machst du hier!? Was ist mit deinen Haaren passiert?"

„Perücke." Ich lief auf sie zu. „Komm mit mir. Wir müssen von hier verschwinden!"

„Psst. Psssst!" Sie riss warnend die Augen auf, legte ihren Zeigefinger auf die Lippen und zog mich eilig in den Raum, aus dem sie gekommen war. Es war das Schlafzimmer und es herrschte absolutes Chaos.

„Ich habe ihn verloren!", rief sie außer sich, nachdem sie die Türen geschlossen hatte.

„Statusbericht!", dröhnte Shirokko in meinem Ohr.

„Nia ist drin", kam es unisono von Phoenix und Slash.

„Wayne diskutiert noch mit Geronimo. Inzwischen ist aber auch sein Anwalt aufgetaucht. Bela Ende."

„Chiara, wir müssen uns wirklich beeilen", drängte ich.

Sie stemmte die Fäuste in die schmalen Hüften und funkelte mich an. „*Ich* weiß das. *Ich* habe dir gesagt, dass ich keine Zeit habe! Aber du hörst ja nicht auf mich. Tauchst hier einfach auf …!"

„Nein, *du* hörst nicht auf *mich*." Behutsam nahm ich ihre Hand in die meine, aber sie riss sich gleich wieder los.

„Jorge verlässt das Dach. Vermutlich auch in Richtung Lobby. Phoenix Ende."

„Okay, dann haben wir nicht mehr endlos viel Zeit. Ich fürchte, dass er die Angelegenheit aufklären kann. Leg einen Zahn zu, Nia", riet mir Shirokko.

Ich sparte mir eine Antwort.

„Aber jetzt, wo du schon da bist, kannst du mir auch helfen", beschloss Chiara. Sie drehte sich im Kreis und brachte ihr Kleid in sanfte Schwingung, sah fast aus, als würde sie gleich abheben. Doch das schien sie gar nicht zu bemerken. „Ich habe ihn verloren", wiederholte sie mit fahrigen Handbewegungen. „Wo habe ich ihn verloren? Wir waren hier … und hier …" Chiara zeigte auf den Schreibtisch und aufs Bett und ich rollte mit den Augen. Das interessierte mich nicht im Geringsten. Doch ich wusste, dass ich erst mal auf ihr Problem würde eingehen müssen, wenn ich wollte, dass sie sich dem meinigen zuwandte.

„Jorge ist im Foyer angekommen."

„Statusbericht, Homer?"

„Alles ruhig."

„Lancelot?"

„Jep."

„Jep?"

„Funkdisziplin!", zischte ich und nahm mir das Headset für einen Moment aus dem Ohr, um mich auf Chiara konzentrieren zu können. „Wen hast du verloren?", erkundigte ich mich und ließ mich mit mühsam errichteter Geduld auf der elfenbeinfarbenen Chaiselongue nieder.

Sie rang die Hände. „Den Schlüssel!"

Unweigerlich musste ich an die Treffen in der Galerie Gutherz denken, an Jorges oder vielmehr Waynes wirre Analogien. Ich bemühte mich wirklich, mich gedanklich und spirituell anzupassen. „Ist er … ist er dir in den Brunnen gefallen?", fragte ich mitfühlend.

Chiara sah mich an, als sei ich die Verrückte und nicht sie. „Nein. Er ist einfach weg."

„Hat es irgendetwas mit dem Anker zu tun?"

„Mit dem Anker?", echote Chiara. „Mann, Ainia, du machst mich wahnsinnig! Hilf mir einfach suchen, okay?!" Sie riss die Bettdecken hoch, warf die Kissen hinter sich, zerrte sogar die Leintücher von den Matratzen. Dann hetzte sie von Kommode zu Kommode, blickte gehetzt dahinter, öffnete und schloss hektisch alle Schubladen, lief zum Schminktisch, begann den Teppich aufzurollen …

Eine Chance noch. Wenn sie nicht freiwillig mitkam, würde ich eben mit Gewalt für ihr Wohlergehen sorgen. Ich zählte langsam bis zehn, während ich sie bei ihrem irrsinnigen Treiben beobachtete. Dann stand ich auf, ging zu ihr und hielt sie an der Schulter fest, um ihr sanft Einhalt zu gebieten.

„Chiara, wir *müssen* reden", sagte ich entschlossen. „Es geht um Melissa."

Sie ließ die Hände sinken. Wir standen am bodentiefen Fenster, wo sie eben noch glänzende Vorhangschals hin- und hergezerrt hatte. Draußen badete die Stadt im goldenen Sonnenschein, versuchte verzweifelt, Normalität vorzuspiegeln. Doch es war zu spät. Wolkenfetzen trieben über den Himmel, tauchten die Wolkenkratzer bankrotter Firmen in eilig vorbeifliegende Schatten. Rauchsäulen aus zwei anderen Vierteln stiegen schmutziggrau zum Himmel auf. Polizeisirenen tönten gedämpft herauf. Der Verfall würde sich nicht mehr aufhalten lassen. Und seine Opfer konnten wir nicht mehr retten.

„Sie ist tot", sagte sie tonlos.

„Du ... weißt es?" Ich war überrascht. Und dankbar. Es ist nicht leicht, eine solche Botschaft zu überbringen.

Sie drehte sich mit unbewegter Miene zu mir herum. „Ja. Ich habe es gefühlt."

Ich schluckte. „Ich war bei ihr, als es passierte. Ich soll dich nach Hause bringen. Das habe ich Melissa versprochen. Wir müssen weg von hier."

Sie nickte stumm. „Ich weiß."

Die unausgesprochene Trauer, die sich in ihrer ganzen fragilen Gestalt widerspiegelte, trieb mir plötzlich die Tränen in die Augen. „Es tut mir leid, okay?", kam es mit brüchiger Stimme aus mir heraus. „Ich wollte ihr helfen, aber es herrschte Chaos und ich konnte den Rettungsdienst nicht erreichen und sie war schwer verletzt und ich habe versucht, die Blutung zu stillen und ich konnte sie nicht mal mitnehmen, da überall wild gewordene –"

Chiara hielt mich an den Schultern fest. „Ich bin mir sicher, du hast alles getan, was du konntest. Ich danke dir. Von ganzem Herzen", sagte sie mit einem kleinen, traurigen Lächeln, bevor sie mich ruckartig losließ. „Und jetzt hilf mir, verdammt noch mal, diesen Schlüssel zu finden!!!"

„Welchen Schlüssel, verdammt!", blaffte ich zurück und schluckte die Tränen herunter.

„Den Safe-Schlüssel!"

Kapitel 15

Kein metaphorischer Schlüssel? Ein echter?

„Wie? Vom Hotel-Safe?"

„Nein, von Yves' ganz persönlichem Safe." Sie begann wieder, durch das Zimmer zu hüpfen.

„Wo soll der sein?"

„Na da!" Sie zeigte auf einen schwarz glänzenden Würfel mit etwa einem Meter Seitenlänge, der neben dem Schmink-tisch thronte und den ich wohl unbewusst für moderne Kunst gehalten hatte. „Er hat ihn immer dabei. Weil er paranoid und nichts mehr sicher ist. Deswegen die ganze Security überall."

Ich machte wohl ein dummes Gesicht, denn sie lachte bitter auf. „Dachtest du etwa, die Sicherheitsmaßnahmen dienten zu meinem Schutz?"

„Na ja, zu deiner Bewachung, vielleicht."

„Fehlanzeige. Die sind nur hier, damit Yves' Gold sicher ist."

„Und wofür brauchst du den Schlüssel?"

Sie fasste sich genervt von meiner Begriffsstutzigkeit an die Stirn. „Ich gehe doch nicht ohne mein Geld. Ich habe so viel in diese elende Sekte gesteckt", erklärte sie und zerrte schnaufend die schweren Rückenpolster von der Couch. „Das überlass ich doch nicht alles diesem Bastard."

Ich versuchte, ihrem Gedankengang zu folgen. „Moment. Du weißt, dass der ganze Tsoozu-Kram nur Geldschneiderei ist?"

„Klar. Ich bin doch nicht irre!"

„Ähm." Ich räusperte mich.

„Zugegeben, anfangs war ich ganz angetan. Der Bunker hat mir gefallen, auch wenn sein Bau Unmengen von Talern verschlungen hat. Aber als ich nach Hause wollte, um Melissa von unserem Projekt zu erzählen, hat Margo mich allzu deutlich bedrängt, hier zu bleiben. Das war mir suspekt. Ich fing an nachzuforschen, kam auf unzählige Ungereimtheiten. Mit der Kohle, die Wayne mir vormittags aus den Rippen geleiert hatte, um eine Armenspeisung in Tsoozus Namen zu initiieren, bezahlte er am Nachmittag die Rechnung für seinen neuen Whirlpool." Sie schnaubte. „Alles Betrug."

„Und warum wolltest du Wayne dann heiraten?"

„Damit ich von dieser öden Insel runter- und an die Kohle rankomme." Sie lächelte triumphierend, aber nur kurz, dann fiel ihr die Misere wieder ein. „Komme ich aber nicht ohne den Schlüssel!"

Ich konnte es kaum fassen. Chiara war kein armes, reiches Mädchen, das vom hintertriebenen Sektenguru ausgenommen wurde. Sie war eine Meisterdiebin! Wie ich! Früher. Natürlich.

„Und wie wolltest du aus der Suite hier rauskommen? Die Wachleute würden dich sicher nicht mit einem Rollkoffer voller Taler rausspazieren lassen."

Sie zuckte listig mit den Augenbrauen. „Der Speiseaufzug. Geht direkt runter in die Küche im Keller. Und von da aus ist es ein Kinderspiel."

Jetzt, da ich wusste, worum es ging, steckte mich ihr Eifer an. Ich begann ebenfalls zu suchen. „Bist du sicher, dass der Schlüssel hier ist?"

„Ja. Wayne hat das Gold geholt, um die Hotelrechnung begleichen zu können. Himmel, er müsste schon lange wieder da sein, ich habe jetzt wirklich keine Zeit, dir das alles zu erklären ..." Sie wedelte nervös mit den Händen.

„Keine Sorge. Wir haben ihn aufgehalten. Erzähl weiter."

„Aufgehalten?" Sie sah mich misstrauisch an. „Wie sehr aufgehalten? Lebt er noch? Ich will, dass er noch lebt! Ich will, dass er leidet! Ich will seinen Verlust miterleben!"

Ich winkte ab. „Erzähl schon weiter."

Sie schloss die Augen und griff sich an die Stirn, um die Ereignisse konzentriert Revue passieren zu lassen.

„Er hat das Gold geholt. Normalerweise hat er den Schlüssel irgendwo versteckt; ich musste also eine Situation abpassen, in der er selbst an den Safe wollte. Danach hat er den Safe abgesperrt. Ich habe ihn umarmt. Er hat getönt, von wegen, ich habe mich doch unbedingt für die Ehe aufheben wollen, da könne ich ja nicht jetzt kurz vor der Zeremonie das Handtuch werfen, blabla, aber er hat sich meine Umarmung schon gefallen lassen. Ich habe ihn geküsst und mir dabei den Schlüssel aus der Brusttasche seiner Weste geangelt und … Ich hab's!" Strahlend griff sie sich ins Dekolleté und zog einen etwa drei Zentimeter langen, schlichten Stahlschlüssel heraus. „Da ist er."

„Perfekt. Mach auf."

Aufgeregt knieten wir beide vor dem Safe. Mit bebenden Fingern schob Chiara den Schlüssel ins Schloss und drehte ihn herum. Die Oberfläche des Würfels erwachte zum Leben. Blaue Linien leuchteten an der Vorderseite auf, verdichteten sich zu einem Rechteck, auf dem Ziffern auftauchten, und einem Display, das verlangte: *Geben Sie bitte den Code ein.*

Mist, dachte ich.

„Pff", machte Chiara und tippte eine schnelle Zahlenfolge ein. „Mein Geburtstag. Verliebte Männer sind so dämlich."

Ich konnte mich eines schrägen Grinsens nicht verwehren und dachte zugleich mit einem Stich ins Herz an Kassian. Auch er hatte mir so vertraut. Er muss mich, zu einer gewissen Zeit, für eine gewisse, kurze Zeitspanne vielleicht doch ein bisschen geliebt haben –

Ein leises *Klick* riss mich aus der Erinnerung und eine bis dahin für mich nicht zu erkennende Tür schwenkte langsam auf. Ich hielt die Luft an.

Gold! So viel Gold. Ich hatte ja schon eine ganze Menge davon, aber das hier … *wow.* Die Spenden von verzweifelten Tsoozu-Anhängern, gestapelt in unzähligen Goldtafeln, verheißungsvoll in der warmen Beleuchtung des Safes badend.

Chiara seufzte hingerissen.

Ich seufzte hingerissen.

Pan seufzte hingerissen.

Moment mal. Ich riss den Kopf herum.

„Was machst du hier?", fragte ich den kleinen gehörnten Gott, der es sich auf meiner Schulter bequem machte. Ich hatte ihn schon seit Monaten nicht mehr gesehen. Ich hatte gedacht, ihn für immer in die Flucht geschlagen zu haben, als ich in Dukes Penthouse der Versuchung widerstanden hatte, mir seine Goldreserven anzueignen.

Chiara reagierte glücklicherweise nicht – war mir nämlich

ganz recht, wenn sie weiterhin die Rolle der Verrückten übernahm.

„Alles da. Alles ordentlich. Alles sauber", flüsterte sie und strich vorsichtig mit der Hand über die glänzende Oberfläche des Edelmetalls, bevor Bewegung in sie kam. Sie sprang auf, zerrte einen Rucksack aus dem Kleiderschrank, der so überhaupt nicht zu ihrer Garderobe passte, und stopfte eilig Goldtafel nach Goldtafel hinein. Nach ein paar Sekunden sah sie auf.

„Willst du nichts?"

Mein Herz schlug schneller.

Willst du nichts?, äffte Pan sie nach.

„…" Ich räusperte mich, schluckte, versuchte es erneut: „Es steht mir nicht zu."

Lusche!, zischte Pan.

Oh Artemis, es rief mich. Wie es funkelte und leuchtete! Und wie schön wäre es gewesen, wenn es *mein* wäre. Ich wäre ohne Zweifel der glücklichste Mensch auf der Welt gewesen. Allein der Gedanke daran fühlte sich erhebend an. Gegen meinen Willen streckte ich die Hand aus, spürte an den Fingerspitzen beinahe schon das kühle Metall.

Gut so!, flüsterte Pan samtig in mein Ohr.

Ohr. Ohr! Mist!!! Entsetzt sprang ich auf, fasste mir an die Ohrmuschel, aber mein Headset war … auf der Chaiselongue! Ich Idiotin hatte völlig vergessen, es wieder anzubringen. Fluchend setzte ich es ein.

„Sorry, war abgelenkt", rief ich. „Kann mich jemand auf den aktuellen Stand bringen?" Ich hörte nur Rauschen. „Hallo? Shirokko?" Verdammt. Das konnte nichts Gutes bedeuten. „Chiara, wir müssen verschwinden. Wo ist dieser Speiseaufzug?"

Sie packte die letzten Goldtafeln ein und maß mich dabei mit einem beleidigend abschätzenden Blick. „Da passen wir nie im Leben zusammen rein."

Ich zerrte sie am Arm in die Höhe. „Los jetzt."

Sie lief vor mir her ins Speisezimmer, schleifte den schweren Rucksack dabei hinter sich her. Hinter dem immensen Esstisch befand sich ein Sideboard und darüber eine Art Schiebetür, deren Dimensionen Chiaras Blick … nun ja, nicht höflicher machte, ihn aber zumindest erklärte. In das Ding passte meiner Meinung nach gerade mal der Rucksack. Chiara schien das nicht zu irritieren. Sie hatte die Tür schon hochgeschoben, war auf die Kommode gehüpft und hievte nun auch das Gold hinauf. Es würde dauern, bis der kleine Lift in den Keller abgetaucht und anschließend wieder hochgefahren sein würde, und bis dahin musste ich Zeit gewinnen, wenn die Situation tatsächlich so brenzlig war, wie das tote Headset es befürchten ließ.

Während Chiara begann, sich in den Aufzug zu falten, versuchte ich, den Esstisch vor die Tür zu schieben … Fehlanzeige. Das Ding wog bestimmt 100 Kilogramm. Und Chiara zu bitten, mir zu helfen, wäre irgendwie kontraproduktiv gewesen. Plötzlich erschallten laute Stimmen. Schritte stampften über den Flur. Türen wurden aufgerissen.

„Homer? Jungs? Ich könnte echt Hilfe gebrauchen …“ In meiner Not klemmte ich einfach einen der Stühle unter die goldene Türklinke und schob einen Servierwagen und einen großen Blumenkübel davor, obwohl ich wusste, dass das alles völlig sinnlos war. Zu dem Ergebnis schien Chiara auch zu kommen, die gerade mal zur Hälfte im Aufzug steckte. Sie kletterte ächzend wieder heraus.

„Was machst du?“, fragte ich sie fassungslos.

Draußen rüttelte jemand an der Türklinke.

„Machen Sie auf!“, bellte eine Stimme.

„Keine Höflichkeiten mehr.“ Ich glaubte, Waynes Stimme zu erkennen.

Warum nur hatte ich Slash meine Maschinenpistole überlassen? Die wäre mir jetzt wirklich zupassgekommen. Hoffentlich hatten wenigstens Homer und er schnell genug abhauen können. Einen Moment lang spielte ich mit dem Gedanken, Chiara mit dem Steakmesser als Geisel zu nehmen, doch ich wollte sie nicht traumatisieren, und wenn es stimmte, dass Wayne nur sein Geld und nicht seine Verlobte bewachte, wäre sie wahrscheinlich relativ wertlos für ihn und würde mich auch nicht hier rausbringen.

Irgendetwas, irgendjemand schien die Tür zu rammen. Einmal, zweimal, dreimal, Holz splitterte, dann wurde das gesamte Stuhl-Servierwagen-Blumenkübel-Arrangement beiseite geschoben. In letzter Sekunde drückte mir Chiara den Rucksack in die Arme, griff sich an die Stirn und sackte zusammen.

„Ludmilla! Liebling!", Wayne, der Widerling stürmte stolpernd herein, dicht gefolgt von einem bewaffneten Spezialeinsatzkommando aus Wachmännern mit Helmen, Sturmhauben und Schutzbrillen, schusssicheren Westen und dicken Stiefeln. Ich ging in Verteidigungsposition. Hirnlos. Sinnlos. Alle Läufe zeigten auf mich. Widerwillig ließ ich den Rucksack fallen und hob die Hände.

Göttin, ich hoffte, dass das nicht die echte Polizei war, sondern die Sicherheitstruppe des Hotels oder meinetwegen auch die sekteneigene Security. Obwohl, Polizeibeamte würden mir wahrscheinlich trotz allem einen mehr oder weniger fairen Prozess machen, wohingegen ich bei den anderen beiden nicht sicher sein konnte, ob sie mich nicht einfach erschießen und in den Wirren des Verfalls verschwinden lassen würden. Dennoch – bei ihnen hatte ich vielleicht die Chance, durch Bestechung davonzukommen. Die Zeiten waren hart, vielleicht bot mein Gold eine gewisse Verhandlungsgrundlage …

Behutsam hatte Wayne die scheinbar Bewusstlose in den Arm genommen und tätschelte ihre Wangen. „Was ist nur passiert?"

Flatternd öffnete Chiara die Augenlider. Einer der Männer reichte Wayne ein Glas Wasser, das er ihr einzuflößen versuchte.

„Ich weiß es nicht. Sie war plötzlich da. Ich weiß nicht, woher sie den Schlüssel hatte …", wisperte die falsche Schlange noch, dann rettete sie sich erneut in eine angebliche Ohnmacht. Hätte ich sie bloß als Steakmessergeisel genommen!

„Nehmt die Diebin in Gewahrsam", beschied Wayne mit einer fast gleichgültigen Kopfbewegung. „Ach, und bringt mein Gold in Sicherheit."

Ich leistete keinen Widerstand. Gegen so viele Kugeln wäre ich nicht angekommen. Mein letzter Blick, bevor ich aus dem Zimmer geschubst wurde, galt Chiara. Sie zwinkerte mir über Waynes Schulter hinweg zu.

Wunderbar, Chiara. Danke, dass du mich ans Messer geliefert hast. Schön, dass dein Plan läuft, wenn auch vermutlich auf einer anderen Schiene, als gedacht. Völlig egal, dass mei-

ner gerade den Bach runtergeht. Ich kochte vor Wut. Auf Chiara, aber vor allem auf mich selbst. Selten dämlich von mir, das Headset zu vergessen.

„Mein Schatz, wach auf. Aus der Torte wird leider nichts. Aber wollen wir trotzdem heiraten? Es ist alles vorbereitet. Die Gäste warten schon …", hörte ich Wayne noch säuseln. Nun, das entsprach auf jeden Fall nicht Chiaras Plan. Doch ich konnte meine Schadenfreude nicht genießen.

Sie brachten mich ins Wohnzimmer der Suite, nahmen mir die Messer ab, drückten mich auf die Couch. Sie verzichteten auf Handschellen, aber zwei der Maschinengewehre waren immer noch auf mich gerichtet. Ich verschränkte die Arme vor der Brust und musterte die Truppe mit kühler Abscheu, während ich über Fluchtmöglichkeiten nachsann. Zwei Wachleute standen an der angelehnten Tür, warfen immer mal wieder einen Blick nach draußen. Dort befanden sich mindestens zwei weitere. Einer patrouillierte von Fenster zu Fenster – doch aus der 29. Etage war das ohnehin kein akzeptabler Fluchtweg. Einer saß auf dem Sessel gegenüber, die Waffe im Anschlag, und einer marschierte ziellos im Raum herum.

Und jetzt? Was jetzt? Wie ging es weiter? Wollten sie mich durch beharrliches Schweigen zum Reden kriegen? Seltsame Verhörtaktik. Im Zimmer war es so still, dass ich sogar Wayne aus dem Speisezimmer am anderen Ende der Suite hören konnte.

„Jorge wird dir eine Spritze geben, dann geht es dir sicher gleich besser. Ich habe Tsoozus Stimme gehört. Er verheißt dir ein langes Leben und immerwährende Gesundheit. Alles wird gut, Liebling."

„Nein! Nein, keine Spritze", widersprach Chiara lebhaft. „Das ist nicht nötig. Das ist doch nur … ein kleiner Schwächeanfall. Ich bin sooo erschrocken, Liebling."

„Ich weiß, Liebling."

Ich kotze, Liebling.

Kurz danach kamen sie den Flur entlang. Wayne warf einen Blick ins Zimmer.

„Alles in Ordnung …", er konsultierte das Namensschild des herumtigernden Wachmanns, „Svenson?"

„Alles bestens. Sie hat bereits gestanden", knurrte Svenson.

Wie bitte?!? Jetzt wich mein Ärger doch einer gewissen Unsicherheit. Was hatten die mit mir vor? Furcht krabbelte meine Wirbelsäule hoch und setzte sich kalt zwischen meine Schulterblätter. Sollte ich widersprechen und Wayne zu verstehen geben, dass das gar nicht stimmte? Die subtile Bewegung des Gewehrlaufs gegenüber hielt mich davon ab.

„Wunderbar", trällerte Wayne. „Entschuldigt mich. Ich muss diese wundervolle kleine Frau zum Altar führen."

Ich mochte mich täuschen, aber ich glaubte, ein Schnauben von Chiara zu vernehmen, das sich jedoch sogleich in ein Husten verwandelte. Die beiden zogen ab.

Die Flügeltüren der Suite klappten zu.

Ich war allein mit der Spezialeinheit.

Svenson kam auf mich zu und brachte sich mit mir auf Augenhöhe, indem er sich auf ein Knie herabließ. Ich wappnete mich und setzte mich so, dass ich meinen Stiefel bei Bedarf schmerzhaft in Svensons Schritt schnellen lassen konnte. Dann würden mir die anderen vermutlich den Kopf wegpusten, aber ich war gewillt, Opfer zu bringen.

„Du gehst wahrscheinlich für fünf bis zehn Jahre in den Bau. Aber wenn du wieder rauskommst, was meinst du, Rotschopf ... du und ich?"

Ich glaubte, meinen Ohren nicht zu trauen. Die Stimme klang plötzlich ganz anders. Weicher. Vertrauter. Ich stieß den Atem aus, den ich unwillentlich angehalten hatte. „Slash?" Einen Moment lang wusste ich nicht, ob ich lachen oder weinen sollte. „Du auch?"

Er nahm Schutzbrille und Helm ab. „Natürlich. Denkst du, ich sei zu alt für romantische Gefühle?"

Jetzt trat ich doch zu, allerdings nur leicht gegen seine Brust, sodass er rückwärts auf den Hintern fiel. Auch die anderen gaben sich zu erkennen.

Ich sprang auf. „Ihr ... Bastarde! Warum habt ihr mir nicht gleich zu verstehen gegeben, dass ihr es seid!?"

„Du hättest uns bloß aus Versehen verraten", behauptete der Wachmann im Sessel gegenüber, der sich als Shirokko entpuppt hatte.

„Quatsch. Ich bin Profi."

„Was war mit deinem Headset los? Wir hatten nur weißes

Rauschen aus deiner Richtung."

Ich zuckte mit den Schultern. „Keine Ahnung. Ging plötzlich nicht mehr."

„Ah ja." Es war offensichtlich, dass er mir kein Wort glaubte.

„Was war mit euren Headsets los? Ihr habt mir auch nicht geantwortet?!"

„Ging nicht. Wir hatten eine Besprechung mit Wayne. Da hätten wir dich nicht parallel in unsere Pläne miteinweihen können."

„Was habt ihr mit den echten Security-Leuten gemacht?"

„Wäschekammer."

„Die muss inzwischen ziemlich voll sein."

„Wir haben ein paar der Männer in die Besenkammer ausgelagert."

Es klopfte an der Tür und ein immer noch vermummter 'Shim mit Homers Augen steckte den Kopf herein. „Seid ihr dann so weit? Die Zeremonie wird bald beginnen."

„Wie sieht's aus?", fragte Slash. „Sollen wir abbrechen? Oder willst du deine Freundin noch retten?"

„Verdient hat sie es nicht", fand ich. „Sie hat mich ohne mit der Wimper zu zucken ans Messer geliefert. Andererseits habe ich Melissa versprochen, sie heimzuholen. Und sie ist verrückt. Wahrscheinlich kann sie also gar nichts dafür, dass sie mich hingehängt hat." Die 'Shimet sahen mich abwartend an. „Ich *kann* sie nicht diesem Widerling und seiner irren Sekte überlassen." Und abgesehen von den Gewissensbissen hätte es sich zu sehr nach einer Niederlage angefühlt jetzt aufzugeben. „Wir machen weiter." Ich versuchte, mich zu konzentrieren, um meine Gedanken zu ordnen und auf die Schnelle einen neuen Plan zu ersinnen. Doch das war anscheinend gar nicht nötig.

„Phase 5", ordnete Shirokko an.

„Fünf?", fragte ich. „Moment! Die kenne ich nicht! Und was war mit Phase 4?"

„Das hier ist Phase 4. Nia retten. Geld einsacken." Phoenix hob den Rucksack mit den Goldtafeln hoch.

Pan tanzte auf meiner Schulter herum, verpuffte aber sofort, als ich meinte: „Das müssen wir alles den Leuten zurückgeben, die es für einen angeblich guten Zweck gespendet haben."

„Aber sicher", versicherte Shirokko. „Nach den Abzügen für unsere Ausgaben und Bemühungen. Natürlich."

„Natürlich."

„Los jetzt!"

Es war die erste Hochzeitszeremonie, der ich beiwohnte. Und, seien wir ehrlich – es würde auch die letzte sein. Aber es war interessant. Ich kannte bislang nur die Feierlichkeiten an Yazama, bei denen die Yashti zu den Clanmännern in die Sommerhäuser gesandt wurden. Die Parallelen waren leicht zu erkennen: Weiß gekleidete Jungfrau, festlich geschmückte Stätte, fromme Gebete, ordentlich was zu essen. Im Gegensatz zur Waldlichtung, auf der die Sonnenfeier der Amazonen stattfand, war das Dach des besten Hotels der Stadt natürlich wesentlich mondäner, auch wenn ich mich mit meiner Höhenangst ausnahmsweise im Wald wohler gefühlt hätte. Riesige weiße Sonnenschirme boten den etwa 100 Gästen Schatten, die auf filigranen Goldstühlen Platz genommen hatten. Vorne befand sich ein rosengeschmücktes Rednerpult, dahinter eine Leinwand, auf der gerade zu synthetischer Musik ätherisch wirkende Naturbilder ineinander verschwammen. Hinter den Sitzreihen säumten Tische das rundum laufende Geländer, auf denen sich, ebenfalls im Schatten, eine Champagnerglaspyramide und unzählige winzige Teller mit noch winzigeren Häppchen befanden. Daneben eine Armee silbern glänzender Speisewärmer, die ein reichhaltiges Mittagessen verhießen. Schade, dass es dazu wohl nie kommen würde.

Ich saß ganz hinten; ich wollte nicht auffallen und war ohnehin so spät dran gewesen, dass nicht mehr viele Plätze frei gewesen waren. Die Perücke hatte ich abgenommen und mir aus Chiaras Kleiderschrank ein langes, fließendes Gewand aus himbeerfarbener Seide entliehen. Ich hoffte, dass mich Wayne so verändert nicht wiedererkennen würde.

Die angebliche Wachmannschaft sollte sich auf sein Geheiß hin von der Sonnenterrasse fernhalten, um die Gäste nicht zu beunruhigen, in Wahrheit wollte er wohl nur sein Gold nicht unbewacht in der Suite zurücklassen. Lediglich vier der Männer waren hier oben: Homer, Slash, Marlon und Bela. Sie bewachten die Doppeltür zum Treppenhaus, welches ein paar Stufen abwärts auch zum Lift führte, und hatten die Aufgabe zugeteilt bekommen, die Eintreffenden mit Waynes Gästeliste abzugleichen. So war es für mich ein Leichtes gewesen, mich unter die Gäste zu mischen.

Endlich tat sich etwas: Jorge trat vor. Ich hätte ihn fast nicht wiedererkannt. Er trug einen pflaumenfarbenen Anzug und glänzende Schuhe, seine wirren Haare waren gekämmt und ordentlich im Nacken zusammengebunden, und um seine Schultern war eine hellgelbe Stola gelegt, die mit dem Zeichen Tsoozus verziert war, der Sonne mit den acht Strahlen, die wie ein alkoholisierter Oktopus aussah. Jorge wirkte, als würde er sich sehnlich in seine Trekkinglatschen zurückwünschen, aber er bemühte sich um ein Lächeln.

„Liebe Anwesende! Wir haben uns eingefunden, weil Tsoozu zwei Menschen erwählt und in Liebe zusammenge-führt hat, deren Verbindung wir hier und heute in seinem Namen segnen und besiegeln wollen. Und so bitte ich nun Yves und Ludmilla vorzutreten."

Das Gemurmel der Gäste war verstummt. Sie reckten die Hälse, um die Brautleute zu sehen, die zu festlichen Klängen von links und rechts zum Rednerpult schritten. Wayne wirkte stolz und auf seine überhebliche Art erfreut, Chiara einfach nur gelangweilt. Auf der Leinwand im Hintergrund wurden nun nur noch florale Ornamente in Cremefarben gezeigt, ver-mutlich, um vom eigentlichen Akt nicht abzulenken. Es folgte eine Reihe pseudoreligiöser Floskeln, die mit mahnendem Zeigefinger zum Gehorsam gegenüber Tsoozu aufriefen, die Gläubigen bauchpinselten und die Ungläubigen als minder-wertig abstempelten, die schon bald ihrer gerechten Strafe zugeführt werden würden. Im Anschluss wurden die Regeln verlesen, die wir ja bereits in Waynes Buch *Der Weg zum Licht* gefunden hatten.

„Ihr habt euch gereinigt von alten Beziehungen, habt eure Herzen geleert und geöffnet füreinander. Der Vorsteher des übergeordneten Konvents hat der Verbindung zwischen Way-ne und Ludmilla zugestimmt, was, wie ich bemerken darf, kein Wunder ist, denn der betreffende Vorsteher ist Wayne selbst." Die Gäste lachten höflich verhalten. Wayne zwinkerte, Chiara zwang ein Lächeln in ihr Gesicht, das ihre Augen nicht erreichte.

„So werdet nun alle Zeugen des Eides, den Yves und Ludmilla sich geben möchten."

Wayne nahm Chiara an die Hände. „Du bist mein nach Tsoozus Wunsch und Willen."

Ich wartete auf einen romantischen zweiten Teil, der vielleicht mal zur Abwechslung von Liebe handelte und nicht von einer Aliengottheit, doch alles, was folgte, war Chiaras emotionslose Erwiderung: „Ich bin dein nach Tsoozus Wunsch und Willen."

Jorge lächelte. „Bevor ich nun den Segen erteile, bitte ich alle Anwesenden ihre Herzen zu prüfen. Falls einem von euch ein ernstlicher Hinderungsgrund für die Verbindung zwischen Yves und Ludmilla einfällt, möge er sich nun äußern."

Meine Hand schloss sich um das Dokument in meiner Tasche, das angeblich von Dr. Salzberg stammte und in Wirklichkeit eiligst von Carlos am Computer fabriziert worden war. Es bezeugte, dass Chiara vor gut einem Jahr entmündigt worden und nicht fähig sei, schwerwiegende Entscheidungen selbst zu treffen. Ein Eheversprechen wie dieses müsste daher von ihrem Vater gebilligt werden, der als Vormund eingesetzt war. Ja, das war schwach und würde im Endeffekt einer Überprüfung nicht standhalten, aber es würde uns ein bisschen Zeit verschaffen.

Homer nickte mir zu. Ich holte Luft und stand auf, da fuhr eine Hand aus der zweiten Reihe in die Höhe.

„Ich habe Zweifel zu äußern", ertönte schneidend Margos Stimme.

Überrascht ließ ich mich wieder auf meinen Stuhl zurücksinken. Wayne fuhr wütend herum, Chiara runzelte die Stirn, Jorge schüttelte den Kopf, wie um seine Frau davon abzuhalten, etwas zu tun, das sie beide bereuen würden. Margo hatte die komplette Aufmerksamkeit aller Gäste, als sie in einem blutroten Kostüm und 12-Zentimeter-Sandaletten aufstand und nach vorne schritt.

„Zweifel, was die viel zitierte Tugendhaftigkeit dieser Braut angeht, ihre Liebe und Ehrlichkeit." Margo drückte auf ihrem

Fon herum und mit einem Mal zeigte die Leinwand nicht mehr pastellfarbene Schnörkel, sondern ein Bild von Waynes Safe-Würfel. „Ich hege schon seit längerem Befürchtungen, was Ludmillas Hingabe Yves und Tsoozu gegenüber anbelangt."

„Margo …", versuchte Jorge seine Frau zum Schweigen zu bringen. Er legte ihr begütigend eine Hand auf den Unterarm, die sie brüsk abschüttelte.

„Daher habe ich mir erlaubt, seine Suite zu überwachen, um den Beweis zu erbringen."

Jorge blickte entschuldigend in der Gegend herum. Chiara war blass geworden, Wayne rot.

„Das hast du nicht gewagt", zischte er zwischen den Zähnen hindurch.

„Doch, und du wirst mir noch dankbar sein." Ein erneutes Wischen über das Display ihres Fons zeigte ein anderes Bild auf der Leinwand. Chiara, die das Hotelzimmer verwüstete, auf der Suche nach dem Schlüssel, was natürlich nur sie und ich wissen konnten. Ich überlegte, ob ich abhauen sollte, bevor mich Margo auch noch entlarvte, doch da ich verkleidet gewesen war, fühlte ich mich relativ sicher, zumal Margos Präsentation nur aus einer Vielzahl tonloser Einzelbilder bestand. Sie musste die Kamera … ja, sie musste sie in einer der vielen goldenen Blumenvasen versteckt haben. Wahrscheinlich sogar in allen, sie war offenbar nur einem generellen Misstrauen gefolgt und hatte nicht wissen können, wo sich was ereignen würde. Dann das Bild, das alles veränderte: Chiara und ich vor dem offenen Safe kniend. Gemurmel brandete auf. Wayne blickte Chiara an, als sähe er sie zum ersten Mal, wich sogar ein Stück vor ihr zurück. Und doch entlud sich sein Zorn über das Bild, das Chiara beim Einpacken von Goldtafeln zeigte, nicht über ihr, sondern über Margo. „Du eifersüchtige, alte Hexe. Du hast auch das mit der Torte gemacht, nicht wahr? Du hast es nie verwunden, dass es aus war."

Jetzt standen manche der Gäste sogar auf, um sich eine bessere Aussicht auf die Geschehnisse zu verschaffen. Jorge sah aus wie ein geprügelter Hund. Mein Gehirn lief fast heiß beim Versuch, herauszufinden, ob uns diese neuesten Entwicklungen halfen und wie wir sie zu unseren Gunsten drehen konnten.

Margo ging nicht auf die Anspielung mit der Torte ein. „Oh, keine Sorge. Ich habe es verwunden. Aber ich werde dich auch nicht ins Unglück rennen lassen! Lässt dich täuschen von einem jungen, hübschen Gesicht, du alter Narr", spie sie und wies auf die Leinwand. „Sieh doch hin! Sie bestiehlt dich! Sie nutzt dich aus, deine Position, deinen Einfluss! Deine Blindheit!"

Nun, das klang nicht nach gut verarbeitetem Beziehungsende, aber was wusste ich schon. Ich hatte weder Kassian noch Duke verarbeitet, hatte sie nur ganz weit weg in eine entlegene Ecke meines Gehirns geschoben, wo sie mir nicht dauernd über den Weg liefen …

Themenwechsel. Tatsache war, dass wir Chiara irgendwie hier rausbringen mussten. Sie selbst stand nur wie versteinert vor dem Rednerpult.

„Was sagst du zu den Vorwürfen, Ludmilla?", erkundigte sich Wayne mit mühsamer Beherrschung.

„Ist nichts dran. Die Frau hat mich gezwungen", brachte sie hervor. Waynes Blick wurde milder.

„Quatsch." Margo wischte ein paar Bilder zurück und zoomte auf Chiaras Hand, die Ziffern auf dem Display eintippte. „Du hättest den Code nicht eingeben müssen. Du hättest behaupten können, ihn nicht zu kennen. Du hast nicht nur kooperiert, du warst federführend in dieser Angelegenheit."

„Das kannst du doch gar nicht beurteilen mit den paar körnigen Bildern, Margo", mischte sich Jorge plötzlich ein. „Vielleicht hat sie sie erpresst. Mach dich doch nicht lächerlich."

„Halt den Mund", schnappte Margo schnell.

„Jetzt reicht es." Ihr Mann legte seinen Arm um sie, in einer liebevoll wirkenden, und doch sehr festen Umarmung, und zog die Widerstrebende auf diese Weise weg vom Rednerpult. Er dirigierte sie an den Stuhlreihen vorbei. „Mach dich nicht unglücklich. Mach uns nicht unglücklich", sagte er eindringlich und mit eigentlich bewundernswerter Ruhe. Obwohl er gerade erfahren hatte, dass seine Frau immer noch einer alten Liebschaft anhing, wollte er Waynes Gunst offenbar nicht verlieren. Ich konnte seine leisen Worte nur verstehen, da die beiden unweit meines Sitzplatzes zwischen den Gästen und dem Geländer vorbeigingen. Vielleicht lag es genau an dieser für Margo unverständlichen Ruhe, vielleicht auch nur daran, *was* er sagte – auf jeden Fall ging plötzlich alles ganz schnell.

Sie stieß ihn weg, er taumelte rückwärts, stieß an das Geländer, fing sich jedoch.

„Unglücklich!", schrie sie. „Was weißt du schon von meinem Unglück, du Versager!"

Und wieder schubste sie ihn, doch diesmal war er vorbereitet und tauchte einfach seitlich weg. Ihre Hände stießen ins Leere, ihr Schwung trug sie vorwärts und ihr Pech ließ sie mit den hohen Absätzen so über Jorges Fuß stolpern – oder hatte er ihr in spontan aufflammender Rage doch ein Bein gestellt? – dass sie Kopf voran über das Geländer und hinab in die Tiefe stürzte.

Ein kollektiver Aufschrei ertönte. Alle Anwesenden hasteten augenblicklich zum Gitter, und ich wohl auch, obgleich ich es in meiner Furcht vor dem Abgrund ganz sicher nicht beabsichtigt hatte. Jorge hatte sie noch erwischt! Er hing halb über der Brüstung, hielt Margos Hand mit seinen fest, und ein paar beherzte Leute klammerten sich an ihn, um ihm Halt zu geben.

Ich riskierte einen winzigen Blick abwärts. Das Haus war unglaublich hoch. Der Abgrund unglaublich tief. Ich atmete tief ein. Tief aus. Tief, zu tief. Winzige Autos und Menschen sausten unten herum, bekamen nichts mit von dem Drama, das sich weit, weit über ihren Köpfen abspielte. Meine Finger klammerten sich krampfhaft ans Gitter, ich bemühte mich mit aller Kraft, mich auf Margo zu konzentrieren und nicht auf die Leere vor mir, die mich wabernd anzuziehen schien.

Margo wirkte ein paar Sekunden lang panisch, dann schien ihr klar zu werden, dass sie verloren hatte. Ihre Miene wurde wieder boshaft. *Versager*, las ich von ihren Lippen ab, dann ließ sie einfach los.

Kapitel 16

Reglos stürzte sie in die Tiefe. Wieder schrien die Gäste auf, am lautesten jedoch Jorge, dessen Hände immer wieder ins Leere griffen, bis er nach oben gezogen und auf einen Stuhl verfrachtet wurde. Mit Mühe befahl ich meinen eiskalten Fingern, das Gitter loszulassen und taumelte rückwärts, bis ich ebenfalls Halt auf einem der Stühle fand. Ich versuchte, meinen Atem und mein Herz zu beruhigen.

Wayne zeigte herrisch in der Gegend herum, scheuchte schockiertes Cateringpersonal auf und fuhr schließlich Slash an: „Los, Svenson. Krankenwagen. Oder Leichenwagen. Oder was auch immer!" Dann setzte er sich neben Jorge und legte seinen Arm um ihn. „Alter Freund, ich bin untröstlich."

„Ich habe sie verloren", murmelte Jorge immer wieder.

„Nein. Sie hat dich verloren. Töricht von ihr. Sorge dich nicht, Tsoozu wird sich ihrer annehmen. Ich weiß, ich verlange viel von dir, aber mich trennt nur noch ein Satz von meiner Geliebten. Würdest du …?"

Jorge sah ihn an, als begriffe er erst jetzt, wie irre Wayne wirklich war. „Du hast sie verloren."

Ich schätze, wir dachten beide, er spräche noch von Margo. Erst, als ich nach vorne sah und der Platz am Rednerpult leer war, verstand ich. Chiara war weg.

„Verdammt!" Ich suchte Homer, aber der stand nicht mehr an seinem Posten, sondern ein Stück hinter mir und zuckte nur mit den Achseln. Der Treppenabgang war unbewacht. Wenn sie mir jetzt durch die Lappen ging, war alles umsonst gewesen.

Wayne stand auf. „Ludmilla? Liebling?" Er ließ seinen Blick durch die Gäste schweifen. Langsam schlich sich wieder Misstrauen in seinen Tonfall. Er überdachte offenbar den möglichen Wahrheitsgehalt von Margos Worten.

Wir stürzten etwa zeitgleich auf das Treppenhaus zu, doch ich war näher dran und schneller dort, riss die Tür auf – und prallte mit einer Gestalt mit Nadelstreifenanzug und Pomadelocken zusammen.

„Fad! Zum Glück!", stieß ich aus.

„Vlad", verbesserte er mit eckigem Lächeln und zückte sogleich seinen Ausweis. Er hielt ihn Wayne direkt vor die Nase, der in dem Moment an uns vorbei die Stufen hinabgaloppieren wollte. „Herr Yves P. Wayne? Mein Name ist Vlad Westermann von der Steuerfahndung der Finanzbehörde." Hinter ihm tauchte eine Legion grau gekleideter Steuerprüfer auf und verstellte mit grimmiger Miene und Plastikboxen in den Händen die Treppe. „Wir müssen leider, was Ihr Privatvermögen und das Ihrer Stiftung anbelangt, Steuerordnungswidrigkeiten vermuten", fuhr Fad fort. „Aus Gründen, die aufzuführen ich hier keinerlei Veranlassung sehe –" weil es keine gab, aber das musste Wayne ja nicht erfahren – „berufen wir uns auf das Recht auf sofortige Durchführung von Durchsuchungen und Beschlagnahmungen. Seien Sie so gut und folgen Sie uns in Ihre Suite."

Obwohl mir der Schreck über Margos Absturz noch in den Knochen saß, jubelte ich innerlich. Ich hatte nicht mehr erwartet, dass Fad noch auftauchen würde. Zwar hatte ich ihm im Vorfeld den Tipp gegeben und ihn gebeten, sich der Sache anzunehmen, aber abgesehen davon, dass ihm nichts daran gelegen war, mir einen Gefallen zu tun, war Citey ja nicht mal sein Einsatzgebiet. Es gab sicherlich rund eine Milliarde bürokratischer Hürden, die ihn davon abhalten konnten, Wayne hier zu überführen, doch die hatte er offenbar alle überwunden in der Hoffnung auf unsterblichen Ruhm in der Steuerbehörde.

„Nicht Ihr Ernst", brachte dieser gerade hervor.

Ich hätte mir den nun folgenden Schlagabtausch zwischen den beiden nur zu gerne angesehen, aber die Tatsache, dass ich dringend Chiara finden musste, wenn ich mit meiner Suche nicht wieder von vorne anfangen wollte, setzte mich unter Zeitdruck, und so eilte ich zwischen den Finanzbeamten die Treppe hinab, dicht gefolgt von Homer.

„Kein Zutritt." Jetzt war es kein breitschultriger Stiernacken mit Spiegelbrille mehr, der mir den Weg zur Hochzeitssuite verstellte, sondern ein ordentlich gescheitelter Herr im taubenblauen Anzug.

„Klar. Ich weiß. Ich müsste nur –"

„Kein Zutritt."

„Ich würde nur gerne wissen, ob da kürzlich eine Frau im weißen Kleid hineingelaufen ist. Oder heraus."

„Das kann ich Ihnen nicht sagen."

Mir platzte fast der Kragen. „Jetzt hören Sie mir mal zu. Meine Freundin hätte heute heiraten sollen, Sie haben ihr gerade den schönsten Tag ihres Lebens verdorben. Lassen Sie mich kurz hinein, damit ich mich umsehen kann. Ich will nur sehen, was sie mitgenommen hat, damit ich mir ein Bild machen kann, wo ich die Verzweifelte vielleicht finde."

Der Schreibtischtäter vor mir zögerte einen Moment, dann rief er eine Kollegin, die mein Tun bei Schritt und Tritt überwachen sollte.

„Fassen Sie nichts an. Und Sie bleiben draußen", beschied er Homer.

Es dauerte nicht lange, bis ich zurück war, und es war genauso, wie ich es vermutet hatte: Der Rucksack mit dem Gold war weg.

Ich war so enttäuscht, dass ich aufstampfte wie ein kleines Kind. „Das gibt's doch nicht. Setz die anderen in Kenntnis, dass uns Chiara entwischt ist."

„Chiara ist weg. Mitsamt der Kohle. Homer Ende", funkte er die anderen an, dann lauschte er. „Verstanden. Wir sollen zusehen, dass wir hier rauskommen, bevor Wayne auftaucht und dich am Ende doch noch wiedererkennt", wandte er sich anschließend an mich.

Widerwillig ließ ich mich zum Treppenhaus ziehen. Wir wollten den Lift vermeiden, um unter dem Radar zu bleiben, aber um das Foyer kamen wir nicht herum. Durch Margos Sturz war jedoch hier und auch vor dem Hotel die Hölle los. Mehrere Krankenwagen waren vor Ort, die Polizei hatte bereits die Zufahrt und den Gehweg vor dem Gebäude abgesperrt, Presseleute wuselten dennoch überall herum und mehrere Hotelmanager versuchten erfolglos, das Durcheinander einzudämmen. Wir spazierten unbemerkt an ihnen allen vorbei, liefen um den Block und hofften auf Slash …

„Da ist er!", rief Homer.

Slash wartete im Angeberschlitten auf uns, genau so, wie es

unser ursprünglicher Plan vorgesehen hatte, auch wenn im Mittelteil ungefähr alles schiefgelaufen war. Dennoch war ich ziemlich erleichtert, es wieder hierher geschafft zu haben. Wir hüpften hinten in den Wagen und schnauften durch.

„Was für ein verdammter Mist!!!", brach es dann doch aus mir heraus. „Fahr los, Slash. Sie ist weg. Sie hat sich die Kohle gekrallt und sich verzogen."

Er sah mich mit hochgezogenen Augenbrauen über den Rückspiegel an. Erst beim zweiten Hinsehen erkannte ich, dass er grinste. Und beim dritten Hinsehen begriff ich, dass der Beifahrersitz neben ihm nicht leer war.

„Hat sie nicht!", sagte Chiara und drehte sich mit einem schrägen Lächeln zu uns um. Sie trug meine rote Perücke, die sie sich etwas schief auf Kinnlänge gekürzt hatte.

„Fahr los, Slash", wiederholte ich – diesmal aber mit mehr Begeisterung.

„Nein. Hier bleibe ich nicht." Chiara verschränkte die Arme und musterte die Fassade der Fabrikhalle voller Abscheu.

Ich glaubte, meinen Ohren nicht zu trauen. „Was? Wieso?! Es ist ein gutes Versteck und niemand wird es in Verbindung bringen mit –"

„Es ist dreckig und hässlich und bestimmt gibt es jede Menge Ungeziefer."

Wenn ich sie nicht ein bisschen gekannt hätte, hätte ich sie für einen furchtbaren Snob gehalten. So jedoch wusste ich, dass sie die Halle nicht ablehnte, weil sie ihr im Vergleich zu ihrer bisherigen Fünf-Sterne-Unterkunft zu popelig war, sondern weil sie einfach ein psychisches Problem damit hatte. Schon in Kassians supersauberer Villa war es für sie unerträglich gewesen, wenn nicht alles porentief rein und nach ihren Vorstellungen geordnet war.

„Ja, aber sieh mal, der nächste Zug nach Urba, in dem ich Chiimori transportieren kann, geht erst morgen früh." Ich tätschelte dem betreffenden Lieblingspferd den Hals. „Und in der Zwischenzeit müssen wir –"

„Ich bleibe einfach hier draußen."

„Hier?" Ich sah mich vielsagend um. „Hier ist es ja wohl noch viel dreckiger und hässlicher als drinnen!"

„Ja, aber *hier* gehören sie ja auch hin. Dreck und Ungeziefer", präzisierte sie auf meinen überforderten Blick hin und setzte sich, den Rucksack fest im Arm, an die Feuerstelle, in der natürlich noch kein Feuer entfacht war; es war sonnendurchfluteter Spätnachmittag.

„Kein Ungeziefer. Nur Frettchen", erwiderte ich mit ergebenem Seufzen und setzte mich ebenfalls.

„Kann man die essen?"

„Dich ekelt die Halle hier, aber du trägst dich mit dem Gedanken, ein Mardertier zu verspeisen? Du bist echt irre."

Wie aufs Stichwort tauchte Lancelot auf, setzte sich zu uns und machte das mit seinen Haaren.

„Na ja, wenn die schlechte Zeit kommt ...", führte Chiara leicht irritiert ihren Gedankengang fort.

„In der schlechten Zeit werde ich lieber Vegetarierin", wiederholte ich meinen Vorsatz und wechselte dann schleunigst das Thema. „Lancelot, was machst du hier an der Feuerstelle? Keine Angst vor den Behörden und der Feuerwehr?"

„Nun, es ist, wenn ich das richtig verstanden habe, dein letzter Abend in Citey. Da möchte ich dir natürlich Gesellschaft leisten. Und wenn das Feuer erst einmal brennt, kann ich immer noch nach drinnen gehen und jegliche Verantwortung abstreiten."

„Verstehe."

„Wieso habt ihr es übrigens so eilig, euch vom Acker zu machen?"

„Ich möchte die Mission so schnell wie möglich abschließen und Chiara heimbringen. Außerdem vermisse ich meine Leute in Urba", erklärte ich, und Chiara ergänzte:

„Und ich möchte ein bisschen Entfernung zwischen Wayne und mich samt seinem Gold bringen."

Nach und nach tauchten immer mehr von Shirokkos Mannen und schließlich auch er selbst auf, um sich um die Feuerstelle zu scharen, in der mit der Dämmerung ein hell loderndes Feuer entfacht wurde. Der Kühlschrank hatte tags zuvor eine Palette Kartoffeln und riesige Brocken Rindfleisch liefern lassen, die Bela fachgerecht zerteilt hatte und nun in Form unzähliger Steaks duftend auf dem Grill brutzelten. Wenn ich so im Nachhinein darüber nachsinne, denke ich, dass es wahrscheinlich mehr die Aussicht auf Grillfleisch war, die die Männer herausgelockt hatte, als die Tatsache, dass ich tags darauf abreisen würde.

„Das mit Margo war … krass", sagte Chiara plötzlich. Sie saß neben mir und hatte die letzten Minuten nur unverwandt ins Feuer gestarrt.

„Ja, das stimmt. Du kanntest sie besser, oder?", fragte ich behutsam. Ich hatte noch nicht darüber nachgedacht, wie schwer sie der Verlust treffen würde.

„Ein bisschen. Sie war eine opportunistische, knallharte Geschäftsfrau und wollte nur meine Taler, aber einen solchen Tod hat sie sicherlich nicht verdient. Hast du …", sie zögerte, „… hinunter geschaut?"

„Nur kurz. Es war, na ja, es sah nicht schlimm aus. Sie hat sicherlich nichts mehr mitbekommen." *Nachdem sie sekundenlang dem Erdboden in dem Wissen entgegengerast war, dass er sie zerschmettern würde.* Ich schluckte. *Details.* Chiara sollte jetzt nicht darüber nachdenken müssen.

Wieder war sie es, die unser Schweigen unterbrach: „Was ist genau passiert? Wie ist Melissa gestorben?"

Chiara hatte es wirklich drauf, einen schönen Abend zu ruinieren. Aber sie hatte natürlich das Recht, alles zu erfahren. Nur deswegen saßen wir ja überhaupt gemeinsam hier.

„Wir trafen uns zufällig im Southgate Einkaufszentrum und unterhielten uns. Über … die Sache mit Kassian und über Duke."

„Duke? Der Security-Duke?"

„Ja." Immer noch lief es mir kalt den Rücken hinunter, wenn ich über diesen Psycho und meine Nähe zu ihm nachdachte. Ich redete schnell weiter. „Ihr schien daran gelegen zu sein, mich darüber aufzuklären, dass sie und Kassian gar nicht wirklich zusammen waren." Wie seltsam, so abstrakt und sachlich über etwas zu sprechen, das mir vor ein paar Monaten noch das Herz zerrissen hatte. „Sie hatte schon eine Weile nichts von Kassian gehört und erzählte mir auch, dass sie auf der Suche nach dir sei. Und dann … gingen plötzlich mehrere Sprengkörper gleichzeitig hoch, eine davon ganz in der Nähe." Ich sah Chiara ins Gesicht, um abzuschätzen, wie viel sie hören wollte.

Alles, sagte ihr Blick.

Ich holte Luft. „Ein Holzpfahl wurde dabei durch die Luft geschleudert und durchbohrte sie. Sie lebte noch und ich versuchte, die Blutung zu stillen und Hilfe zu rufen, aber die Netze waren überlastet und die Rettungsdienste überfordert. Melissas einziger, fixer, letzter Gedanke war, dass ich dich finden sollte. Sie konnte ja ziemlich starrsinnig sein."

Chiara gab einen kleinen Laut von sich, der Lachen und Schluchzen gleichzeitig sein mochte.

„Ich habe es ihr versprochen und, na ja, hier sind wir. Ich musste sie im Einkaufszentrum zurücklassen, denn die Bombenleger zogen immer noch umher. Ich denke, ich hätte es selbst nicht rausgeschafft, wenn mir nicht ein paar ..." *Schwestern.* „... Mädels geholfen hätten. Aber auch, wenn ich für ihren Körper nichts mehr tun konnte, habe ich mit ihnen zusammen eine Art Abschiedszeremonie abgehalten. Für ihre Seele. Aber ohne Brunnen und Anker und so", setzte ich sicherheitshalber hinzu. Eine Amazonenverabschiedung war eine bodenständige Sache. Ein bisschen Natur, ein bisschen Beten, ein bisschen feierliche Stimmung durch Kerzen, verbrannte Kräuter und Harze, *Adieu.* Kein großer Hokuspokus.

„Danke", flüsterte sie.

Alle waren inzwischen still. Alle hatten zugehört.

„Was für eine Sache mit Duke eigentlich?", wollte Chiara nach einer schweigsamen Minute wissen. „Ich weiß, ihr habt auf Kassians Party miteinander getanzt, aber wusste nicht, dass da was lief."

Dass immer noch alle mit gespitzten Ohren dasaßen, machte es mir nicht leichter. „Ja, das meinte Melissa auch, aber da lief nichts." Außer absoluter Abhängigkeit. „Wir haben eine Weile zusammen in Urba gewohnt. Dann habe ich herausgefunden, dass er mich von Anfang an nach Strich und Faden belogen hatte, und bin abgehauen."

Sie runzelte die Stirn. „Das passt nicht zu ihm."

„Kennst du ihn so gut?"

„Nein, aber ich kann Leute gut einschätzen."

„Zum Beispiel Jorge und Margo?" Ich bereute meine bissigen Worte sofort, zumal die gesamte männliche Zuhörerschaft unter meinem verbalen Hieb zusammenzuckte und „Ohohoh" murmelte.

Chiara nahm es locker. „Ich ging zum Seminar, um etwas über das Überleben herauszufinden; und diesbezüglich hat mich Jorge auch einiges gelehrt. Tsoozu habe ich billigend in Kauf genommen, um mein Geld zurückzubekommen. Und dass Wayne ein arroganter Scharlatan ist, war mir in der ersten Sekunde klar."

„Na gut. Entschuldige. Jedenfalls hast du dich in Bezug auf Duke getäuscht. Er hat mich damals überwachen lassen und sucht mich auch jetzt wieder. Beziehungsweise, er *lässt* mich suchen."

„Von wem?"

„Von einer Frau …", begann ich, doch Chiara unterbrach mich sofort wieder:

„Mittelalt, mittelgroß, kurze Haare, graue Kleidung?"

Mein Herz rutschte mir in die Hose. „Ja", krächzte ich, bevor ich mich hektisch umsah.

Auch durch die 'Shimet ging ein Ruck, als sie mit kollektivem Misstrauen die Umgebung observierten.

„Ich habe sie getroffen! Vorhin! Sie sprach mich an und hat mich nach dir gefragt, als ich auf dem Weg vom Dach zur Suite war."

Mein Mund wurde trocken. „Was hast du ihr erzählt?"

„Natürlich nichts! Ich stellte mich dumm und speiste sie schnell ab, weil ich es echt eilig hatte. Ich dachte, ich müsste es gleich mit Waynes Wachmannschaft aufnehmen, doch stattdessen erwarteten mich im Zimmer bereits Shirokko und sein Freund mit dem Kettenhemd, um mich aus dem Gebäude zu bringen."

„Wie ist sie auf dich gekommen?" Ich konnte nicht denken. Die plötzliche Furcht, gefunden zu werden, schnürte mir die Logik ab.

„Na ja, ich denke, Duke sucht dich über deine Freunde. Und er wird wie du eine Weile gebraucht haben, Chiara aufzustöbern", erklärte Shirokko.

„Stimmt. Ja. Stimmt. Ja. Stimmt", erwiderte ich, ohne wirklich zu begreifen. Ich klammerte mich an Chiimoris Mähne fest, der auf dem kleinen Stück Wiese hinter mir schlummerte.

„Mach dir keine Sorgen. Hier bist du sicher. Und morgen

bist du wieder bei Biskaya."

„Mach ihn nicht größer und schrecklicher als er ist", raunte Homer an meiner Seite und erinnerte mich an unser letztes Gespräch über Duke. „Denk daran: Du hast Ninjas mit deinen Sandaletten besiegt. Er kann dir gar nichts."

Ich musste lachen und ein paar der Felsbrocken, die auf meiner Brust lasteten, purzelten herunter.

Der Himmel hatte ein tiefes Dunkelblau angenommen; Stern um Stern durchstach seine samtene Kuppel. Die Flammen spiegelten sich in den entschlossenen Augen von einem knappen Dutzend Bodyguards, die einspringen würden, falls mich mein Mut doch noch verlassen würde; und die Steaks waren durch. Ich war in Sicherheit. Ich wollte den Abend genießen. Und ich wollte, dass auch Chiara aufhörte, über die Toten nachzugrübeln.

„Was Wayne jetzt wohl macht?" Ich dachte, dass sie der Gedanke an ihren Ex-Verlobten vielleicht aufheitern würde. Immerhin hatte sie ihn leiden sehen wollen.

Tatsächlich lächelte sie ein bisschen und legte die Wange liebevoll an den Rucksack mit den Goldtafeln, den sie immer noch auf dem Schoß hatte. „Ich denke, er ist noch dabei, vor Vlad Westermann sein Vermögen offenzulegen, während sein Anwalt hintenrum versucht, noch irgendetwas davon in Sicherheit zu bringen."

Während wir aßen, malten wir uns die Einzelheiten von Waynes Verzweiflung und Niedergang aus und unsere jeweilige Beklemmung löste sich auf.

„Sag mal, wie sah eigentlich dein ursprünglicher Plan aus, als du mich vorhin ans Messer geliefert hast?" Ich hatte nicht vergessen, dass sie mich verraten hatte, um ihre eigene Haut zu retten.

Sie biss herzhaft von einem dampfenden Stück Fleisch ab. „Ich hatte keinen."

„Was?"

„Ich habe improvisiert und wusste, du bist gut genug, um aus der Nummer wieder herauszukommen."

„War ich nicht. Ohne die Mannen wäre ich verloren gewesen!", rief ich anklagend aus.

„Na dann hast du wohl Glück gehabt." Chiara lächelte

spitzbübisch. „Wahrscheinlich hätte ich dich andernfalls befreit, als ich mir den Rucksack mit dem Gold geholt habe."

Ich verzichtete darauf, sie zu berichtigen, dass sie den nie ergattert hätte, wenn die richtige Sicherheitsmannschaft in der Suite auf sie gewartet hätte. *Details ...*

„Schmeckt's dir?", fragte Bela, den ich bereits für das dritte Steak herbeigewinkt hatte.

„Phantastisch. Und definitiv besser als Frettchen."

Bela hatte von allen Mannen das schönste, strahlendste Lächeln. Es gab zahnpastawerbungverdächtige, ebenmäßige Zähne frei, setzte Grübchen in seine Wangen und steckte einen unweigerlich an. Normalerweise.

Jetzt aber schüttelte der 'Shim ungläubig seine weichen, dunklen Locken aus dem Gesicht und sah mich angewidert an.

„Weißt du, eigentlich hatte ich dich jetzt, wo du nicht mehr unter Shirokkos besonderem Schutz stehst, was fragen wollen, aber irgendwie ...", er schüttelte sich, „ist mir der Appetit vergangen."

Er verzog sich an den Grill, um das Fleisch zu wenden, doch als sich unsere Blicke wieder trafen, zwinkerte er mir zu. Jetzt war ich plötzlich wieder unsicher. War das ein Witz? Ein gemeinsamer Spaß, den sie sich der Reihe nach mit mir machten, seit ich hier eingezogen war? Oder war nur im Laufe der Zeit einer daraus geworden?

Ich sah sie einen nach dem anderen an. Jeder der 'Shimet war irgendwie ... toll, auf seine eigene, spezielle Art, äußerlich, innerlich, generell. Und wenn ich ihren Worten glauben schenken durfte, hätte ich wohl jeden einzelnen von ihnen haben können. Wobei mir niemand, nicht meine Mutter, nicht Atalante, nicht Padmini, irgendeinen Strick hätte daraus drehen können. Artemis, vielleicht. Aber die hatte mich sicherlich ohnehin schon abgeschrieben. Und doch, obwohl jeder von ihnen so attraktiv, so liebenswert, so erreichbar war, oder genau *deswegen*, lockte mich keiner von ihnen. Ich war quasi ... übersättigt. Abgestumpft. Ich denke, ich war einfach drüber weg. Über die Männer. Dennoch, der Abschied würde mir wirklich ein bisschen schwerfallen, auch wenn ich das nie gedacht hätte.

„Irgendwas dabei, was dir gefällt?", fragte Homer, der mich

dabei ertappt hatte, wie ich seine Kollegen, aber auch ihn anstarrte.

„Oh ja. Einiges."

„Aber?"

„Aber ich werde euch vermissen."

„Das war kein *Aber*."

„Bist du Wortklauber oder Geschichtenerzähler?"

„Ich bin Visionär."

„Und, was siehst du?"

Er lächelte müde. „Das möchtest du nicht wissen."

„Dann sei heute Abend lieber Geschichtenerzähler. Zu Hause –" Ich verstummte. Zu Hause hatte es immer Geschichten gegeben, alte und neue und uralte, wahre und erdachte. Zu Hause hatte es nämlich nicht viel anderes gegeben. Keine Stereoanlage, kein Fon, keine Mannen, kein Bier. Zu Hause war Vergangenheit. Es spielte keine Rolle mehr. „Denk dir einfach was aus", bat ich.

„Na gut." Homer starrte eine Weile in die Flammen, dann begann er zu erzählen, eine Geschichte, die leise und belanglos begann und mit jedem Satz spannender, fast gruselig wurde, sodass schließlich die Gespräche verstummten und alle an seinen Lippen hingen, bis sie wieder verstummten. Danach zerstreuten sich die Zuhörer schweigend. Ein paar schlugen ihr Nachtlager draußen am heruntergebrannten Feuer auf, um Chiara Gesellschaft zu leisten und für ihre Sicherheit zu sorgen, der Rest, und auch ich, verzog sich nach drinnen.

Wir mussten zeitig aufbrechen. Da ich Chiimori nicht in der S-Bahn transportieren konnte, war der Plan, zum Hauptbahnhof zu reiten. Ich wollte kein großes Ding aus meinem Abschied machen, deshalb weckte ich nur Chiara leise auf, zog mich an, versorgte mein Aspa und verstaute anschließend meine Sachen in der Reise- und den Satteltaschen. Beim letzten Toilettengang zeigte mich der Badspiegel wieder als Amazone. Zum ersten Mal seit ein paar Wochen trug ich wieder meinen Umhang und meinen Bogen; mein Schwert hatte ich mir umgeschnallt und den Staub der Stadt halbherzig von meinen Lederstiefeln gebürstet. Den Beutel mit dem Gold trug ich wie immer unter meiner dunkelgrünen Tunika. Ich nickte meinem Spiegelbild zu, warf den bunten Zahnbürsten und den ordentlich aufgehängten Regenbogenhandtüchern einen letzten, halb belustigten, halb wehmütigen Blick zu, dann machte ich mich mit Chiara auf den Weg.

Ich hatte das Gefühl, dass die Blicke, die uns begegneten, weniger überrascht waren, als die, die ich bei meiner Ankunft in Citey geerntet hatte. Vermutlich trugen sich bei den steigenden Benzinpreisen schon einige Leute mehr mit dem Gedanken, sich ein Reittier zuzulegen.

Wir erreichten den Bahnhof um kurz vor 10. Warmit hatte bereits am Abend zuvor für mich herausgefunden, wie ich mein Aspa am besten nach Urba bringen konnte, und uns einen Platz in einem LevEx reserviert. Diesmal ließ ich Chiimori nicht alleine; ich hielt ihn fest am Zügel, während ich mit meiner – mit Lebensmittelfarbe – ausgedruckten Reservierungsbestätigung am Schalter vorstellig wurde, um zu zahlen. Inzwischen lief fast nichts mehr ohne Gold. Den Umweg, es vorher in Taler umzutauschen, konnten sich die Leute sparen, da die Kurse unberechenbar waren, und der Wertverfall der Banknoten zu rapide vonstattenging.

Doch wer hatte Gold? Ein paar Reiche, die rechtzeitig hysterisch geworden waren. Ein paar Glückliche, die es immer gab. Ein paar Diebe. Wie wir. Es fuhren nicht viele mit diesem Zug, und das machte die Fahrt natürlich noch teurer. Lediglich, um für Chiara und mich später vielleicht etwas im Speisewagen zu kaufen, hatte ich noch ein paar zigtausend Taler umgetauscht.

Wir mussten mein Aspa mit dem Sperrgut anderer Reisender in einer von der Bahngesellschaft gemieteten Box im letzten Waggon unterbringen; Chiara und ich saßen viel weiter vorne. Das war mir überhaupt nicht recht. Ich hatte mein Pferd schon einmal fast an Diebe verloren, und ein Zugüberfall war nicht so unwahrscheinlich, wie er klang, wie ich aus eigener Erfahrung wusste.

„Ich könnte mich in der Box verstecken", überlegte ich laut, als ich unruhig auf meinem Fensterplatz Chiara gegenüber hin- und herrutschte. Aber das war auch eine blöde Idee. „Ich will dich nicht alleine lassen. Am Ende sucht Wayne dich.

Oder sein Geld. Dann brauchst du Unterstützung."

Sie winkte ab. „Mach dir um mich keine Sorgen. Ich komme zurecht."

Überraschenderweise stimmte das. Sie war zwar arg zwanghaft und ein bisschen verrückt, doch sie schaffte es offenbar ganz gut zu überleben. Aber ich war so weit gekommen, ich wollte nicht riskieren, dass jetzt, am Ende, irgendetwas schieflief. Schließlich schlossen wir einen Kompromiss. Wir gaben den Platz in der ersten Klasse direkt hinter dem Führerstand auf und setzten uns stattdessen in den letzten Wagen vor den Frachtwaggons. Es gab keinen direkten Zugang, aber auf diese Weise konnte ich zumindest bei den Zwischenhalten schnell umsteigen und nach Chiimori sehen.

Wir waren zu früh dran, der Zug war so gut wie leer, ich war nervös. Ich wollte endlich weg von hier!

„Hast du gut geschlafen?", fragte ich, um nur irgendetwas zu sagen und die Zeit zu füllen.

„Ja, war okay."

„Ungeziefer?"

„Nur ein paar Frettchen."

„Okay."

„Ja."

„Ja."

„Was ist los?"

„Ich habe irgendwie ein mieses Gefühl."

„Denkst du, diese Frau ist in der Nähe? Die mich nach dir gefragt hat?"

„Keine Ahnung. Ich denke nicht, dass ich das würde spüren können." Doch jetzt, wo Chiara es angesprochen hatte, mischte sich auch diese Sorge in meine ungute Ahnung. Ich sah mich um, aber wir waren nach wie vor alleine im Wagen. „Ich schaue noch einmal nach Chiimori."

Es ging ihm gut. Natürlich. Ich tigerte noch ein paar Mal hin und her, brachte ihm einen Apfel und ein paar Haferkekse. Und dann, auf dem Rückweg über den Bahnsteig, geschah es.

„Bleiben Sie bitte stehen", ertönte eine geschäftsmäßige Männerstimme hinter mir.

Überrascht wandte ich mich um. Vor mir stand ein blonder Polizist in Begleitung einer rundlichen Kollegin mittleren

Alters. Beide uniformiert, beide mit gewissem Misstrauen in der Miene. Diesmal hatte ich wirklich nichts falsch gemacht. Ich musste kein schlechtes Gewissen, keine Angst vor Entdeckung haben, trotzdem klopfte mein Herz laut in meiner Brust. Seit sie mich in meiner Kindheit bei meinen Ausbruchversuchen immer wieder geschnappt hatten, konnte ich die Polizei einfach nicht mehr leiden.

„Warum?", fragte ich. „Ich bin Passagierin in diesem Zug."

„Dürfen wir Ihre Fahrkarte sehen?"

„Natürlich." Ich zeigte sie vor.

„Was haben Sie im Frachtwaggon zu suchen?"

„Ich transportiere dort mein Pferd." Ich hielt dem Mann das entsprechende Ticket vor die Nase, dann wollte ich mich umdrehen, um die Stufen in den Wagen hochzusteigen, doch er hielt mich auf.

„Moment noch. Was hat es mit dem Schwert auf sich?"

Die Frage überforderte mich. Ich zuckte mit den Schultern. „Das … habe ich eben dabei."

„Haben Sie noch mehr Waffen bei sich?"

„Was spielt das für eine Rolle?"

„Bitte beantworten Sie meine Fragen."

„Der Zug fährt gleich ab."

„Dann beantworten Sie sie bitte flott."

All das widerstrebte mir zutiefst. Aber ich wollte nicht auf Konfrontationskurs gehen, sondern einfach nur schnell in den Zug und zurück nach Urba fahren. Also legte ich widerwillig meine Bewaffnung offen. „Ja. Ich habe noch …", ich bückte mich und zog einen Dolch aus dem Stiefel, „das hier dabei und einen Bogen nebst Pfeilköcher sowie einige weitere Dolche und Messer bei meinem Gepäck."

„Warum?", fragte der Beamte verständnislos.

„Weil mein Zug schon mal überfallen wurde und die Welt bald untergeht? Erzählen Sie mir nicht, dass ich die Einzige mit adäquater Bewaffnung hier bin!"

Ich weiß nicht, was ihm an meiner Aussage nicht gefiel. Er wirkte irgendwie beleidigt. „Zeigen Sie mir bitte Ihren Ausweis."

„Ähm." Verdammt. „Ich habe gerade keinen."

Er sah mich vielsagend an und winkte zwei weitere Kollegen herbei, die das Geschehen mit Argusaugen beobachteten.

„Aber Sie haben sicherlich nichts dagegen, wenn wir Sie kurz durchsuchen." Er wartete meine Antwort gar nicht mehr ab, sondern nickte seiner Kollegin zu, die mich abtastete und sofort den Beutel mit dem Gold entdeckte. Als sie ihn mir abnahm, hätte ich mich fast zur Wehr gesetzt. Doch in dem Moment hatten die anderen beiden Polizisten ihre Schusswaffen schon aus den Holstern gerissen und zielten sicherheitshalber auf mich. Bei Artemis, die waren ganz schön nervös. Wahrscheinlich kein Wunder in einer Stadt, die ihnen ziemlich bald um die Ohren fliegen würde, aber das hatte ja nichts mit mir zu tun.

„Wie ist Ihr Name?", raunzte der 'Shim.

„Ähm."

„Woher haben Sie so viel Gold?"

„Habe ich eben. Habe all meine Ersparnisse in Gold getauscht."

„Dann haben Sie sicherlich Belege dafür. Kontoauszüge. Gehaltsabrechnungen. Einen Steuerbescheid. Einen Erbschein. Was auch immer."

„Ähm. Ja. Klar. Irgendwo."

„So. Frau Ähm. Sie begleiten jetzt meine beiden Kollegen in den Zug und holen Ihr Gepäck und Ihr Pferd. Wir unterhalten uns auf dem Revier weiter."

„Nein", rief ich entsetzt aus. „Nein, ich *muss* diesen Zug nehmen! Ich muss nach Hause!"

„Wo ist Ihr Zuhause?"

Normalerweise hätte ich die Adresse in Urba genannt, unter der ich bei Biskaya gewohnt hatte. Doch die war abgefackelt, deshalb war alles, was ich herausbrachte, ein erneutes, dämliches: „Ähm."

„Los jetzt."

Die Behandlung wurde rauer; sie schubsten mich fast auf den Zug zu. Ich stolperte. Nachdem ich mich wieder gefangen hatte, sah ich zum Fenster auf und erkannte, dass Chiara mit großen Augen auf den Bahnsteig hinunterblickte. Eilig versuchte ich, ihr zu signalisieren, dass sie sich vom Acker machen sollte. Als wir bei unseren Plätzen ankamen, waren sie und ihr Rucksack verschwunden.

„Also, noch einmal ganz von vorne. Wie lautet Ihr Name?"
Der Text war derselbe, der Ort ein anderer: Sie hatten mich in
die nahe Polizeistation in der Innenstadt gebracht, in einen
modernen, abgedunkelten Verhörraum mit Spiegelwänden.
Vor mir stand ein Plastikbecher mit Mineralwasser, dahinter
saß der blonde Polizist, der offenbar den Fall seines Lebens
witterte und einfach nicht locker ließ. Ich presste die Lippen
aufeinander. Es würde mir nichts bringen, die Wahrheit zu
sagen. Mein Zug war abgefahren. Mein Gold war weg. Meine
Waffen hatten sie mir abgenommen. Und Chiimori … Ich
schluckte. Wenn sie ihm auch nur ein Haar krümmten, würde
ich diesen ganzen verdammten Laden in Schutt und Asche
legen, das schwor ich bei Artemis.

„Wie alt sind Sie?"

„Wo haben Sie in Citey gewohnt?"

„Wo wollten Sie in Urba hin?"

„Haben Sie Familie?"

„Woher stammt das Gold?"

Ich beobachtete scheinbar gelangweilt, wie kleine Bläschen
in meinem Wasser aufstiegen und an der Oberfläche zerplatz-
ten. Der Beamte schlug plötzlich so fest auf den Tisch, dass
der Becher einen Satz machte und ich mich sehr bemühen
musste, nicht zu offensichtlich zu erschrecken.

„Ich kriege die Wahrheit aus Ihnen heraus, verlassen Sie
sich darauf. Sie bleiben so lange hier, bis ich meine Antworten
habe!"

„Schluss jetzt." Die Tür wurde aufgerissen. Eine Frau um
die Dreißig stürmte herein und knallte ihre große, bunte Tasche auf den Tisch. Sie hatte lange Locken wie ich früher, was
sie mir gleich ein bisschen sympathisch machte, und bändigte
sie mit einem in allen Farben gemusterten Tuch. „Spiel dich
nicht so auf, Bergmann."

Bergmann schnappte empört nach Luft, doch ehe er kontern
konnte, zeigte sie mit dem Daumen über die Schulter:

„Verzieh dich. Der Chef will dich sprechen."

„Wir sprechen uns auch noch", prophezeite mir der Beamte
mit einem pseudobedrohlichen Blick, bevor er den Raum
verließ.

„So." Die Dame schaltete zuerst das Mikrofon ab, das auf

dem Tisch stand, dann setzte sie sich mit einem Klemmbrett mir gegenüber hin und streckte die Hand aus. „Elisa Alves. Ich kümmere mich um Fälle wie Sie."

Ich fragte mich, was ich wohl für ein Fall sein mochte. Der Ausdruck in ihrem runden, resoluten Gesicht war freundlich, deshalb schüttelte ich ihre Hand und gleich darauf meinen Kopf, als sie fragte:

„Sie haben keinen Pass, sagen Sie?" Sie wandte sich ihrem Formular zu, arbeitete offenbar einen Fragebogen ab. „Wurden Sie in Ihrer Heimat Ihrer Ansichten wegen verfolgt?"

Ich hatte mich mit einem Mann eingelassen und war im Gegensatz zu meiner Mutter und der Paiti der Ansicht gewesen, dass das eine gute Idee sei. Also nickte ich. „Ich wurde verbannt."

„Verstehe, verstehe."

Das glaubte ich kaum, aber ich ließ sie machen.

„Hören Sie, ich muss hier einen Namen eintragen. Können Sie mir irgendetwas sagen? Beziehungsweise, anders gefragt – warum haben Sie Angst, mir Ihren Namen zu nennen?"

„Jemand ... ist mir auf der Spur. Ich möchte nicht, dass mein Name in irgendwelchen Akten auftaucht. Ich befürchte, dass er mich findet."

„Er?", versicherte sie sich und ich nickte erneut. Sie machte eine Notiz, bevor sie sich mit mitfühlender Miene über den Tisch zu mir herüberbeugte. „Hat er Ihnen was getan?"

Duke hatte mich zutiefst verletzt und verunsichert, aber das war wohl nicht das, was sie meinte. Sie deutete mein Zögern falsch, seufzte und kritzelte auf ihrem Papier herum. Schließlich ergriff sie meine Hand. „Wir kriegen das schon alles hin. Machen Sie sich keine Sorgen. Möchten Sie jemanden anrufen?"

„Ja", sagte ich. „Beziehungsweise nein." Ich hatte ja keine Fonnummern. „Kann ich stattdessen eine E-Mail schreiben?"

„Nein", sagte sie. „Beziehungsweise ja. Warum eigentlich nicht? Ich sehe zu, dass ich Ihnen einen Rechner besorge." Sie stand entschlossen auf. Als sie durch die Tür nach draußen ging, hörte ich den Aufruhr, der von der Straße her durch das Gebäude schallte, Sprechchöre, zerbrechendes Glas. „Ach du lieber Himmel", meinte Elisa noch unaufgeregt, dann schlug die Tür hinter ihr zu.

Während ich wartete, überlegte ich mit leise aufkeimender Hoffnung, wem ich schreiben sollte. Mein erster Impuls war, Biskaya in Kenntnis zu setzen, doch sie war zu weit weg, um rasch etwas bewirken zu können. Also würde ich mich bei Warmit melden. Er saß bestimmt vor seinem Rechner oder seinem Fon, würde die Nachricht sofort erhalten und alle Hebel in Bewegung setzen können, mich hier herauszuholen. Nur … würden Shirokkos Leute das machen? Ich konnte sie ja nicht mal mehr bezahlen. Erst war ich ein Babysitterjob gewesen, dann eine Auftraggeberin, und jetzt war ich offiziell abgereist. Sie würden sich vermutlich auch kein Bein mehr meinetwegen ausreißen. Obwohl ich mir ziemlich sicher war, dass Warmit und Homer mich nicht im Stich lassen würden.

Elisa kam zurück, zu meiner Enttäuschung jedoch mit leeren Händen. „Hören Sie, es ist mal wieder komplizierter, als man denkt. Die Kollegen sind auf den Fall nicht vorbereitet und haben Angst, dass Sie ihnen irgendeinen Virus aufspielen oder ihre Daten ausspionieren könnten." Sie rollte genervt mit den Augen. „Momentan hat leider keiner Zeit, sich um die Sache zu kümmern, weil draußen die Hölle los ist, außerdem werden die Verhörräume benötigt, weil sie ein paar Rädelsführer einkassiert haben. Ich bringe Sie jetzt erst einmal in eine Zelle. Anschließend hole ich mein privates Netbook aus meiner Wohnung. Das können Sie dann benutzen. In Ordnung?"

Das Wort *Zelle* klang grässlich. Mir stand die letzte Zelle, in die ich gesperrt worden war, noch deutlich vor Augen, ein karges, kahles Ding. Atalante hatte mich dorthin bringen lassen, nachdem der Diamantenraub aufgeflogen war. Unter anderem.

„Ich habe nichts verbrochen", behauptete ich.

Sie lächelte knapp. „Ich weiß. Aber ich kann Sie noch nicht gehen lassen, bis wir ein paar Dinge geklärt haben. Und wenn Sie Angst vor Verfolgung haben, ist unser Verwahrraum der sicherste Ort für Sie. Der sicherste Ort in der ganzen Stadt. Wir haben die neueste Technologie im Einsatz, was unsere Schließanlagen betrifft." Sie wirkte tatsächlich ein bisschen stolz.

„Was ist mit meinen Sachen? Meinen Waffen? Meinem

Gold? Meinem Pferd?"

„Alles dokumentiert und in der Asservatenkammer … nun, bis auf das Pferd. Danach muss ich mich erst erkundigen."

„Okay." Ich hatte ja nicht wirklich eine Wahl.

Seelisch erschöpft ließ ich mich von ihr und einer uniformierten Kollegin durch ein Chaos aus telefonierenden Beamten, verhafteten Delinquenten, pöbelnden Besuchern und fliegenden Zetteln ein Stockwerk tiefer bringen und dort in eine wirklich ausgesprochen moderne Zelle sperren. Sie verfügte über eine automatische Schiebetür, die lautlos aufglitt, wenn das Wachpersonal einen Chip vor einen Sensor hielt und eine Nummer eingab. Eben war sie hinter Elisa zugeglitten, nachdem diese sich mit einem ermutigenden Lächeln verabschiedet hatte, hatte mich abgeriegelt vom Lärm und Leben da draußen. Licht, das direkt aus der Decke zu kommen schien, tauchte den kleinen Raum in einen Ort ohne Schatten, so rein, so weiß, dass ich mich im Vergleich sofort schmutzig und schuldig fühlte. Kein Fenster, keine Luft, nur eine Liege und, versteckt hinter einem kleinen Wandvorsprung, eine Edelstahltoilette mit Waschbecken.

Ich ließ mich auf das schlichte Bett fallen. Irgendwie war ich seit meinem letzten Zellenaufenthalt kein bisschen weitergekommen. Mein Epor war gut gewählt. Unbelehrbar schien ich wirklich zu sein. Und vom Pech verfolgt. Damals hatte ich noch die Hoffnung auf Kassian und ein Happy End wie im Märchen. Was hatte ich jetzt? Ich betrachtete meine Hände. Keine Arbeiterinnenhände mehr. Keine manikürten High-Society-Hände mehr. Ein bisschen rau, ein bisschen trocken, ein bisschen rochen sie nach Pferd und Leder und Haferkeksen. Oh Göttin, ich musste wirklich raus hier, bevor ich wahnsinnig wurde. Die Zeit zog sich hin und ich hatte keine Kontrolle über sie, keine Möglichkeit herauszufinden, ob sie tatsächlich so dahinschlich, oder ob ich wirklich schon ein paar Stunden hier festsaß … Ich hoffte nur, dass Chiara im Zug untergetaucht und mittlerweile sicher auf dem Weg nach Hause war.

Irgendwann hielt ich es nicht mehr aus. Ich stand auf und winkte in die Kamera, eine schwarze Halbkugel, die neben der Tür an der Decke montiert war.

„Hallo? Ich wurde hier vergessen! Ich warte immer noch auf Elisa Alves! Mir steht eine E-Mail zu!" Mein Magen knurrte. „Und etwas zu essen!" Nichts geschah. Da trat ich wütend gegen die hochmoderne Schiebetür, die sich natürlich keinen Millimeter bewegte. Alles, was passierte, war, dass das Licht schlagartig dunkler wurde. Ich sah mich misstrauisch um und trat dann noch mal gegen die Tür. Diesmal änderte sich nichts. Wahrscheinlich war in Wirklichkeit noch viel mehr Zeit vergangen, als ich vermutet hatte, und es war Schlafenszeit, die mit dem gedämpften Licht angekündigt wurde. Aber hätten sie mir davor nicht tatsächlich etwas zu essen bringen müssen?

„Die Behandlung hier ist nicht akzeptabel. Ich möchte augenblicklich die Heimleitung sprechen", murmelte ich, kickte die Tür noch ein bisschen, trank dann etwas Leitungswasser, von dem ich hoffte, dass es mich nicht umbringen würde, und setzte mich in Ermangelung einer anderen Tätigkeit wieder.

„Gut", sagte ich leise. Wenn ich sonst keine Ansprache hatte, würde ich eben mit mir selbst Pläne schmieden. Oder, noch besser, mit meiner Uroma. Aber ich würde zugleich nicht zulassen, dass die Polizisten meine Gespräche mithörten, deshalb flüsterte ich nur. „Bisabuela, was mach ich nun?"

Allein, dass sich ihre liebenswerten Gesichtszüge vor meinem geistigen Auge zu einem entspannt-runzligen Lächeln verzogen, gab mir Halt. *Planen,* sagte sie. *Ziele stecken. Priorisieren. Du schaffst das,* sprach sie mir zu.

„Erstens: Ich muss hier raus. Zweitens: Ich muss in die Asservatenkammer. Drittens: Ich muss Chiimori auftreiben. Viertens: Ich muss nach –"

Gedämpftes Geschrei war vor der Tür zu hören, Füße stampften vorbei, unverständliche Rufe drangen durch die Wände. Ich wurde das Gefühl nicht los, dass hier echt was nicht stimmte. Es bestätigte sich, als es plötzlich tief unter mir rumpelte, das Gebäude für einen kurzen Moment bebte und das Licht schlagartig erlosch, bis auf die Notbeleuchtung: eine winzige, leuchtende Bodenkachel mit einem Pfeil darauf, der in Richtung Tür zeigte.

„Ich weiß, wo die Tür ist, verdammt", sagte ich zur Kachel. „Ich komme ja nur nicht raus. Was meinst du, war das ein Erdbeben? Ich glaube, es gibt in dieser Region keine Erdbeben. Ist vielleicht etwas explodiert?"

Die Kachel zeigte nur weiterhin ungerührt auf die Tür. Eine Idee blitzte in meinem Kopf auf. Vielleicht hatte der Stromausfall die Verriegelung freigegeben … Ich sprang auf und versuchte, die Tür mit den Händen zur Seite zu schieben, doch nichts tat sich. Auch nicht, als ich noch ein paar Mal herzhaft auf sie eintrat. „Was! Für! Ein! Mist!" Nein. Sie saß fest. Ich versuchte es noch einige Minuten mit Rufen und Klopfen und Herumhampeln vor der Kamera, dann gab ich auf und setzte mich wieder. Draußen war es still geworden.

„Vielleicht ist das der Verfall", meinte ich düster zur Kachel. „Stell dir vor, die Welt geht unter und du bist nicht dabei. Weil sie dich vergessen haben."

Wie auf ein Stichwort glitt in diesem Moment die Schiebetür zurück.

„Endlich!", rief ich, sprang auf und wollte loslaufen, da erschien ein Schatten in der Tür.

„Endlich", sagte er.

Der Kachel gelang es nicht, sein Gesicht zu erhellen, die Notbeleuchtung machte nur eine große Silhouette sichtbar. Doch mehr war auch gar nicht nötig. Mein Herz begann panisch zu klopfen. Ich wich zurück, stolperte über die Liege, setzte mich, weil meine Beine schlapp machten. Weil ich seine Gestalt kannte. Weil ich seine Stimme kannte. Weil ich zwar Ninjas mit meinen Sandaletten besiegt hatte, gegen *ihn* jedoch machtlos war.

Kapitel 17

Quatsch, sagte Homer in meinem Kopf.

Ich sprang wieder auf.

Duke stürzte auf mich zu. Ich tauchte unter seinen Armen weg, verpasste ihm einen Tritt in die Kniekehlen, der ihn zu Fall brachte, und eilte zur Tür, doch er hatte sich zu schnell von meinem Angriff erholt, und hechtete hinter mir her. Er erwischte mich an meinem Bein, zerrte mich auf den Boden und zu sich hin.

„Was tust du, verdammt noch mal!", zischte er.

Ich dachte nicht daran zu antworten, war nur hektisch bemüht, weitere Treffer mit meinen Füßen, meinen Knien und meinen Fäusten zu landen. Doch Duke hatte die Überraschung inzwischen verdaut und blockte geschickt jeden meiner Schläge. Wahrscheinlich hatte er zu Hause bei seiner Ninjaverbrecherfamilie auch ganz gute Kampfsportlehrer gehabt.

„Nia! Ich bin's! Beruhig dich!", sagte er eindringlich, als er mich auf dem Boden fixiert hatte.

Ich versuchte es, denn in meiner Panik war ich so kopflos, dass ich nicht die geringste Idee hatte, wie ich mich befreien sollte. Meine Freundin, die Notbeleuchtungskachel, die sich direkt neben meinem Kopf befand, schien ihm sanft ins Gesicht. Er war mir so vertraut. Seine Gestalt, seine scharf geschnittenen Gesichtszüge, sein durchdringender Blick in den Mandelaugen, der nach Ärger aussah. Ich dachte an all die Zeit, die ich bei ihm verbracht hatte, in der er mein Schutz, mein Zuhause, mein Ein und Alles gewesen war. Es wäre so einfach gewesen, mich wieder einlullen zu lassen, den Kampf aufzugeben, mitzuspielen. Dann dachte ich daran, wie er mich ausspioniert und getäuscht hatte und dass ich in Wirklichkeit nicht die geringste Ahnung hatte, wer er wirklich war.

„Wo warst du nur?", fragte er. Und wenn die Verzweiflung in seiner Stimme gespielt war, war er wirklich ein guter Schauspieler.

Ich wollte mich gar nicht auf ein Gespräch einlassen, aber dann spie ich doch aus: „Du hast mich von Anfang an belogen!"

„Wir haben beide unsere Geheimnisse. Das hatten wir doch besprochen! Du hast es doch so gewollt."

„Ja, aber das hat sich doch nur auf meine Geheimnisse bezogen!", erwiderte ich fassungslos. Ich hatte ja nicht mal gewusst, dass er welche hatte.

Er lächelte knapp mit einem Mundwinkel. „Dann musst du das nächstes Mal wohl deutlicher machen."

„Du bist ein Psycho! Du hast mich verfolgt … mich verwanzt. Mein Vertrauen erschlichen und missbraucht und … Ich hasse dich, Duke Ibro, oder wie auch immer du heißen magst. Und jetzt lass mich augenblicklich los, wenn du deine Zeugungsfähigkeit behalten möchtest." Ich hatte meinen Stiefel schon in Startposition.

„Entspann dich!", fuhr er mich an, ließ mich aber tatsächlich los und erhob sich. „Ich bin nicht dein Feind. Ich bin hier, um dich herauszuholen."

Ich rappelte mich auf. „Bist du für dieses Chaos hier verantwortlich?" Entrüstet klopfte ich mir den nicht vorhandenen Staub von der Kleidung, als ich aufstand. „Die haben mich halb verhungern lassen!"

Jetzt lächelte er etwas breiter. „Das ist meine Nia."

„Deine Nia kannst du grob vergessen", zischte ich und warf ihm einen vernichtenden Blick zu. „Wir zwei sind noch nicht fertig. Hilf mir, meine Waffen, meine Kohle und mein Pferd wiederzubesorgen, und du bekommst *vielleicht* die Chance dich zu entschuldigen. Vielleicht." Damit verließ ich erhobenen Hauptes die Zelle und wandte mich nach rechts.

„Andere Richtung!"

Murrend machte ich kehrt und stapfte den linken Gang entlang hinter ihm her. Er hatte sich einen Chip besorgt und konnte uns auf diese Weise ohne Probleme durch das scheinbar menschenleere Gebäude bringen. Nur einmal kam uns ein hastiger Pulk rennender Polizisten entgegen, die uns jedoch gar nicht beachteten. Die Flure waren in gedämpfte Notbeleuchtung getaucht und von draußen ertönten unentwegt Sirenen und Rufe.

„Was genau hast du gemacht? Ist alles okay, da draußen?"

Er lächelte nur. „Später." Duke hielt seine Chipkarte vor den Sensor und tippte einen Code ein. Eine weitere Schiebetür öffnete sich lautlos und gab den Blick auf die Asservatenkammer frei. Pan tauchte fast augenblicklich auf meiner Schulter auf. Koffer, Taschen, Plastiktüten voller Gold, Geld, Rauschgift, Waffen, sorgsam dokumentiert und etikettiert. Er rieb sich die Hände.

„Hau ab", flüsterte ich.

„Ich denke, du brauchst mich noch, um deine Sachen zu finden", meinte Duke, der meine Äußerung auf sich bezogen hatte.

Ich hatte keine Lust, ihm Pan vorzustellen, deshalb nickte ich nur gnädig. „Meinetwegen. Ein Lederbeutel voller Gold. Eine Reisetasche. Ein Schwert mit –"

„Ich weiß. Ich habe deine Akte gelesen."

Ich klappte den Mund zu. Natürlich. Warum sollte er auf normalem Wege kommunizieren, wenn er mich auch einfach ausspionieren konnte.

„Nummer 5380, dritter Gang, fünftes Regal, zweites Fach", las er von seinem Fon ab.

Ich eilte dorthin und schnappte mir meine Sachen. Sobald ich meinen Goldbeutel am Leib trug, ging es mir bedeutend besser. Und als ich meine Messer und Dolche wieder untergebracht hatte, fühlte ich mich auch Duke gegenüber weniger verletzlich.

„Brauchst du noch irgendetwas?" Er wies mit großer Geste auf die gefüllten Regale.

Ich ignorierte Pan und verengte meine Augen. „Ist das ein Test? Ich wollte nur meine Waffen und mein Gold zurück, vielen Dank." Pan machte eine obszöne Geste und verpuffte fluchend.

„Gut. Dann weiter."

Die Citeyer Polizei verfügte über eine berittene Einheit und hatte Chiimori laut Duke in deren Stallungen im Norden der Stadt untergebracht. Der Lift funktionierte nicht, deshalb nahmen wir die Treppen in die Parkgarage, in der Duke sein mattschwarzes Verbrecherauto stehen hatte. Ganz schön dreist, fand ich, mitten in der Höhle des Löwen zu parken.

Aber wohl ein so offensichtliches Manöver, dass es schon wieder eine gute Tarnung abgab. Auf der Straße herrschte immer noch Durcheinander, als Duke mit seinem Wagen aus der Tiefgarage schoss. Blaulicht rotierte an den Häuserwänden, Sprechchöre skandierten, ein Megafon dröhnte, rot-weiße Absperrungen hielten Menschen fern oder beisammen, ich konnte es wegen des Rauchs, der in der Luft lag, nicht genau erkennen.

Ich verkroch mich in meinen Sitz und versuchte, mein Gespür oder vielmehr mein Gefühl zu finden. Hatte ich Angst? War ich erleichtert? Mir war nicht klar, ob ich jetzt in Sicherheit war oder ob mein schlimmster Albtraum gerade wahr wurde, weil ich mit dem 'Shim, den ich in den letzten Monaten so gefürchtet hatte, im Auto saß, als sei nichts geschehen. Hatte er diesmal die Wahrheit gesagt? Gab es diesen Stall wirklich? Oder wo brachte er mich hin?

Ich warf einen schnellen Seitenblick hinüber. Und dann einen längeren, betrachtete sein scharfkantiges, attraktives Profil.

Duke.

Es war einfach nur Duke.

Duke, der mich vor dem *Pearl* aus dem Regen gefischt, an den ich mich in meiner verzweifeltsten Stunde gekuschelt, dem ich ein paar Kugeln herausoperiert hatte. Ich entspannte mich ein kleines bisschen.

Wir fuhren tatsächlich zu den Ställen. Sie befanden sich in einem relativ grünen Viertel, umgeben von einem Park, durch den sich ein Bächlein und viele Kieswege wanden. Duke ließ die Scheibe herunter und tauschte ein paar Worte mit einem Mann in einem Pförtnerhäuschen. Er wurde augenblicklich in einen Innenhof eingelassen, und keine fünf Minuten später wurde mir Chiimori nebst Zaumzeug und Sattel gebracht. Ich stürzte aus dem Auto und fiel meinem geliebten Aspa um den Hals. Er schnaubte erfreut und knabberte hingebungsvoll an meiner Tasche herum. Klar. Da waren auch noch jede Menge Haferkekse drin.

Ausführlich überzeugte ich mich davon, dass er gesund und munter war, und Duke wartete geduldig ab, bis ich Chiimori geherzt, gestreichelt, geklopft, gekrault und mit Leckerlis versorgt hatte. Obwohl ich ganz bei meinem Aspa war, bekam ich im Augenwinkel mit, dass Duke dem Stallburschen Geld zusteckte.

„Wofür war das?", fragte ich sofort voller Misstrauen. „Woher kennst du die Leute hier? War das alles so von dir inszeniert? Hast du –"

„Nia! Halt die Luft an!", unterbrach er mich. „Das war ein Trinkgeld, mehr nicht. Der Mann hat Überstunden gemacht, um auf uns zu warten und dir dein Pferd zu übergeben." Er trat auf mich zu und ich wappnete mich schon gegen … was auch immer, doch alles, was er tat, war, mich sanft an den Oberarmen festzuhalten und mir eindringlich zu versichern: „Es ist alles in Ordnung, verstehst du?"

„Nein." Ich verstand es nicht. Es war nie alles in Ordnung. Wie konnte es auch in Ordnung sein, wenn das, worauf ich mich verließ, schlagartig zerfallen konnte? Die Welt war unsicher und wankelmütig und wenn neben der Gesellschaft auch noch das bisschen Vertrauen zerbrach, das ich in ein paar, mir wichtige Leute setzte, dann war sie für mich kein Platz, der jemals in Ordnung kommen würde.

Duke musste mir meine innerliche Verwirrung und Unruhe deutlich ansehen. „Komm. Wir hauen ab von hier und reden irgendwo in Ruhe."

Ich schlug seine Hände weg und machte mich daran, Chiimori zu beladen. „Kein Interesse."

„Ich habe dir deine Sachen wieder besorgt. Also habe ich das Recht, mich zu entschuldigen."

Ich hörte schon an seinem Tonfall, dass er eine Entschuldigung für total überzogen hielt. Und auf so eine Art von Reue hatte ich mal überhaupt keine Lust.

„*Vielleicht*, hatte ich gesagt."

„Bitte."

Widerwillig wandte ich mich ihm zu. „Ich höre."

„Es tut mir leid, dass ich dich nicht gleich aufgeklärt habe. Über meine Vergangenheit und darüber, dass ich dich überwacht hatte, um an die Informationen über den Diamantenraub zu kommen."

Wortlos drehte ich mich wieder zu meinem Aspa um und zog den Sattelgurt fest.

Ich spürte Dukes abwartende Blicke, während er sich an sein Auto lehnte. Sie hätten mir egal sein sollen, aber sie bohrten sich so nervtötend in meinen Hinterkopf, dass ich schließlich ohne hinzusehen erwiderte:

„Ich kann dir nicht verzeihen. Danke, dass du mir geholfen hast. Aber jetzt geh."

„Ich habe dich monatelang gesucht", gab er ungläubig zurück. „Ich werde jetzt nicht einfach so das Feld räumen. Du schuldest mir auch einige Erklärungen!"

Ich hatte die Wahl. Ich konnte das Weite suchen und Duke zurück zu Kassian in die dunkle Ecke meines Gehirns stecken. Das war bequem und gleichzeitig belastend, für vermutlich relativ lange Zeit.

Oder ich machte das ganze blöde, dunkle Fass auf, um alles auseinanderzuklamüsern und mich damit auseinanderzusetzen. In der Hoffnung, dass, wenn auch nicht alles in Ordnung kam, es zumindest irgendwann abgehakt war.

„Komm", sagte er.

Aber ich wollte nicht. Schon jetzt, wo ich nur in Gedanken den Deckel ein wenig lupfte, spürte ich, dass mir Tränen in die Augenwinkel stachen. Es war viel leichter, nach vorne zu gehen, als zurück.

„Komm", wiederholte er sanft und nahm meine Hand. Ich schüttelte sie weg.

„Nia. Komm. Wir gehen was essen."

Das gab den Ausschlag. Ich hatte seit den drei Steaks am Vorabend nichts mehr gegessen, und mein Magen entschied einfach für mich, indem er ohrenbetäubend rumpelte. Also nickte ich, ohne es eigentlich zu wollen. Das Problem war nur:

„Ich werde mein Pferd nicht wieder irgendwo zurücklassen."

Duke wirkte erleichtert. „Das sollte kein Problem sein. Reite einfach hinter dem Auto her."

Ich folgte Duke zu einem nahegelegenen, heruntergekommenen Restaurant mit fleckigen Tischdecken, rustikaler Einrichtung und abgeblätterten Holzläden an den Fenstern. Eines davon wurde weit geöffnet, sodass Chiimori seinen Kopf in die Gaststube hereinstrecken konnte, während ich am Ausschank stand und für eine Bestellung zum Mitnehmen die Karte wieder und wieder von oben bis unten durchging.

„Einmal alles?", fragte mich Duke belustigt.

„Nein. Das kann ich mir nicht leisten."

„Kannst du schon. Woher hast du übrigens so viel Gold?"

„Geht dich nichts an." Ich bestellte ein Riesenschnitzel bei der müde wirkenden Bedienung und hoffte, dass die Bezeichnung gerechtfertigt war.

Wir warteten schweigend und Chiimori war damit beschäftigt, die Blumen aus den Töpfen am Fensterbrett zu verputzen. Bis auf einen Stammtisch im Nachbarraum waren wir die einzigen Gäste. Irgendwann gab ich meinem Aspa die verbleibenden Kekse, damit es die Blumendeko in Ruhe ließ, und blätterte durch mein Bargeld, das während der Zeit in der Asservatenkammer mindestens die Hälfte seines Wertes eingebüßt hatte. Duke blickte mich die ganze Zeit unbewegt an.

„Kann ich dein Fon haben?", fragte ich ihn, als ich merkte, dass er Luft holte, um etwas zu sagen.

„Wofür?"

„Ich muss eine E-Mail schreiben. Mehrere. Dauert nicht lang. Muss nur ein paar Leuten mitteilen, dass es mir gut geht." Biskaya. Shirokko. Chiara.

„Es gibt leider kein Netz."

„Ich kann kurz rausgehen und –"

„Nein, es gibt überhaupt kein Netz mehr."

„Gar keins?"

„Nein."

„Was genau hast du getan?", fragte ich erneut voller Misstrauen.

Er lächelte. „Wieso denkst du immer, dass ich an allem schuld bin?"

Ich lächelte unlustig zurück. „Warum wohl."

„Der Strom ist weg. Die Energiekonzerne streiken seit heute Mittag, angeblich, um die Politik unter Druck zu setzen. In Wirklichkeit kriegen sie einfach nichts mehr gebacken, weil alles vom Transport abhängt. Uran. Kohle. Müll. Wenn all das nicht in den Kraftwerken ankommt, weil es kein Benzin gibt, gibt es eben auch keinen Strom."

Das bedeutete, ich wäre mit dem Zug ohnehin nicht weit

gekommen. Ich sah mich um. Hier im Raum brannte tatsächlich kein elektrisches Licht, aber das hieß nichts, es war schließlich noch nicht dunkel draußen.

„Und ohne Strom können auch die Server nicht betrieben werden, die deine E-Mails verarbeiten würden."

„Telefonieren geht auch nicht, nehme ich an?"

Duke schüttelte den Kopf.

„Und mein Schnitzel …?", erkundigte ich mich bang.

„Es ist ein alter Gasthof", beruhigte er mich. „Sie haben eine Feuerstelle."

„War deswegen so viel los auf dem Polizeirevier?"

„Ja. Die Leute sind auf die Barrikaden gegangen. Es gab Demonstrationen und Unruhen, und schließlich hat der Mob das Gebäude gestürmt und die Versorgungsräume in die Luft gejagt. Ein paar der Notstromaggregate haben zum Glück nichts abbekommen, sonst wärest du ganz im Dunkeln gesessen."

Endlich brachte die Kellnerin mein Essen aus der Küche, verpackt in Zeitungspapier. Mit einem Schulterzucken erklärte sie: „Styropor und Plastik sind aus." Für immer, nahm ich an und zahlte einen horrenden Preis, bevor wir das Lokal wieder verließen.

„Wohin jetzt?", fragte ich. „Und nenn mir bitte ein nahes Ziel, ich bin am Verhungern." Zumal mir der Duft meines Mahls schon in der Nase stand.

„Wir können auch hierbleiben, es ist nicht schick, aber –"

„Nein. Ich will in Ruhe reden. Ich will nicht, dass irgendjemand …" … *meine Tränen sieht. Meine Wut. Meine Enttäuschung.* „… mithört."

„Ist mir auch recht. Komm mit. Es ist nicht weit."

Wieder folgte ich ihm zu Pferde ein Stück zurück Richtung Innenstadt, bis wir an ein Denkmal inmitten einer runden, ungemähten Grünfläche mit ein paar Bäumen gelangten, umgeben von einer Straße, auf der nur selten ein Auto vorüberkam. Ein paar Stufen führten zu einer kleinen Säulenhalle hinauf, die zu Ehren eines lang verstorbenen Komponisten erbaut worden war. Ich ließ mein Aspa im Grünen grasen, wo ich es im Blick hatte, und setzte mich mit Duke oben zwischen die Säulen auf die alten, warmen Steine, bevor ich mich gierig über mein Schnitzel hermachte.

Die Aussicht war zauberhaft. Rosa Wolken zogen langsam über den Himmel. Die Sonne stand zwei Handbreit über dem von den Wolkenkratzern der verstummten Stadt zerklüfteten Horizont. Ein Vogelschwarm tanzte davor mit der Thermik, eine Wolke, eine Woge kleiner chaotischer Punkte, die in ihrer weichen, lebendigen Formation ein perfektes Ganzes bildeten. Aufwärts, abwärts, gemeinsam. Die Brise, die den Vögeln solchen Auftrieb verlieh, strich hier unten nur sanft den Blütenduft durchs hohe Gras.

Ich wusste, dass die Idylle trog. Heute würde es dunkel bleiben, wenn die Sonne untergegangen war.

Nach dem Essen in Stille wischte ich mir die Finger an der mitgelieferten Papierserviette ab. „Es war gut. Du hattest recht. Ein bisschen verbrannt, aber gut. Die Größe war auch angemessen. Natürlich nicht dem Preis. Aber meinem Hunger und –"

„Wollen wir jetzt über Schnitzel reden oder darüber, warum du mich hast sitzen lassen, nachdem ich weiß Gott was in Bewegung gesetzt hatte, um uns Tickets in deine alte Heimat und dir einen Pass zu besorgen?", unterbrach er mein Herumgeeiere. „Nachdem ich dir meine Gefühle offenbart hatte?" Seine Geduld war aufgebraucht, ich hörte es seiner angespannten Stimme deutlich an.

Ich konnte es nicht länger hinauszögern. Mit einem Ruck riss ich den Deckel von dem blöden, dunklen Fass. Es tat weh, so als würde mein Herz zerquetscht werden unter der Last seines Vertrauensbruchs, so als würde es nie wieder heilen, so als sei es erst gestern passiert.

Ich atmete durch und zwang mich, Dukes flammenden Blick zu erwidern. „Ich habe mir unendliche Sorgen gemacht, als du nicht heimgekommen bist. Ich dachte, ich müsste dir vielleicht zu Hilfe kommen. Deswegen habe ich in deinem Computer nachgesehen –"

„Der war passwortgeschützt."

„Diesmal nicht. Du hattest vergessen, ihn zuzuklappen. Ich wollte nicht schnüffeln, sondern nur herausfinden, wo du hingegangen sein mochtest."

Er nickte stumm.

„Stattdessen fand ich ... den Ainia-Ordner." Als ich an die Daten dachte, die er von mir gesammelt hatte, begann ich wieder zu zittern.

„Nia, lass es mich erklären", bat er.

„Nein. Erst ich. Ich hatte Angst. Ich hatte verdammt lange Angst." Ich war mir ehrlich gesagt nicht mal sicher, ob sie mir nicht immer noch in den Knochen saß. „Ich konnte nicht fassen, dass du mich so getäuscht hattest. Dass ich mich so getäuscht hatte, in dir! Und das kann ich immer noch nicht." Mit Mühe hielt ich die Tränen zurück, aber meine Stimme war angeknackst. „Wer bist du?"

„Duke Hiro Ryu." Er stützte die Ellenbogen auf die aufgestellten Knie und seine Stirn für einen Moment in seine Hände, bevor er aufsah und zu erzählen begann. „Mein Vater war fuchsteufelswild, als Moreaus Laden hochging und sein Diamant verschwunden war. Ich befürchtete, dass er in seiner Rage etwas tun würde, was er bereuen würde. Er ist nicht mehr der Jüngste, weißt du? Ich beruhigte ihn und versprach ihm, mich um die Angelegenheit zu kümmern. Also sah ich mich im zerstörten Laden um. Fand keinen Hinweis darauf, was genau passiert sein mochte. Nur das Fon. Und tags darauf dich. Du sahst zwar harmlos aus, aber ich merkte, dass etwas nicht stimmte. Und dass du auf der Suche nach dem Fon warst, bestätigte mir das. Ich hatte mir die Sperre von einem befreundeten Techniker knacken und ein Programm installieren lassen, das mir immer, wenn du die Satellitenortung angeschaltet hast, die Koordinaten zuschickte."

So etwas hatte ich mir ja bereits gedacht. „Ich habe sie eigentlich nie benutzt." Weil ich nicht wollte, dass Kassian mich in Themiskyra fand. „Nur ... auf der Cocktailparty." Ich dachte angestrengt nach. „Und kurz danach bist du aufgetaucht." Er nickte. „Und in die Villa wurde nachts eingebrochen! Wart ihr das auch?"

Er zog eine Grimasse. „Mein Vater. Ich hatte ihm erklärt, dass ich auf subtile Art und Weise und mit modernen Mitteln vorgehen wollte, doch als er bei einem Lagebericht die Adresse erfuhr, wollte er nicht länger warten, weil er dachte, der Edelstein sei dort versteckt."

„Dann der Überfall nach dem Kino. Ich hatte die Ortung eingeschaltet, um Kassian und den Filmpalast zu finden. Danach haben uns diese Ninjas aufgelauert. Deine Freunde?"

„Nein. Aber Leute meines Vaters, die ich dorthin geschickt habe", gab er beschämt zu. „Darauf bin ich wirklich nicht stolz. Es tut mir leid, dass die Sache so aus dem Ruder gelaufen ist. Ich glaube, sie haben nicht mit so viel Gegenwehr gerechnet."

„Warum hast du das getan?"

„Ich wollte, dass du mir Glauben schenkst. Ich wusste, dass du etwas mit dem Raub zu tun hattest, und wollte, dass dir klar wird, wie ernst die Sache war. Und ich wollte, dass du dich mir anvertraust, weil ich Angst um dich hatte. Ich wollte keinesfalls, dass dir irgendetwas zustößt."

Ich musste schlucken. „Weiter."

„Mein Vater wurde ungeduldig, als ich nicht mit neuen, konkreten Erkenntnissen aufwarten konnte. Und eines Tages saß er mit meinem Techniker an meinem Schreibtisch und übernahm die Mission mithilfe meiner Technologie mehr oder weniger. Ich versuchte herauszufinden, was genau er plante, aber er hatte mir das Vertrauen in dieser Angelegenheit bereits entzogen. Und als ich begriff, was er vorhatte, war es schon zu spät."

„Die Entführung?", nahm ich an. Ich hatte die Ortung auf der Suche nach einem Restaurant früher an diesem Abend eingeschaltet und vergessen. Nach dem Essen waren wir tanzen gewesen und hatten danach ein Taxi genommen, das uns in eine miese Gegend statt nach Goldvelt gefahren hatte, wo uns schon diverse Ninjas aufgelauert und anschließend in einen Skatepark entführt hatten.

„Ja. Ich konnte euch immerhin herausholen, bevor Schlimmeres passiert ist, aber ich weiß nicht, was mein Vater getan hätte, wenn ich euch nicht rechtzeitig gefunden hätte."

„Du wusstest wirklich nichts von seinen Plänen?"

Er sah mir fest in die Augen. „Ich schwöre es. Meinem Vater platzte nach eurem Verschwinden der Kragen. Er schwor Rache und beschloss, jetzt alle Register zu ziehen, koste es, was es wolle. Deswegen …"

„… die Schießerei vor Themiskyras Toren." Die Bandenkriegsstärke angenommen hatte.

Ich hatte nur kurz auf meinem Fon nachgesehen, ob Kassian schon abgereist oder noch in Goldvelt war, doch das hatte gereicht, um Ryu meine Koordinaten zukommen zu lassen und seine Männer ins Feld zu führen.

„Okay. Also, du bist zwar einer von den Bösen, aber ein moderner Böser mit Gewissen, der nicht nur das Blutvergießen vermeiden möchte, sondern sich noch dazu in sein Zielobjekt verliebt hat", versuchte ich, meine Unsicherheit in Spott zu kleiden.

„Wenn du das so sagst, klingt es irgendwie lächerlich. Ich bin nicht böse", widersprach er. „Ich versuche nur, das Schlimmste zu verhindern."

„Und ich habe ausgerechnet bei der Polizei angerufen und nach dir gefragt." Jetzt kam mir das fast komisch vor. Die hätten wahrscheinlich selbst gern gewusst, wo der Sohn des gesuchten Gangsterbosses zu finden sei.

Duke sah mich seltsam an. „Wann?"

„Damals, als ich wegen Melissa und Kassian am Boden zerstört und auf der Suche nach einer Schulter zum Ausweinen war."

„Ich habe deinen Anruf nicht erhalten …"

„Duke, ich habe nicht deine Fonnummer angerufen! Ich hatte kein Geld und wusste deine Nummer nicht auswendig. Ich habe die 333 gewählt. Aber die konnten dich natürlich nicht finden auf ihrer Personalliste." Ich war so dumm gewesen.

„Nein, ich arbeite undercover. Ich bin auf keiner ihrer offiziellen Listen."

Es dauerte, bis ich begriff. „Du arbeitest … tatsächlich für die Polizei? Aber … dein Vater –"

„– weiß nichts davon und das muss auch so bleiben."

„Du spionierst deine eigenen Leute aus?"

„Ich versuche, das Schlimmste zu verhindern", wiederholte er eindringlich. „Kawaji Ryu ist mein Vater, ja, und ich wünsche ihm nichts Böses. Aber er ist in erster Linie ein Verbrecher. Und was das betrifft, bin ich raus."

„Das hast du ihm auch geschrieben, habe ich recht?" Ich musste an die E-Mail denken, die Duke von seinem Vater bekommen und die ich an seinem Rechner gelesen hatte. „Du wolltest aufhören."

„Ich wollte nicht einfach das Land verlassen, ohne ihm Bescheid zu geben. Das ist alles."

Ich konnte es immer noch nicht fassen. „Aber auf deinem Polizeiausweis …"

„Nia, da schreib ich mir darauf, was immer ich möchte", erklärte er, leicht genervt über meine Begriffsstutzigkeit. „Den kann ich mir selbst ausdrucken, genau wie die Visitenkarten. Ich bin kein Beamter. Nur so was wie ein freier Mitarbeiter. Ein Agent. Ein … V-Mann. Nenn es, wie du willst."

Ich staunte eine Weile still vor mich hin. Die Sonne war untergegangen, doch der Himmel leuchtete noch. „Deswegen hattest du den Chip, um mich herauszuholen."

„Jep."

„Woher wusstest du, dass ich dort war?"

„Durch den Dachsturz dieser Sektentussi. Du warst auf den Videos zu sehen, die sie kurz vor dem Unfall gedreht hatte. Die Kollegen hatten alle Daten gesichert."

„Du hast mich erkannt?" Trotz Perücke.

„Natürlich. Dadurch wusste ich, dass du in Citey bist. Und ich wusste, dass du früher oder später in Schwierigkeiten geraten würdest." Er grinste. „Dass dich die Polizei jedoch so schnell einkassieren würde, hätte ich allerdings auch nicht gedacht."

Ich verpasste ihm einen herzhaften Schlag auf den Oberarm. Genau dahin, wo ich damals seine Wunde verarztet hatte. „Was ist mit der Frau, die du auf mich angesetzt hast?"

Er runzelte die Stirn. „Welche Frau?"

„Die drahtige, halbgraue, halbalte Halbinderin?"

„Kenne ich nicht", behauptete er.

„Keine Geheimniskrämereien mehr, verdammt", brauste ich auf. „Wenn ich dir jemals wieder vertrauen soll, dann lüg mich gefälligst nicht mehr an!"

„Nia. Ich kenne sie nicht. Niemand weiß von dir. Ich habe dich ganz alleine gesucht."

Baff lehnte ich mich an den Marmor zurück. „Verstehe ich nicht. Dann sucht mich noch jemand?"

Er nickte grimmig. „Sieht so aus."

Nur, wer? Ich überlegte. So viele Leute außerhalb von Themiskyra kannte ich nicht. Und offenbar kannte *mich* ja auch niemand. Die Formulierung, die er eben verwendet hatte, stieß mir auf. *Niemand weiß von dir.*

Ich rief: „Und du bist *doch* ein Psycho. Du hast mich monatelang bei dir zu Hause eingesperrt!"

Er hob eine schwarze, geschwungene Augenbraue. „Das ist Unsinn und das weißt du. *Du* wolltest nicht nach draußen. Wie oft habe ich dich gefragt, ob wir was essen gehen wollen. Ins Kino. Spazierengehen. Schlittschuhlaufen. Aber dir war es immer am liebsten, dich in der Wohnung zu verkriechen."

Er hatte recht, ich erinnerte mich, aber ich konnte ihm trotzdem nicht glauben. Ich bin keine, die sich verkriecht.

„Ich habe dich auch nicht wiedererkannt. Die Sache mit diesem Kassian Devinter hat dich auf jeden Fall ziemlich aus der Bahn geworfen."

Kassian. Und Melissa. Ich hievte auch von diesem Fass den Deckel. Er war nicht so fest drauf, weil Melissa ihn im Einkaufszentrum schon ein Stück zur Seite gezogen hatte, doch dann hatte ihr Tod alles andere unwichtig erscheinen lassen und ich hatte es mir erspart, genauer hineinzusehen.

Ich erinnerte mich. An den Schmerz und die Sinnlosigkeit, die mich und mein Leben umgeben hatte. Und ich konnte plötzlich wieder nachvollziehen, warum ich mich bei Duke so eingeigelt hatte. Mich hatte nichts mehr da draußen gelockt. Nur seine Nähe war wichtig gewesen. Und das war tatsächlich nicht sein Trachten oder seine Schuld gewesen.

„Du hast recht. Du bist vielleicht doch kein Psycho", gab ich leicht widerstrebend zu. „Apropos Kassian. Hast du noch mal ... was von ihm gehört?"

Er lachte bitter auf. „Mein erster Weg nach deinem Verschwinden hat mich zu ihm geführt, noch gleich in der Nacht."

„Wie hast du ihn gefunden?" Melissa war immerhin schon länger auf der erfolglosen Suche nach Kassian gewesen.

Er winkte ab. „Ich habe meine Mittel und Wege. Ich dachte, dass er sich vielleicht bei dir gemeldet hätte, und du Hals über Kopf zu ihm zurückgerannt wärst. Doch er hatte dich seit langem nicht mehr gesehen. Ich habe ihm die Tickets gegeben."

„Er ist nach San Calides geflogen?" Ich war sauer und neidisch. „Was wollte er da?"

„Forschen. Oder so", meinte Duke. „War mir relativ egal. Mein einziges Ziel war, dich wiederzufinden. Und dass die verdammten Tickets noch für etwas gut waren und dieser Spinner damit außer Landes befördert wurde, war mir nur recht."

Ich haderte einen Moment, ob ich sauer sein sollte, weil Duke meinen Ex-Freund beleidigt hatte, doch dann lachte ich auf. „Und was ist mit meinem Pass? Wenn ich den heute gehabt hätte …"

„Hätte ich dich nicht gefunden." Er griff in seine Lederjacke und zog ein graues Büchlein heraus, das er mir zuwarf. „Hier. Ich hatte ihn immer dabei."

„Mein Pass!" Mein erster, richtiger Pass. Ich blätterte darin herum, sah mein Foto an, meine erdachte Unterschrift, die vielen leeren Seiten … So, als wäre ich ein normaler Mensch, der noch ganz viel zu erleben hatte. „Danke."

„Er wird dir wahrscheinlich nicht mehr viel bringen." Duke wies resigniert in Richtung Stadt.

Es war fast dunkel. In der Ferne stiegen kleine, feine Rauchsäulen in den Himmel. Vereinzelt ertönten Sirenen, Schüsse, Explosionen durch die Nacht. Ein ganz normaler Abend im apokalyptischen Citey, nur eben neuerdings mit weniger Elektrizität.

Ich sah zu Duke hinüber. „Es tut mir leid, dass ich einfach abgehauen bin. Aber ich war wirklich panisch."

„Du musst dich nicht entschuldigen. Ich hätte dir die Wahrheit sagen müssen. Doch der richtige Moment ist nie gekommen."

Das kannte ich zu gut. Ich hatte es bis zuletzt nicht geschafft, Kassian über meine Amazonenherkunft aufzuklären. „Du hättest es trotzdem tun müssen. Einfach so. Irgendwann."

„Du wärst ausgetickt."

„Ja. Natürlich." Ich lächelte. Ein ganz klein wenig.

Duke lächelte zurück. Die Anspannung, die ihn den ganzen Abend schon fest im Griff hatte, schien aus ihm herauszufließen, und zum allerersten Mal wurde der Blick, der für gewöhnlich nach Ärger aussah, ganz weich. Er streckte die Hand nach mir aus. Ich nahm sie, vorsichtig, und er zog mich, vorsichtig, an sich. Die letzten Reste von Furcht, die sich in meinem Inneren geschlängelt hatten, ließen mich los und lösten sich auf, als er seinen Arm um mich legte und ich meinen Kopf an seine Brust lehnte. Ich lauschte seinem gleichmäßigen, festen Herzschlag, wie ich es schon so oft getan hatte.

Lange sagte keiner von uns etwas, wir beobachteten nur, wie ringsum kleine Lichtinseln aus Feuer auf den Straßen und in den Fenstern aufflammten, bis die ganze Stadt zu funkeln schien.

Irgendwann schielte ich zu ihm hoch. Nur um sicherzugehen, dass er nicht eingepennt war. Doch er starrte nach wie vor ins Dunkel.

„Was willst du, Duke Hiro Ryu?"

Sein linker Mundwinkel zuckte, als er sich an die erste Nacht erinnerte, die ich bei ihm verbracht hatte und in der ich ihn genau dasselbe gefragt hatte. Er sah mich mit einem unergründlichen Blick an und strich mir ein paar Locken aus dem Gesicht. Seine Hand verharrte an meinem Kinn, hob es an und küsste mich. Ich war im Grunde natürlich fertig mit den 'Shimet, bis in alle Ewigkeit und zurück, aber auf der anderen Seite hatte ich nichts zu verlieren, und so erwiderte ich seinen Kuss.

Im ersten Moment dachte ich, es wäre wieder einer von der bewährten, schnellen Art, doch dann wuchs er sich zur *Süße-du-hast-mein-Leben-gerettet-ich-will-für-immer-bei-dir-bleiben*-Kussvariante aus, die mir den Atem raubte und mein Herz stolpern ließ.

Als Duke sich von mir löste, tat er das jedoch sehr bestimmt. Sehr endgültig. Sanft schob er mich ein Stückchen von sich, verschaffte sich Platz, stand auf. Und ich … ließ ihn einfach. Mit gewissem Bedauern lehnte ich mich zurück an meine Säule, aber auch mit Erleichterung, dass ich nicht wie früher den permanenten Drang verspürte, mich an ihn zu klammern.

„Pass auf dich auf, okay?", sagte er.

„Klar. Du kennst mich ja." Das kam wesentlich gleichgültiger heraus, als ich mich fühlte. Also beeilte ich mich hinzuzusetzen: „Duke – pass du auch auf dich auf."

„Ich versuche, das Schlimmste zu verhindern." Er lächelte

mir ein letztes Mal zu, wandte sich um und verließ das Denkmal, verließ *mich* mit großen Schritten.

„Verdammt." Ich war verwirrt. Wie eigentlich immer, wenn ich es mit Duke zu tun hatte. Ich hörte, wie er die Autotür zuschlug, den Motor startete und davonbrauste. Hätte ich ihn aufhalten sollen? Jetzt, wo wir endlich alles geklärt und uns mehr oder weniger wiedergefunden hatten, hätten wir uns nicht zusammentun sollen, in Urba oder hier oder sonst wo auf der Welt?

Doch im Grunde meines Herzens war mir genauso klar wie ihm, dass sein Vertrauensbruch eine zu tiefe Kluft zwischen uns geschaffen hatte, um jemals wahrhaft Liebende zu sein, und dass er nicht der Richtige für mein märchenhaftes Happy End sein würde. An das glaubte ich nämlich ohnehin nicht mehr. Aber das war … okay.

Meine Finger streichelten den Leineneinband des schmalen, grauen Büchleins in meiner Hand. Nia Melidá. Lustig, dass ich plötzlich wer war. Jetzt, wo es niemanden mehr interessierte.

 *Epilog*

Es war schon tief in der Nacht, als ich mit Chiimori zur Lagerhalle zurückkehrte. Mir war sofort klar, dass niemand zu Hause war, denn obwohl ein paar Motorräder vor dem Tor standen, dröhnte aus dem Halleninneren nicht wie üblich laute Musik heraus. Kein Feuer loderte vor dem Gebäude und der kalten Asche nach zu urteilen, hatte auch den ganzen Abend keines gebrannt.

Typisch, dachte ich. *Kaum bin ich ein paar Stunden weg, schon verfallen alle wieder in ihre alten Gewohnheiten.*

Nachdem ich mein Aspa versorgt hatte, ging ich in die stille Halle, die nur das Dämmerlicht der glühenden Kohlen aus der inneren Feuerstelle in gedämpftes Orange hüllte. Ich steuerte müde auf eines der Sofas zu und ließ mich darauf fallen. Was für ein Tag.

„Hey", raunte eine Stimme traurig an meiner Seite.

Mir blieb vor Schreck fast das Herz stehen.

„Hey", erwiderte ich, sobald ich mich gefasst hatte.

Neben mir saß Phoenix. Mit seinem bärenhaften Format konnte der rothaarige 'Shim auf Fremde ziemlich furchterregend wirken, denn neben ihm wirkte jeder schmächtig und schmalbrüstig, sogar die meisten der Mannen. Abgesehen davon hatte ich ihn jedoch als zutiefst gutherzigen und vollkommen entspannten Typ kennengelernt.

„Hat's nicht geklappt mit dem Zug?", erkundigte er sich.

Sicherlich ging er davon aus, dass der Stromausfall meine Reise unterbrochen hatte, und ich hatte gerade weder Kraft, noch Muße, ihn eines Besseren zu belehren. „Nein."

„Schade." Er klang so niedergeschlagen, dass ich fast Angst bekam.

„Was ist los? Geht's den anderen gut?"

„Klar. Die sind in Pandoras Bar."

„Warum ziehst du dann so ein Gesicht?"

Er wies frustriert auf die Stereoanlage. „Kein Saft. Keine

Musik. Mein Leben ist vorbei."

„Oh. Das tut mir leid", gab ich betreten zurück. Da hatte ich plötzlich einen Gedankenblitz. Eilig begann ich, in meiner Reisetasche zu wühlen und warf ihm schließlich ein schweres, schwarzes Päckchen zu. „Hier!"

„Was ist das?" Er begann, es auseinanderzufalten. „Ist das … eine Solarplane?"

Ich lächelte stolz. „Ja. Wenn wir sie aufs Dach legen, kannst du vielleicht an sonnigen Tagen wieder ein bisschen Musik hören und dein Leben ist nicht ganz vorbei." Die Plane hatte ich zusammen mit den Wasserreinigungstabletten in der Stadt gekauft, als Homer mir mit seinen düsteren Prognosen zugesetzt hatte.

„Wahnsinn. Hammer. Merci! In der Stadt gibt es nämlich keine bezahlbaren mehr." Er strahlte mich aus meergrünen, mit dunklen Wimpern umrahmten Augen an. Und sah nicht mehr weg. „Du hast dich sicher gewundert, dass ich dich noch nicht gefragt habe. Wie die anderen."

„Ähm –" Um ehrlich zu sein, war es mir gar nicht aufgefallen. Ich hatte irgendwann zwischendrin den Überblick verloren. Doch das konnte ich Phoenix wohl kaum so sagen.

„Ich wollte warten", erklärte er. „Auf einen besonderen Moment. Und bis gestern war ja ohnehin alles vage Zukunftsmusik. Aber jetzt, wo du nicht mehr unter Shirokkos Schutz stehst, hättest du vielleicht Lust –"

„Nein", unterbrach ich ihn, ebenfalls mit einem strahlenden Lächeln.

Seine Mundwinkel sanken wieder nach unten.

„Nimm's nicht persönlich. Ich könnte mich wirklich glücklich schätzen, dich an meiner Seite zu haben", beeilte ich mich, ihm zu versichern.

Das meinte ich ehrlich. Phoenix war bestimmt einer, der die Frau, die er liebte, auf Händen trug, weil er das Herz und die Muskeln dafür hatte. Mein Zureden schien seine Stimmung etwas zu heben und ich fuhr fort:

„Es ist einfach so: Mit Männern bin ich durch."

In dieser Hinsicht konnte ich Artemis, der Paiti und meiner Mutter inzwischen zustimmen. So war doch noch, wenn auch auf Umwegen, eine Amazone aus mir geworden.

Nun.
Das war, bevor ich Cesare kennenlernte.

 *Glossar*

Der besondere Wortschatz meiner Amazonen basiert auf Altgriechisch und Avestisch, Sprachen, die in den Gebieten gesprochen wurden, in denen die Amazonen vermutlich ihren Ursprung hatten. Ich habe sie nach klanglichen Vorlieben abgewandelt und vermischt – Sprachwissenschaftler*innen mögen mir diese Freiheit nachsehen.

Andrakor
Randalierer, Plünderer, Marodeur, Plural: Andraket

Aspa
Pferd, Plural: Aspahet

Aspahi
Stute

Basilissa
Königin

Blütenmond
fünfter Monat im Jahr

Diadoka
Nachfolgerin (der → Paiti)

Dunkelmond
zwölfter Monat im Jahr

Eari
Frühling

Epor
schmückender Beiname, den eine Amazone erhält, sobald sie ihren ersten Feind getötet hat

Feuermond
siebter Monat im Jahr

Fliedermond
vierter Monat im Jahr

Hama
Sommer

Hiery
Amazone, die ihr Leben oder zumindest einen Teil dessen ausschließlich der Anbetung Artemis' widmet

Honigmond
achter Monat im Jahr

Jahi
unmoralische Frau, Prostituierte

Kanya
Jungfrau

Kardia
Hauptgebäude, welches die
Schlafquartiere, Aufenthalts-,
Schulungs- und Versammlungs-
räume, Speisesaal, Bibliothek,
Tempelraum, Verlies und Waf-
fenkammer beherbergt

Klarmond
erster Monat im Jahr

Lichtmond
sechster Monat im Jahr

Mashim
Mann, auch → 'Shim

Mußemond
Schaltmonat, der alle zwei bis
drei Jahre im Hochsommer statt-
findet

Nebelmond
elfter Monat im Jahr

Nerista
Händler auf dem Schwarzmarkt

Obstmond
neunter Monat im Jahr

Paiti
Anführerin

Regenmond
dritter Monat im Jahr

Safranmond
zehnter Monat im Jahr

'Shim
Mann, Plural: 'Shimet,
vgl. → Mashim

Sturmmond
zweiter Monat im Jahr

Themiskyra
Stadt der Amazonen

Triga
Herbst

Vatwaka
marodierende, plündernde Bande

Yashta
Frauen, die sich als Mütter der
nächsten Amazonengeneration
zur Verfügung stellen, Plural:
Yashti

Yazama
Sonnenfeier am längsten Tag des
Jahres

Yazaya
Lichterfest in der längsten Nacht
des Jahres

Yazeari
Fest zur Tagundnachtgleiche am
Frühlingsanfang

Yaztri
Erntefest zur Tagundnachtgleiche
am Herbstanfang

Zaya
Winter

 *Danke*

Danke an meine wunderbaren, hingebungsvollen Lektorinnen
Sara, Ringel, Hildo, Sabrina, Loulou und Anna.

Danke an Christina,
meine Pferdeexpertin.

Danke an Martin,
meinen Waffenexperten.

Danke an Suzan,
meine Zielgruppenexpertin.

Danke an Thilo
für die technische Beratung.

Danke an die kleine Amanda,
die Tsoozu seinen Namen gegeben hat.

Danke an den Master of Flames
für sein gutes Auge.

Danke an Dariush,
der Ainias Geschichte vermutlich nur gelesen hat,
weil er wusste, dass ich ihn irgendwo eingebaut habe ;)

Und:

Danke an Xt
für seinen Rat, seine Liebe und seine Geduld.

Liebe Leserin, lieber Leser!

Wenn dir das Buch gefallen hat, freue ich mich über deine positive Rezension bei Amazon und LovelyBooks. Für unabhängige Autorinnen wie mich sind Bewertungen unglaublich wertvoll. Lob, Kritik und Anmerkungen kannst du natürlich auch auf Facebook, Instagram, Twitter etc. oder einfach per E-Mail loswerden: info@dani-aquitaine.de. Ich freue mich über jede Rückmeldung! Informationen über meine Bücher und geplante Projekte findest du auch auf meiner Website www.dani-aquitaine.de.

Du möchtest wissen ...

… wie Ainias Geschichte weitergeht? Wer ist dieser Cesare? Wird sie Duke wiedersehen? Wird sie jemals nach Themiskyra zurückkehren? Und welche Abenteuer werden sie und Shirokkos Mannen in der vom Verfall gezeichneten Stadt erleben? Im spannenden 3. Band *Ainias Schweigen* kannst du die Abenteuer der eigenwilligen Amazone weiter mitverfolgen.

978-3-7469-5966-5 (Paperback)
978-3-7469-5967-2 (Hardcover)
978-3-7469-5968-9 (e-Book)

Und wenn du noch tiefer in die Welt von Themiskyra eintauchen willst, darf ich dir Ells Geschichte ans Herz legen:

In naher Zukunft ist die Erde nicht mehr so, wie wir sie kennen. Der Weltvorrat an Öl ist endgültig versiegt, die zivilisierte Gesellschaft daran zerbrochen und der Verfall allgegenwärtig.

Plündernde Banden ziehen umher, während der Rest der Bevölkerung versucht, sich mit Schwarzhandel und Eigenversorgung irgendwie über Wasser zu halten.

Auch die 16-jährige Ell und ihr Vater haben sich mit der postapokalyptischen Welt arrangiert. Als dieser jedoch bei einem Raubüberfall ermordet wird, muss Ell ihr altes Leben hinter sich lassen und begibt sich alleine auf eine Reise ins Ungewisse. Worauf sie dabei zufällig trifft, ist eine Parallelgesellschaft, die unbemerkt schon seit Menschengedenken existiert: Die Amazonen. Eins mit der Natur, kämpferisch und frei – die Frauen von Themiskyra führen ein ganz anderes Leben, als Ell es bisher kannte.

Gerade, als Ell hofft, in der Stadt der Amazonen einen Platz für sich gefunden zu haben, läuft ihr Louis über den Weg – vielleicht ihre große Liebe, wäre da nicht seine unerklärliche Feindseligkeit und die klitzekleine Tatsache, dass sich Amazonen niemals verlieben …

Die mitreißende Liebesgeschichte vor postapokalyptischer Kulisse umfasst die drei Bände *Themiskyra: Die Begegnung*, *Themiskyra: Das Versprechen* und *Themiskyra: Die Suche*.

Viel Spaß beim Lesen,

Dani Aquitaine

Dani Aquitaine wurde in München geboren, ging dort zur Schule und studierte Marketing-Kommunikation. Schon im Alter von acht Jahren tippte sie auf einer alten grünen Reise-Schreibmaschine ihre ersten Geschichten. Heute schreibt sie am liebsten auf ihrem Balkon am grünen Stadtrand von München, in den Hügeln der Toskana oder auf langen Zugfahrten irgendwo dazwischen. Neben dem Schreiben als unabhängige Autorin arbeitet sie als Graphik-Designerin, trainiert Bogenschießen und spielt E-Bass und Klavier.
Auf www.dani-aquitaine.de freut sie sich über Deinen Besuch!

Zeitfracht Medien GmbH
Ferdinand-Jühlke-Straße 7
99095 Erfurt, Deutschland
produktsicherheit@kolibri360.de